北地人★作品
Fire
最刺激的军事谍战小说
JUNSHIDIEZHÀN
火力
FIRE
2
嫌疑人
中国画报出版社
CHINA PICTORIAL PUBLISHING HOUSE

**图书在版编目(CIP)数据**

火力.2/北地人著.—北京:中国画报出版社,2010.6

ISBN 978-7-80220-808-7

Ⅰ.①火… Ⅱ.①北… Ⅲ.①长篇小说—中国—当代

Ⅳ.①I247.5

中国版本图书馆 CIP 数据核字(2010)第 100105 号

**上架建议:畅销书|军事小说**

选题策划:博集天卷
策划编辑:应 娜
封面设计:小白印象

火力.2
出 版 人:田 辉
作 者:北地人
责任编辑:齐丽华
出版发行:中国画报出版社
(中国北京市海淀区车公庄西路 33 号,邮编:100048)
电 话:88417359(总编室)、68469781(发行部)
印 刷:三河市鑫金马印装有限公司
监 印:敖 晔
经 销:新华书店
开 本:787×1092mm 1/16
印 张:20
版 次:2010 年 6 月第 1 版
印 次:2010 年 6 月第 1 次印刷
书 号:ISBN 978-7-80220-808-7
定 价:29.80 元

# 目录
CONTENTS

# 人物表

RENWU BIAO

● **情报局：** 莫新伟（新任局长）
林永泉（监听室主任）

● **美国中情局：** 杰克·布莱克（副局长）
何塞·苏亚雷斯（情报处特工）
史蒂芬·斯奈德（情报处特工）
威尔·法瑞尔（行动处特工）

● **日本情报部门：** 菊井研造（内阁情报调查室国际部长官）
铃木义夫（国际部下属中国班课长）

**其他：** 安念平（安念蓉哥哥）／安小蓉（安念蓉妹妹）

楚天舒（旅美音乐家，安小蓉钢琴老师）

吴昱（原128部队电子技术支援部队主管）

萨莎·亚列桑德拉（秘密特工，代号“老鹰”）

维恩（驻阿美军总司令）／尼尔森（美军驻伊拉克陆军少尉）

肖恩·唐纳利（黑水公司保镖）

苏珊·格雷（黑水公司保镖）

穆罕穆德·贾法里（伊拉克宗教领袖）

阿巴斯·哈拉福（贾法里的追随者）

“地道”阿里（伊拉克走私武装领袖）

越前直人（日本间谍）

# 第一章 兵不厌诈

“我向你保证，念蓉，再有二十四小时，我就把‘神谕’亲手揪出来。我知道你的问题是什么，所以我的回答是，这一切都是我们应该付出的代价，敌我斗争就是这么残酷，流血牺牲在所难免。仅此而已。”

当安念蓉询问许成龙“雷霆”行动在进行中到底出了什么问题的时候，许成龙这样回答她。紧跟着许成龙告诉安念蓉，整个情报局共有十一名高层人士知道这次行动的细节。如果“雷霆”行动失败，那么“神谕”就只能出在这十一名高层官员中，这就大大缩小了调查范围；如果“雷霆”行动能够顺利进行，那么纵使真的有“神谕”，他的危害也没有情报中形容得那样可怕，大可不必为了区区一个“神谕”而惊慌失措。

许成龙没有正面回答关于A队的问题，那他的言外之意也就很明确：相对于“神谕”而言，A队的牺牲并非不能接受。这个认识让安念蓉很吃惊。

“诱饵”战术并不难理解，但安念蓉知道，在这件事情上其实有更简单和更好的办法，而许成龙偏偏使用这样一个并不能叫人信服的办法，只能说他是不得已而为之。那么他的目的是什么？

许成龙多次使用了“兵不厌诈”这个成语，多到让安念蓉都感觉到了他的心虚，也只有在这个时候，许成龙才表现出一点点的歉疚。如果真的如他所说，军人的最大价值在于自我牺牲，那么他又何必表现出歉疚？平心而论，如果牺牲罗门等人就能摧毁“神谕”，安念蓉看不出许成龙有歉疚的理由，难道歉疚是因为，这一次的陷阱是为罗门量身定做，而其他人只是遭受了池鱼之灾？

安念蓉忽然感到一阵惊慌。

A 队参与这次行动是提前打过招呼的，不管是安念蓉还是许成龙，都很有默契地没有去关注是不是有一个叫罗门的人参与其中，但这正给了别人以无穷的想象空间。如果罗门在这次战斗中出了意外，那么有关他的一切自然就会烟消云散。难道许成龙是针对罗门而特别采取了这样一个“诱饵”战术，甚至不惜搭上其他人的性命？如果这个推论成立，那么罗门究竟做了什么大逆不道的事情而成为众矢之的？

她忽然想起分手时在罗门眼中看到的无奈和愤懑。他比安念蓉更早猜测到了事情的真相，只是没有点明，而且安念蓉也知道，在那个时候她也绝对不会同意罗门的看法，罗门也不想就此与她展开讨论，他们彼此都很清楚，他们之间不会产生任何意义上的共鸣。

有一点是可以肯定的，安念蓉对罗门还不够了解，他们之间的联系也很脆弱，如果不是钟阡陌的叮嘱，他们之间的敌意反而更浓，所以她宁愿相信许成龙一定有不得已的苦衷，也宁愿相信罗门的确是真正的、危险的问题人物。好吧，她可以理解罗门带给别人的那种威胁，也理解许成龙应该有的反应，但其他人呢？其他人不是许成龙最得力的手下吗？

安念蓉无法像许成龙那样，对 A 分队的损失安之若素。如果不是罗门自作主张改变了行动时间，恐怕整支 A 队连同这次行动都会遭受灭顶之灾。当然，如果能够揪出“神谕”，在某些人看来这样做是值得的，可现在她要问自己的问题不是这样做值不值得，而是事到临头她能不能作出这样的决定。在那样的时刻，能不能“作出决定”比能不能“作出正确的决定”要重要得多，也是她这个位置最需要的能力。

如果事情真的如自己所想象的那样，那么她算是见识了许成龙的老辣——抓住一个突然出现的事件就使出了这样一个“一箭双雕”的计策，跟许成龙相比，自己要学的东西还有很多。

等待叫人心烦意乱。

六个土黄色的纸袋放在桌子上，这是全部 A 队人员的秘密卷宗。

她打开第一个，半身照片上的沈茂排正在微笑。尽管证件上的照片多少有些呆板，但人们仍然能够感觉到沈茂排眉宇间的英气和眼神中的灵气；接下来是赵三红，毫不保留的笑容里带着毫不保留的真诚；然后是许可爱，拘谨的目光中充满了对这个世界探寻的渴望。这些面孔，无一例外地带着刚出校门的年轻人的稚气。如果没有进入 128 部队，这些人可能成为画家、建筑师和电气工程师，当他们被招募时，都是各种专业的高才生，前程如朝阳般灿烂，志向如大海般宽广，有着无畏的精神和无尽的野心，是那种“想把地球都踩在脚下”的年轻人。

就是现在，安念蓉也无法想象，他们加入注定要默默无闻的 128 部队是为了什么。看看现在的年轻人都在想些什么和做些什么，还有谁愿意默默无闻一生而不计回报地甘愿奉献？而当时的他们却毫不犹豫地选择了这一行，那不是懵懂无知的“青春躁动”就能够完全解释的行为。

在碎纸机里销毁了沈茂排、赵三红和许可爱的档案，就像是迟到的告别，而告别总是让人伤感。尽管不算真正地认识这些人，可安念蓉还是感到了某种忧伤，她默默地看着半透明的废纸箱里跳跃的纸屑，轻轻抹去眼角的一滴泪水。

没有墓碑，没有勋章，没有名字，甚至没有尸骨，他们的离去悄无声息，就连他们的至亲家人都无从知道他们的下落。如果能够重新选择，这些人还会不会像当初那样义无反顾？若这些英魂地下有知，会不会因为世俗之人的误解和冷漠而悔不当初？

这些问题很傻。离去的人曾经如何思考她不得而知，但还有活着的人可以让她想象。

安念蓉又拿起罗门的档案，现在这份名单也该被销毁。出人意料的是，罗门的档案内容居然还没有写满一页纸。这个时候她忽然发现，尽管罗门的档案就在她自己的保险箱里，但她还没有真正地看过一遍。

她点燃一支香烟，靠在椅子上开始阅读这简单的一页纸。

照片大概是十年前的，那个时候的罗门笑得率真而开朗，目光里带着不可动摇的坚定。不管是那时的还是现在的罗门，给人印象最深刻的地方就是他的眼睛，即使那个时候的他看起来远比现在单纯和幼稚，但仍然能够让人感觉到他眼神中的深邃和复杂。

档案里只有他的出生日期和简历。

罗门在陆军 128 部队臭名昭著的“绝望营”受训，这里以体能和精神两方面的严酷训练而闻名，从这里离开的只有那些经受住了地狱般的痛苦考验的人。从一个强壮健康的正常人到被锻炼成钢筋铁骨的战斗机器，罗门成为陆军想看到的那种人：一个可以控制自己的情绪并能冷静迅速地处理各种突发事件的人，他的兴趣和聪明才智也已经完全被引导到这个方面来。

在证明自己能够执行陆军所赋予的各种战斗任务后，罗门加入了128部队的特别事务办公室，负责陆军海外情报部门的工作。档案到此为止，但安念蓉本人很清楚，足迹到过世界各地的罗门接受过很多任务，而其中绝大多数的任务都圆满完成。虽然她一向讨厌罗门的傲慢自大，但她不得不承认，他完全有资格傲慢自大。他是真正的孤胆英雄，游刃有余地行走在危险的边缘。

是工作让他变得既冷酷又傲慢。从离开学校到现在，十年的时间里，罗门身上发生了令人吃惊的变化。变化是可以预测的，但变成什么样却无法预测，一般来说，思想的复杂程度与一个人的人生经历成正比，而罗门的过去简直就是一个传奇。经历过那么多的事情，他还能保有十年前的纯真和幼稚，那才真正叫人觉得不可思议和无法信服。

罗门在加入128部队之前的简历和档案，很明显，作为一种预防手段，已经被销毁，如果安念蓉再销毁手中的这个卷宗，那么将不会再有人能够证明罗门的存在。如果她不想到头来为罗门背上“黑锅”，那么她最好这么做。

就在她要把这些资料塞进碎纸机的时候，有人敲门。安念蓉犹豫了一下，把这份卷宗放到一个文件夹下，然后示意门外的人进来。

石三宝带着ACE站在门口，表情很无奈。

“他一定要见你。”

ACE来得真不是时候，安念蓉轻轻地摇了摇头，然后摆手示意石三宝离开。石三宝警惕地看了一眼ACE，脸上带着一点不情愿。

“去吧，老弟。”ACE严肃地看着石三宝，“要是我真的对这位美女有什么企图，我会用别的办法，至少，就算你在这里也帮不上什么忙。”

石三宝向安念蓉看了一眼，安念蓉示意他可以离开。石三宝轻轻地关上办公室的门，安念蓉从桌子后面走出来，示意ACE坐到客人的沙发上。

“我敢打赌，他就等在门外。”ACE不以为然地撇撇嘴，“现在你的人都把我当成敌人。”

“你打伤了杨隼，他至少有一周不能工作，所以你应该理解他们的态度。”安念蓉点燃香烟，架在烟灰缸上，看着青烟袅袅上升，“你到这里来是想听我的解释？”

“不，已经用不着了。”ACE回答得很干脆，“罗门已经跟我说过其中的缘由。就算有人把我们当诱饵，那个人也绝对不是你，如果一定需要谁来负责，那个人也不是你。我是来道歉的，为那天的不愉快。”

“罗门已经跟你解释过了？”安念蓉有些忐忑，“他是怎么解释的？”

“他说你和情报局一定在追查什么人或事，所以把我们抛出来做诱饵。”ACE的表情非常严肃，“或者仅仅是因为他本人，是他使得全队落到这步田地，所以他认为，我仅仅指责你很不公平。”

“你接受他的解释？”安念蓉怀疑地看着ACE，“那可都不是什么好理由。”

“我接受。有的时候，有个理由就已经足够了，哪里还会顾及是好还是坏。”ACE显得有些不耐烦，“重要的是，我们的损失其实从头到尾与你无关，所以我才会来道歉。”

“你的态度怎么突然变了？”安念蓉轻松起来，“我以为你会一定要我给你个说法。”

“如果我想在这里工作的话，我的态度就得改变。这是罗门的命令，我不得不服从。”ACE的表情说明他有多不愿意接受罗门的命令，“罗门还说，现在只有你能够帮我解释在巴基斯坦失踪的原因，让我重新回到正常工作中。”

“听起来罗门已经给你作好了安排，尽管他这样做并没有跟我商量过。”安念蓉微笑，“不过你在我这里能做什么呢？我这里可没有扑克比赛，事实上我禁止任何人在工作时间玩扑克，我不知道你的本事在这里有什么用。”

女人真是小肚鸡肠，ACE在心里叹息。

“扑克只是我的私人爱好，而除了这个我还有很多本事。”ACE的声音里多少有些生硬，“我对杨隼的受伤很歉疚，我想，在他回来之前我可以代替他一段日子。”

“做我的警卫员可不容易。”安念蓉审视着ACE，“以你的性格，我不认为你是这个职位的最好人选。”

“几天的时间我能够忍受。”这句话脱口而出，ACE自己也有点不好意思，“我的意思是，我早就学会了不带个人感情地投入工作。”

“忍受？”安念蓉忍住笑意，“那就是说，你实际上并不愿意为我工作？”

“不愿意，说心里话我不愿意。”ACE无奈地笑了笑，“只是罗门认为我必须这样做。另外，由于我的冲动，也的确给你带来许多不便，我希望能够弥补我的错误。做错事情，就要承担责任。就这样，我再没什么好说的。”

ACE虽然愿意为做错的事情道歉，但就像他所说的，他肯定不愿意做任何人的警卫员，所以这绝对不是ACE的想法，这的确是罗门的想法。这算是一种关心？安念蓉很怀疑这一点。少一个警卫在身边并不会给自己增加多少危险，多了ACE这样一个人型战斗机器也不会增加自己的安全系数，说到底，还轮不到罗门为她的安全操心，所以罗门这样做一定另有原因。

罗门知道自己的处境，他不想让ACE跟在身边。ACE与他所做的一切无关，没必要跟他一起承担风险。

这样的话，她确实应该接受罗门的“建议”。

“好吧，你可以留下来。”安念蓉站起身，表示谈话已经结束，“去找石三宝，他会处理你的事情。罗门现在在哪里？”

“我们在巴基斯坦就分开了，他没有联系我，所以我不知道他现在在哪里。”ACE也站起来，脸上没有表情，“就算我知道，没有他的允许我也不能告诉你。”

可能是ACE没说实话，也可能罗门的确没有告诉他。罗门现在的身份特殊，为了安全起见，他会采用各种手段，而其中最稳妥的就是不让任何人知道自己的行踪。

罗门保护自己很有一套本事，可要是他真能让自己与世隔绝，那么魏汉和许成龙所说的“反制”措施又如何做到在必要的时候“及时而有效”地“反制”？难道真的是孙悟空逃不出如来佛的五指山？现在他们还默许罗门搞来搞去，是因为罗门还有用，而一旦他搞出界，上面就会立刻对付他？

现在只有她跟罗门保持着联系，难道她就是对付罗门的“反制”措施？这个发现让安念蓉感到一阵毛骨悚然。不择手段是情报工作的唯一原则，如果你表示不理解，那只是因为你自己见识得还不够多。如果自己是上面定下的“反制”措施，那么总有一天会有一个由自己扳动开关的陷阱等待着罗门。从许成龙的办事风格来看，这并非安念蓉的臆测，但她肯定不是这个“反制”措施，至少她不愿意做这样的工作。

而且，就算她想做也做不来。

按照时间表，接下来她要跟宋非进行工作上的交接。这其实只是一个形式，安念蓉的工作内容很少与中央情报部的工作挂钩，她只要把自己的东西搬出中央情报部三楼的办公室，这就等于是从行政上完全脱离了这个单位。现在她已经不需要中央情报部提供的便利。当初她接受组织任命时，在仔细权衡利弊之后决定把新办公室安排在香港这个自由港，因为这里更便于她指挥自己的那套班底。在当时，“神谕”还不完全是她的工作内容，而在破获“神谕”之后，她仍然要进行自己的工作，从所有方面来看，香港都是最佳选择。她的行政秘书赵家林已经处理了在香港的一切事务，新办公室已经破土动工，在他出色的协调之下，各种专业的施工队伍正在分期分批、源源不断地进入工地，整个工期有望提前完成。

宋非推开虚掩的门，笑容一如既往的亲切，只有他一个人。

“我现在该叫你什么？安主任？还是像以前那样叫你小蓉？”

安念蓉嫣然一笑。

“我可是一直都叫您宋叔叔的，您也永远都是我的宋叔叔。不管是什么职务什么单位，人不还是那个人吗？”

“现在你倒像个乖孩子了。你不打官腔的时候要可爱得多，你自己知道这一点吗？”宋非微笑着推了推鼻梁上的眼镜，然后用力揉捏着自己的粗脖子，“前几天我看到你父亲了，他跟我谈了很长时间，以他现在的地位，这可真是我的荣幸。不过，他没对我表示出任何的关心，他一直在提你。谈你的婚事，谈你的工作，我简直以为那不是安家庆，而是你的妈妈借安家庆的嘴在说话。”

“他说了什么？”安念蓉装着整理桌子上的文件，表现得漫不经心。

“他希望你能进入司法体系工作。”宋非笑了笑，“我知道安家庆的能力，他这么说，就是已经跟那方面打过招呼并进行了一番安排，你只要过去，就会经你之手开始一番大动作，用不上几年，你就可以成为一个举足轻重的人物。而且，就我个人来看，你的性格和能力都非常适合这个工作。更重要的是，从长远来看，司法工作要比你现在的工作更有意义，更值得你投入全部的精力。”

“安家庆跟您长谈一次就让您成了他的说客？”安念蓉抿嘴微笑，“我想您知道他为什么会找您做说客，因为他在我这里碰了钉子。”

“嗯，我也是这样想的，但谁能够拒绝安家庆同志呢？”宋非自嘲地笑了笑。“这家伙把我都说糊涂了，不知不觉地就答应了他，另外，我也觉得他说得对。这完全是从我对你的判断出发，跟你父亲的意愿没有任何关系。”

宋非有话没有说出来，他也不是第一个对安念蓉的工作表示出担忧的人。宋非明确地反对她对工作的选择，即使是出现香港那样的事情，宋非的劝阻也完全是出于私人理由。宋非想说而没说的是：“你不能干这个工作，因为这个工作可能会给你带来生命危险，也可能会给你父亲的政治生命带来极坏的影响”，他不明说是出于对自己所处的位置的考虑，但很多话其实用不着明白地说出来。到了他们这个层次，已经无法再像普通人那样实话实说、直抒胸臆，任何一件事情都要拐弯抹角地表达已经成了本能反应。好在安念蓉很小的时候就已经习惯了这一套。

宋非应安家庆之请来作说客，目的才是最重要的，出于什么意愿其实并不重要。

安念蓉的背景在任何时候都是一种助力，同时在任何时候都是她无法摆脱的压力。安念蓉自己也很清楚，她的背景是她成为十三办领导人的主要原因：有很多事情，人们只要听到她的名字就会大开绿灯，可以让她免去许多不必要的麻烦，提高部门的效率；而从另一方面来说，她对自己背景不加克制地使用会间接伤害到安家庆的利益。如果这就是安家庆开始关注她的原因，那么很明显，她还要在这方面多花些力气。

她的父亲已经开始对此表示担忧，那就说明他已经意识到女儿正走在另外一条路上。

安念蓉对运用自己的背景来谋求工作上的便利感到心安理得。既然那么多人都可以以权谋私，那为什么她不行？她不屑于为自己分辩，如果要循规蹈矩，安念蓉就不是安念蓉，也就不可能成为十三办的主任。不管是谁的或是怎样的关注和照顾，她所要做的就是在自己的工作上尽职尽责。

如果安家庆仍然认为她是胡闹、耍小性子，那么他就大错特错了。

安念蓉的沉默让宋非知道，他今天的造访又是无功而返。

“你真是个倔强的孩子。幸亏当年没有强求你和小鹏的婚事，不然你非把你宋阿姨气死不可。我倒真想看看，一向温柔可人的楚太太会怎么跟你相处。”宋非摘下眼镜，仔细地擦拭着，“怎么？我听说你跟江南就快要结婚了？”

“等手头的工作解决了，我们就会找个时间把婚事办了。宋叔叔，您一定要来参加我的婚礼。”安念蓉脸上闪过一片红晕，“我们可没请几个客人，您看您多有面子。”

“嘿嘿，哈哈。”宋非忽然笑了起来，而且笑得很开心，甚至靠在沙发上放声大笑，“楚一风是个爱面子的人，可跟安家庆结了亲家，娶你做儿媳妇，他独子的婚礼也不得不低调办理，一想到这个我就觉得好笑。楚一风一辈子都在出风头，可最该风光的时候，他却没机会炫耀了！”

安念蓉微笑不语。宋非只有在跟她谈话的时候才会这样毫无顾忌，长辈之间的恩恩怨怨她从不关心，而且她也知道，她没有嫁入宋家肯定会让宋非在楚一风面前感觉不爽，所以宋非才会对楚一风无法操办一个相当规模的婚礼而感到无比开心。说到底，这些看起来高高在上、手握大权的大人物其实也跟普通人没有什么分别，也是有七情六欲的凡夫俗子。

“你婆家的规矩很多，你的性子又烈，我都等不及要看楚太太的脸色了。”宋非开心地抚摸着已经掉得没几根头发的头顶，“放心吧，念蓉，你的婚礼我一定要去，而且我还要好好地给你们准备一份礼物。”

“您怎么老想着看我们家的热闹？”安念蓉嗔怪地看着宋非，“您的心理怎么那么灰暗？难怪小鹏不肯在家里住，原来是怕被您这个‘老变态’一天到晚地惦记着。”

“哼哼，小兔崽子，敢叫我‘老变态’，看我不整得他死去活来。”宋非居然没有生气，反而笑得更开心，“他最近联系你了？”

“跟我拿了一笔钱，说是要去创业。”安念蓉抿嘴微笑，“他还说，家里有您这么个老子太丢人了，所以没办法，他只能靠自己。”

“这个家伙，我都跟他说了多少回了，现在还不是他创业的时候，反正他现在也不缺钱花，真不知道他急个什么劲儿。”宋非勃然色变，“他在你这里拿了多少钱？”

“没几个钱，您不用放在心上。”安念蓉调皮地向宋非眨了眨眼，“而且，实际上出钱的人是安念平，就算损失也是他的损失，跟咱们都没关系，所以您、小鹏和我都没什么好担心的。”

“念平的钱就不是钱？你拿你大哥的钱乱花不算，还把钱花在小鹏这个浑蛋身上，那可是肉包子打狗，有去无回。”宋非不以为然地看着安念蓉，“你总是这么任性可不好。回头我会跟小鹏商量，把钱还给你。”

安念蓉还是以微笑来回答。如果宋小鹏真的搞砸了，那笔钱的数目就算是宋非也很难搞定，所以宋非一定会帮助宋小鹏，至少不能让他赔得太惨。宋氏父子的关系还没有闹得像自己和父亲那样僵，所以他们能够有更多的时间互相关心。她不否认这是一种变相的贿赂，但她只是希望这种贿赂能够使宋非日后继续给自己提供工作上的便利，也许这不应该算是贿赂，而应该称做投资。她和宋非之间的关系再亲密，这种投资也是必不可少的。

再说，钱算什么？安念平曾经跟她说过，这个世界上最容易来的东西就是钱，而亲情和爱情却是这样珍贵，以至于失去了就再也找不回来。她喜欢作为长辈的宋非，也喜欢作为朋友的宋小鹏，为他们做点事情也让她自己很开心，所以，钱算什么?

而且，宋非肯定明白这其中的微妙之处。

宋非看了看手表，从沙发上站起来。

“我还要赶飞机，所以就不占用你的时间了。”

他把眼镜放回那个已经磨破了的眼镜盒里。他的动作慢吞吞的，慢得让已经从沙发上站起来的安念蓉误以为他还有话要说，就又坐了下来。

宋非欲言又止，最后只是在她的手臂上拍了拍，脸上的笑容很和蔼。

“要小心，念蓉。干我们这一行，谁也不知道危险会在什么时候来临，所以你一定要小心。到香港之后，如果有什么需要，随时可以通知我。在香港，我还是有一点办法的。”

安念蓉看着宋非的背影消失在走廊的尽头才回到自己的办公室。宋非一再对她的安全表示担心，却又说不出危险来自哪里，这让安念蓉很是困惑。整整一天，她都在整理情报人员提供的情报，试图找到关于“神谕”的片言只字，但像往常一样，这一切都是徒劳。但另外一条消息引起了她的注意，已经有人从这次成功散播“神谕”的谣言中获益，而且他希望能够持续不断地得到这种帮助。至于是否值得在这样一个人身上作长期的投资，安念蓉还需要仔细权衡。

罗纳德·贝尔，得克萨斯州参议员马丁·雷蒙德的竞选助手。

在得到这个职位之前，这位耶鲁法学院毕业生只是个中规中矩的律师，并没有表现出出类拔萃的才能和天赋。他的家族在俄勒冈州拥有一家牧场，但只能算是普通规模，勉强能够做到收支平衡。在许多投身政治的人中，他的特征并不能让他跟别人有所区别。如果说罗纳德·贝尔跟别人有什么不一样的地方，那就是他比大多数同等处境的人更有野心。在最近两次参议员选举中，罗纳德的努力使得马丁·雷蒙德能够以微弱优势胜出，有很可靠的消息指出，身体状况越发差劲的马丁·雷蒙德已经在私下里表态，支持罗纳德竞选下一届的俄勒冈州参议员。

但在明眼人看来，尽管罗纳德有能力并且得到了共和党参议员、也是美国总统的家族好友马丁·雷蒙德的支持，但他成功的可能性不大。首要的问题就是选战的资金，如果仅以他自己的能力，恐怕连第一轮都无法通过。当然，马丁·雷蒙德肯定会全力支持自己的人，但问题在于，他的资金支持也有限度，而比罗纳德更有前景的竞选者在党内一抓一大把。对罗纳德来说，还有一个不利的因素是他的女朋友。

他的女朋友在中情局工作，很有可能成为中情局六个特别助理中的一个，如果一个女人得到这样的职位，那么毫无疑问，她将会有更高的工作激情和人生目标，而有一个民选参议员的丈夫或者男朋友会让她在中情局的前途受阻。

罗纳德正处在他人生的十字路口。当然，他完全能够凭借参加选战的才能和经验为自己谋取一份薪金丰厚的工作，如果他幸运的话，甚至可能会在将来的某个时间领导一支有实力的团队，协助总统竞选。但很显然，像所有有野心的人一样，罗纳德最痛恨的就是时间。

即使你成功地为罗纳德谋取了一个参议员的资格，也不意味着他能够成为你的部下，但如果他真的那么在乎自己的野心，那么在这之前他肯定愿意为自己的利益而付出。安念蓉暂时还看不出罗纳德对自己有什么帮助，因此她的兴趣只停留在对他的了解上。情报和关系的储备至关重要，谁也不知道什么时候什么人会对自己有用，这是一笔长期的投资，需要有眼光和足够的耐心。

手机上的闹钟响起来，安念蓉放下手里的文件，才发现自己又一次在办公室里待了十几小时。最近她已经多次工作到深夜，加上没有时间运动，精神状态也明显受到了影响。她伸了个懒腰，走到办公室的穿衣镜前。

镜子里那张精致的脸俏丽如故，头发仍然梳理得一丝不乱，只是神色间有那么点憔悴。她转了个身，看着镜子里微微凸起的小腹，烦恼地叹了口气。只要她有时间运动，她的身材就像模特一样标准。

这个工作已经让她的生活彻底混乱，现在有楚江南这样的人愿意接纳她，那是不是也应该算是一种运气？

楚江南约了她在家看 DVD，现在已经是八点半，她还有半小时打扮自己。

石三宝轻轻打开办公室的门，他总是这么准时，安念蓉简直可以拿他来对表。

“今天我自己回家。”安念蓉收好面前的文件，抱歉地向他笑了笑，“这些天你也很辛苦，所以好好休息一下，明天再来接我。”

石三宝站在门口没有动。“保护你是我的工作。”

“会有什么事呢？”安念蓉拿起皮包，下意识地摸了摸包里面的手枪，“石三宝，这里是北京，治安比你想象的要好得多，所以没什么可担心的，回去多休息一下，如果真的把你也熬垮了，到时候该由谁来保护我呢？ ACE？”

其实，真正的原因是她想在见到楚江南之前有点时间独处一下，好好整理一下自己的心情。

昨天这个时候，她还顶着巴基斯坦的风沙驾驶着米 –24 呼啸来去，而今天她已经开着自己的路虎行驶在北京的街头，街上的光怪陆离让她有时空颠倒的感觉。而更让她感到吃惊的是，她发现自己喜欢那样的生活，喜欢身处危险中如芒刺在背时的感觉。尽管她不会承认，但在所有的时间里，她都尽可能地关注那些军人的表现，军人们面对危险时的从容镇定和行动时的雷厉风行深深地打动了她，而其中最吸引她的正是罗门。有时候她甚至会问自己，这世界上到底有没有罗门惧怕和应付不来的场面？他总是那么胸有成竹，总是那么从容不迫，对安念蓉来说，他举手投足之间都流露着叫人难以抗拒的男性魅力。

虽然他并不是她喜欢的那种类型。

而且，除了拿枪之外，罗门还能做什么？

车里放着她的妹妹安小蓉演奏的钢琴曲，琴声很美。安念蓉没有受过音乐方面的熏陶，所以她无从判断安小蓉的水平如何，但既然所有人都对她赞不绝口，那么她也肯定配得上她在中国爱乐乐团的位置。安念蓉忽然想到，应该邀请楚江南一起去听安小蓉的演唱会，是时候让楚江南见自己的家人了，尤其是大哥安念平。

楚江南等在她的家里。

他们在一起相处了几天。楚江南的温柔和体贴让安念蓉感觉很好，而且楚江南高大俊朗，是所有女人都喜欢的那种类型，安念蓉当然也不例外。这个婚姻是安念蓉唯一向父亲表示妥协的地方，那是因为她也要考虑楚江南的感受，既然两个人之间是注定的姻缘，那就没有逃避的必要。安念蓉不是没有考虑过这桩婚姻是不是过于仓促，但根据她自己的评估，这桩婚姻利大于弊，所以，就让一切顺其自然好了。

安念蓉早就把自己住处的钥匙给了他，只是她一直飞来飞去，所以两个人没有时间真正地单独相处。到目前为止，他和安念蓉最亲密的接触也不过是拉拉手而已。楚江南满腹经纶，可他似乎在恋爱方面没有什么天分，而这也正是另一个让安念蓉喜欢他的地方。

她没有恋爱过，不想在任何人面前表现得笨手笨脚，跟楚江南在一起，他们可以一起学习恋爱的感觉。

安念蓉靠在沙发上，拿了条披肩盖在身上，懒懒地看着楚江南摆弄着那些机器。如果她愿意，甚至可以让楚江南给自己做顿晚饭，不过，她现在还不饿，而且就是眼前这样，她也已经感受到了前所未有的温馨和安逸。

楚江南喜欢交响乐，他亲手给安念蓉安装的家庭影院是发烧友中的顶级配置。今天放的是著名旅美音乐家楚天舒的演奏会。画面上，一个瘦削但美丽的女人正在钢琴上弹奏，纤巧的鼻子和下巴让她看上去有一点神经质的优雅。据安念蓉所知，楚天舒现在是国内最好的钢琴演奏家之一，安小蓉曾经想跟她学习，但那时她已经开始在国外巡演，而安小蓉很难追随她到国外去，所以事情不了了之，因此楚天舒就成了安念蓉在工作之外所了解的为数不多的名人之一。

舒缓的琴声流转在房间里，安念蓉不知不觉地向楚江南身上靠过去。

“你知道吗？我有个朋友可以联系楚天舒，让她收小蓉为学生。”楚江南揽着她的肩膀，轻轻地摩挲着。他的声音低沉悦耳：“楚天舒从来没有收过学生，所以这个机会千载难逢。”

“你知道我们都很关心小蓉。”安念蓉颇感意外地看着他，“如果我们的关系不是现在这个样子，我真的会怀疑你这是在投我所好。”

“我们的关系是现在这个样子，我为什么就不能投你所好？她开心，你就开心，你开心我就幸福。怎么？我就不能让自己幸福一回？”楚江南轻轻地揪了揪她的鼻子，把她搂得更紧，“我的责任就是让你在生活中没有后顾之忧，我必须尽到我的责任。”

“江南，这对你来说是不是太过分了？”安念蓉忽然抬起头凝视着楚江南，“我这个人不好相处，而且我肯定不会有时间像一个妻子那样陪伴你，我都不知道我们的婚姻是不是一个错误，我对我们的将来真是没有信心。”

“如果一定要有什么人牺牲的话，那在我们两个人中间，我宁愿那个人是我。”楚江南也凝视着安念蓉，眼睛里充满了柔情，“我知道你的工作很特别，我已经作好了接受各种困难的准备。可能一开始我的表现不会很好，但我向你保证，我一定会在未来的日子里不断改正，不断完善。”

楚江南的话和眼神让安念蓉感到了前所未有的温暖，她动情地伏在楚江南的胸前。也许这就是爱情吧？安念蓉在心里问自己，同时她也为自己二十多年里从未有过爱情而感到惶惑，正因为还没有过爱情，所以她不知道自己现在的决定是否正确。

“我们什么时候告诉她这个消息？”楚江南不经意地撩拨着她的头发，“楚天舒的脾气很古怪，喜怒无常，所以要趁热打铁，免得夜长梦多。”

安念蓉一下子坐起来。“那我现在就给她打电话。”

安小蓉比哥哥姐姐小好几岁，而且在她出生后，安家庆的状况已经稳定了很多，有更多的时间来亲近这个小女儿，所以安小蓉不像安念平和安念蓉那么自强、叛逆，而是单纯得像童话里的人物。在她的世界里，音乐和钢琴就是一切，如果没有需要，她甚至可以一步都不迈出自己的房门。

安念蓉疼爱妹妹就像当年安念平疼爱她一样。在没有接手现在的职务时，一直是她照顾妹妹的一切，像现在这样几天甚至整整一个星期都不通一次电话的情况根本就不会发生。现在，楚江南就在她的身边，那种安逸让她忽然想到，是跟妹妹说说话的时候了。

“讨厌的安念蓉，你怎么才打电话过来？”安小蓉柔美的声音从电话那边传过来，“这么长时间也不回一次家，我都快忘了你长什么样了。”

“打电话是因为有好消息要告诉你。”安念蓉看了一眼楚江南，楚江南微笑着点头。安念蓉很喜欢他那种沉稳的举止里透露出来的自信，“你要怎么感谢我？”

“你不回家，什么好消息都没有用。”安小蓉嗔怪地抢白她，“先说说是什么好消息吧。”

想着安小蓉嘟着嘴的样子，安念蓉不由得微笑起来。

“你不是一直想跟楚老师学习吗？现在就有个机会，你愿不愿意？”

电话那边好像有什么东西摔倒了，安小蓉激动地叫起来。

“是楚天舒楚老师？”

“除非这个世界上有两个楚天舒。”安念蓉笑了，把脚也缩到沙发上，就像她小时候经常做的那样，用披肩把自己整个人包裹起来，“这个礼物可以让你不生气了吧？”

“那你还得请我吃饭！”安小蓉急忙叫起来，怕安念蓉像以前那样突然挂掉电话，“现在就请我吃饭，我马上到你那里去，你等着我！”

“还是改天吧，小蓉。姐姐这里还有客人。”安念蓉知道自己和楚江南独处的时间不多，所以不想让别人来打扰，“明天，明天我回家看你去。”

“少来！我还不知道你什么样，我现在就过去见你，才不管你有什么客人。”一向安静柔顺的安小蓉对着电话大叫道，“安念蓉，你给我等着，我现在就过去。”

听声音安小蓉一下子不知道把电话摔到什么地方去了，然后就是手忙脚乱翻东西的声音。安念蓉对着电话喊了两声，但安小蓉却没有听到，看样子已经准备向这边赶过来。安念蓉放下电话，抱歉地看着楚江南，楚江南却只是耸了耸肩膀，拍了拍她的脑袋。

“久仰大名，如雷贯耳，我早就想见这位大才女了。既然她要来，我是不是去厨房弄点吃的，咱们坐在一起好好聊一聊？”

安念蓉的脸一下子红了起来：“厨房里什么都没有，我们还是出去吃吧。”

楚江南站起身：“早知道安主任公务繁忙，所以我来的时候就准备了些东西。好在你的冰箱还能用，把一年前的酸奶清理出来后，终于能够放些新鲜蔬菜了。”

安念蓉用披肩蒙住了脑袋，不敢让楚江南看到她脸红的样子。

这时候安小蓉又打电话过来，说怎么也找不到自己那辆甲壳虫的钥匙，让安念蓉派车来接自己。安小蓉并不是一个丢三落四的人，她只是太随性，对这些东西没有概念而已，连车开到半路上因为没油而抛锚的事情都发生过几回，甚至还出过在单行路上倒车的笑话。了解安小蓉的人都知道她是对身边的事搞不清楚状况，但在不了解她的人看来，这就是大人物子女的骄横跋扈，好在安小蓉乖巧伶俐，所以到现在还没有出过什么乱子。

安念蓉只好通知石三宝，让他去接安小蓉过来。

楚江南在厨房里大声唱着歌，仍然是在大学时代就很悦耳的男中音。楚江南曾经跟安念蓉说过，他小的时候其实更喜欢艺术，只是在父亲的强迫下才进了国际关系学院。如果让他重活一次，他绝对不会选择现在这样的生活，所以他对安小蓉这样的人有种天然的好感，才会主动地为她的事业奔走出力。

安念蓉不想打扰楚江南的兴致，便拿过遥控器，把演奏会的声音关小到似有似无。屏幕上，楚天舒的手指在黑白键盘上轻灵地飞舞着，仿佛美妙的音符不是从琴箱里发出来，而是从她身上滑落一般。

如果让她自己重新活一次，她会选择什么样的生活呢？安念蓉默默地想着自己的心事。

厨房里传来油锅的哧哧响声，楚江南已经开始炒菜。香气隐隐传来，让安念蓉轻轻地咽了口口水。

再让她重活一次，她仍然会选择现在的生活。与世隔绝，繁重如苦役。

最初参加特工训练是在大学时代最苦闷的时候，她发现自己很有天赋。每当进入那种状态时，她对父母的不满就会烟消云散，就会觉得自己坚强得在这个世界上再也不需要别人。后来她忽然发现，她的这些所谓的苦闷和苦恼，与整个国家所面临的困境相比简直不值一提，那在很长一段时间里让她为自己感到羞愧。这个认知也让她找到了方向。

不管是对是错，一个人在生活中总是需要一个方向。

跟有没有方向相比，对和错反而不是最重要的。

这个工作让她感到，自己也是被需要的。她爱自己的民族、国家和文化，觉得自己有责任去捍卫这些美好的东西，所以她接受了这个工作。同时她也很清楚地知道，这并不是所谓的党性和原则的驱使，而是受自己的价值观和善恶观支配，这一切符合她的性格，而不是因为她想承担什么责任。从来就没有什么救世主，如果一个人想要拯救自己，那么除了他自己，再没有什么好指望的。谁也救不了谁，谁也不会真正指望能够被别人挽救。

人是如此，国家、民族亦是如此。

她的工作之所以有意义，只因为她认为自己做的一切都是对的。

楚江南刚刚摆好桌子，安小蓉就从外面跑进来。

安小蓉素面朝天，长发也只是胡乱地在头上绾了个发髻，但她的清丽仍然让楚江南眼前一亮。与安念蓉的冷艳雍容迥然不同，安小蓉的美丽如同出水芙蓉一般纯净、惹人怜爱，尤其是一对灵动的眼睛，似乎在睫毛闪动之间就可以看到一个人心中最隐秘的角落。

楚江南打开一瓶红酒，热情地招呼石三宝一起进来吃饭。

安念蓉犹豫了一下，没有制止楚江南的举动，因为她知道石三宝会拒绝楚江南的邀请。不能跟自己要保卫的人有太深的交往，否则会在关键时刻受到情感上的困扰，这是警卫工作中的大忌。石三宝训练有素，不会因为楚江南的豪爽而模糊工作上的界限，果然，石三宝礼貌地拒绝了邀请，甚至没有给楚江南再次表示友好的机会就走了。

“你们这些人都是这样不近人情吗？”楚江南无奈地摊开手，“念蓉，必要的时候你对我是不是也会这样生硬？”

“如果有这个必要，我会的。”安念蓉微笑，安慰地拍了拍楚江南的面颊。

楚江南抓住她的手指放在手边亲吻，这个动作让两个人的心中都流过一阵暖流。

三个人坐在桌子前吃饭，安念蓉和安小蓉都可以算是与世隔绝的人，肚子里的花花东西加在一起也没有楚江南一个人的多，而楚江南继承了他父亲的才情和酒量，天南海北，谈天说地，酒桌上的气氛很是热烈，连安小蓉都被他感染，居然破例喝了一杯红酒。

安小蓉没吃几口，就过去依偎在姐姐身边，感兴趣地看着楚江南。

“这个就是我的姐夫喽？看不出来安家庆还真有点眼光。”安小蓉小声地在安念蓉耳边说道，“要是这样，那也让他给我介绍一个算了。”

安念蓉脸上一红，轻轻地摸着妹妹柔若无骨的纤纤素手。

“放心吧，就凭你的条件，什么样的好男人找不到。”

小时候她就想有妹妹这样的一双手，骨肉匀称，纤长而不失圆润，而她总觉得自己的手对女人来说似乎太大、太有力，如果安小蓉不是自己的妹妹，她会嫉妒死。

安小蓉抿嘴微笑：“我虽然还没谈过恋爱，可听人说，男人都差劲儿得很。”

“嗯，你的论调倒是和楚天舒差不多，看来你们很有师生缘，如果楚天舒现在坐在这里，听到你这句话就会收你做学生。”楚江南向安小蓉举起手里的酒杯，“你是楚天舒的第一个学生，很有可能也是最后一个，所以，敬未来的大师。”

“我听说楚天舒是不收学生的，江南哥，你是怎么说动她的？”安小蓉睁大了眼睛看着楚江南，“这里面肯定有故事。”

“我没有那个本事去说动楚天舒，如果是我去，她连看都不会看我一眼。”楚江南自嘲地笑了笑，“你们不知道那个楚天舒的脾气有多坏，她抽烟、喝酒，什么毛病都有，如果不是会弹琴，没有人愿意接近她，小蓉，你得作好心理准备。”

其实，楚江南没有说出来的一点就是，楚天舒还是个绯闻大师，似乎只要她接近的男人，最后都跟她有过一段说不清道不明的关系，甚至偶尔还会传出她是同性恋的流言。然而这一切都不能掩盖她在音乐方面的造诣。尽管大器晚成，但现在的楚天舒在业界如日中天，光芒万丈，她的经纪人甚至慨叹，如果楚天舒稍微对金钱有些概念的话，晋级富豪排行榜绝对轻而易举。

楚天舒的朋友是一位音乐鉴赏家，是他全心全意、不计得失地将原本落魄的楚天舒推向市场，他是楚天舒的音乐生命中最重要的人物，但凡此君有命，楚天舒无不言听计从。而这位音乐鉴赏家又是楚家的至交，同时也格外欣赏安小蓉的技巧，认为假以时日，楚天舒能够造就出另外一位大师级人物。有了这些条件，此君才肯为两人牵线搭桥，那完全是出于对音乐的热爱，倒与楚家、安家的权势无关。

这个理由绝对会让安小蓉放心。和安念蓉不一样，安小蓉是个温顺娴静的姑娘，有着艺术家的天真，还没有认识到权势给自己带来了多么大的便利，甚至非常痛恨有人借助权势得到自己不配得到的东西。安念蓉不知道该怎样跟她解释，也许这不再是她的责任，至少不是眼下最迫切的责任，让她欣慰的是，至少在目前，安小蓉配得上她所得到的一切。

饭吃完了，安小蓉跑到客厅里去打电话。楚江南和安念蓉在厨房里收拾碗筷。

“这下可好了，以后可能有机会在家里听到楚天舒的演奏了。”楚江南扎上围裙，自顾自地哈哈笑着，“等我们有了女儿，也让她做个音乐家，那我们就再也不用花钱去听别人的音乐会了。你可不知道，听音乐会是一笔多么大的开销，而且在家里，我想听谁的曲子就听谁的曲子。”

安念蓉微笑不语，把盘子一个一个地递给楚江南。楚江南的话让她很感动，但她从来没有想过这些，所以不知道该如何回答楚江南，其实就这样听着楚江南说话让她感觉很惬意。

“你是不是很累了？”楚江南注意地看着安念蓉。

“不，不是累。”安念蓉轻轻掸去手上的水珠，“我在想我是不是一个笨女人，连刷盘子这样的事情都应付不来。”

“女人不笨，男人不爱。”楚江南一本正经地看着她，“要是你什么都能做，那这个家还要我做什么？当花瓶当个摆设吗？”

安念蓉笑了起来：“这好像应该是我说的话啊。”

“好了，主任大人。”楚江南扳着她的肩膀要把她送出厨房，“你快点好好休息，等下我负责送小蓉回家，然后我们再一起看完电影。”

安念蓉感动地看着楚江南。两个人的距离近得呼吸可闻，楚江南眼中的柔情清晰得令人心醉，安念蓉不禁怦然心动，脸上也绯红起来，慢慢地闭上眼睛。楚江南的手紧了一紧，就要吻上晶莹而娇艳的红唇。

“你们两个在做什么？”

安小蓉忽然出现在厨房的门口，一下子让楚江南的动作僵在那里，安念蓉也吃惊地睁开眼睛，向后退了一步，两个人都有些手足无措地看着安小蓉。

安小蓉也愣了一愣，然后若无其事地撇撇嘴。

“不好意思，原来你们在玩亲亲。”

“胡说八道什么，哪有的事。”安念蓉呵斥她，伸手捂住了忽然烧得厉害的脸。

楚江南的脸也红了，但还是爽朗地大笑起来，继续洗剩下的盘子。

安小蓉眨了眨大眼睛，脸上露出一个促狭的微笑，在厨房的桌子旁边大方地坐下来。

“你们两个玩亲亲还是蛮养眼的，来，再秀一个给我看看，以后我玩亲亲的时候就拿你们作为标准。”

安念蓉瞪了她一眼：“别胡说，快点收拾一下，江南送你回家。”

“今天我不想走，安念蓉，我有很重要的事情要跟你说。”安小蓉索性在椅子上盘起双腿，她的双腿几乎跟安念蓉的一样长，而更纤细，似乎能够缠上几个弯，“非常非常重要的事情，一定要在今天告诉你。”

“有什么事情明天再说。”安念蓉看了一眼楚江南，心里有点责怪安小蓉不识事体，“你出来的时间不短了，再晚警卫室就要打电话过来，别让安家庆担心。”

“可是这件事真的很重要，我就是想跟你商量之后才跟安家庆说，可你又忙得看不见人影。”安小蓉撅起嘴，“你们反正快结婚了，以后见面的时间长着呢，总不差这一天吧。”

“没错，我们是来日方长，可安大才女不是每天都有重要的事情。”楚江南已经洗完碗，微笑着用毛巾擦手，“念蓉，你就跟小蓉多聊聊，免得人家说我们，不，主要是我不近人情。”

“你今天把安念蓉借给我，以后你和安念蓉有什么矛盾我会帮你。”安小蓉讨好地看着楚江南，“要不然，哼。”

“没问题，今天我们就一起把安念蓉给出卖了吧，以后我们一起对付她。”楚江南伸出手掌跟安小蓉轻轻拍了一下，“小蓉，你可得记住你今天说的话。”

“安小蓉你真是越来越疯了。”安念蓉被两个人搞得哭笑不得，又转过头嗔怪地看着楚江南，“你也跟着她一起疯是不是？”

“明天我还要主持一个会议，有些资料要准备，今天就让你们姐妹好好聊聊心里话。你的脸色这么差，要好好休息。”他看看手表，站起身来，警告地向安小蓉竖起一根手指，“不许让姐姐太累，不然以后就不把姐姐借给你。”

安小蓉向楚江南甜甜地一笑：“这还没过门，就对安念蓉这么霸道，要是过了门，安念蓉还不得让你管死。”

楚江南大叫冤枉：“我哪里敢，安主任不管在行政上还是在家政上都高我一级，我哄着劝着还来不及，哪里还敢管人家，不过我可以管你，好让你别累着我们安主任。”

“这么说，你觉得娶了安念蓉是自己命苦喽？”安小蓉一派天真地看着楚江南。

楚江南用手指指点着安小蓉，张大了嘴巴说不出话来，然后无奈地连连摇头。

“看来这位大才女可不是个厚道的人。”

安念蓉把楚江南送到门口，犹豫了一下说：“明天我还在北京，你到我这里来，我们继续看完这个音乐会。”

“希望明天没有什么人来打扰我们。”楚江南依依不舍地牵着安念蓉的手。

安念蓉还想说什么，安小蓉已经在卧室里叫她的名字了，两个人只好匆匆告别。

“安念蓉，维也纳爱乐乐团和柏林爱乐乐团都接受了我的申请，所以我可能很快就要出国。”已经钻进被单下的安小蓉开门见山地提出了自己的心事，“我不知道安家庆会不会同意，所以先来找你商量。”

安念蓉吃了一惊：“你知不知道这会让安家庆很生气？”

安小蓉撒娇地抱住她的脖子，使劲儿地贴着她的脸。

“所以我才先来问问你的意见嘛。”

安念蓉觉得一时半会儿很难跟安小蓉解释清楚，为什么她暂时不能出国。除了安家庆的关系，现在自己的工作也是一个原因，如果这样让安小蓉到国外去，她的危险系数会大大增加。但对一个音乐家来说，加入维也纳或者柏林爱乐乐团无疑是事业上所能够达到的巅峰，安小蓉的一生里没有太多的追求，她忍心因为自己而让安小蓉放弃事业吗？安念蓉想也不想，就知道她无法拒绝安小蓉的理想，但这件事还需要从长计议，好在安小蓉的事情不算紧急，她大可以在解决了“神谕”之后再来作决定。

安念蓉和妹妹有一搭没一搭地扯着闲话，很快就进入了梦乡。

# 第二章 新交易

离开巴基斯坦后，罗门和ACE各自行动。分手之前罗门没有任何说明，因为连他自己也不知道接下来会发生什么，所以即使是ACE也没有得到任何有用的信息。不是他不信任ACE，这是规矩，什么都不知道的人就什么都不会泄露。罗门按照他原来的路线返回上海，时间已经过去三十多个小时，不知道邱玉堂那边会不会有什么新消息。

驶上高速公路的时候，他打开在上海临时使用的手机，片刻之后，不断有新的短信进入。罗门把车停在路边，大致浏览了一下。十几条短信中孟云的最多，都是些下流肉麻的情话或者挑逗的荤段子，来自许静的消息也有一条，就是问他什么时候出现，看来他当时的策略已经成功，许静已经决定要为自己的生活打算。

她不得不为自己打算，否则等到年老色衰的时候她仍然是那个一无所有的可怜虫。

任何人都有弱点，只要你找到他的弱点，甚至只消几句话就能够完全降服他。

肋骨上的伤处又疼痛起来，这也让罗门意识到了自己的弱点。他现在的问题是时间和疲劳。他很清楚，中国安全工作一向的原则就是“外松内紧”，尽管有赖春雷失败的追捕行动在前，他和魏汉的交易在后，但这并不能为他提供更多的安全，相反，由于已经被排除在整个体制之外，他没有办法更多地从反间谍机关那里了解自己现在的处境，所以他一直担心隐藏在暗中的陷阱。现在的罗门就像一个又聋又瞎的人，小心翼翼也帮不上他太多。

他从后座上拿过来一个医疗包，从里面翻出一个注射器为自己注射了止痛剂。在巴基斯坦处置伤口的时候，医生告诉他这是紧急情况下才能使用的药物，当时给他注射这种改良后的芬太奴类止痛药仅仅是为了让他能够撤出巴基斯坦。这种止痛药有极强的副作用，包括对心脏的损害，所以军医要求，当药效失去时，就不应该再使用任何止痛药，而要安心静养，并到医院去做处置。医生不肯给第二剂，罗门干脆偷了他的医疗包，但就是在医生自己的医疗包里也只有这一支多余的。

如果许静也急着见他，那就是说她已经跟邱玉堂商量过自己的未来。邱玉堂可能不在乎罗门施加给他的压力，但他不能不在乎许静的压力，就算他没有跟许静共度一生的打算也是一样。邱玉堂肯定不知道许静已经跟罗门有过一腿，许静没有傻到那个地步，只要许静觉得需要瞒着邱玉堂，那么这个即兴的“三人行”将来也可以作为要挟许静本人、迫使其向邱玉堂施加压力的把柄。

罗门抿紧了嘴唇，戴上太阳镜抵挡午后的阳光。现在要做的就是等待，如果运气好，几小时之内就能够见分晓。

邱玉堂终于打来电话，而罗门的接听显然让他如释重负。从他微微颤抖的声音里就能够听出这两天里他是多么的煎熬。当他得知罗门正在来上海的路上，要晚上才能到达，他立刻邀请罗门在“辉煌年代”见面。并不是每个人都像邱玉堂那样留恋欢场上的虚情假意，可罗门还得表现出感兴趣的样子，邱玉堂这种人只会相信跟他有同样道德缺陷的人，这样他就不会因为内疚而感到惭愧。可要说到无耻，像邱玉堂这种自学成才的商业间谍怎么能跟一个国家训练出来的专业间谍相提并论?

没过多久，孟云也打电话过来。罗门的重新出现让她很兴奋，在电话里又是撒娇又是发嗲，罗门在她的话里找不到任何感兴趣的东西，立刻就失去了跟她闲扯的兴趣，借口开车挂掉了电话。听起来孟云倒不是那么的虚情假意，可谁知道呢，婊子都是天生的戏子，你没法相信她们什么时候是真诚的。罗门看了眼左侧的反光镜，把车开到了快车道上。

他已经不再去想巴基斯坦发生的事情，因为在回来的路上他已经想了太多，如果再这样胡思乱想下去，人就会崩溃。罗门承认，他对自己的将来感到茫然，但茫然归茫然，至少要把手头的事情做完。把这件事做完，他要去干什么？

真他妈的，然后我要去做什么？他这样问自己。这时候他才发现，自己对将来还没有真正的打算，在他内心里，还不能接受已经被排除在自己的事业之外的事实，他只是装出接受的样子而已。既是骗别人，也是骗自己。

在处理不了面临的问题时，所有人都会选择自欺欺人。

接受过的那些训练、经历过的那些事已经让他无法再做回一个普通人。当然生活对于他来说不成问题，他能够给自己找个称心的工作。如果他愿意，马上就能找个好姑娘结婚生子，虽然他很怀疑江曼云是否有耐心等着自己归来。在巴基斯坦的时候，魏汉还不无善意地劝过他：他还年轻，有的是时间享受生活，他也有资格为自己作打算。

“128部队还是有人情味儿的，至少能保证活下来的人都有出路。”

这是原话，说明魏汉对发生的事情也不无伤感。部队解散的唯一好处就是，有些事情再也不会被人提起。没有人再去关注罗门以前做过什么，也不会去追讨现在还存在他账户里的活动经费，甚至，也不会追讨那些他从各种渠道巧取豪夺加在一起足足有八位数的现金和资产。

这就是魏汉的言外之意，但这看起来更像是收买。

为了个人，罗门不会动用那些钱，除非是以非个人的名义。他的脑子很清楚，尽管这些钱是经过他的手得来的，但没有国家、组织这个平台，他就是超人也做不到这一点，所以这些财产属于谁不言而喻。

魏汉的言外之意让他很不舒服。并不是说这个数目不能收买他，而是魏汉对这些资产的态度，那可是他们用生命换来的东西。当初他们这样做的时候，为的是对自己的事业能够有所帮助而不是为了据为己有。不管魏汉说这些话是出于怎样的考虑，他这么说本身就是在侮辱罗门本人。罗门知道魏汉是在讽刺自己，但他从来就不介意魏汉对自己的看法，魏汉从来就没有喜欢过他，而这就使他在对魏汉的判断上不会出现致命的错误。

汽车进入上海市区，速度立刻慢了下来。

罗门并没有赶去“辉煌年代”。永远不在对方的计划中，是所有间谍都时刻遵循的行动信条。措手不及就会让人犯错，让对方犯错当然比自己犯错要好，最坏的情况也是要让双方同时犯错，所以随时随地作些改变没有坏处。邱玉堂作好准备在“辉煌”见面，那罗门就要跟他在家里见面，用后备厢里的钱把邱玉堂的眼睛晃花。这些钱是他在巴基斯坦的秘密安全地点拿到的，上次抓捕艾买提，罗门在艾买提的汽车里找到了几百万美元的现钞，当时他采取了自己一贯的做法：不在上级情报之内的资源全部归自己所有，因此他没有上交，而是自己留下来，希望什么时候能够派上用场。

一个间谍可能会很厉害，但有的时候，世界上最厉害的间谍也比不上一箱子现金有用；或者话可以反过来说，比一个间谍更有用的是一个带着一箱子现金的间谍；又或者，在一箱子的现金面前，有没有间谍都不重要。

邱玉堂果然很吃惊，赶紧把罗门迎到书房。罗门找个机会看了下邱玉堂的台式电脑，位置纹丝没动，这说明他的窃听器还在工作。现在他带来了更加专业的窃听器，要找机会把以前那个换下来。

“司马，这两天去哪里了？”邱玉堂的称呼也改变了，“我们都在等你的消息。”

“当然是去工作，老邱。自古道，温柔乡是英雄冢，老沉迷在风月场所是不行的。”罗门语带讥讽，“在我看来，在家里谈生意总比在那种地方让人安心，也更容易让人感觉到诚意。”

“那是，那是。”邱玉堂面色微红，“年轻人都喜欢那种地方，所以我以为司马你也喜欢那种地方。”

“平时，是喜欢，我恨不得每天都住在那种地方。”罗门俯身过去拍了拍邱玉堂的膝盖，向他眨了眨眼，“但工作的时候，不。那里太嘈杂，诱惑太多，太容易让人分心。”

邱玉堂在沙发里挪动了一下，“司马老弟还真是公私分明，玉堂佩服之至。”

“何必说这些没用的客套话，老邱。”罗门轻轻地拍了拍装钱的箱子，“你要的东西我带来了，我要的东西在哪里？”

邱玉堂疑惑地看着罗门：“这是我要的东西？”

罗门打开箱子，里面是一沓沓面值五十和一百的美元，看得邱玉堂目瞪口呆。罗门察言观色，知道这些钞票已经打动了邱玉堂，趁热打铁地把箱子推给邱玉堂。

罗门看着他微笑。

“我说过七位数的酬劳，现在钱在这里，你的东西在哪里？”

邱玉堂的眼睛在闪光，可他的样子看上去也很犹豫。

“司马，现在我一点都不怀疑你是一个做大事的人，但我得说，我很惭愧，我实在拿不出什么值这么大一笔钱的情报。就算你给我时间，我都不知道什么时候能够搞到像样的东西。”邱玉堂推了推鼻梁上的眼镜，“司马，我真的很惭愧。”

“把话说清楚，老邱，我可不喜欢猜测别人在想什么。”罗门审视着邱玉堂，“两天不见，我认为你应该准备好了。”

邱玉堂尴尬地笑了笑：“司马，我可不像你想象的那么有办法。”

罗门双手抱在胸前，盯着神色不定的邱玉堂半天没有说话。他的目光让邱玉堂更加心虚，只有不断地赔笑，试图缓解罗门的怒气。

邱玉堂是个情报贩子，本人还是光学专家，他的私生活可能很不检点，但做事情绝对不会这么没谱。看到唾手可得的外快不赚，说明他得到了什么人的警告。罗门根本不需要邱玉堂的什么情报，他只是要不断地给邱玉堂施加压力，只要压力到了一定程度，邱玉堂自己就会把罗门想要的信息说出来。

罗门站起身，慢慢地把邱玉堂面前的箱子又拿回来，抱歉地向邱玉堂笑了笑。

“看来我们之间不会有交易了，老邱。这让我很失望。”

他摆弄着装钱的箱子，让它在桌子上转来转去，假装没有注意到邱玉堂盯着这个箱子的热切眼神。

“既然这样，我们还是去个好地方转转。老去一个地方没什么乐趣，今天我请客，我们去‘人间天上’坐坐。”他站起身邀请邱玉堂，同时把箱子拎在手里，“我先回去换衣服，然后在那里见面，让我们看看这世界上除了许静还有没有别的美人。”

邱玉堂忽然从桌子后面站起来，“司马请留步。”

“春宵一刻值千金，你还要等什么？”罗门边说边走。

邱玉堂追了出来，在客厅里拉住罗门。

“司马请等一下，我们还有别的办法可以一起赚钱。”

“什么办法可以一下子赚到这样一箱子？”罗门举了举手里的箱子，好笑地看着邱玉堂，“老邱，我想我的意思已经表达得够明白了，我对赚小钱不感兴趣，你应该也不感兴趣。”

“再坐一下。”邱玉堂挽住罗门的手臂，“赚钱有好多种办法，有的时候听听别人的意见没有坏处。司马，我以年长者的身份说你一句，有时你有点太急躁。”

“我真是摸不透你，老邱，看到钞票就在眼前却不动心。”罗门打量着邱玉堂，“不过你说的有点道理，好吧，反正我也不是急着走，我可以等你几分钟。”

“司马，你到书房里等我，我去开瓶酒，我们边喝边聊。”邱玉堂亲热地拍着罗门的肩膀，“司马老弟，我发现我越来越欣赏你了，我们之间肯定可以找到合作的项目。”

罗门耸了耸肩膀，拎着箱子回到书房，他注意到邱玉堂走向酒柜的时候掏出了手机。

从门口可以看到邱玉堂在客厅里边打电话边走来走去。罗门跳到邱玉堂的书桌旁边，把电脑主机从桌子下抽出来，打开主机箱盖，飞快地拆下那个简易窃听器，这时候他听到邱玉堂在用日语跟对方交谈。新的窃听器容易受到电子信号的干扰，所以不能再装在这个地方。

这个电话花了邱玉堂几分钟的时间。他拿了酒和酒杯后向书房里看了一眼，却发现司马苍不在自己的座位上，他走到门口，看到司马苍正站在书桌后，对着占据了整整一面墙的书架浏览他的藏书。

“老邱，你的收藏不少。”罗门的眼睛没有离开书架，“不过看起来你没有时间读书。”

“现在的时势，读书都变得奢侈。”邱玉堂也站在那里打量着书柜，颇有感慨，“只要睁开眼睛就好像欠了债，不得不为了花花绿绿的钞票操劳奔波。司马老弟，你是个潇洒的单身汉，不知道我的辛苦啊。”

“既然那么辛苦，何不少养一个家？”罗门侧过头来看着他，“酒是穿肠毒药，色是刮骨钢刀，老邱你是明白人，怎么会不明白其中的利害？”

“虽然辛苦，可是对男人来说，这是生活中必需的乐趣。”邱玉堂笑着向罗门举了举手里的酒杯，水晶酒杯相碰，发出悦耳的声音，“整天都是柴米油盐酱醋茶，什么男人能几十年如一日地过着这样的日子？看着外面的花花世界，就守着那个黄脸婆，还是一个永远不会给你好脸色的黄脸婆，你不出来拈花惹草，自己就先要疯掉了。司马老弟，你还年轻，我这些话你未必听得进去，但几十年之后，你就会知道我老邱的话有多么正确。”

邱玉堂这么一本正经起来，罗门已经准备好的那些挖苦话反而说不出口了。邱玉堂是个浑蛋，但罗门自己也不是圣人，如果只是站在自己的立场考虑，那么任何人都没有权力去评判别人。每个人都有自己的苦衷。罗门提醒自己，他想对付邱玉堂只是因为职业，而与他对邱玉堂的观感无关，这样一想，跟邱玉堂的相处也就不会太难。

“1994 年的林奇百日。”罗门的目光落在酒瓶上，“老邱，你的日子过得不错。”

“总得给自己找点乐子。”邱玉堂自嘲地耸了耸肩膀，“我在法国旅游的时候买了几瓶，希望每次喝的时候都能想起那些好时光，呵呵，睡城普伊勒，我永远忘不了的地方。司马老弟，这虽然不是什么稀世珍品，但从现在开始，有什么好东西我都会与你分享。”

罗门笑了笑。如果邱玉堂知道自己跟许静的事情，他还会愿意继续“分享”吗？

邱玉堂是老江湖，可他不知道罗门是更老的江湖，他的这番殷勤根本打动不了冷酷的罗门。罗门的计划里最大的漏洞是，他跟邱玉堂其实不熟，只不过是对女人的共同兴趣让他们迅速拉近了距离。他跟孟云之间的事，孟云一定会说给许静，而许静一定会说给邱玉堂，所以罗门不用刻意去取信邱玉堂，他只要取信这两个女人就能够取信邱玉堂，而且他做到了这一点。接着他抓住了邱玉堂的心理，迎合了他目前最迫切的需求，才制造了这个局面，所以他必须牢牢占据这一点主动，甚至要暗中祈祷许静对邱玉堂有足够的吸引力。如果邱玉堂不是头脑发热，他应该可以看得出来，罗门其实比他还要着急。

邱玉堂给两个人倒上酒，却没有急着举杯。再好的红酒都要跟空气充分接触后才会得到理想的味道，而且时间因酒而异。

“你随随便便就能拿出这么多现金让我很意外，这也给了我一个灵感。”邱玉堂在眼镜后盯着罗门，略显局促地交握着手掌，“司马老弟，做商业间谍很危险，我不想冒险，我也不愿意让你冒险，特别是我们还有更安全的法子可以赚钱的时候。”

“我在等你说，老邱。”罗门看着自己杯子里亮丽而优雅的深宝石红颜色，然后轻轻地抿了一口，感觉到了行家们所说的肉桂味道，“我对能够赚钱的事情总是感兴趣。”

邱玉堂沉默了一小会儿，似乎还在犹豫。

罗门放下酒杯，探询地看着邱玉堂。

“啊，对，我们现在该说正事，就是赚大钱的事情。”邱玉堂好像从美酒的芳香中回过神来，“我听说过先锋科技，而且知道它的规模不小，在这里我不得不说一句，司马老弟真是年轻有为，你的公司到了这个规模，在我的帮助下，你什么都不需要做就已经能够赚钱。”

听说过？恐怕是已经暗中调查过。邱玉堂不是笨蛋，知道罗门想跟他做生意，他肯定会动用一切关系来调查罗门的背景。罗门只怕他不来调查，先锋科技是为海外情报收集活动作幌子而精心经营了多年的离岸公司，一切状况无懈可击。

“听起来你好像有一根能够点石成金的手指。”罗门感兴趣地倾过身子，“说说看。”

作为一家专业经营光学仪器的贸易公司，邱玉堂能够拿到集团采购的合同，这是他对外的正式职业，但他所有的合同从来就没有真正履行过，而是最终都以采购取消为结束，并为此提供高额赔偿，于是资金源源不断地通过这种方式流入国内，而邱玉堂就在其中收取百分之十的佣金。

现在说到事情的关键上了。罗门想到了好彩公司总数过亿美元的采购清单，按照邱玉堂的说法，好彩只是搭了个壳子就得到了如此巨额的赔付，钱从哪里来，又到哪里去？罗门的心忽然跳动起来，他意识到自己摸到了一条秘密资金流动的渠道，而这样的渠道往往联系的是秘密的人物和秘密的任务。

钟阡陌把这条秘密的资金流通渠道叫做“运钞车”。任何工作都少不了资金的支持，尤其是秘密工作，甚至可以这样说，只要能够持续地得到资金的支持，国家的任何反间谍工作都不会取得预期的效果。从长远来看，“运钞车”的存在比若干重量级间谍造成的损害更大，而切断这条秘密资金通道，可以改善整个反间谍工作的大环境。

这是一个非常好的设想，但钟阡陌却没有向更高一级部门提出这个设想，这个事实本身就耐人寻味。唯一能够让钟阡陌保持缄默的理由是，他不确定有没有自己人卷入这个巨大的阴谋之中。罗门联想到自己的处境，忽然意识到，有些事情并不像看上去那么简单。

128部队被解散看上去名正言顺，但如果是某些人的别有用心呢？解散128部队也许正是某些人针对钟阡陌这一大胆的设想而作出的对策，就算钟阡陌有计划有时间，到时候没有了罗门这批人，他也干不出什么大事情来。如果罗门的直觉是正确的，那么解散128部队看起来很像是一招釜底抽薪。

“问题的关键是现金。”邱玉堂的声音把罗门从思考中拉了回来，“大量的现金。”

“这跟现金有什么关系？”罗门顺口问。

“现金就是佣金。”邱玉堂的眼睛闪闪发亮，“你拿得出更多的现金，能得到的佣金就会更多，说得简单些，这相当于一笔银行业务，只是，没有我的引导，你所有的钱都只能躺在银行里睡觉。你出现金，我出关系，赚到的钱我们平分，这就是我跟你说的生意。”

“老邱，能拿得出现金的人比比皆是，你不用等到遇见我才想出这个办法。”罗门做出迟疑的样子，“这是天上掉馅饼的事情，我不相信这样的好运。”

“相信我，司马。”邱玉堂看出罗门已经心动，反而变得镇定了，“如今大宗现金的流通在许多国家都会受到很多部门的关注，反恐法和反洗黑钱法几乎控制了所有没有正当目的的现金流通，而像先锋科技这样的公司就有它得天独厚的好处了，只要你有现金，钞票就会像雨一样从天上落下来。”

“百分之十的佣金？”罗门皱着眉头，“跟我拿出来的现金相比，这个数字可不能让人满意，而且还有你的一半在里面，说实话，老邱，这看上去没那么有利可图。”

“我说过，我有关系，交易源源不断，相比之下，我倒是对你的资金表示怀疑。”邱玉堂感觉到主客之势已经扭转，语气也格外地潇洒起来，“司马老弟，干我们这一行总是有风险，但我给你提供的是一条再安全不过的路子。想想看，这世界上最赚钱的是什么？是毒品吗？扯淡。这世界上最赚钱的就是银行，他们把钱转来转去，钱就变成更多的钱，没有成本，还受法律的保护，这世界上还有更稳妥的赚钱方式吗？我们就像银行，只不过没有法律保护而已。”

“那是因为你的钱可能要花在非法的目的上。”罗门装作漫不经心的样子点了他一句。

“谁在乎什么非法不非法？”邱玉堂的眼神里有什么光彩闪了闪，“我们只是小人物，管好自己还来不及，谁还会去在乎法律？如果法律是保护我们这些小人物的，我当然会去维护它，可谁都知道法律是怎么回事。司马老弟，要是你在乎法律你会干上这一行？”

“法律就是等人去打破的条条框框。”罗门笑了笑，“去他妈的法律。”

“说得好，司马老弟。”邱玉堂放松地靠在沙发上，“那关于生意你怎么说？”

“先告诉我怎么做。”罗门又拿起酒杯抿了一口，体会着口腔里柔滑的单宁酸味和纯正的果香，“我有个感觉，这会是个危险而又有趣的生意。”

“第一次很简单，把你手里的箱子留给我，三天之内会有另一笔钱进入你的账户内，当然，是附加了百分之十的数目。”邱玉堂审视着罗门的表情，“也许是百分之十五。这里面有我的利润，所以我会争取。”

罗门没有说话，而是若有所思地看着邱玉堂。

等了一会儿罗门还没有说话，邱玉堂有些紧张。

“还犹豫什么，司马老弟？我们谈的不就是如何赚钱？”

“我很怀疑。”罗门放下酒杯，“一开始你还是泰德科技的老总，可一转眼你就变成了一个银行家，你给我描述的前景没有让我忽略你的身份，你到底是什么人？”

“我是什么人？”邱玉堂被这个突然的问题问得说不出话来，“司马，你这是什么意思？”

“我的意思就是，你可能是一个骗子，为了这一百万美元临时想出这么个蹩脚的骗局。”罗门伸手在自己的箱子上拍了拍，“可你看错人了，老邱，我可没那么笨。为了这一箱子的现金，人们可是什么都干得出来。”

一般来说，真正的笨人都会说上这么一句“我没那么笨”。罗门知道现在正在进入一个以司马苍的身份所不了解的业务中，所以他要表现得不那么精明，符合他一直以来咄咄逼人的印象。现在该是他示弱的时候了，适当的退缩会让邱玉堂急于掌握主动。

“哈哈，司马老弟，你真是考虑周详。”邱玉堂轻松地拍了拍沙发的扶手，“说到信任，既然我年长几岁，那我就得照顾老弟，我们这样做吧，等那笔钱到了你的账户上，你再把现金交给我，怎么样？这下你还有什么可担心的？”

“如果事情真的像你说的那么顺利，那么一切都好说。”罗门喜笑颜开，“就这么说定了。三天后我再把这个箱子带过来。”

一百万美元当然不是小数目，邱玉堂敢先把钱打进自己的账户就说明他不害怕司马苍赖账，这可不是任何人都办得到的事情。邱玉堂的背景绝非看上去那么简单。

“这是个好生意，比你想象的还要好。”邱玉堂笑了起来，“最重要的是，安全。司马老弟，安全对我这样有家有业的人来说比什么都重要。”

关于这一点邱玉堂倒是没有说谎。

“那我们到哪里庆祝一下？”罗门站起身，系上西服的扣子。

“老弟，你给我出了个难题，我现在就得处理这些事务，所以今天我没有时间去开心了。”邱玉堂也站起身，亲热地拍着罗门的后背，“别把这些钱都浪费在孟云身上，她除了一个无底洞什么都不能给你。”

邱玉堂为自己的一语双关哈哈大笑起来。

罗门从邱玉堂的家里出来，在走廊里给孟云打了个电话，告诉她现在就去接她，然后把窃听器的录音系统藏在楼里的电气室里。现在他只有一个人，器材和人手都不足，所以无法实时监听邱玉堂，只能暂时录下邱玉堂与别人的谈话，然后找时机取回这些记录再作分析。

"想我了吗，老公？"孟云的声音嗲到不行。

"简直迫不及待。"罗门笑了笑，"你能出来吗？"

"那快来接我。"孟云的声音越发甜腻，"只要老公想我，什么时候我都在。"

不管怎么样，迎来送往的日子至少不寂寞，这帮小姐的日子过得似乎比罗门还充实。

罗门驾驶着那辆本田雅阁来到辉煌年代的时候，精心打扮过的孟云已经等在路边。罗门探身过去给她打开车门，孟云坐到座位上，不屑地撇撇嘴。

"老公啊，换辆车吧，坐这种车会让别人笑话。"

"你是跟人混，不是跟车混。"罗门把一沓钞票塞给她，"怎么？没有一辆好车我就不能请你出去吃饭了？今天我们去哪里？"

"今天我哪里都不想去，我想回家。"孟云把钱塞回他的西装口袋，体贴地拍着罗门的胸口，"我跟娜娜说过了，所以今天你不用为我破费。留着换辆新车，让我也有点面子。"

这是为什么？孟云的做法倒让罗门有点吃惊。

"你是要帮我省钱，还是等下你有什么让我花大钱的地方？"罗门感兴趣地看着她，"别跟我客气，我愿意在你身上花钱，而且花多少都没问题，所以不用跟我玩这种心思。"

"讨厌，在你眼里我就那么贪财？"孟云语气里带着点烦躁，"别以为有两个臭钱就多了不起，上海滩比你有钱的人多了去了。"

"看起来我不在的时候你找到了更好的人。"罗门笑了笑，没有发动汽车，"那你怎么还上我的车？我敢说上海滩有更多更好的车在等着你，你的本事不就是找个有钱的男人？"

孟云把头扭向窗外。

"别感觉左右为难，在上海滩，不但比我有钱的人有的是，比你漂亮的女人也有的是，我们各取所需，所以，下去。"罗门把刚才那沓钱又扔给孟云，"打辆出租车找你的有钱人去。"

"你两天都不露面，见面就这样对我。"等她转过头来的时候，居然有眼泪在眼眶里滚动，"就算我是个婊子，你也不用这么看不起人吧？"

如果这是在演戏，那么孟云的演技就太高明了。难道她在向自己表达爱意？婊子爱上嫖客的闹剧要在自己身上上演？罗门哑然失笑，伸手把孟云搂了过来，孟云还想挣扎，但罗门捏住了她白净挺直的颈子，让她动弹不得。

罗门狠狠地亲住了孟云的嘴唇，粗鲁地含住她的舌头，等到孟云对他的吻有了回应的时候，他又抓住她的头发，把她扯离自己面前，盯着孟云略显迷离的眼睛。

"我没有看不起你，你也别把我当成那些白痴，那天王娜娜说得好，别坏了规矩，把开心的一件事变得不开心。"

孟云被他忽冷忽热的举动搞得有些晕头转向，从她迷惑的眼神里就能看得出来。

"你很漂亮。"罗门用手指抚弄着她的嘴唇，对着孟云的耳朵低声说道。在夜晚街道的灯火中，他看到孟云的耳朵泛起了红色，"我们之间会有很多开心的时间，前提是我们都别脱离现实。"

"我把你带到家里就已经坏了规矩，不过，谁让我喜欢你呢。"孟云幽怨地看了罗门一眼，慢慢把手伸进罗门的裤子里，说话也像是变成了鼻子里的呻吟，"还不挂挡？"

"先办要紧事。"罗门微笑着把她的手拉开，然后到她包里拿出她的电话，"给许静打电话，叫她出来吃饭。"

孟云的脸色立刻变了："叫她来干什么？还想来个三人行？你要不要脸？我这么伺候你你还想着别人，你他妈的是不是人？"

女人吃起醋来很可怕，孟云尤其如此，她好像已经忘了当初是她怂恿罗门对许静下手的。女人都是这样不可理喻，当她们对某人和某物有了占有的欲望，那就连世界末日都不放在心上了。

"我要许静帮忙。"罗门把电话硬塞在她手里，"不是你想的那样。"

孟云气愤地看着罗门。

"一个就认得钱的骚货能帮你什么忙？你少他妈骗我。男人没有一个好东西，对他们多好都不行。"

男人能够干出来的最蠢的事情就是跟女人讲道理，所以罗门没有废话，而是拿过装钱的箱子放在孟云的腿上打开。

孟云瞪大了眼睛，看着箱子里的钱不说话。

“这些钱是我给许静准备的，如果她像你说的是个只认钱的骚货，那事情倒好办了。”罗门向孟云摆了摆下巴，“给她打电话，马上。”

孟云一下子抱紧了箱子，声音变得尖厉起来。

“我不打电话！你跟她就睡了一次，干什么给她这么多钱？我要这些钱，不许你给许静！”

罗门发动了汽车。

“只要你听话，我的还不就是你的。我要跟老邱做生意，可又怕老邱坑我，所以要让许静帮我。”

“别以为许静跟你睡就是喜欢你，你能像老邱那样对她？”孟云还是抱着箱子不放手，“许静可不像我这么傻，真把你当成自己老公对待。”

“我不想她把我当成老公，我想她把我当成老板。”罗门拿过箱子扔到后座上，“我还有一个规矩要告诉你，别替我拿主意，别帮我想主意，我要你做什么你就做什么，要是你想跟我在一起混的话。”

孟云恨恨地按下电话按键，“你别骗我，你要是骗我，我就让你当王八。”

罗门忍不住想笑，这种话只能够吓唬那些自尊脆弱得像纸的男人。邱玉堂肯定想不到罗门会从许静这里想办法，因为他认为罗门只是个生意人，是生意人就会控制成本，可他不知道罗门这个生意人根本就不考虑成本的问题，如果在许静身上花的钱能够确保他在邱玉堂身上的投资不会落空，那么对罗门来说就值得。凡事都要多准备几手，这是所有人都会遵循的首要原则，不管他从事的是什么职业。

许静很快就赶到孟云家，听到门铃声，孟云生气地嘟囔着：“这个骚货还真是欠骂，听你一叫就到。”

等她打开门，孟云脸上立刻换了一个亲热的笑容，伸手在许静完美的胸部上掐了一把。

“有人想你这对宝货了，所以急着叫你过来。”

许静低叫了一声，眼睛先向她后面瞟过去。看到坐在沙发上的罗门，她才回手打了孟云一下：“你的也不错啊，这不是先找到你门上了？”

“他是我老公嘛，没有我的允许他敢在外面偷吃吗？”孟云似乎在开玩笑又似乎在警告许静，“要偷吃也不能便宜了外人。”

如果说许静听出了孟云话里的意思，她却没有表现出来。她低声道：“我要先洗个澡，等下还有别的客人，娜娜跟我说不能出来太久。”

“还有个屁的客人，还不是老邱要你回家。”孟云轻蔑地撇撇嘴，“还是安心在这里混吧，你在我这里老邱还不放心？”

“我不跟老邱混怎么办？”许静笑了笑，“你把你的男人让给我？”

“好吧好吧，你就守着你的老邱吧，正好不跟我抢男人。”孟云把许静推进淋浴间。

等许静出来时，看到罗门和穿着黑色睡衣的孟云在沙发上纠缠在一起，孟云一脸满足的神色。许静还从来没有看过孟云跟别的男人在一起时有过这样幸福的样子，这反而让她迟疑起来。

她看得出孟云为这个小白脸动了真情。欢场女人就有这样一双犀利的眼睛，只要几个照面几句话，就能够分辨一个男人是好还是坏。这个司马苍虽然跟她们混在一起没有多长时间，但许静和孟云都直觉地感到他与其他来寻欢作乐的男人不同，尽管说不出来区别在哪里，但这个男人让人感到可靠，就连她自己都有点嫉妒孟云，尤其是这个男人有那样的好体格和好技巧。

“还记得我跟你说的事情吗？我要帮老邱一个忙，让他能够把你安置下来。”

三个人都汗淋淋地躺在地板上，罗门坐起来看着许静。

听到邱玉堂的名字，许静的脸红了红，不知道是出于惭愧还是因为激情尚未消退。

“我不知道我能做些什么，老邱有的时候很固执，我也不大敢问他。”许静转身过去，枕着自己的手臂，“有时我觉得，他并不想把我安置下来。他说他没有钱。”

你当然也不愿意搭上自己的钱，罗门笑了笑：“不过马上老邱就没有这个借口了，要是他真的跟我做生意，我愿意让你知道老邱到底是出于什么原因还不能作决定。”

许静坐了起来，拢着自己的长发，狐疑地看着罗门：“你这么好心要帮我？”

罗门微笑。

“如果我帮了你，那什么时候我想这样开心一下你应该不会拒绝。”

这个理由在许静看来很充分，许静扭头看了看孟云，扑哧一声笑出来。

“你不管管自己的老公？吃着碗里看着锅里的？”

“那也得有这种贱货自己送上门。”孟云懒洋洋地蜷在地毯上，伸出腿跨过罗门踢了踢许静的乳房，“我看得住自己的男人还看得住那些骚货？”

“钱对老邱不是问题。”罗门知道自己的花招已经奏效，要给许静加把劲，“我知道老邱不会让你干涉他的生意，但你这么聪明，一定知道怎么让他去做正确的事情。”

许静咬着嘴唇，慢慢地点点头。

罗门把衣服扔给她，脸上浮起一个热情的微笑：“去和老邱谈，他的时间不多。”

许静偷偷看了一眼孟云，低头没有说话，默默地穿起衣服。

孟云看了她一眼，轻蔑地从鼻子哼了一声：“老公，你别太热心，搞不好她再黏上你，我可不是那么好说话的人，偶尔开心下就算了，回头老这么不清不楚的可不行。”

“哎哟，瞧你说的。”许静笑了起来，“云，你静姐还没到抢姐妹的男人的时候，怎么着，现在就吃起醋来了？你还能把你男人塞在内裤里永远不放出来？”

“你少他妈废话。”孟云的脸拉了下来，举了举手里的一个小巧的摄像机，“静静，你把我惹急了我就给老邱那个王八看你干的好事。”

许静的脸色变了变：“云妹妹，没想到你还有这么一手。什么时候学得这么聪明了？”

“赶紧滚。”孟云伸手指着门口，“以后没事少来。”

女人们争风吃醋的样子绝对不会像她们平时看起来那么养眼，一时间罗门觉得这些女人都是那么的面目可憎。罗门才不会参与她们之间的谈话，站起身来走进卫生间。把龙头开到最大，在哗哗的水声中，他扶着马桶呕吐起来。

这一切都让他觉得恶心。

等他穿好衣服出来，许静已经离开。孟云点着了一根香烟，光着身子坐在沙发上看着刚才录下的影像。现在那些呻吟和叫喊听起来却是那么的刺耳，罗门抢过摄像机，把里面所有数据全都删除。

孟云靠了过来，调笑地摸着他的身体。“你可真卖力气啊，都把这骚货操翻了，看着吧，她以后还会来勾搭你。”

罗门推开她的手。“我饿了，有没有什么吃的？”

孟云放浪地笑起来：“吃了许静的奶，怎么还能饿？”

罗门厌恶地看着她。

“你的废话多得就像上过你的男人。”

看到罗门的神情不对，孟云知趣地站起来，走向厨房。

“得得得，你是我祖宗，就知道拿我撒气。吃的没有，给你煮方便面行吗？”

不知道为什么，罗门坐在桌子前，看着孟云端着热气腾腾的方便面，让他想起了兰州基地里那碗鸡蛋面，想起江曼云的娇羞样子，味道还不错的辛拉面顿时变得难以下咽，而桌子对面的眼神更加让他不自在，吃面的时候他没有说一句话。

“我得回自己的住处一趟。”罗门放下筷子，淡淡地说了一句。

“你不留下来吗？”孟云看出罗门的情绪不高，小心翼翼地问他。

“我还有生意要照顾，住在你这里不方便。”

罗门站起身准备走，孟云赶紧把一把钥匙塞给他。“你想什么时候来都可以。”

罗门接过钥匙，忽然想到了什么。“你的车给我用一下。”

“没问题。”

孟云立刻满口答应，从包里翻出钥匙交给罗门。连她自己都没有想到怎么会忽然对这个男人言听计从，尽管这辆宝马是她多年皮肉生涯的积蓄，可她连想都没有想就交给他，全然没有想到其实自己对这个男人并不了解。

夜深人静。

罗门把宝马车停在路边，像两天前一样核对停在楼下停车场里的汽车牌照。差不多四十八小时过去，这里的情况仍然没有变化。仅仅是出于习惯，罗门没有把车停在停车场里，这样他就可以直接穿过路边的小树林进入那幢老楼。

他悄悄地走到三楼的走廊，走廊的灯似乎比以前亮了一些，楼梯的那一端再也不会像恐怖电影那样笼罩在阴暗中。他走到自己的房门口，从那一端楼梯处的玻璃窗上看到自己的影子，影子有张惨白的脸，像个幽灵一样，吓了他一跳。

他从钱包里拿出一张信用卡，塞进门的缝隙里，轻轻地划了一圈，没有任何可疑。在罗门的记忆里，已经有许多人在回住处时被卑鄙的诡雷炸死。完成这个任务甚至不用火药，只要从商店买点化学药剂就可以。间谍不是人们想象中的那么潇洒，间谍有的时候就像个无聊的娘们儿一样疑神疑鬼。

罗门无声地打开房门，一步跨进屋子里，然后小心地靠在门口的墙壁上。

微弱的霓虹灯光从窗帘射入，在地板上反射着淡淡的光晕，一切都跟他走的时候没有什么两样。他没有开灯，而是静静地站在那里，等待着可能会出现的危险状况。如果有这样的状况，那么用不上几秒钟就会爆发，然而十秒钟过去后，想象中的枪击和爆炸都没有出现，一切照旧。他脱下鞋，然后穿着袜子走到桌子前，桌子下的地板下有一个紧急的贮藏室，当他接到安念蓉的紧急征召时，把随身携带的武器、“天眼”、计算机和其他装备都保存在那里。

罗门迫不及待地摸出那把“沙漠勇士”。

指尖接触到光滑的金属表面，他的心跳开始舒缓下来。在这个非常时期，这把手枪是他最亲密和最可靠的战友，也只有这把手枪才能让他在这个时候感到自己的安全有保障，尽管这支枪最大的作用可能就是在最后用来解决他自己，但他仍然像抓住一根救命稻草那样感到欣慰。他只用了几秒钟的时间就在黑暗中把手枪重新组装了一次，把弹匣里的子弹也重新装过，然后才如释重负地靠在床边。

罗门，在这种时候，你的胆量跟其他人也没有什么太大的分别，不管你接受过多少训练参加过多少实战，你仍然无法消除对死亡的畏惧，罗门在心里对自己说。没有后援，你和你见过的那些可怜虫一样可悲。

“不要自怨自艾，年轻人，自怨自艾对你没有任何帮助。”钟阡陌的脸在黑暗中浮现出来，声音也回荡在他耳边，“面对现实，挣扎到最后一刻，这才是你该做的事情，也只有这样你才有幸存的机会。”

“我很累。”罗门凝视着那张熟悉的面孔，喃喃自语，“从来没有这么累。”

“那简单得很。”钟阡陌嘲笑地看着他，“你手里有枪，向脑门开上一枪就万事大吉。”

罗门低头看着自己的手枪，觉得这把枪仿佛有千斤之重。

“死总是很容易，活着才艰难。”钟阡陌的面孔变得模糊起来，“要死也得先把你的工作做完。”

罗门用力晃了晃脑袋，知道眼前出现的是幻觉，是疼痛、疲劳和药物制造出来的幻觉，这提醒他现在需要充足的睡眠，哪怕只有几小时，也足以让糟糕的身体和精神状态有所缓解。他甚至不想爬到床上去，就这样慢慢地躺在地板上。

他侧过头，漫无目的地看着眼前坚硬、光滑的地板，看着地板上一根根的平行线枯燥地伸展开，消失在房间的角落里，很快他的眼睛就开始发酸，眼皮开始打起架来，他感到了进入梦乡前那种松弛的舒适，好像整个人都陷在柔软的棉花堆上，缓慢地、没有终止地沉下去。

忽然，他的目光停留在一小片东西上，睡意立刻消失得无影无踪。

他打开随身的笔式电筒，慢慢地伸到那一小片东西前。尽管他仍然躺在那里，可还是能够认出那是一片树叶，是碎指甲大的一片树叶，而且看上去就是外面林荫道上的那种。这片树叶已经风干，肯定不是罗门自己刚才带进来的。

罗门的心脏忽然紧缩，下意识地关上了手里的笔式电筒。

房间里已经有人来过。

干净得一尘不染的地板也是防御措施的一种。他离开时已经彻底清理了地板，确定这片树叶并不在它现在的位置上，不，当时根本没有这么一片垃圾。

常旭东说过，事先没有通知，不会有人到这个秘密地点来。罗门相信他，因为常旭东知道，没有得到罗门的允许而进入他的住处绝对是件危险的事情。

知道自己在上海的只有常旭东一个人，如果不是他，那么是谁？

无论如何，这个地方已经不能久留。罗门从地板上跳起来，用最快的速度把东西整理到背包里，离开房间。

在北京完成了绑架并运送林永泉的指令后，猛虎的三人小组没有停留，而是立刻返回上海，继续追杀128部队成员。现在的指令已经很明确，必须在最短的时间内干掉他，所以猛虎没有时间为自己在情报局眼皮子底下瞒天过海而沾沾自喜，他很清楚，对付这个人要比绑架一名情报局高级官员困难得多。

首先就是要确定这个人的行踪。

考虑到目标人物面临的处境，猛虎认为罗门没有其他地方可去，如果他还在国内活动，那么一定还会以此处落脚，所以他们仍然返回到“金滨”大酒店的那个监视地点，一方面等待上面的通知，另一方面希望能够有意外的惊喜。

所有秘密工作的精髓其实不是那些华丽壮观的行动场面，而是这种枯燥无聊的等待和监视。如果一个人有时间和毅力把目光在某处停留足够长的时间，他就会吃惊于自己的发现是多么有趣和有价值，猛虎知道这一点，所以他对接下来的等待并不抗拒，相反还有些期待。这个叫罗门的家伙是个真正的特种部队军人，而猛虎还从来没有和一个真正的特种部队军人交过手，所以他一直跃跃欲试。

可事情往往就是这样，当你准备好进行长期地等待之后，问题却以另外一种速度出现在你眼前。不管之前进行过多么周密细致的准备，命运总有办法让你措手不及。

黑鲨刚刚把眼睛凑到高倍望远镜上，就发现他所关注的窗子里露出微弱的光亮。上次行动已经让他们三个人对这个房间的内部环境心中有数，从灯光的亮度来看，这不是房间里的任何一个光源。有人来了。

他立刻趴到步枪前，同时用无线电通知正出发去布置监视点的猛虎和毒蛇。

这个发现让黑鲨感到一种惶恐的狂喜，心脏居然也剧烈地跳动起来。他赶紧摸出一片“心得安”放进嘴里，心里暗骂自己沉不住气。“心得安”是一种 β-受体阻滞剂，可以平缓心律以控制血液流速，军人和狙击手都会在执行任务时使用这种药物。

“你看清楚目标了吗？”无线电里传来猛虎的声音，“准备好就开火。”

“收到。”

黑鲨继续专心地观察着窗户里的情况，他知道猛虎和毒蛇还没有接近目标藏身地点。

像上一次一样，罗门离开的时候没有走楼梯。他的车停在路边，从房间到路边的最短距离当然是直线，特别是在这个时候。他打开走廊上的一扇窗户，悄无声息地翻了出去。就在跨出窗台的一瞬间，他听到了走廊里传来的脚步声。

罗门把自己挂在墙壁上，从背包里拿出一只牙科医生用的窥镜，小心地伸到窗户边缘。

两个人正从走廊两侧向他的房门潜进，手中是 MP5K-PDW 冲锋枪。这让罗门想起了安念蓉说过的香港事件，从香港到上海，MP5 无所不在。

两个人到了门前停下来，其中一个伸手轻轻推了下房门，房门居然慢慢打开了。罗门这才发现自己惊慌之下竟然忘了锁门，不过这也许会让这些人明白，他不会再回来这个地方。知道他不会再回来，也许这些人就会打消对他的恶意。

当然，那只是他的一相情愿而已。

这两个人很默契，身手也很利索，不管他们是杀手还是刺客还是特种部队成员，肯定都是最专业的那种，这让罗门放弃了偷袭的想法。他不认为自己有同时打倒两个的本事，MP5K-PDW 虽然短小但火力却异常凶猛，连发射击时精度很高，罗门可没有拿一支手枪跟这种冲锋枪对抗的勇气。而且他现在吊在墙上，完全没有防卫的能力。

在这个时候没有误会的可能。对方很专业，而且目的很明确，就是要置他于死地，那就是说他们已经知道了自己的身份。罗门的精神一下子振奋起来，他所担心的只是找不到目标，可现在目标自己找上门来，这对他来说，绝对是个意外的惊喜。

遗憾的是，窥镜里看不清楚两个人的长相。

罗门的手指已经禁不起长时间攀附，只好收回窥镜，悄悄地下到地面。他飞快地穿过小树林，驾驶白色宝马离开。

又扑了个空的猛虎很想骂人。

连续两次和目标擦肩而过，这股怨气让他差点失控。

面对空荡荡的房间，他骂出了一连串的脏话。

“这个家伙是他妈的幽灵吗？怎么每次都错过。”毒蛇也嘟囔着，四下打量着房间，“要么就是他在这里有什么秘道。”

“你小说看得太多了。”猛虎生气地看着他，“这种建筑哪来的机关暗道？这只是为秘密人员准备的临时住所，隐秘才是最重要的，要是被人发现，就算是碉堡又有个屁用。”

“看起来他好像不会回来了。”毒蛇关上冲锋枪的保险，放回到衣服下面，“再要找到他就困难了，我们该怎么办？”

猛虎没有说话。

他现在考虑的是，是什么原因让罗门这么匆忙地离开秘密藏身地点。如果罗门已经发现被人监视和追踪，那么再要找到他就会很困难。如果这次只是凑巧，那么猛虎知道还有一个地方可以碰碰运气，那就是那个夜总会小姐。

他先要做的事情是请示自己的老板。

老板已经让128部队损失惨重，有个把漏网之鱼大概也不会有什么关系。

罗门一边观察路上是否有人跟踪，一边拨通了魏汉的电话。

“是谁？”魏汉的声音里带着浓浓的睡意，因为半夜被叫醒，所以他的情绪很不好。

“我是蜂鸟，魏老，是不是到了起夜的时间了？”罗门冷笑，“希望你还起得来。”

“是你？”魏汉立刻清醒起来，“什么事？”

“我想跟你确定一下我们的交易是否还有效。”罗门从鼻子里哼了一声，“我不愿意动用我手里的那些秘密，但要是有人对我感兴趣，那我也不介意把这些东西公布于众。魏汉，问问那些人，他们作好准备了吗？”

“你在说些什么乱七八糟的东西？”魏汉的语气也生硬起来。

“我说的是，现在有人在打我的主意，而且这些人非常专业，专业到让我想起了128部队。”罗门平静地看着车窗外的道路，“如果你想跟我玩暗度陈仓的把戏，那只能说你有点老糊涂了，你看我是一个只会嘘声恫吓的人吗？又或者，你以为我已经忘了跟敌人同归于尽的那一套？”

“放肆！你以为你在跟谁说话？”魏汉勃然大怒，“我不知道你遇到了什么事，但听你的意思，好像遇到了什么麻烦，如果是这样，那么我可以告诉你，你的麻烦与我无关。如果我派出128部队的人对付你，你根本就没有机会在这里跟我抱怨！”

魏汉的反应不像是演戏，罗门非常了解“魏阎王”。魏汉根本就不屑于演戏，而且他骨子里是一个正经八百的军人，要阴谋诡计不是他所擅长的事情。

“如果你是无辜的，那么还有谁对我感兴趣？”

“对你感兴趣的人太多了，蜂鸟，你给自己惹了太多的麻烦。”魏汉的声音里带着嘲讽，“但你不要慌不择路。年轻人，用用脑子，现在能救你的也只有你的脑子了。没别的事我要继续睡觉了。你知道吗？我从来没想到夜里可以睡得着也是一种幸福。你好自为之吧，蜂鸟。”

“要是我不能睡，那你也别想睡。”罗门无声地笑了笑，“或许这件事与你无关，但现在为了我自己的安全，交易内容改变了。魏汉，知道核捆绑吗？现在我就给你来个蜂鸟的机密捆绑，不管是不是你干的，只要有人来打扰我，我就把我手里的全部机密公布出去，你觉得这个条件怎么样？”

“你别太过分，蜂鸟。”魏汉的声音沉稳有力，“你和我的交易只存在于双方都可接受的公平环境里。你跟我耍无赖？要知道你手里的那些东西对我没有半点价值，要是我对你不爽，我可以调动所有我能调动的人马追杀你到海角天涯，至于那些秘密会让谁倒霉，你觉得我这个半截入土的人会在乎吗？”

“半截入土？现在是谁在耍无赖？何不立刻派出你的人马来追杀我？我向你保证，魏汉，不等你的人找到我，那些秘密就已经让你大祸临头。”罗门看着后视镜，“哦，我想起来了，你一定是为我安排了某种反制措施，不然你怎么这么肯定你能干掉我？干脆，拿出你的反制措施来，让我看看你这个魏阎王到底有多狠。”

魏汉沉默了一会儿。

“你知道有反制措施这回事？你怎么知道的？”

“真的有反制措施这回事？”罗门的声音里听不出什么情绪，“我不知道什么反制措施，我只知道没有人能够独善其身。怎么？要不要放马过来？”

“你想要我做什么？”魏汉的声音很低沉。

“对我感兴趣的人与你无关，这让我松了口气。”罗门的语气缓和下来，“我需要你的一点帮助，在你能够控制的范围内透露我在上海的消息，这样我就会知道是谁对我这么感兴趣。”

“你在上海？”电话那边魏汉似乎吸了一口凉气，“你的胆子可真大。”

“我从来没有胆小过。”罗门继续观察着路上的情况。

“你透露自己的行踪想干什么？”魏汉似乎在叹息。

罗门没有回答他。魏汉比谁都清楚他要干什么，所以他不用回答魏汉的问题，果然，过了几秒钟，魏汉什么也没说就挂了电话。

这个忙魏汉一定要帮，以证明他在这件事上的无辜。如果魏汉还保持着往日的职业敏感，那么他也应该对那些对罗门感兴趣的人产生兴趣。可惜的是，即使魏汉还保持着这种职业敏感，他也绝对不会与罗门合作。

罗门对魏汉的判断很正确。

魏汉切断与罗门的通话后，便意识到了情况的复杂。据他所知，除了128部队之外，没有任何单位得到过对罗门采取行动的指令，至少在情报局内部是这样。至于要搞清楚有没有情报局之外的单位对罗门采取行动，那就需要一些时间来处理行政上的繁文缛节，在这段时间内会发生什么谁也无法判断，如果罗门采取极端行动，这个责任他可承担不起。

一旦他把这个消息放出去，那么在罗门的事情上，情报局内部再也不能“睁一只眼闭一只眼”，而是会立刻对他采取行动，这对罗门没有什么好处，所以魏汉猜想罗门是想要制造混乱以达到目的。

魏汉犹豫了一会儿。如果大规模的抓捕不起作用，他肯定会因此受到牵连，人们会追问他的消息来源并由此怀疑他，而且他也不确定罗门要制造哪方面哪种程度的混乱，这样来看，似乎罗门正试图摆脱情报局的控制，那绝对是一个危险信号。

魏汉通过紧急线路联系上许成龙，告诉他，罗门已经失控，再默许他的自由行动会使事态朝着谁也不想看到的方向发展。

“你的意思是说，现在要对罗门启动反制手段？”许成龙很快从睡意中清醒过来，“有绝对的把握吗？”

“我们不说绝对这个词。”魏汉知道许成龙现在很紧张，无声地笑了笑，“但我可以向你保证，成功的概率是无限大。”

“那就好。”许成龙没有考虑太长时间，“收尾工作一定要做好，我不希望留下任何可能引起麻烦的痕迹。”

魏汉放下电话，再也睡不着觉。现在，他要亲手消灭128部队最好的一件产品，这让他既兴奋又紧张。兴奋的是，罗门在这个世界上消失之后，128部队过去的一切都将真正地烟消云散；紧张的是，尽管一切都已经就绪，让罗门消失只要发布一道命令即可，然而以他对罗门的了解，他也知道在没有真正看到罗门的尸体之前就不能高兴太早。

罗门先把自己所有的东西都放在本田车里，才悄悄地进到孟云的高级公寓里。天色已经微微泛白，孟云还在睡觉，罗门脱下衣服钻进卫生间。

被子弹打断的肋骨开始疼痛起来，他的强力止痛药已经用完，而他和女人们做的那些事对缓解疼痛可没有什么帮助。当疼痛开始变得无法忍受的时候，就说明他开始依赖药物，这是个危险的信号。好在那个医生的包里还有些安眠药。

钻进被子里，罗门几乎立刻就睡着了。

被电话吵醒的时候已经是下午，断骨处的疼痛更加剧烈，翻个身都有困难。孟云夹着烟把电话送到他手边。她还没有化妆，眉眼依旧漂亮，但眼角眉梢都带着掩饰不住的风尘之色。罗门忽然发现，她的年龄已经不小。

“想不想吃东西？”孟云坐在床边。

罗门摇头，看过电话号码后把手机扔在一边。这个时候他不想接邱玉堂的电话，安眠药和肋骨的疼痛弄得他头昏脑涨，他懒洋洋的，什么都不想做。

“你们之间不是有生意要谈？”孟云把香烟在手里的烟灰缸里按灭。

“让他着急我才好讨价还价。”罗门笑了笑，“你今天不用去上班？”

“我看你的样子不是很好，所以在家照顾你。”孟云看了看表，“我去叫点吃的上来，小区外有家川菜很地道。”

“别麻烦了。”罗门又闭上眼睛，他现在只想睡觉，“我不饿。”

“你这两天干什么去了？”孟云轻轻地摸着他胸前的那一大片青紫，因为淤血已经化开，所以中弹的地方看上去更加狰狞可怖，“跟人打架？”

罗门没有回答。

孟云轻轻地在青紫的地方按了按：“疼吗？”

罗门点点头。

孟云拿起他的手按在自己的屁股上，哧哧地笑着：“这样感觉会不会好一点？”

罗门甚至还没有来得及在丰满的肉体上捏一把就又睡着了，迷迷糊糊中感觉到孟云也爬上床，跟他依偎在一起。她的嘴里还有难闻的香烟味道，但她的身体又温暖又有弹性，罗门喜欢这种感觉。这个时候他甚至没有去想自己在上海已经公开，敌人已经在路上，这个时候他只想找个感觉舒服的地方休息，什么都不想，什么都不做。孟云躺在他身边，居然很安静，没有动手动脚。

凌晨的时候，他忽然从昏睡中惊醒。手机无声地闪烁着蓝色的光芒，有电话打进来。

罗门坐起身，身边的孟云发出一声梦呓，翻个身又睡着了。

罗门拿起手机走上阳台，电话是安念蓉打来的。安念蓉告诉他要在最快的时间内赶到北京，见到杨隼后，杨隼会安排他接下来的行程。在电话里不方便透露更多的信息，而且安念蓉知道他受伤的情况，所以一定是出了什么紧急事件。安念蓉的声音听起来有点疲惫。

远方晨曦浮现，住宅区里已经有人出来晨练。

罗门伏在阳台上看着外面的情况。他现在的身份不能乘坐国内航班，就算登机时不被抓住，等飞机到地方时肯定也会有大批特工等着他，安念蓉再有权力，这个时候也不好再出面解救他，所以他只能自己开车去。更大的问题是，如果他不能及时返回，跟邱玉堂这边的联系可能就会从此中断。

也许在这个时候他可以指望孟云？这太冒险了。

罗门看着还在熟睡的风尘女人，自嘲地笑了笑。

他的整个人生都是在冒险，这一次又有什么不同？再说，就算这次冒险失败，他其实也没有什么可失去的，在他心里，他甚至希望邱玉堂这条线索立刻断掉，那样他就不用去接触那些他原本就已无力负荷的巨大秘密。

他对这一行了解得已经够多，对这一行里的人也了解得够多，多到已经开始厌倦。

# 第三章 安乐死

二十四小时的时间有多长?

对安念蓉来说，二十四小时简直就像一眨眼那么快，而她在许成龙那里了解到的情况让她更加吃惊。她不得不对楚江南再次失约，没有一起看完那部电影。事实上，当她知道情报局内部发生了什么问题之后，楚江南和电影都被她抛到了九霄云外。

在“雷霆”行动当天，在监听室值班的两个参谋被枪杀，专职负责为前方提供情报的监听室主任林永泉大校失踪，而林永泉正是许成龙所说的十一名高层官员之一。在这种情况下，“神谕”的身份已经呼之欲出。

情报局的反应不可谓不快，在“雷霆”行动之后，许成龙立即对监听室所有相关人员进行了监控，但对手显然走在了他的前面。两名低级别的参谋在下班后就失去了踪迹，寻找他们浪费了一天的时间，等到发现他们的尸体之后，负责监控林永泉的特工们在实施抓捕时遭到不明身份的武装人员突然袭击，全部被害，而林永泉就此失踪。

“那么结论是什么?”安念蓉直觉地感到事态变得严重起来，但她仍然很谨慎。

“根据弹道分析，两名值班参谋身上找到的子弹与林永泉的佩枪相符。一切迹象表明，林永泉很可能就是‘神谕’。”

许成龙的声音略带沙哑，很显然，这个突发事件也让他很惶恐。林永泉手中掌握着党、政、军机关很多秘密情报人员的详细资料，不管他是不是“神谕”，他的失踪都会给国家情报机关带来巨大的震荡。现在的首要问题已经不在于林永泉到底是什么人，而在于林永泉到底在哪里。

许成龙请安念蓉过来的目的，并不是为了就“雷霆”行动展开讨论，也不是为了“神谕”，而是要安念蓉关注海外的动静。出了这么大的事情，国内外的情报机关已经全部行动起来，如果林永泉还在国内，那就没什么好担心的，可如果他是内外勾结，那么很有可能在第一时间离开了国境，安念蓉在美国的情报系统是许成龙的第二手准备。

到了这个时候，安念蓉除了震惊之外也感到了一点欣慰。如果林永泉就是“神谕”，那么这个结局反而是最圆满的。影响虽然巨大，但伤害还没有造成，从这一点来说，所有人都很幸运。唯一在这个事件中会受到影响的是林永泉的主管上级，也就是许成龙。即使他能够从林永泉事件里得到澄清，可他仍会受到党内和行政处分。但相比事件的结果，这已经是不幸之中的大幸。

安念蓉在许成龙的办公室里看到了技术部门对事件发生过程的描述，其中有两点结论引起了她的注意。一是就当时的冲突情况来看，袭击者事先进行过周密的部署，对情报局的行动细节非常熟悉，战术应用非常熟练，由此可以确定，对我方的袭击来自非常专业的军事人员；二是在交火中他们使用的是在国内非常少见的 HK 公司的 MP5 冲锋枪。

她觉得这两个结论似曾相识，于是立刻从中央情报部调来了香港那次失败的抓捕行动的全部卷宗。经过对比弹道记录可以得出一个结论，至少有一支 MP5 冲锋枪在两次事件中都出现过。不管这个事件本身的疑点有多大，这个新证据表明，林永泉即使不是“神谕”，也绝对和“神谕”有着极大的关联。

“我到现在都不敢相信，老林会是敌人的间谍。”唐白的脸色也和许成龙一样难看，“在他那个位置上，任何机密的泄露都有极大的杀伤力，可到目前为止，并没有任何迹象表明他向敌人泄露过什么机密信息。”

“如果他是间谍，那么他肯定有自己的方法。”何令军皱着眉头，“我们这些年的工作进行得并不顺利，如果他真的是间谍，那也没有什么好奇怪的。”

“那么我们现在该做什么？”唐白看着许成龙。

“首先是要把损失降到最低。”许成龙疲惫地揉搓着面孔，“其次，林永泉没那么快就离开国境，所以我们要尽全力搜索他的下落，其他次一级的工作暂停。”

“次一级的工作全部暂停？”唐白吃惊地看着许成龙，“你知道这意味着什么吗？”

次一级的工作暂停就意味着所有的工作都要暂停，那需要更多的时间和更多的精力，这对整个情报局的工作是致命的打击。作为情报局的最高领导，许成龙的这个决定相当于全盘自我否定，刚刚取消了128部队的编制，现在又碰上了这种事情，谁都知道这对许成龙的仕途会有多大的影响。

“先找出那些林永泉参与过或者知情的，然后再审查其他的项目。”何令军在这个时候倒显得很果断，他转过头看着许成龙，“我们暂时不用急着作决定。出了这样的大事，我们总得问问上面有什么意思。”

何令军说话的时候，安念蓉注意到唐白脸上的厌恶一闪即逝。很显然，一直被认为是许成龙嫡系的唐白早就对一心想取代许成龙的何令军心怀不满，觉得何令军现在出来发表意见未免有幸灾乐祸的味道在里面。情报局的三个当家人各有特点，许成龙才华横溢，办事大刀阔斧，何令军则步步为营，凡事喜欢深思熟虑，这就使得两个人的步调无法完全一致，在工作中必然会产生这样和那样的矛盾，而唐白则起到了他们紧张关系润滑剂的作用，在他的安排和斡旋下，情报局所有日常工作的正常运行得到了保证。

何令军和唐白都是许成龙提拔起来的部下，唐白更多侧重于行政工作，所以他在情报局的分量比不上何令军；何令军比较能够体察上面的意思，这固然让他得到了更多来自上面的关注，但是许成龙任情报局最高领导已经有十五年，何令军若要取代许成龙在情报局里不是很得人心，所以他的地位就相当微妙。在安念蓉看来，何令军的做法让自己陷入了一个极端的境地，要么取代许成龙，要么离开情报局。而最近发生的事情都对何令军有利，这大概就是唐白对何令军不满的原因：他肯定不愿意做何令军的部下。

但安念蓉非常欣赏何令军的做法，如果不是她跟许成龙的关系足够特别，她更愿意是老练的何令军而不是略显文弱的唐白担任情报局最高指挥官，和何令军这样的人合作会很踏实，至少能预测到他的想法。

“上面想什么和怎么想我管不着，我已经作好了思想准备，所有的责任都由我来承担。”许成龙阴郁地看着面前的桌子，“但现在我还是最高指挥官，所以你们还是得听我的命令，现在就安排下去。”

唐白和何令军互相看了一眼，一起起身离开了许成龙的办公室。

许成龙长长地叹息一声，颓然倒在椅子里，伸手蒙住眼睛。

安念蓉知道事情的严重性，从心底深深地同情许成龙，但现在这个时候，她什么也不能说，什么也不能做。许成龙不需要别人的意见，他只需要静一静。如果林永泉就是“神谕”，情报局之前的所有工作都需要重新审查和评估，损失无法计算，而许成龙是主要责任的承担者，这一下就把他原本就已经开始暗淡的前途彻底摧毁。

“别担心我，念蓉，现在你该担心的是‘神谕’。”许成龙放下手，从办公桌后面站起来，“我不想无视事实，但我越想就越不敢相信，林永泉会是敌人的间谍？我认识他已经有几十年了，我还认识他的爱人、他的子女，这样一个人会成为间谍？”

“为什么不会？”安念蓉深有感触地看着许成龙，“在这种事情上有太多的先例可循。”

“你说得有道理，但发生在林永泉身上？我了解这个人，他不是那种可以把家庭抛下不管的人，单凭这一点我就无法相信他是一个间谍。”许成龙看着天花板，除了摇头还是摇头，最后长叹一声，“唉，不管我怎么想，事实就摆在眼前，还是先找到他再说。”

“我们已经落后了差不多三十六小时。”安念蓉多余地看了一眼手表，“还来得及吗？”

“你想说什么？”许成龙看着安念蓉。

“我想说，如果这是蓄谋已久的叛逃，那么他早就已经准备好了退路，所以我想，应该看得长远一点。”安念蓉点上一根香烟，然后在烟雾里看着许成龙，“我要接手下面的工作。”

“你要接手下面的工作？你是不是有点太急于表现了？”许成龙犹豫了一下，“说说你的想法。”

“如果他还在国内，那当然是你们情报局的工作范围。”安念蓉微笑，“可如果他已经潜逃到国外，那么就是我的工作范围，一切由我来作决定。如果你不同意，我就去找李叔叔和贺叔叔，我敢保证，他们会赞同我的看法。”

“你这是逼宫啊，念蓉。你要给许叔叔雪上加霜吗？”许成龙无奈地看着安念蓉，“出了这样的事，在那两位面前我可没有一点发言权了，你这是要我退出调查。”

“可要是你连补救都无法补救呢？”安念蓉仍然在微笑，但她的话却像刀子一样刺进了许成龙的要害，“我知道你不愿意推卸责任，可要是你垮台了，那对情报局的危害好像也不亚于林永泉的叛变吧？我就没有这种顾虑。第一，我有把握解决这个麻烦；第二，就算我失败了他们也不能把我怎么样。”

许成龙还在犹豫，安念蓉已经在烟灰缸里按灭了香烟，站起身来。

“没时间考虑和讨论了，就这么决定吧，许叔叔。”

不等许成龙说话，安念蓉已经向外面走去。

许成龙还没有从林永泉事件的打击中回过神来，他不知道事态比他意识到的要严重得多。从128部队被裁撤到现在的林永泉事件，在很大程度上都是针对许成龙个人的破坏行为。在最近十年里，许成龙可能不是中情局最大的敌人，但他肯定是中情局最头疼的敌人。在所有事情上他都采取针锋相对的态度和手段，这让美国人感到非常难受，他们不希望有这样一个对手。现在，一切都向着美国人希望的方向发展，是到了改变看问题的角度的时候了。

“神谕”的危害比人们意识到的还要巨大而深远。

现在林永泉是解决所有问题的关键。如果他成功地从国内逃脱，那么他会逃向哪里？

这其中肯定有迹可循。安念蓉给她的系统发出了紧急指令，要动用全部力量寻找林永泉的下落。但找到林永泉并不是事情的结束，相反那只是一个开始，所以不管结果如何，现在她还需要一个能够为她解决麻烦的人物。第一个跳入她脑中的名字就是罗门，尽管在“雷霆”行动中他受了点伤，但安念蓉认为，这点小小的不便不会在可能的行动中给他带来干扰。

这个时候她在北京已经帮不上忙，所以她先飞到香港，着手为罗门作必要的准备。还有时间，而且现在到了安念蓉擅长的领域，所以她要把一切都处理好，她不想再看到罗门嘲讽的目光。她必须承认，看到那样的目光会让她觉得无地自容。和专家共事其实很容易，只要你也表现出专家的素质来，这样大家才会彼此尊重，合作才能开心。

她的情报系统在遥远的彼岸开动起来，她相信，美国人那边也在为林永泉的失踪而全力以赴。双方都在争分夺秒。当中国反间谍机关全力投入某项行动时，效率高得简直可以用恐怖来形容，不管林永泉在外部有没有人接应，他想直接跑到美国的可能性不大。林永泉比谁都清楚，那些路径都在反间谍机关的掌握当中，他不敢冒险，所以，欧洲方向反而是最好的选择，无论是中国还是美国，在那边的能力都有限度，林永泉反而更有腾挪的余地。和许成龙关注的方向不同，安念蓉认为自己并没有落后多少。

从欧洲进入美国相对稳妥，但需要时间，这就是安念蓉自信的理由。美国人再神通广大也不可能突破地域的限制，再加上闻风而动的欧洲情报部门从中阻挠，对美国人来说，林永泉能够在七十二小时之内登陆美国已经是最乐观的估计。欧洲情报部门表面上与美国共享资源，但所谓的合作关系总是有条件的，遇上林永泉这样百年难得一见的大鱼，无论是美国还是欧洲，早都把合作关系扔到九霄云外，谁抢到就是谁的。美国人和欧洲人的争夺就会造成不小的动静，这样是保不住任何秘密的。

有时间就有机会。

安念蓉在香港的新办公室正在紧锣密鼓地建设中，这将是一个秘密的情报处理中心。出于保密，外界暂时对这个新办公室还一无所知。

新办公室的装修接近结束，她已经可以在这里发号施令，一切都在有条不紊地进行中。这个办公室又是一个完整的工作基地，所有的工作人员都住在这里。

半夜的时候，在北京的杨隼通知安念蓉，罗门搭乘的军机即将抵达。

香港新界。

锦田公路 250 号，石岗军营的军用机场。

安念蓉直接把路虎越野车停在跑道边上。时间还早，四周一片漆黑，安念蓉关上发动机，让自己淹没在只有星光照耀的静寂里。可是她的心情却无法平静，她原本不必亲自来这一趟，而是叫 ACE 或者石三宝接一下罗门，但她也说不清自己为什么这么急于见到罗门。也许是因为她终于有机会向罗门证明自己的能力？难道在她心里，罗门的肯定占有这样重要的分量？

她点燃一根香烟，摇下了车窗。耐心，要有耐心，安念蓉这样告诉自己。

跑道两边指示灯逐一亮起，夜色中飞机的舷灯也已经清晰可见。随着隐约可闻的发动机的轰鸣声，坐在车中的安念蓉似乎感觉到了螺旋桨的风力。

不管是不是一架好飞机，“运八”降落时的身姿还是像只天鹅一样优雅。看到它的舷灯划过面前，安念蓉发动汽车，也像那架正在降落的飞机一样“滑”上跑道。飞机刚停稳，黑色路虎也停在了飞机旁边。

高大的身影出现在跑道上。在车灯的照射下，首先进入安念蓉眼中的，是罗门那双令人不安的漆黑眼睛。尽管彼此已经算作熟悉，但当他看向安念蓉的时候，有那么一瞬间，安念蓉还是为他的眼神感到迷惑，不知道他眼中闪动的是敌意还是友善。

让安念蓉更迷惑的是罗门的打扮。长发整齐地梳理在脑后，裁剪得体的西装虽然有了皱褶，但仍然有种叫人过目不忘的帅气。安念蓉还注意到他戴了戒指和手表，这些东西让罗门看起来更醒目。表情平静的罗门对着车里的安念蓉咧了咧嘴，在黝黑而粗糙的脸上，他的牙齿出奇地白而整齐。

即使是对男人最挑剔的女人在这时刻都不得不承认，这个样子的罗门有着绝对的吸引力。他离开的这段时间就是去从事他以前的老本行。和各种各样的人打交道，罗门也需要千变万化的形象和性格。无论面对的是什么人，罗门要做的，就是在最短的时间内找到他们的要害并摧毁他们，不管为此要用上什么手段。而此时此刻，罗门的形象和气质让她想到了“美人计”。

罗门绝对不是他看上去的那么无辜。

想到这里，她不禁皱起了眉头。

没有寒暄和问候，罗门直接钻进了路虎车的后座。安念蓉发动了汽车，黑色的揽胜型路虎加足马力穿过机场，甚至没有减速就通过了军人把守的关卡。这是安念蓉式的嚣张，可是在罗门眼里，安念蓉这一刻的嚣张很优雅，很迷人。汽车安静地驶过街道，两边的霓虹灯像瑰丽的烟火在夜幕中闪烁，空气中弥散着这个城市特有的奢靡气息。

安念蓉从后视镜中打量着罗门。

一路上罗门都没有说话，只是沉默地看着车窗外面。长时间驾驶和伤痛带来的疲劳让他看上去有点憔悴，表情也很漠然。让安念蓉奇怪的是他的沉默。她原本以为罗门会抱怨几句，因为通常情况下人们都会为自己的不适发几句牢骚，而罗门的沉默很不正常，他的样子让安念蓉想起了她在医院见过的自闭症患者。

安念蓉继续打量着罗门，在闪烁的霓虹灯光下，罗门的脸就像一尊半成品的雕像那样简单生硬——英俊，但没有生机。

罗门忽然转过脸，正好在后视镜中捕捉到了安念蓉审视的目光。

安念蓉像什么事情也没有发生一样，转过头，看着前面空旷的街道。

“这里比上海还要漂亮。”罗门无声地笑了笑，他的声音里没有任何不悦的意味，“我不是第一次来香港，但从来也没有仔细地观光过。”

安念蓉笑了笑，再次在后视镜里打量着罗门。

“有机会我会带你好好看看香港，如果运气好的话。”

他的眼睛隐藏在阴影中，安念蓉只能在后视镜里看到他微笑时雪白得闪亮的牙齿。

“我忘了带信用卡，看来我的运气不怎么好。”

“信用卡不是问题。”安念蓉笑了起来，“如果运气好的话，你也能有一张信用卡。”

似乎窗外的景色已经深深地吸引了罗门，他专心致志地看着车窗外边，再没有和安念蓉进行眼神交流。可以肯定的是他现在心事重重。

“关于‘雷霆’行动，你的看法是正确的。”安念蓉继续看着镜子里的罗门。她不知道在这个时候谈这种事是不是合适，也许罗门并不想旧事重提。她顿了顿，“发生这样的事情，我很遗憾。”

“我知道我是对的。”罗门的表情没有什么变化，“在这种事情上我总是正确的。”

他还真是自大，不过安念蓉却没什么可反驳的。罗门擅自改变行动时间可能只是个巧合，可这两小时带来的结果却是一个事实，这才是她不能也无法反驳的主要原因。

“那你对情报局的做法有什么想法？”她试探着提出自己的问题。

车里是短暂的沉默。

“你真正想问的是，我对情报局是不是有什么不满？”罗门在镜子里对上了安念蓉的目光，脸上又露出那种神秘莫测的微笑，“我当然不高兴，不过话说回来，情报局的做法很少让人满意过，我已经习惯了。这就是我的想法。”

安念蓉深深地看了罗门一眼。

“你觉得我该愤怒还是什么？”罗门明白了安念蓉的意思。

“我不知道你该有什么感觉，但肯定不是现在这样无动于衷。”安念蓉收回自己的目光，“而且你也不可能对此无动于衷。”

“我当然不会对此无动于衷，但我的个人感觉跟工作是两回事。当个人感觉对工作没有任何帮助的时候，我就会把它们区分开。”罗门从镜子里看着安念蓉，“我更不会对你说出我的任何感觉，我们之间好像还没有亲近到那个地步。”

安念蓉为之气结，第一个反应就是狠狠地白了罗门一眼。她要咬住嘴唇才把反击的话咽回肚子里。罗门是在向她挑衅，如果她反击，那就中了他的圈套，而且也会泄露她其实对罗门有那么一点点关心的事实。

“这样最好。”安念蓉竭力表现得很平静。

罗门笑了笑，没有说话，他看着车窗外的表情就好像他要从车里跳出去一样。尽管安念蓉不希望他表现得太放肆，可他这种把安念蓉完全当成陌生人的做法却让安念蓉很是恼火。尽管她很清楚，他们之间必须保持这种陌生人的关系，但那要她主动这样表现才可以，而不是让罗门抢得先手。

直到现在为止，还没有人对安念蓉惊人的美貌表示过漠然。车里飘浮着的雅诗兰黛香水的味道就像她身上的古典气质一样叫人印象深刻。虽然安念蓉从来不对周围的评价过于关注，但她很清楚自己外表上的吸引力。现在她的美貌完全被忽视，这让她感到有点不悦。她不在乎自己的美貌是一回事，但别人不关注她的美貌则是另外一回事。

罗门放松地靠在车门上，若有所思地盯着窗外美丽却缺乏生机的景物。路虎的揽胜型号是真正的越野车设计，内部空间很大，但他的沉默却好像已经把整个后座塞满，这让安念蓉多少感到一点压抑。

距离海边不远的地方，临时搭建的围墙圈起了一块空地，远处是繁忙的码头。

进入大门的时候没有停车检查，但这并不意味着谁都能轻易进入，在通往指挥中心的道路上遍布电子监视设备。汽车开进围墙之后，里面豁然开朗，整块空地都被清理干净，只有一幢高大的敞开式厂房。从外面看，像是一个码头上被废弃的装卸操作车间，周围有几条可供集装箱装卸车进入的宽阔马路。

这当然不是废弃的车间，高达二十米、长达一百米的建筑物通体笼罩在亮如白昼的灯光中，稍加注意就能够看出这里的灯光经过精心设计，围墙之内没有任何观察的死角。

汽车开进厂房。有两三个人正在移动升降机上工作，他们在厂房的墙后面用钢板加固，敞开的地方也设置了活动钢板。当他们调试那些液压臂的时候，罗门注意到了这些钢板的活动方向和速度。稍微估算一下就能知道，一旦有必要，钢板很快就会放到固定位置以封闭整个空间，几秒钟之内，整个厂房都会被置于这些钢板的保护下。罗门把头伸出车窗，发现房顶也有类似的装置，不同的是，为了减轻重量，房顶使用的是网栅钢板，并在下面增加了钢梁以固定支撑。地上还有许多木头或金属箱子没有开封，这说明这里的“装修”工程才刚刚开始。

“看起来像是一座钢铁堡垒。”罗门坐回车里，“这里的设计很眼熟。”

“看起来像不像钟叔叔为你们基地设计的那张蓝图？”安念蓉抿嘴微笑。

“老头子始终没有搞到他需要的经费。”罗门笑了笑，“而且戈壁里的基地也根本不用搞成那样，所以我一直以为那只是老头子的个人爱好而已，永远不会有落实的一天。”

“凡事预则立，不预则废。”安念蓉在镜子里看了罗门一眼，“在内陆的戈壁滩上没有必要，在这个开放之地就很难讲了。”

罗门打量着周围，过了好一会儿才开口说：“让人印象深刻。”

在厂房的中间另有一座由金属和玻璃构建的两层透明建筑，看上去很现代。在这个玻璃箱子里有人在调试各种电器设备，其中的一个人看见罗门时，还微笑着向他打了个招呼。罗门一看，原来是128部队电子技术支援部队的主管吴显。在巴基斯坦和阿富汗的山地里，他曾经带队建立起若干个特别基地，跟罗门本人也有过很多合作。罗门走了一圈，看到许多熟悉的面孔，看来安念蓉接手了原128部队的大部分成员，这对她的部门是个极大的补充。很多人并不知道罗门身上到底发生了什么事情，除了吴显之外，其他人都对他的到来视而不见。128部队的良好作风在这里也得到了体现：没有人去关心与自己工作无关的人和东西。

安念蓉把车停好，自顾自地走在前面。“我先给你找个地方休息一下。”

剪裁得体的名牌时装把安念蓉的身材衬托得格外醒目。随着她浑圆臀部的自然摆动，鞋跟在地面上敲出轻快的声音。有意落在后面的罗门缓缓地、无声地吐出一口长气。安念蓉是他所见过的最美丽的女人。她的魅力是这样鲜明，只要看着裹在柔软布料下那一双长腿的形状，他就感到自己的情欲被唤醒，而且是汹涌澎湃，不可抑止。每个正常的女人都有一双腿，但不是每个女人都知道该怎么样走路，一个连路都不会走的女人绝对不可能成为一个真正的女人。在罗门看来，所有的女人，不管有什么样的一双腿，都该来看看安念蓉是怎么走路的。

罗门在心里叹息一声。

“你说有个任务很紧急。”

“任务是很紧急，但目前需要的是等待，你先休息一下。”安念蓉头也不回，“自己找个房间，有什么需要可以找ACE。”

罗门快步跟上安念蓉：“是什么任务要在这里作准备？”

安念蓉意外地看着罗门，抬手把一绺头发别在耳朵后面：“你好像赶时间。”

“我当然赶时间。”罗门点点头，他现在的样子不像开玩笑，“我有我自己的工作，而且我也不是你随叫随到的跟班，你想要我帮助你，就得把握好时间。”

“随叫随到的跟班？”安念蓉抿嘴微笑，“这么说真不好听，不过既然我是你的上级，那么你这么理解也没有什么不好。”

“你是我的上级？有意思。”罗门站在当地，“我怎么不知道？”

“像你这么聪明的人应该认识到，我就是你今后的上级。”安念蓉忽然感到一阵心虚。钟阡陌是这样说没有错，但他们都没有意识到，在作出这样的决定之前他们都没有与罗门本人磋商。“钟叔叔就是这样安排的。”

“也许你口中的钟叔叔跟我认识的不是一个人，因为这样随便的决定不像是我认识的那个钟叔叔的风格。”罗门的目光里带着不加掩饰的怀疑，“或者这就是你自己一相情愿，反正这个时候老头子也不会出来证明什么。”

“也许是这样。”安念蓉看着罗门的眼睛，把双手抱在胸前，“也许是因为，我给你发号施令会让你觉得困扰？因为你要听一个女人的命令？”

罗门的脸上没有什么表情，但安念蓉发现在他深邃的眼睛里漂浮起她所熟悉的那种嘲讽，而这嘲讽慢慢地在他眼角的皱纹里洋溢成不易察觉的笑意。

他向前挪了一步，近到两个人的身体几乎要贴在一起，然后居高临下地看着安念蓉。

“我对女人没有偏见，但就你的表现来看，你会害死所有听你命令的人，这才是让我觉得困扰的地方。”罗门刻意压低了声音并减缓了语速，欣赏着眼前的白嫩肌肤，呼吸着女人身上特有的体香。他特别喜欢安念蓉身上和头发间飘溢的味道，那种香喷喷和甜丝丝的感觉并不完全是香水造成的，而顺着领口望下去，罗门更加心猿意马。“你觉得我像是一个会把自己逼上绝路的人吗？那我得疯成什么样？”

“你没有面对现实。”安念蓉甩了下头发，借机避开罗门危险的目光。这目光让她全身都在发热。“你可能很厉害，但没有命令，你的资历和本事就一文不值，比你更厉害的人物我也领导过，而且，你也不像你自己想象的那么厉害，所以你不敢接受我的领导我完全可以理解。”

罗门转身向厂房外面走去。

安念蓉有点不知所措。“你要干什么去？”

“激将法对我没用，这再一次证明了你的业余。”罗门头也不回，“为了你我都好，我必须离你远一点，而且越远越好。”

安念蓉被气坏了，她还从来没有见过这么无礼的举止，声音也尖厉起来。

“那你还来干什么？就为了表现你的小气？”

“因为我以为几天不见，你已经进步了许多，但你让我很失望。”罗门边走边转过身，正好看到安念蓉拿出手机，“你想给谁打电话？如果是为了我的话，那我可以告诉你，现在再没有谁能够替我做决定。”

安念蓉的脸上忽然露出一丝促狭的笑意，用手机轻轻地敲着小巧好看的下巴颌儿。

“如果我说现在这里就有个人能够给你作决定，你怎么说？”

“我会说我很感兴趣。”罗门停下脚步，“这个人是谁？”

安念蓉不再说话，转身继续向里面走去。她的笃定让罗门很是疑惑，只好不情愿地跟上她。玻璃建筑后有一间临时搭起的简易房，还没有走进去就闻到一股医院的味道。进去后，柔和的灯光里，乳白色的墙壁和天花板告诉罗门，这里是一间医院。虽然规模不大，但一路走过去，他所知道的先进医疗设施在这里都能看到。

安念蓉把罗门带到一间病房里。病房中间摆放着一张连接着各种电子仪器的病床，床上躺着一个戴着氧气面罩的人。罗门只能看见病人很长时间没有修剪过的稀疏的白发。尽管有隔音设施，但罗门仍然能够听见外边施工的声音。病人看起来病得很厉害，谁会让一个重病患者住在这种嘈杂的环境里？

安念蓉示意护士出去，然后关上了房门。

罗门忽然站住，脸上露出极其复杂的表情。

安念蓉从抽屉里拿出一双塑胶手套戴上，用一个注射器向病人身上插的管子里注射，原本安静得像已经死去的病人忽然急促地喘息起来。

安念蓉直起身子，注视着罗门。

“就是他很想见你一面，我相信你也很想见他一面。”

有那么一瞬间，安念蓉注意到罗门眼中的柔和，但那也只不过是一瞬间的事情，这眼神立刻又变得冷酷起来。

“我和他之间没有什么话好说。”

病人忽然咳嗽了两声，抬起一只瘦骨嶙峋的手，费力地摘下脸上的氧气面罩。他的脸像骷髅一样可怕，但即使他变成了骷髅，罗门也不会认不出这个人。被癌症折磨着的钟阡陌已经完全变成了一具干尸，天知道是什么毅力让他还支持着没有被死神带走。看到自己最得意的学生，钟阡陌苍白的脸上忽然泛起了血色。

“你好，蜂鸟。”

安念蓉走到罗门的身边，眼神和语气都柔和起来。她的声音非常低。

“他的时间不多，每一秒钟他都可能离开我们，你能体贴一点吗？”

罗门深深地呼出一口气，纯粹是为了避开安念蓉谴责的目光才拉过一把椅子走向床边。

钟阡陌向安念蓉轻轻摆了摆手，示意她现在可以离开。

安念蓉走出病房，但没有走远，而是站在病房的窗前。罗门走到窗前，对着安念蓉露出一个恶作剧的微笑，然后伸手拉上了窗帘。

坏蛋。安念蓉对着窗户无声地说了一句。病房里很安静，早就藏在她耳中的微型耳机里传来两个人的呼吸声。高品质的通话器材让人甚至能够通过声音判断说话人的表情。

过了一会儿，钟阡陌的声音像是从已经封闭的喉咙里挤出来。

“看到你真好，孩子，我一直在等这样一个时候。”

“看到我真好？在你对我做过那些事情以后，你不应该还有这种感觉。”罗门的语气很淡漠，“我一直在想，我所有的行动都有一个人完全知情，所以我应该知道谁把我的计划透露给那些想搞垮128部队的人，现在看到你就更能证明我的猜测，这个出卖我的人就是你。你想设计我，我能理解，但你是在加速128部队的垮台，这却让我感到很迷惑。”

“128部队的解散是无法扭转的变化，所以，聪明人不会试图阻止它的发生。但聪明人知道因势利导，可以利用这些原本不利的因素为自己的目的服务。”钟阡陌的声音虽然低哑，但可以听出他语气里的讥刺，“这是大局观，以你的水平还无法理解。”

“等一会儿再说大局观的问题。”罗门没有理会他的嘲笑，“那么关于我呢？你是不是算定了我会有怎样的反应？”

“我算得也不是那么准。”钟阡陌想笑却没有笑出来，“你的反应比我预想的还是慢了点，不过这不是你的错，我们没办法控制外界因素。所以，没错，我是在利用你，也许我该说‘陷害’才能准确表达你的想法？”

“你得到了你想要的吗？”罗门俯身在床边，“在你煞费苦心的算计之后？”

“我看不到结果了，孩子。”钟阡陌艰难地呼吸着，“但到目前看来一切都很顺利。”

“要是我出了意外呢？”罗门看着钟阡陌的眼睛，“要是今天我没有出现在你面前呢？”

“谋事在人，成事在天。”钟阡陌笑了笑，“现在你就站在我面前，假设没有意义。”

“要是我出了意外，那我就和我那些秘密全都被埋葬了，那么关于128部队曾经存在的最后一点证据也就消失了，那些大人物的卑鄙行为就全都灰飞烟灭了？”罗门的声音忽然变得低沉起来，“我想我还是不够成熟，我居然从没想过这种事情真的会发生在我身上。”

“不然的话，你想让我怎么做？”钟阡陌干笑了一声，“劝你自尽？”

“那样的话，至少还能够让我相信我们之间还有真诚。”罗门直起身子，“如果你那样做了，我真的会在自己脑门上开一枪也说不定。”

“还是那句话，假设没有意义。”钟阡陌微笑，“我喜欢更稳妥的办法。我知道你的问题，孩子，你总是以为自己比别人聪明，你对阴谋论这类东西很着迷，所以你喜欢刨根问底，这就造成了你现在的处境。我提醒过你，但你从来不认真对待我的提醒。落到今天这个田地，难道你自己就没有一点问题？”

“姜还是老的辣。”罗门的语气里带着由衷的钦佩，“你已经把我的路铺好，而且无法回头。现实就是这样，我还能说什么？”

“你还是那么沉得住气，这很好。”钟阡陌的声音虽弱，但话里的意思仍然咄咄逼人，“话说回来，要是我想杀你，你早就死了是不是？”

罗门沉默了一会儿。

“你觉得我该因为你对我手下留情而感激你？”

“你要还是一个男人，就记住这世界上只有胜负二字。你活着，你赢了，恭喜你，如果方便还可以为这个喝一杯，就是别提那些廉价的东西。”钟阡陌字字如刀，“你的感觉和我的感觉在工作面前都不值一提，而且也没人会在乎你有什么感觉。感觉会消失，而时间却总是在流逝，失败者总是回味，而赢家只向前看。”

“赢家？”罗门对他的话嗤之以鼻，“说说看，最后他们赢得了什么？你又赢得了什么？”

“我不知道。”钟阡陌的眼中闪过一丝迷惘，“到最后只有你自己才知道赢得了什么，或者你以为自己是赢家但其实什么都没得到。你问了一个没有答案的问题。”

“屁话。”罗门从鼻子里哼了一声，“现在这些都是屁话。”

“也许你觉得我的做法不近人情，不过我不在乎。”钟阡陌无力地摆了摆手，“我这一辈子作过太多这样的决定，我的工作就是作这种别人无法接受的决定。你以为是个人就能这样决定？是个人就能做我的工作？就像我以前说过的，没有什么人是不能被牺牲的，这其中就包括你。”

“我们的事业全靠这种冷酷，这就是你们存在的意义。不是每个人都能够享受安逸的美好生活，总是有人要牺牲。我可不管你是不是自愿，只要我选中了你，你就得成为那个被牺牲的人。”钟阡陌一边说话一边喘气，“你要自怨自艾那是你的事情，但别跑到我面前来装可怜，不是我不在乎，而是现实根本不在乎。我培养了你，我利用了你，我陷害了你，如果不让你选择那是对你的不公平，所以我现在给你一个选择的机会，这也是我最后的让步。这很公平，对不对？”

听到这里，安念蓉不禁为罗门会怎样回答而担心起来。

罗门沉默了一会儿。

“很公平。”罗门的声音很平静，“我会把手头所有的工作做完，然后我会决定自己的前途，到那个时候，谁也改变不了我的决定。”

“那个时候阻挠你的人肯定不是我，孩子。”钟阡陌开心起来，“我们说定了。”

安念蓉屏住了呼吸。她想知道钟阡陌会怎样向罗门交代自己的事情，但病房里的谈话忽然中断了，他们肯定还在交谈，但声音却忽然模糊得难以分辨，而且还有嘈杂的静电声音，很显然，病房里的一老一少不想别人听到他们谈话的内容，安念蓉只好摘下耳机，站在走廊里等待。

就在她要失去耐心的时候，房门打开，罗门示意她可以进来。

钟阡陌剧烈地喘息着，双眼不住地往上翻，谁都看得出来，他已经进入了弥留状态。虽然知道钟阡陌随时都可能离开，但看到这个情形，安念蓉还是呆在那里，捂住嘴，眼泪刷地流了出来。

罗门轻轻地推着安念蓉，两个人一起来到钟阡陌的床边。

“最大的荣幸留给最杰出的人，罗门，你应该高兴。”钟阡陌费力地喘息着，“你必须知道，我对你寄托了多大的希望。还有你，念蓉。”

他猛地抓住罗门的手，这个剧烈的动作让罗门吃了一惊，但接下来更让他吃惊，钟阡陌把他的手推向安念蓉，看到钟阡陌艰难的样子，罗门只好抓住安念蓉的一只手。两个人的肌肤接触，安念蓉的颤抖像微弱的电流穿过罗门的心脏。

“这是我最后的委托。”钟阡陌奋力扭过头来，“小伙子，照顾好这位姑娘。”

罗门想放开安念蓉的手，但安念蓉反过来紧紧地抓住他。罗门看向她，吃惊于她眼中的悲伤和无助，很显然，钟阡陌就要离开人世的事实给她的打击很大，罗门终于没有放开手。

“说这样的话就不像你了。”罗门用另外一只手给他掖好被单，“在这艰难的世道，人们只能自己照顾自己。连你最亲近的人都会欺骗你，你说这世界上还能指望谁？”

“艺术家浪漫有余，勇气却不足。”尽管喘息越来越急促，钟阡陌的眼神里还是充满了洞穿世情的嘲讽，“莫非你一直是个懦夫，只不过是表现得很勇敢而已？”

罗门微笑不语。

钟阡陌的额头上冒出大量的汗水。不管安念蓉刚才给他注射了什么，现在都已经失去了效果，他的身体因为疼痛而抽搐起来。安念蓉急忙冲到抽屉那里又拿起一支注射器，却被钟阡陌坚定地拒绝了。

他轻轻地握住安念蓉的手，笑得很安详。

“我累了，再也撑不下去了。”

安念蓉只喊了声“钟叔叔”就已经泣不成声。钟阡陌笑了笑。他的身体颤抖得更加厉害，眼神也变得涣散，但他还是死死地抓着罗门的手。

“我还有一句话给你，孩子。”钟阡陌的声音低得难以听清，罗门不得不俯低身子，“凡是高尚的外衣下，必然掩盖着一个卑鄙的灵魂。”

尽力说完这句话后，他又深深地喘息了几下，皱起了眉头，露出痛苦的神色。在这一刻，他终于向死神投降，看向安念蓉的眼神里充满了绝望。

“就像我们说好的，让我的心脏快活地跳到破裂，而不是没有知觉地睡过去。”

安念蓉已经泣不成声。

罗门在抽屉里找到一支肾上腺素，从老人手腕上的一根管子里扎进去。看着罗门的举动，钟阡陌的嘴角露出一丝不像笑容的笑容。很快肾上腺素就在他身体里起了作用，长时间的病痛折磨已经让他所有的器官都衰竭到了失去作用的程度，肾上腺素在这个时候让他的心脏超负荷地跳动起来，就像钟阡陌自己说的，“让心脏快活地跳到破裂”。

钟阡陌从喉咙深处发出一声悠长的喘息，然后委顿在床上，大大睁着的双眼慢慢失去了光彩。心电监视器发出警告的长音。

罗门靠在走廊的墙上，看着闻讯赶来的医生和护士手忙脚乱地抢救已经不可能再活过来的病人，安念蓉则靠在对面的墙上看着罗门，眼神里显得既陌生又警惕。罗门注意到了她的目光，转过头来跟她四目相对。

“我真的没有想到刚才你的动作会那么痛快。”安念蓉抽了下鼻子，“你是不是恨不得他马上死去？”

“得了吧，你不也在现场？”罗门做了个腻歪的表情，“那不正是他的要求？”

“你是不是很希望他死？”安念蓉仍然直视着他，“尤其是能够亲手杀死他？”

罗门没有回答她的问题，目送着医护人员把盖着白床单的尸体推出病房，然后转身走向临时医院的出口。

“先给我找一个睡觉的地方，现在我需要休息。”

安念蓉不甘心地瞪着他，可罗门没有回头看她的意思，所以她只好跟上去。

这两个人之间一定有很多外人不知道的恩怨，而且他们都不想跟外人分享。看着神色泰然、对钟阡陌的死没有表现出一点悲痛和歉疚的罗门，疑虑重重的安念蓉忽然感到一种深入骨髓的疲惫，她的肩膀和脖子都习惯性地疼起来。

“你需要休息？”她的声音表明她的情绪很差，“发生了这样的事情，你现在要做的就是休息？你是个什么怪物？”

“能为他做的我都已经做了，你还想让我做什么？跪下来号啕大哭一场？”罗门没有停下脚步，双手推开面前的一扇门，“如果不是我的肋骨还在疼，我会的。”

安念蓉抢上几步拦在罗门的面前。

“我真想不到你会这样对待他，亏他还把你当成是自己的儿子一样。开始我还以为你对自己的人生有什么不满，可是现在看起来，你只不过是一头冷血动物而已。”她的声音在颤抖，“我真的为钟叔叔不值。”

听了她的控诉，罗门反而笑了，他挽住安念蓉的手臂，拖着她离开。

“你听到了，他让我照顾你，但我知道你肯定不会同意，所以我就没有答应他。”罗门轻轻地拍着安念蓉的手臂，“你把这叫做冷血？我把这称为理智。”

“我不想听你这些玩世不恭的废话。”安念蓉用力从罗门的掌握中挣脱出来，“我要你告诉我，你究竟为什么要那样对待一位老人？”

罗门停下脚步，看着安念蓉，微笑摇头。

“他死于癌症，我只不过是帮助他解脱了而已。你不能因为你的悲伤而迁怒于我。”罗门轻轻地摩挲着她的两个肩膀，“如果你调整不了自己的心理，那就再次证明了我对你的看法，你很业余，所以我不打算……”

“啪”的一声，毫无征兆地，罗门挨了一记重重的耳光。

两个人都很吃惊。

罗门目光中忽然出现一种安念蓉以前从没有见过的愤怒，这愤怒来得是这样突兀和猛烈，让安念蓉有种转身就逃的冲动。幸亏这愤怒只是一闪即逝，随即就变成了浓重的阴郁。罗门放开了抓住安念蓉肩膀的手。

“如果你还不知道我们之间出了什么事情，那我就最后一次解释给你听，你这该死的业余选手。”罗门咬着牙，声音里带着隐而不发的怒气，“我的叛逃是一个阴谋。钟阡陌对我说，这次叛逃是为我的下一个调查作铺垫，所以才有对那次越境作战的纪律调查，所以我必须伪装成一个叛逃者，但事实是，这只是他个人的决定，这个任务根本没有被记录在案，所以我就真的成了一个叛逃者，是的，有些人知道这不是真相，但对大多数人来说，这就足够把我送上刑场。你想不想知道钟阡陌为什么这么做？”

安念蓉下意识地点了点头。

“因为他觉得我很危险，他一死就没有人能够真正有效地控制我，所以他不想我活着，所以他给我设计了这样一个死亡之旅，可我运气够好，我活了下来。”罗门的声音开始高了起来，“知道我还活着，他又想利用我！不然你觉得他为什么要在这个时候见我？”

“他怎么利用你了？他只不过是希望你能够继续发挥你的作用……”

说到这里，安念蓉忽然意识到了什么，闭上了嘴。她看到了罗门眼中的嘲讽和同情，这是嘲讽她的迟钝，同情她的后知后觉。没错，罗门现在已经自身难保，可钟阡陌还希望安念蓉能够榨出他最后的一点能力。如果这都不叫利用，那世界上还有什么行为能够叫做利用？

看到安念蓉有所领悟，罗门的声音平静下来。

“在你看来，钟阡陌是你慈爱的长辈，但你不知道，作为一个真正的间谍，他也是一个不折不扣的魔鬼。只有他能干出这种事：选中你，训练你，爱护你，然后心安理得地送你去死。他把这个叫做职业的冷酷。可让人气馁的是，你可以痛恨他的做法，却无法为此而指责他。现在，我满足了他的要求，可你却在指责我冷血？”

罗门的话叫安念蓉无言以对。罗门说的全部都是事实，钟阡陌的死让她忽然感到一种前途未卜的彷徨，而罗门的冷漠让她无法对他表示信任，所以她才会有这样不安和反应过度。这个时候，哪怕是一个温暖的眼神或者友善的微笑都会让安念蓉感到欣慰，但罗门的目光始终那样冰冷，就算是他在微笑时也一样，叫人无法揣摩他的心思。

不过，如果罗门真的像看上去的那样冷酷无情，他就会拒绝钟阡陌的请求，可直到现在，罗门并没有说他不想为安念蓉工作，即使他挨了一记无理且无礼的耳光，他也并没有雷霆大发拂袖而去，这让安念蓉意识到自己在这件事上的失态。

有那么十几秒钟的工夫，罗门一句话都没有说，只是用他那深不可测的眼睛盯着安念蓉。安念蓉也没有躲避他的目光。两个人就这样沉默着，谁也不肯先移开视线。冷静下来后，安念蓉意识到，钟阡陌的死对罗门同样是种打击，并不是只有她不好过，这让安念蓉为刚才的冲动而懊悔。

“我真的需要休息。”罗门长长地出了口气，转过身去，“而且我早餐吃得很多。”

看着他的背影，一直用力克制着自己的安念蓉才无力地放开紧握的双手，像风中的树叶一样颤抖起来。

一夜很快就过去。

罗门醒来才发现，他被安排在安念蓉的房间里。这是个面积很大的套房，除了工作间，还有一个带浴室的小起居室，里面的家具虽然简单，只有一床一几一沙发，但到处都体现着女主人不俗的品位。昨天，肋骨的疼痛和整整一天都没有休息过的疲惫让他没有注意到房间里的摆设，现在他才为淡雅素净的沙发心有不忍，夜里的翻来覆去让这沙发已经惨不忍睹，白色的手工地毯也被他踩了几个脏脚印。

安念蓉回到房间，看到屋子里的凌乱也皱起了眉头。基地还没有完工，所以可以睡觉的房间不多，可现在看起来，首先就要给罗门准备房间。安念蓉把一个袋子扔给他，然后在对面的沙发上坐下来。

“你先洗个澡，换下衣服，我有话要跟你说。”

安念蓉看上去很疲惫。她化了淡妆掩饰自己的黑眼圈，身上的高级套装起了些皱褶，这说明她一夜没睡。不过，就算是这样子，她看上去也有一种沉静的、慵懒的美。老天，不管她是什么样子都有着致命的吸引力，罗门在心里想。总是和这样的女人在一起，人们会犯下很严重的错误。

当罗门出来时，房间已经重新被整理过，他换下的衣服被扔在洗衣袋里，热乎乎的早餐也已经准备好。香喷喷的面包、培根和煎蛋，还有牛奶、果汁和咖啡就摆在茶几上，安念蓉正若有所思地撕开一个法国牛角面包。

房间的窗户打开了，海风带着新鲜的空气吹进来。

“你不用亲自把早餐送过来。”罗门坐在安念蓉身边，“虽然你的手劲不小，但我真的不会把那个耳光当回事。”

“你是不是总这么自以为是？”安念蓉斜着眼睛看着他，“我说过我觉得抱歉吗？”

“你没有说过，但你就是这样表现的。”罗门抓起一块煎蛋放进嘴里，“没关系，我是真的没有觉得被冒犯。我真的饿坏了。”

“吃早餐的时间总是有的。”安念蓉慢条斯理地咀嚼着嘴里的食物，给罗门倒了一杯咖啡，“如果不够，我再叫人准备。”

罗门向她眨了下眼睛，又把一片培根送进嘴里。从昨天到现在，他只在路上吃了些东西喝了些水，早就已经饥肠辘辘。安念蓉刚刚吃了一个牛角面包，手里的牛奶只喝了一半，桌子上所有能吃的东西都已经被他扫进肚子。

安念蓉吃得不多也不快，更多地是在观察罗门。她的目光若有所思，似乎是在评估，又似乎是在犹豫。她用手指擦去唇边的面包屑，然后在餐巾上细心地把手指甚至是指甲都擦干净，这时的安念蓉像个小女孩一样文静。

罗门根本不在意她想什么，而是指了指她剩下的半个面包，安念蓉点点头，罗门不客气地把这半个面包也送进嘴里，然后喝下第三杯咖啡。

他放下马克杯，抬起头看着安念蓉：“我准备好了。”

“你确定你准备好了？”安念蓉看着桌子上的空盘子抿嘴微笑。

罗门没有说话，他的表情和眼神都说明他对安念蓉的调侃没有任何反应。

必须在最快的时间内把已经身在美国的林永泉处决掉，把他的叛逃所能够带来的损失降至最小——安念蓉布置了这样的任务。罗门似乎并不感到吃惊，他仍然沉默，等着安念蓉的下文。罗门很清楚，在这样的任务简报里，一定会有下文，至少要让执行的人知道行动的背景，他知道得越多，临场发挥就越好。

这是一次不容有失的行动，所以再对罗门有所保留已经没有意义。安念蓉详细地把目前所掌握的关于“神谕”的一切情报都转述给罗门，在这个过程中，罗门很少开口，只是偶尔会对安念蓉表述不清楚的地方提出问题。

“听起来林永泉就是‘神谕’。”当安念蓉结束任务简报时，罗门随口说了一句，“似乎越快干掉他危害就越小，尽管我个人认为，除非时间倒流，否则我们怎么做都来不及。”

“每个人都希望越快越好。”安念蓉笑了笑，“但没有情报我们什么都做不了。”

“现在你知道准确的情报有多么重要了？”罗门认真地看着安念蓉，“这样一来，我跟你这个部门的关系就算是说不清道不明了，你确定这样做值得？我的口碑并不好，而且那些关于我的流言都事出有因。”

“事急从权。”安念蓉没有回避他的目光，“我并没有说完全信任你。”

“你很坦诚，这很好。”罗门收回视线，用力搓着下巴上的胡茬，“我想你也没有其他人可以指派，我去。但是，只有提供足够准确的情报，指出林永泉具体会被安置在哪里，而且要经过我本人的确认之后我才会出发。”

“你必须去，而且你必须成功。”安念蓉沉不住气了，“要是你没有信心，我就找个有信心的人去。”

罗门没有回答她的问题，而是目不转睛地看着她的眼睛。

“你考虑过这次行动的政治影响以及可能会招致的不良后果吗？”

“我只考虑到了林永泉没有被除掉的后果。既然美国人开始了这个游戏，那我们没有理由不陪他们玩下去。对这事我不知道你会怎么看，但我绝对不会被吓倒。”安念蓉毫不躲闪地迎着他的目光。她的表情很平和，但眼神里却闪现着一股英气，“我选中你是因为你有和美国人面对面作战的背景和经验。不用担心那些不该你担心的问题，你只要把自己的任务完成就好。”

罗门并不在意她话里的挑衅意味。行动的性质决定着执行者的生死，这是罗门自己总结出来的经验，他早就学会了对情报信息作分析以得出能够从任务生还的概率。有意思的是，在“雷霆”行动之前，虽然他也经常作这样的估算，但从来也没有把结果放在心上，而从那次悲剧之后，他多少都变得有些疑神疑鬼。

“我喜欢这个计划，喜欢这个计划表现出来的胆识。”罗门看着安念蓉微笑，眼中带着毫不掩饰的欣赏，“这也是我的风格，所以我愿意接受这个任务。”

安念蓉看着他没说话。

“也许我的反应有些过度。”罗门耸了耸肩膀，“如果我们一见面你就告诉我，你是在调查这个‘神谕’，那么我们之间的合作就会愉快得多，也不会出现那么多矛盾，也许我还能够为你提供更多的帮助，我们也就不用付出那么沉重的代价。”

“那时你还没有资格了解这项调查。”安念蓉得意地微笑着，“你现在是在向我道歉？你发现了你过去的态度有多可恶并为此请求我的谅解？”

罗门看到安念蓉笑容里的孩子气，也发自内心地在脸上露出一个微笑。

“如果道歉让你感觉良好的话，那么我现在是在向你道歉。”

“你的道歉不会让我感觉良好，但这至少证明你有礼貌，也小小地改变了我对你的看法。”得寸进尺的安念蓉不可一世地这样宣布，“现在你可以去作准备了。”

准备工作中最让人难以忍受的就是等待。对很多人来说，等待都是最难挨的，对罗门也是一样。等待的时间太长，就会让人不可避免地进入倦怠期，不利于调节状态。罗门早就学会了在等待的时间里给自己找些事情做，好让等待的时间不那么难挨。

进入美国并不难，只要一切的证件和手续都没有问题，个人证件是其中最重要的一环。尽管科技日新月异，但有意思的是，作为世界上掌握着最先进技术资源的中情局却不是世界上最高明的伪造证件的间谍机关，这个荣誉属于以色列的摩萨德。摩萨德可以伪造目前已知的所有证件，这得益于当年以色列建国时从世界各地返回的以色列人，也得益于他们日后无所顾忌的间谍行为。摩萨德甚至是世界上最好的伪钞制造者，尤其是对美元的伪造已经达到了令人难以置信的水平，据说目前流通于世的纸币中，每二十张中就有一张出于摩萨德之手。当然，这可能只是一个笑话，但是，再荒唐的笑话也都有自己的来历，不是吗？

罗门把大部分时间用来检查为自己准备的护照。现在的护照已经不是用专用纸张就可以伪造的了，现在的护照内藏电子芯片，集有大量的数字信息，所以伪造已经不是从前的手工作坊可以承担的工作，它牵涉到的领域非常广泛，成本昂贵得无法想象。

罗门发现，安念蓉提供给他的假护照跟他现在使用的假护照一样的好。

当然，这没有什么好吃惊的。128部队有一个真正出色的技术办公室，如果有可能把世界上所有的间谍技术办公室放在一起相比较，那么128部队的技术办公室绝对算得上“最好”的那一档。而现在，就在外面的工地上，一个开着叉车搬运物资、干得不亦乐乎的工程师就是代号“米开朗琪罗”的128技术办公室主任。安念蓉正在全面接管128部队的优良资产，这会让她的办公室很快就具有世界领先的水平。

“这么说，你马上就要去美国？”ACE看着他翻来覆去地摆弄那本护照，“真是马不停蹄，你似乎比在128部队时更忙。”

“马西北的情况怎么样？”

罗门放下护照，靠在椅子上。他们现在是在还没有装修的地下室里，在这里谈话不用担心被其他人听到，各种机械的施工声在地下室里都听得到，掩盖了他们交谈的声音。

“只等伤口拆线，他又是那个活蹦乱跳的‘兵蚁’了。”ACE笑起来，“他很幸运，你也很幸运。”

“我们都很幸运。”罗门向他挤了下眼睛。

“老头子去世了，你现在有什么打算？”ACE沉默了一会儿，再次开口，“老头子一去世，所有的事情肯定都会变，而且这些变化肯定不会叫人精神一振。”

“你的担心有道理。”罗门看着ACE，“从今往后所有的事情都会变得更糟，要想像从前那样过日子，你就得指望别人也像老头子那么喜欢我们。”

“那么这是不是意味着从现在开始我们都得为上面那个美女工作？”ACE将拇指向地面的方向指了指，“我不是背后说人坏话，但那肯定不会很轻松。”

“这是个问题，但要等我从美国回来后才能作决定。”罗门看着ACE微笑，“既然我们都活着，就得为自己的前途好好考虑。有一点是肯定的，你和马西北都需要更多的训练，现在能帮你们的只有我留给你的那个安全索引，所以你要多用心。”

“那你现在究竟在忙些什么？”ACE皱起眉头，“我感觉你有事情瞒着我们。”

“我现在和你一样对前途忧心忡忡。”罗门叹气，听得出他是真的没有把握，“不过你放心，不管我做什么都离不开你和马西北，你们是我仅有的能够信任的人。如果这次我回得来，我就告诉你们该做些什么，如果我回不来……”

“你回不来就怎样？”ACE笑了起来，“你要宣布临终遗言？”

当他们还在128部队的时候，一般在行动之前，总有那么几分钟时间留给特战队员们去写所谓的遗嘱。不过他们也很清楚，这些遗嘱交到后勤组手里后，就会被一个专门的部门截留，一旦真的牺牲，部门会给家属寄去一份标准格式的阵亡通知书，而不会真的把遗嘱发回。特战队员对此都心知肚明，所以大家一般都选择口头交代。事实上，每个人在平时就已经把自己的事情安排妥当，而不用等到临战时再去考虑，这个程序完全是走过场。

“如果我回不来，你只要用好那份安全索引就行。”罗门也笑了笑，“就这些。”

“这个安全索引对你一定很重要。”ACE看着罗门，“里面是什么内容？”

“如果可能，我恨不得立刻就摆脱这个该死的安全索引。”罗门伤神地搓着下巴，然后转过脸来看着ACE，眼睛里带着恶作剧的光彩，“至于它的内容则要你自己去发现，你就把这当成是一种训练，以你的智力，破解这些暗语只是时间的问题。”

“这是另外一个恶作剧？”ACE怀疑地看着罗门，“为什么你不能像别人一样把事情弄得简单些？为什么你不干脆就告诉我安全索引的内容？”

“因为那会让你的处境也变得不安全。”罗门微笑，“总有一天，你会明白其中的意义。”

# 第四章
# “老鹰”

十六人阵亡，十一人受伤，其中一名伤员送到沙特后死亡。这是第十六特勤联队在巴基斯坦的战术行动中的损失结果，这相当于第十六特勤联队在阿富汗全部时间里的人员损失，甚至比美军打下伊拉克的战损率还要高。

战斗结果让驻阿富汗美军司令部非常愤怒，他们坚持认为中央情报局的情报不够准确，导致特勤联队遭到了敌人的伏击，而不是中情局所保证的伏击敌人，这次行动也没有达成任何战术目的。这甚至引起了驻阿美军总司令维恩中将的关注，以至于宣布今后不再与中情局合作。当然，维恩的话只能被当做牢骚，但仍然让罗伯特·詹姆斯感到不快。

银色的白桦树挡住了詹姆斯的视线，现在从他的位置看不到闪光的波托马克河。更远的地方，普鲁斯乔治县的群山在朝霞下现出了轮廓，帕克图森河就从那里流淌下来汇入切皮克河。罗伯特还记得跟苏珊一起在那里郊游的情景，但以后再也不会有这样的机会了，苏珊已经虚弱得无法离开病床。

如果“神谕”没有把林永泉交给中情局，罗伯特·詹姆斯真不知道该如何向局长 M 解释他所作的一切决定。美国人不能去中国境内绑架一位中国官员，但美国人也不可能不接收一位被送到自己手中来的中国官员。一直到林永泉登上飞往美国的飞机的时候，中国人还是保持着高深莫测的沉默，这令罗伯特感到了一丝不安。据罗伯特猜测，中国人并不是不想报复，只是到目前为止，中国方面还没有找到有相当分量的间谍可以抵消林永泉带来的损失。

罗伯特担心的是，“神谕”制造了流血事件，这可能会对局势产生一些微妙的影响，只要美国人接收了林永泉，也就等于接收了制造流血事件的责任。在情报界，人们仍然尊崇着“以牙还牙”的古老原则，东方人一向温顺，不用施加太多的压力，他们就会做出必要的退让。但死人就是另外一回事，东方人随和，但并不懦弱，尤其是中国人，他们一定会对此作出强烈的反应。罗伯特只希望，这一次中国人仍然能够像他们一向表现的那样克制。

从另一方面来看，“神谕”干成了中情局一直都没有干成的事情，那就是让对手陷入了前所未有的混乱。罗伯特知道，这种内部的混乱是中情局无论如何也做不到的，对方内部人事关系的伤害实际上打破了各个利益集团之间的利益平衡，这种混乱对中情局来说是千载难逢的好机会，单从这一点来看就已经值回在“神谕”身上的投资。

现在该考虑的是如何让林永泉开口，罗伯特一边喝咖啡一边思考着对策。具有讽刺意味的是，尽管他一直负责亚洲和中国事务，但他还从来没有过与一个真正的中国人面对面交锋的经历，尽管他手中早就有林永泉的资料，但罗伯特很清楚，资料能够提供的帮助不多。

东方人都是那么精明，不管是中国人还是日本人。对，现在连朝鲜人也能够要弄山姆大叔了。和以前那些所谓的“自由斗士”不一样，林永泉仍然有自己的信仰，所以就不能用对自由斗士那样的简单方式来对待。

想起那些所谓的自由斗士，罗伯特在心里冷笑。自由只是一个口号，说穿了一文不值。历史证明，所有的自由斗士归根结底也不过是为了追求更舒适的生活而跑到自由女神身边来。而一旦开始享受这样的生活，那么自由斗士其实也并不像他们之前表现的那么在乎别人的生活。

大鲍勃在旁边哧哧地笑着。

“我没想到‘神谕’有这样的胆色，中国人总是能够出乎我们的预料，不管是他们中的好人还是坏人，都能给我们制造惊喜。‘神谕’这一次的做法很像牛仔，我必须得说，我现在开始喜欢这个人了。政治影响算什么？国会制定政策的时候从来不会考虑政治影响。”

牛仔只是鲁莽，但“神谕”还很狡猾。

罗伯特不满地看了大鲍勃一眼。这个胖子从来不用考虑什么政治影响，但罗伯特不行。

“现在很难说这是好事情还是坏事情。‘神谕’不信任我们，所以他要自己来，如果他成功了，他就会更加难以控制；如果他不成功，那么该操心的还是我们。”罗伯特把双手枕在脑后，“我不喜欢这种感觉，鲍勃。”

“我倒不像你那么担心，罗。”大鲍勃耸着肩膀，“‘神谕’不是我们先前接触的那些可怜虫，这就意味着他的变节要比其他人有价值得多，因为他能做的事情也更多。”

“从另一方面来看，他想要我们做他的后援而不是领导，而且他有这样的能力和野心，这就不是我们需要的东西了。”罗伯特挑动着开始变得灰白的眉毛，“这次我们不得不为他找一个补救措施，但绝对没有下一次，鲍勃，我们得想想怎样才能让他老实地听话。”

“补救措施？”大鲍勃摊开双手，“事实上我们根本不用担心。首先，中国人不能肯定这件事是我们做的；其次，就算他们知道是我们做的，我倒很想看看中国人有什么反应。”

罗伯特摇摇头。有的时候，大鲍勃真的跟一头猪没什么分别。

如果这个东方人在华盛顿街头被人发现，那么中情局的麻烦就大了。中国是美国的敌人，没有人会否认这一点，但所有人也都认为，在两个大国之间，如果不想两败俱伤，敌意就应该保持在双方都可以接受的范围之内。很快新闻媒体就会闻风而动，保密将会很困难，而时间在向前走，中国人一定已经想到了对策。越快着手对林永泉的讯问，罗伯特的麻烦就越少，在公众还没有发现之前就结束这个事件是最好的结果。

“尽快地审问他，安排好保护措施我们就开始。”罗伯特作了决定，“我们要把他跟外界隔绝起来，不管是我们的人还是中国人都不能找到他。”

“还有什么地方能够比 CIA 特工们保护下的华盛顿特区更加安全？就算中国人知道他们的军官在这里，他们能够做的也不过是通过非正常渠道跟我们交涉。”大鲍勃笑了起来，“就算我们愿意跟他们坐下来谈，恐怕我们也早就得到我们想要的一切了。那时候谁还在乎这位军官的死活？”

“鲍勃，从这次巴基斯坦的事情来看，中国人恐怕不会再像以前那样克制了。”罗伯特的眼神很严厉，“时代在变，中国人和美国人都在变，在交手之前就觉得自己能够控制局势的人是真正的蠢货，看看我们在伊拉克做了些什么？所以我们能做的就是小心谨慎再小心谨慎。你明白我的意思？红队和绿队的特工现在有没有就位？”

中情局情报处特工何塞·苏亚雷斯中断了在墨西哥的休假，赶到位于宾夕法尼亚大街407号执行任务，他发现同一组的特工都已经在他之前就位。这很容易理解，因为只有他选择了去千里之外休假。而现在，他妈妈还在电话里向他抱怨，问他为什么要把自己一个人扔在墨西哥。

他所在的红色小队由四个人组成，专门执行中情局的要人保护任务。宾夕法尼亚大街407号是中情局的秘密安全屋，只在最紧急的时候动用。在此之前，整个中情局只有管理处主任和情报处主任知道这个地方。他们就位没有多久，就有行动处的三个特工护送着一个东方人进入这里。紧跟着上司“大鲍勃”通知他，和行动处的特工合作，保护好客人的安全。

行动处带队的特工是威尔·法瑞尔，是何塞在华盛顿特区南郊某个“农场”受训的同期生。这个“农场”是中情局各种训练营中的一个。作为行动处的特工，威尔比何塞有更多的机会去世界各地执行任务，如果不去考虑任务的风险，这其实可以算是一种工作上的福利。何塞看过威尔和世界各地各种女人在一起的照片，所以他很羡慕何塞的工作。而他就只能留在特区，用千篇一律的方式来打发枯燥的要人保护工作。如果这个要人很随和，那他们的日子还算可以；可如果是来美国寻求帮助的政治人物，那么他们就惨了。何塞不关心政治，但他发现，那些在政治上有特殊需求的人往往在日常生活中也会给别人带来麻烦。他需要时时提醒自己，工作就是工作，与他个人的信仰爱好无关。

他的小队装备着M24狙击步枪、M4A1自动步枪和贝奈利霰弹枪，而威尔带来的人也装备着最新式的G36卡宾枪。在何塞看来，这样的装备对于一次保护行动已经有些小题大做，但紧跟着局里管理处的技术人员又在房顶架设了一套SLD-400激光探测反狙击设备，这才让何塞真正意识到什么叫做小题大做。这套SLD-400激光探测反狙击设备是法国人研制并率先投入使用，在战场上已经证明了是相当成熟的技术，如果再加上一套PILAR噪声探测器一起使用，事先发现狙击手位置的概率达到百分之六十，而在一枪之后发现狙击手位置的概率达到百分之百。不过，考虑到事后才发现狙击手已经没有意义，而且布设声探测系统相对来说比较复杂，一套主动探测系统已经足够。

“不用考虑那么多，这也不过是一次例行保护任务。”威尔递给何塞一支法国香烟，“我只希望里面那个中国人快点把他知道的说出来，那我们就不用把时间浪费在这里。”

法国香烟有种很特别的味道。

不知道是回应香烟的味道还是回应威尔，何塞耸了耸肩膀。

“我们这个工作唯一的好处就是不用去思考，也不用去问问题。”

威尔感兴趣地看着他：“你很可能因为这个人而失去自己的生命，难道你不想多了解了解他？”

何塞摇摇头：“我根本就不在乎这个人是谁、会说些什么。我现在只知道他是个该死的东方人，跑到这里来破坏了我的假期，而我还随时准备着保护他的安全。这是他妈的臭狗屎工作，可我们不得不忍受这个。”

威尔微笑：“我们是在保卫美利坚合众国，也许这会让你好受一点。”

我是拉丁裔，白小子，看我的肤色，我他妈的只在乎我自己。何塞没有把这句话说出来。威尔还是个不错的小伙子，而且他们现在还需要合作完成任务，虽然这任务并不像看上去的那么危险。何塞参加过很多次重要人物保护工作，尽管其中颇有惊险，但在华盛顿特区，这样的工作总是很轻松，他甚至连扳机都没有摸过。

何塞和威尔都是经验丰富的资深特工，他们都知道最好的保护就是保密。只要没有人知道“狐狸”藏在什么地方，那就算是有核武器都不管用。而中情局严格的保密措施意味着，只要现在安全屋的七个人不泄露消息，“狐狸”就是安全的。红队和威尔小队的装备和训练可以使他们经受得住同等武力的进攻，更别提十分钟之内就能够赶到的各种支援力量。

和林永泉见面就像罗伯特想象的那么不愉快。他原以为，在这种情况下从林永泉那里得到情报会很容易，可事实上他们碰了个不大不小的钉子，林永泉的态度很冷淡，既不为自己的遭遇愤怒，也不为现在的处境担心。

“我不会回答你们任何问题。”林永泉的英语就像情报里介绍的那么流利，虽然他的音调和发音都有些古怪，“我还要提醒你们，美国政府要为发生在我身上的事情负全部责任。”

“我希望这些话能让你自己好受些，但事实上，既然你已经出现在这里，那么就得作好跟我们合作的准备。”罗伯特摊开双手，“美国是个富裕的国家，中情局也是个强力机构，所以跟我们合作会很愉快。”

林永泉微笑，带着些许的轻蔑：“你是指金钱？”

“还能有什么？”罗伯特笑了笑，“我们在这个世界追求的还有什么？”

“弗吉尼亚州，为纪念英国伊丽莎白女王一世而得名。从一六〇七年开始殖民，是北美最早的殖民地。一七八八年六月二十六日成为美国第十州。山茱茑为州花。本州别名叫做‘老自治领’。在这个州出生了八位美国总统，其中就有世所敬仰的乔治·华盛顿总统。”林永泉仍然在微笑，“这是我在网上得到的资料，我的介绍可有什么遗漏？”

罗伯特和鲍勃交换了下眼色，然后耸了耸肩膀。

“你忘记了本州箴言。”

“永远打倒专制的君主。”林永泉深深地点了点头，“我差点忘了弗吉尼亚的精神，而这正是世界上很多人很多年来的追求。当初美国人建立自己的国家的时候，华盛顿答应美国人民的是什么？是金钱？”

“那时候美国人迫切地希望摆脱女王。知道我们为什么这么迫切地摆脱女王？因为实际上她干涉了那些有钱的新移民的正常贸易。”鲍勃又缩在他脖子上的肥肉里哧哧地笑着，“以我们的眼光来看，一切归根结底都是金钱。比如说，我们付给你一千万美元，你回答那些我们感兴趣的问题。”

林永泉深深地看了一眼鲍勃，然后把目光转向罗伯特。鲍勃相对来说比较容易对付，而罗伯特就要狡猾得多。现在林永泉自己就是最大的筹码，所以他知道自己暂时还能够控制局面。到了这个时候，没有任何秘密还可以保住，但林永泉希望，不到最后的时候他绝不放弃。

“我从没见过一千万美元，不知道一千万是个什么概念，而且我在想，我的家人都不在这里，一千万美元对我来说有什么用？”

“关于你的家人我们感到很遗憾，或许有一天你们可以再团聚，但眼下你得面对现实。”大鲍勃从椅子上站起来，把一个数码录音笔放在林永泉面前，“我们知道你是被绑架来的，但你已经到了这里，除了合作，我看不出你还有什么出路。”

林永泉看着桌子上的录音笔没有说话。他不知道是谁绑架了自己，因为药物的原因，这一路上他都在昏睡。他出现在这里肯定是一个阴谋，但无论他怎么想都没有一点头绪。如果美国人能够在北京成功绑架一名高官，那么他们应该选一个更高级的目标，他的确掌握着一些机密，但这些机密不足以让美国人花这么大力气。

现在这种情况，他需要的是冷静。冷静地与美国人周旋，冷静地分析自己的处境，慌乱和愤怒都无济于事。

“你们说的似乎有道理，那为什么不让我看看那一千万？”

罗伯特耸耸肩膀，脸上虽然有微笑，但眼睛里却没有一点笑意。

“先说说你都知道些什么。没有人愿意为一个人拿出一千万美元的，就算他曾经是个有身份的人也不值这个价钱，除非你能证明自己值这一千万。”

“美国人很少有不胡搅蛮缠的时候，有人说过，美国人都是流氓。如果说来这里之前我还对此有所怀疑的话，那么现在我完全赞成这个观点。”林永泉的表情悠然自得，“真的有一千万美元，我会为之证明自己的价值。”

“我们是流氓？可不是我们跑到你家门口把你绑来的，而是你的自己人把你送过来的。”大鲍勃的笑容也开始变得勉强起来，“如果我们是流氓，那你现在和以后都要和流氓在一起，这个发现会让你好受？”

“不会。”林永泉笑着摇头，“坦率地讲，是那一千万美元让我好受些。”

罗伯特收起了脸上的笑容。

“林先生，形势现在很清楚，显然对你不利，所以还是停止这些没有意义的废话。一千万美元只是一个提议，若要这个提议变成现实，前提是你得让买单的人相信这笔钱没有白花。”

林永泉还是在微笑：“就算是做生意，也要款到才能发货。尤其是和你们这样的流氓国家，哦，不，是无赖国家打交道的时候。”

大鲍勃终于恼火起来。那是一种习惯指责旁人而不习惯被指责的人身上常见的恼羞成怒。

“那也让我跟你坦白地说吧，目前的处境不允许你考虑得太多，说出我们感兴趣的东西，你就能够拿到钱。时间在流逝，你的‘货物’也会随着时间的过去而贬值。到那时，也许能拿到一美元都算你幸运。”

罗伯特没有说话。他们现在用的就是白脸和黑脸的谈话技巧，罗伯特在耶鲁大学进修过心理学，根据林永泉对两种谈话态度的反应，就可以判断他的心理状态并能够采取相应的手段来迫使林永泉就范。中情局并不想破坏自己的信用，中情局只是喜欢一切都掌控在自己手中的工作方式。

“我比谁都清楚我自己的处境。”林永泉的表情变得很严肃，“现在，对我的国家来说我是个叛徒，所以我已经没有了退路。一千万美元和一美元的差别对你们更重要，对我来说则完全一样。”

罗伯特坐在那里，用手托着下巴，专心地观察着林永泉的反应。

“我们也不一定对你的情报感兴趣。对我们来说，你可以是一位改变世界的贵宾，也可以是一位无关紧要的客人。无论怎么做，在我们不知道你所蕴藏的价值的时候，都是合理的。”大鲍勃看着林永泉，“你只是一件意外的礼物，如果打开包装太麻烦，那么扔进垃圾箱里也不会让我感觉太困扰，毕竟我们没有期待这件礼物，我们想要的都已经得到了，至少在目前是这样。”

这番话里的威胁意思已经很明显了，但林永泉仍旧没有什么特别的反应。他的脸上没有出现任何可以判断其心理的行为特征。

“我不担心我自己的价值。”林永泉的笑容中带着点疲惫，“我只担心你们是否有能力判断我的价值。”

“我们可以用技术手段取得我们需要的资料。”大鲍勃威胁地用手指指点着林永泉，“我们有世界上最先进的科技，我们可以按照我们的想法任意炮制你。到那个时候，你就真的连一美元都不值了。”

看着大鲍勃气急败坏的样子，林永泉忽然笑起来。

“我从来都不怀疑美国有世界上最先进的科技，可我也不是从原始社会来的。我对这一行里的门道清楚得很，所以你吓不住我。顺便提醒你，你们的那一套我们也研究得很透彻。为了证明我不是一个门外汉，我想问你一下，你如何确保你用‘技术手段’取得的情报都是真的？”

说到“技术手段”的时候，林永泉居然学着美国人流行的手势给这个词加了个引号。他说得没错，用药物等“技术手段”的确是可以让人说出一些秘密，但在无意识的状态下，如何分辨情报的真假始终都是个难题，最后还是需要时间来确认。

罗伯特忽然觉得，眼前这名解放军军官并不像他想象的那么容易对付。东方人都是天生的谈判高手，尤其是眼前这位受过训练的情报专家。他看上去甚至都不在乎自己是不是有个好的下场，如果有这样的心理底线，罗伯特知道自己的办法不多。

“不如我来提一个交易。”林永泉看着罗伯特的眼睛，“你告诉我是谁把我弄到这里来的，我就告诉你我都知道些什么。反正我已经在中情局的控制之下，就算你告诉我也不用担心会泄密是不是？”

林永泉的话让罗伯特犹豫起来。没错，林永泉到了这里就等于与外界断绝了一切联系，任何秘密到他这里都可以算是最后的终结，在这种情况下，林永泉的提议很有吸引力。看到罗伯特脸上的表情，大鲍勃向罗伯特歪了歪脑袋，示意他暂时停止谈话，两个人一起离开了林永泉的房间。

“你想告诉他真相？”大鲍勃吃惊地看着罗伯特，“我看得出你在想什么。”

“他可能知道谁在五角大楼里为共产党工作，如果有人为中国人工作的话。”罗伯特看着大鲍勃，“我们得满足他的要求。我需要知道的是，以东方人的观点来看，处在他的位置，他真的更重视谁绑架了他而不是金钱？”

“这很有可能。”大鲍勃连连点头，“他们的价值观跟我们不一样，对自尊有完全不同的理解。对他来说，知道谜底比金钱重要得多。”

“他再也无法离开这里，既然这样，我们还有什么可担心的？”罗伯特看着大鲍勃，“在这种情况下，分享我们的小秘密看起来更加有利可图。”

大鲍勃转了转眼珠，没有说话。罗伯特的提议很有道理。

“当然他也可能是在拖延时间。”罗伯特把窗帘拉开一条缝，向外边看了看，“也许他还幻想着有人能够把他从这里带出去。我们给他点时间梳理自己的思绪，我们也考虑考虑，然后再决定是不是值得向他吐露这个秘密。作为备用手段，我要局里的技术人员作好准备，必要的时候可以用上所有可以用得上的手段。”

从这里能够看到负责外边巡逻的特工，一个在房子前面的车里，另一个在街道对面咖啡馆的露天座位上，这些特工都很好地融入了他们的环境里。在他们的屋顶上还有狙击手和反狙击系统在监视着周围的环境，一切都在控制之中。林永泉在这个时候还有什么指望?

忽然，罗伯特看到在咖啡馆对面的特工拿起了自己的手机，他皱起了眉头。在红队执行任务的时候，原则上不允许跟外界有任何形式的交流，打个电话虽然没有什么太大的影响，但他就是不喜欢这种不够专业的疏漏，而且看上去这个电话让这名特工很是兴奋。

红队特工史蒂芬·斯奈德并不知道中情局的三号人物把他的行为看在眼里。

一个不认识的人打来电话，出于无聊他接通了。电话里是个甜腻腻的女声，这引起了他的兴趣。攀谈了几句之后，他发现电话那头是个模特，今天要跟自己的摄影师联系拍照。这宝贝急于开始自己的事业，居然没有发现自己弄错了电话号码。斯奈德很快就套出了她的地址，准备有时间就去跟她联系下。

这里是华盛顿，不是好莱坞，想要跟一个模特发展关系并不容易。不是每天都能够遇上这样的好事，所以要把握机会。斯奈德放下电话，在心里这样对自己说。

斯奈德不知道，在他通话的这几分钟内，NSA 国土监察室的技术人员通过空间系统和终端设备已经锁定了他的具体位置，随后根据正常的工作程序，同时被锁定的其他几十个电话的位置被转达到情报汇总室，并在上面注明是对弗吉尼亚国际机场安全部门申请监控的回复。在情报汇总室，这些材料在标注好机密等级后又被发回到提出申请的地方。

很快数据就传送到弗吉尼亚国际机场安全部门的主机上。这次国际机场发出的安全警报级别不高，因此在办公室里等待数据报告的人并没有发现有一个电话号码已经被删除，就像他没有发现提出申请时他所选择的号码多出来一个一样。每天要处理的信息实在太多，而且绝大部分都是虚惊一场，所以在他这方面看来，一切都很正常，绝对不会想到有人在这些电话号码上动过手脚。

生活对每个人的意义都不同，所以，世界上的人们会有不同的信仰。

罗门当然也有信仰。

他的信仰就是，无论是自愿还是被强迫，最好能做自己喜欢的事。

这种职业给他带来一种成就感和优越感，而他喜欢这感觉。

罗门从来不会向别人宣扬自己的想法，他更多地是沉默。他是个军人，只要服从上级的命令就足够了。但同时他也很清楚，随着时间的推移，他的思想也许会在将来的某一天发生转变，甚至可能有一天他会认为自己曾经全力保护的一切不过是一堆垃圾。这很有可能。到那时，他绝对不会强迫自己去做不愿意做的事情。

但是现在，他知道自己还不能选择出路，虽然他已经厌倦了现在的生活。

他正坐在一架从洛杉矶飞往华盛顿的波音 767 上。在经过海关时，他出示的护照上表明他是一名叫做田中信三的日本人。护照上的人确实存在，只不过这个人现在日本的乡村里过着近似隐居的生活。

使用这种证件的好处是，罗门可以在最快的时间内进入美国。就算移民局和海关因为他从香港入境而对他的身份产生怀疑，至少在四十八小时之内无法发现他是一个冒名顶替者。不管任务是否完成，罗门都会在四十八小时内离开美国。

一名特工将在华盛顿接应他。这是跟安念蓉直线联系的特工，只在应对林永泉叛逃这样紧急的事情才会动用。把这名特工交给罗门的时候，安念蓉表现得很犹豫，罗门对此表示理解。如果行动失败，不但他自己能够安全离开美国的机会等于零，这名特工也很有可能会成为陪葬。能够被派遣到美国的特工是非常珍稀的资源，尤其是这名特工还在安念蓉的系统里占据一个重要的职位，属于完全不可替代的那种重要人物，所以安念蓉真的是考虑再三才作出了最后的决定。

安念蓉更多地考虑自己的部下而不是罗门的安全，这让罗门有些愤愤不平。安念蓉注意到了这一点，讨好地表示，正因为对罗门本人的绝对信任，相信他有处理任何危险局面的能力，所以她才不担心罗门的安全，并且请他多多照顾代号萨莎的特工。

不用安念蓉提醒他也会这样做。他对自己的安全没有想太多，他已经习惯于这样一种工作方式：作足准备，然后让运气来决定，也习惯于不到最后关头就不去作无谓及无益的思考。既然真正能够依靠的只有自己，那就别去指望别人，不但不能指望别人，简直连想都不能想。

略显邋遢的平静外表没有让他招来任何不必要的关注。

飞机在里根—华盛顿机场降落后，只有随身行李的他乘坐巴士，经过爱灵顿大桥，穿过波托马克河，来到国会图书馆。他当然不会意识到，就在他的目光扫过波托马克河的河面时，中情局的局长也很有可能在自己的窗口俯瞰着翻滚的河水。途中，他远远地见到五角大楼灰色的轮廓，感到一阵惊慌：如果美国人把林永泉安排在安德鲁斯空军基地或者华盛顿海军基地该怎么办？除了军事基地之外，罗门也不希望林永泉被安置在任何一座联邦政府机构大楼里面。一旦行动有什么差池，没有人愿意面对蜂拥而至的特区警察和联邦特工。

让他略感安慰的是，出于保密，中情局肯定会把林永泉与外界完全隔离开来，综合所有的信息，林永泉不可能出现在任何公众场合，这是这次行动的第一前提。在这一点上，他跟安念蓉的意见完全一致，但在没有见到萨莎之前，他的心里总是没底。

美国国会图书馆位于美国首都华盛顿东南一街，由三幢以总统名字命名的大楼组成，分别是被称为托马斯·杰佛逊大楼的主楼、约翰·亚当斯大楼和詹姆斯·麦迪逊大楼。这座成立于一八〇〇年四月二十四日的图书馆原本只是提供给国会立法委员会参考咨询所用，后来改为对公众开放。

罗门也是第一次看到这座建筑物，可惜没有时间真正参观。他先到图书馆的资料处申请了《一切如来》的复印件。这是公元九百七十五年中国北宋早期佛经的木版印刷品，很多信奉佛教的日本人都会买一本复印件带回家中供奉把玩。图书管理员司空见惯地向他推荐其他日本人喜爱的图书资料，被他礼貌地拒绝了。罗门很喜欢这里的便捷服务，正是因为收藏资料丰富和全开放的原则，国会图书馆为华盛顿市民提供了得天独厚的学习和研究条件，这一点与国内图书馆不大一样。

手表指示着美国东部时间中午十一点整，他已经像大部分来这里看书的美国人一样，捧着热狗和可乐坐在入口处的台阶上休息。他把那本复印件摊在面前，黑白分明的“一切如来”四个字很是醒目，这是接头的暗号，他只希望在这个时候不会有别人也对这本经书感兴趣。他觉得有一点点紧张，尽管他已经无数次地经历过同样的事情。紧张是好事，他这样告诉自己，这说明他还没有麻木，仍然保持着令人欣慰的警惕性。

弗吉尼亚州的夏天很舒适，平均温度介于摄氏二十一到二十七度之间，非常适宜户外及体育活动。就是现在，在可以望得见的草地上都有人在打橄榄球，时不时有欢呼声传来。罗门戴上太阳镜，顺手擦去额头上的汗水。如果不是有任务在身，他很想加入运动的人群。

这时他看到一位年轻女郎微笑着向他走来。一头闪亮的金发随意披着，白衬衣和一条半旧但合身的牛仔裤让她看上去既清爽又性感，小巧而形状饱满的乳房随着她加快的脚步迷人地波动着。

罗门一下警惕起来，太阳镜掩盖了他神色的变化。直到这女郎来到他面前，湛蓝的眼珠和略带僵硬的微笑才让他若有所觉。

“我迟到了，希望这没有让你感到不快。”

“一月二十八日发生的那件事才会让我不快。”

摘下眼镜，罗门沉着地说出接头暗语。这是安念蓉在他临上飞机时才交代给他的，罗门当然不知道在那个特定的日子发生了什么事，他要做的是等待这女人的正确回答。

“那么三月五日那件事呢？”

女郎有点赧然，但她开心的微笑和眼中的追怀情调表明这两个日子对她和安念蓉来说都有着特殊意义，这意义只有她们两个人才知道。

罗门带着一丁点儿错愕，拥抱了这位绰号叫“老鹰”、真名叫萨莎·亚列桑德拉的秘密特工，在外人看来就像一对朋友或恋人久别重逢。

两个人都在心里评估着对方。如果说这个特工有什么缺点，那就是她太漂亮了，简直像平面广告模特一样漂亮，而且罗门敢说，她就是走在T台上也不会比任何真正的模特逊色。闻着她身上淡雅的香气，感受着她身体的弹性，罗门不明白为什么她会有“老鹰”这样一个听起来很凶猛的代号。两个人手拉手走向停车场的时候，他就想提出这个问题，最后还是忍住了。如果安念蓉没有交代，那就说明这是个不该他知道的秘密。

“路上还好吗？”萨莎坐进汽车，看着罗门微笑。

“一切顺利。”罗门拉上安全带，向旁边的后视镜看了一眼，“只是碰上了几次乱流。”

“今天夜里就要有行动，你确定你的状况没有问题？”萨莎也戴上太阳镜，“现在没有时间给你倒时差，当然，你可以在车里睡一会儿，但我希望你不要这样做。”

“我不需要倒时差。”罗门看着萨莎微笑，“我甚至作好了跟你聊天的准备。”

“除了工作之外我不聊天。”萨莎略感意外地看了罗门一眼，然后开朗地笑了起来，“你很放松，这很好，希望工作的时候你也能像现在这样轻松。”

汽车离开国会图书馆，穿过几个街区后拐上布莱登斯堡路，路边开始出现大片森林。前面就是著名的自然景观——美国国家植物园。

虽然萨莎说自己除了工作外不聊天，但在路上他们还是进行了简单的交流。从谈话中罗门得知，她是植物园的义务工作者，所以她在这里找到了一个很偏僻的住处。除了在华盛顿弗吉尼亚机场工作之外，她所有的空闲时间都在这里照料花草和担任导游。这不但能够让她保持与外界的距离，而且还可以为此提供合理的解释。

她把汽车停好，从后备厢里拿出一件工作服和工具交给罗门。

“在等待的时候最好给自己找些活儿干，你会喜欢上这里的工作的。”

说话的时候萨莎向他嫣然一笑。

对心理素质绝佳的罗门来说，等待不成问题，但对长期潜伏的特工来说就不一样。他们远离亲人朋友，随时要为自己的身份提心吊胆。没任务的时候他们要做的就是等待，除非特别的情况，他们不能有自己的生活，而且还不能完全从别人的生活中脱离出去。“找些儿活干”可以分散注意力，是减压的好办法。

萨莎专注地摆弄着面前的花草。现在她用一条手帕把头发扎在脑后，暴露在空气中的肤色简直白得耀眼。罗门从她的名字和外表特征断定她来自俄罗斯，这就让他对萨莎的来历更加感兴趣。

同时，他还感兴趣的是，在机场做文员工作的萨莎如何能够探听到林永泉的藏身之处。他曾经很多次地考虑过获取情报的途径，但始终不得要领。自“9·11”事件之后，美国出台了各种反恐措施，并对自己的情报工作进行了深刻的反省，因此即便是位置高的特工工作起来都要加倍小心，也更加困难。可萨莎对任务表现出的轻松神态让罗门不知道该担心还是该放心。不过正像萨莎说的那样，他很快就被手上的工作迷住了。

国家植物园除了圣诞节那一天休息之外全年免费开放，每年大约有六十万人到这里参观。如果植物园能够离地铁再近一些的话，那么参观的人还会更多，因为大多数游客喜欢乘坐把大多数景点连接起来的地铁进行观赏。植物园占地一百八十公顷，最著名的植物就是各式各样美丽的花朵。在这里种植着大约有九千种植物，对那些第一次来参观的人来说是个惊喜。

很快，萨莎就接到了公园管理处担任导游的请求。在她的要求下，罗门也跟着她加入了参观植物园的游客队列。既然已经来了华盛顿，那么没有理由错过这里的美景。一路上萨莎都笑得很灿烂，自信让她的美丽更加醒目，罗门的视线没有从她的身上离开过。他不能想象，像萨莎这样的姑娘怎么会有这么好的心理素质，压力对她似乎根本没有影响。

工作结束后，萨莎把罗门带到了自己的住处。

现在是东部时间下午三点钟，到目前为止，一切都进行得很顺利。

“希望你在植物园过得开心。”萨莎从厨房走出来，手里拿着两瓶啤酒，“我从小就喜欢植物，只要和它们在一起我就会觉得平静。大自然是人类最好的朋友，可人类总是在伤害它。”

“人类疯狂起来连自己都可以伤害，大自然算什么？”罗门开起了玩笑，“不失去一样东西就永远不知道它的可贵，也许让不负责任的人接受点教训是件好事。”

“你真的是这样想的？”

萨莎把一瓶啤酒递给罗门，她的表情说明她很认真，这让罗门觉得自己的玩笑很不合时宜。

“当然不是。”罗门收起脸上的笑容，在沙发上坐直了身子，“我跟其他不负责任的人一样，对大自然每天受到的伤害视而不见，并且对那些抱怨的声音充耳不闻。我也不会为了讨好你就否认这一点，事实上我不喜欢一切跟自然有关的话题。”

罗门接过冰凉的啤酒，大大地喝了一口，暑气和焦虑的心情立刻被驱散。这啤酒的味道和口感完全配得上商标上的“IMPERIAL STOUT”字样，几乎不透明的红褐色液体带着浓郁而细腻的啤酒花味道，非常醇厚。他看了下瓶子，惊讶地发现啤酒的酒精含量只有百分之六。

“非常公平。”萨莎坐在罗门对面，目不转睛地看着他，“你很坦率，这很好。”

“只是这样看着我，你永远无法知道我是不是真的有本事。”罗门微笑，“我知道你对我有疑问，同样的，我也对你有疑问，但我知道该在什么时候把这些疑问先放到一边。”

“我只是无法确定，你对这次的指派是否真的有帮助。”萨莎也在微笑，“没有冒犯的意思，但这次的任务的确非同一般。”

“那就想想自然法则。”罗门向她眨了眨眼睛，“能活到现在就说明我们都是能够适应环境的人，跟其他人相比，我们进化得比较充分，这就让我们在对付别人时总是有先天的优势。”

萨莎爽朗地笑了起来，她的牙齿洁白而整齐。

“不管怎么说，你很会说服人，也许你真的像玛莎说的那么有本事也说不定。”

罗门理解萨莎的顾虑。面对这样的任务，她肯定比自己紧张得多，顾虑也更多。在没有更多的了解之前，合作对双方来说都是一种危险。

罗门不知道自己的表现会不会让萨莎满意，但他对萨莎的表现很满意，至少她没有表现出大多数女人面对危险时特有的歇斯底里。不，她的表现绝对可以称得上一流，她表现出来的那种镇静和自信不是伪装的，而是严格的训练和严酷的实战所锤炼出来的，罗门对此确信无疑。

“如果你是在俄罗斯长大，那我一点都不吃惊，萨莎。”现在是换个话题的时候了，罗门回味着啤酒的味道，“那里的自然景色实在是太美丽了，人们只要看一眼就会爱上它。”

“你去过俄罗斯？”萨莎的目光中闪过一丝欣喜，“我选择在这里工作就是因为这里的景色总是让我想起远东的故乡。”

“我尤其喜欢俄罗斯的乡村，如果可能，我甚至想生活在那里。”罗门深有同感地点头，“那里可能很偏僻，但我就是喜欢那种情调，如果还有你这样的姑娘陪在身边，那对我来说就是天堂了。”

“你很会说话。”萨莎看着罗门微笑，“关于我，玛莎跟你说了什么？”

很显然，“玛莎”是安念蓉的俄罗斯名字。这么说他的猜测是对的，萨莎其实是在中国长大的俄罗斯人。

“我是猜的。事实上到现在为止，我对你的情况仍然是一无所知。”

萨莎爽朗地笑起来：“玛莎总是这样子，没有必要的话她一句也不会说。

从你看到我时那种吃惊的样子我就知道，你根本就不知道我的一切，这是玛莎保护我的方式。很抱歉她会这样对你。”

“我想我能够理解她的谨慎，你是她的王牌。”罗门笑了笑，“我很想见识下。”

“在我们的系统里，每个人都是王牌。”萨莎轻轻地抿了一口啤酒，用一种审慎的目光打量着罗门，“如果不是百分百地信任你，她不会让我跟你一起执行任务。这样来看，你也是她的王牌。”

“那么我该觉得荣幸。”罗门笑了笑，“既然她派我来，那么你给我提供准确的情报，剩下的部分就交给我好了。”

萨莎嫣然一笑：“我不知道你的来历，但我敢说这个任务你一个人应付不来，这就是玛莎要我们在一起的原因。”

罗门询问地看着她。

萨莎看着罗门的表情，爽朗地笑起来：“我不但要给你提供准确的情报，还要跟你一起制订计划、一起行动，如果走运的话，我们还会一起离开。”

“一起行动？”罗门放下手里的瓶子，“我的计划里可没有这一条。”

“那你就得修改你的计划。”萨莎向他举了下手里的瓶子，“怎么？你觉得我是个女人就不能跟你一起行动？在俄罗斯，女人才是什么都干的人，而男人们总是很懒。”

“这正是我想去俄罗斯生活的原因。”罗门笑了笑，“不过我还是喜欢凡事都靠自己。我不歧视女人，我知道她们有很多让人吃惊的地方。但我不认为你有跟我一起行动的必要。”

“你跟玛莎形容的完全一样。”萨莎感兴趣地看着罗门，“她说你很固执，有的时候固执得有些愚蠢。”

“她肯定还觉得我很粗鲁。”罗门笑了起来，“我给她的印象不好，所以她这样说我并不感到意外，尽管那不是事实。”

“事实上我觉得她有点喜欢你。”萨莎对着瓶子喝了一口，“你们认识很久了？”

“没有很久。”罗门微笑，“跟我认识你的时间差不多，而且我和她还没有一起喝过啤酒。”

“那么说，反而我们之间更熟悉了？”

萨莎看着罗门，罗门也看着她，这时候罗门才发现萨莎的眼睛有多么蓝，像有魔力一样吸引着他的目光。两个人就这样对望着，都看到了彼此眼中的笑意。

萨莎站起身，从他手中拿过已经空了的啤酒瓶，向厨房走去。

“我去准备晚餐，你想吃什么？”

没有目标的具体情况，在行动前没有时间做实战演习，这些对罗门来说都是不利因素，而且时间紧迫，罗门必须决定该把注意力投向哪里。到目前为止，最简单的就是整理将要使用到的武器装备。准备晚餐的萨莎告诉他，地下室里有为这次行动准备的一切物品，如果他觉得现在无事可做，可以到地下室去让自己忙碌起来。

萨莎是秘密特工，所以她的地下室不可能像军队的军械库那样琳琅满目，事实上，一支 M4A1 步枪，一支雷明顿 870 霰弹枪，一支 M40A3 狙击步枪和一支 MK24 也就是俗称海军型 P226 手枪，这些是她的全部库存。

最理想的情况当然就是目标处于静止状态，那样的话罗门可以用他擅长的远距离狙击技术解决问题。现在这支 M40A3 是标准的海军陆战队型，使用十倍的瞄准镜和改良的 M118 长距离弹，在罗门手中可以完成九百米距离的射击，但考虑到目标不会出现在开阔场合，而是很可能隐藏在房屋深处不易发现，所以在他心里更倾向于对移动的目标进行狙杀。

现在的情况还不明晰，他要作好各种准备。这支 M4A1 使用了皮卡汀尼导轨代替固定提把的平顶型机匣，罗门给它装上了 3X MAG 和一个 Micro 红点镜。3X MAG 是一种与红点镜同轴串联起来使用的三倍望远镜，使红点镜也具有放大三倍瞄准的功能，适合于中、远距离的射击，而在近距离射击时，3X MAG 的专门镜架可以翻倒在机匣的一侧，只用红点镜来保持快速瞄准的能力。

在繁华的城市里，到处都有灯光，夜视镜的作用就显得不那么突出，经过考虑，罗门在步枪和手枪上都加了战术灯，最后，步枪还要加装消音器。在可能的近战情况下，没有亚音速枪弹的配合，消音器的作用并不明显也无必要，只是考虑到可能进行场地转换，枪口火焰会影响视线，尤其是从亮处进入暗处的时候，所以消音器在罗门现在的设想中，更多地是起到消焰器的作用。

等到萨莎把晚饭送到下面来的时候，罗门已经把所有的武器擦拭检查完毕，整齐地摆放在面前的桌子上，正在为步枪和手枪的弹匣压上子弹。在整个过程中，罗门都戴着医生用的塑胶手套。很多人都知道要避免在自己的武器上留下可能被追查的线索，但大多数人并不知道，不仅仅是武器表面，内部的各个零件也有可能留下指纹之类的痕迹，这会给萨莎的安全带来潜在的危险，这也是罗门要避免发生的事故。

晚餐不算丰富，只有沙拉、熏肉三明治和咖啡，三明治在托盘里堆成了小山。

“有安全屋的位置了？”罗门拿起一个三明治，坐到萨莎旁边。

“这就是我们现在的麻烦。”萨莎迟疑了一下，“我们能够确认的只有安全屋的大致位置，但无法确定具体在哪一座房子里。我还在等进一步的消息。你还要啤酒吗？”

“现在不要。”罗门看出萨莎脸上的失落，轻轻地用肩膀撞了撞她，然后看着她微笑，“没关系，知道大致位置对我来说已经是最好的消息，接下来就要看我的本事，这正是我来这里的原因。不管情况怎么样，让我们先吃东西。”

“如果真的找不到安全屋怎么办？”萨莎担心地看着罗门，“玛莎强调过，这次行动非常重要，可正因为这样，美国人也非常警惕，所以这次搜集情报比以往任何时候都困难，我甚至在想，我们是不是要取消这次行动。”

罗门明白萨莎在担心什么。行动的困难性显而易见，甚至很有可能再也得不到进一步的消息。罗门很清楚她所承受的压力，也很清楚她接受的训练跟自己不一样，所以他完全理解她的焦虑。他无权对她发号施令，也不可能让远在千里之外的安念蓉来处理，但他可以尝试自己来控制局面。

“听我说，萨莎。”罗门放下三明治，轻轻地握住她的手，看着她的眼睛，“你最不需要的就是担心接下来该怎么办，因为这已经是我的那部分工作。你自己的工作完成得非常好，比我想象的还好，这就已经足够。有一点你说对了，那就是这次行动非常重要，不但不能取消，甚至不允许失败，所以从现在开始让我来接手全部的工作。”

“没有情报你能做什么？”萨莎吃惊地看着他。

“没有情报我就要自己去找。”罗门把萨莎的手合在自己手中，“山不来见穆罕默德，穆罕默德就去见山，所有的问题都要有一个答案，在这里也不例外。”

“你总是这么乐观？”萨莎的眼中闪过一丝复杂的神采，“乐观是好事，但务实更重要。”

务实是秘密工作的毒药。如果主观就不想去努力，那么再好的客观条件也不会带来什么实质性的帮助。这是罗门的看法，但他不想对萨莎说这些没用的废话。

“我会去安全屋的区域侦察，如果我也找不到具体地点，那我就把那个区域里的所有东西全都炸上天。”罗门放开萨莎的手，又拿起三明治大嚼起来，“就是把我自己搭进去也在所不惜，所以我们仍然有机会。”

萨莎仔细地看着罗门的眼睛，试图从他的眼睛中看出玩笑的意味，但很显然，罗门是认真的。尽管他的声音和眼神都很平静，但萨莎还是感到了那种平静之下令人心悸的坚决。

“如果是这样，那你一定需要我的帮助。”萨莎瞬间作了决定，“我们还在等最后的消息，如果情报让人失望，那我就和你一起去。”

“我已经说过，让我来接手下面的工作。”罗门轻轻地摇了摇她的手，“你是安念蓉的王牌，我不想你有任何危险，你的安全跟这次行动同等重要。”

“出于安全的考虑，不管这次行动成不成功我都要离开，所以没有什么其他的考虑。”萨莎看了一眼那支 M40A3，“而且这是我的步枪，我比你更熟悉它。”

罗门不无吃惊地看着她：“你会使用狙击步枪？”

“不然你以为我把它放在地下室里干什么？”萨莎看着罗门微笑，“我能干的事情比你想象的要多得多。要是我们之间不能互相信任，那对任务可没有什么好处。”

在这个任务里，自我吹嘘没有任何意义，如果萨莎说自己是个狙击手，那么罗门不会无聊到去怀疑她的说法。只是罗门还没有使用过这支步枪，而且也无法确定在行动中由谁以狙击的手段完成任务，所以他也要掌握步枪的性能以应付紧急状况，不管由谁来完成射击，校枪和试射都势在必行。晚餐过后，两个人带着这支步枪，驱车来到阿纳科斯蒂亚公园。

阿纳科斯蒂亚公园的自然环境非常适合步枪的试射。两个人来到一处前方差不多有两百米纵深开阔地的土丘上，这是萨莎事先观察好的地方。M40A3 在射击时对外部条件的要求比较苛刻，干热和潮湿的空气都可能影响射击精度。为了确保射击效果，激光测距仪和气压计是必需的装备。罗门一直认为，雷明顿步枪系列改造的狙击步枪在使用上不如由 M14 改装的 M21 或者 M25 灵便，但相比之下，M40A3 的射程更有优势。

罗门用了十几发子弹就已经掌握了这支步枪的特性。如果有时间的话，他还想在没有消音器的情况下试射，这样就能够确保万无一失。不过目前的情况也不坏，之后的十发子弹全部击中目标。

他把枪托转给伏在身边的萨莎。“现在来看看你是不是一个好狙击手。”

“你的技术很好。”萨莎把红外线望远镜递给他，“但我也绝对会让你大吃一惊。”

因为要观测，罗门的手很自然地搭在萨莎的腰间，可以在需要的时候提醒她射击的时机。当不小心拍到了萨莎形状优美的臀部时，他忽然意识到自己是和一个俄罗斯美女在一起。闻着萨莎身上不知名香水的味道，感受着夏日夜晚和煦的微风，如果不是微弱的枪声提醒着他，他会更享受和萨莎并排卧在一起的时光。

萨莎以两秒钟的间隔连续命中目标。就像萨莎说的，罗门着实吃了一惊。

射击技术中最难把握的技巧是如何控制扣动扳机的动作，除此之外，射手还需要掌握如何控制呼吸的技巧，以确保他扣动扳机的时机是在两次心跳之间。在实战中，像萨莎这样的射击频率没有任何用处，但在这个时候，这种频率证明萨莎接受过严格的训练，技巧已经融进她的血液和身体。她是与沈茂排同样出色的狙击手，抛开其他的因素，仅就射击的技巧而言，萨莎甚至更出色。

他放下望远镜看着萨莎，毫不掩饰自己目光中的欣赏。

萨莎轻轻放倒步枪，侧过脸来看着罗门，脸上带着一个调皮的微笑。

“现在你相信我的话了？”

她和罗门相距不过是咫尺之间，呼吸可闻，两个人忽然都注意到了这一点。

“要不我们来个比赛？”萨莎笑得很甜，“输的人负责收集弹壳。”

“一般我不会轻易认输，尤其是对女人。”罗门摇头感叹，“但我不得不说，还是由我来收拾这些弹壳好了。”

在回住所的路上，两个人都没有说话。罗门尽量控制自己不去看萨莎侧面的姣好轮廓，很担心自己一看就会挪不开视线。女特工的美貌和神秘都深深地吸引着他，尤其是她身上那种自信的从容。

一直到洗澡的时候，罗门的身体还有感觉。他把喷头的水流开到最大。

热水能够消除疲劳，冷水能够冷却高涨的性欲。

罗门洗澡时就在心里念叨着这些废话。冷水和热水交替冲刷着他的身体，半晌他的情绪才平静下来。从这个迹象就可以看出他内心的压力还没有缓解，在从前，他只需要几个深呼吸就能够从情欲的冲击中彻底冷静下来。

忽然之间，浴帘被拉开，全身赤裸的萨莎站在他面前。

在浴室灯光下，她的皮肤反射着柔和的光彩。她有着运动员的身材，小腹平坦而腿部肌肉紧绷，小腹下面的毛发也像头发一样闪着金光。不等罗门表示惊奇，她的嘴唇就已经盖上了他的。

激情一发而不可收拾。

当罗门把她的身体顶在浴室的墙上时，从萨莎的喉咙里发出一声悠长的呻吟，紧紧地搂住罗门的脖子，丰满而健美的双腿紧紧盘在罗门的腰间。白皙的肌肤、腹部优美的线条有着难以言喻的魔力，吸引着罗门不停地、一次比一次用力地向这个身体的幽深进入，温暖的谷地也越来越湿润，因为喜悦而完全敞开以迎接闯入者的践踏。

他们纠缠在一起穿过厨房、穿过客厅，摔倒在卧室的床上，又滑落在地板上。当最后的高潮爆发时，他们紧紧地拥在一起，沉默地品味着身体上的畅快和欣喜，品味着那种甜蜜的疲惫。罗门甚至忘记了肋骨上的疼痛。

“现在我觉得自己轻松多了，谢谢。”萨莎用床单裹住身体坐了起来，“希望这不会让你觉得困扰。”

“完全不会。”罗门笑了笑，“我现在也轻松了很多，我也该说一声谢谢。”

萨莎笑了起来，跳下床跑向浴室。

罗门看着她的背影，翻过身来，刚闭上眼睛就已经睡着了。

忽然之间，沈茂排的脸出现在他眼前，他的脸上有种古怪而平静的表情。

“快离开，罗门。这里太危险。”

罗门感到奇怪，沈茂排已经死了，为什么还会出现在他面前。

他翻了个身，看到不远处的许可爱在向他微笑。他的脑袋已经被炸烂，可他的姿势好像是躺在海边晒太阳，神情也像平时一样懒散，不断有子弹打在他的身上，可在身体抽动的间隙，他还是向罗门连连摆手，示意他快点离开。

罗门的身体像灌了铅似的沉重。赵三红抓着他的衣领，拖着他在沙砾间前进，嘴里冒出一连串平日输钱时才会冒出来的恶毒咒骂，直到一颗子弹打在他的脸上，他直挺挺地摔倒在罗门面前。

罗门知道这是梦境，因为他脑中一次次浮现的就是这些战友牺牲时的画面。但他不想醒来，他宁愿认为这是那些战友的灵魂一直护佑在他身边，随时都会到他梦里做客。而他要做的，就是努力延长做梦的时间。

他猛地睁开眼睛，看到萨莎正在轻轻地摇晃他，脸上露出关切的神色。

“情报已经确认。”萨莎把一些衣物放到他身边，“你现在还要出发吗？”

“没有进一步的消息？”罗门躺在那里没有动。

“你在流汗。”萨莎迟疑了一下，伸手轻轻地抚摩着他的脸，“噩梦？”

罗门没有说话，坐起来开始穿衣服。

在“9·11”之后，世界各地都加大了反恐力度。美国尤其如此。美国境内所有的国际机场都被纳入反恐信息网，机场安全组织有权申请对嫌疑人进行调查并在理论上可以使用所有的情报资源。萨莎就是在这个部门里做计算机资料员，这个工作看上去跟间谍没有一点联系。

但她可以在申请对嫌疑人的调查的时候修改被调查人的资料，这就使得她能够通过美国自己的技术来追踪美国人的电话。

仅凭这一点还不够，她需要的是确切的电话号码。这个工作则由另一部分由安念蓉掌握的特工来完成。大致的程序是，首先，相关的情报人员已经确定使用安全屋。做到这一点并不困难，困难的是如何取得安全屋的地址，那几乎是不可能完成的任务，也是任务最大的难点。但是聪明的情报人员发现，通过执行保护任务小队的轮值，他们可以查到哪支队伍被调到安全屋，当然，那也需要一点时间来甄别队员的身份。最后他们想到了给小队成员的手机定位，以此来确定安全屋的位置。

当然，这个过程很曲折，但大致的途径就是这样。这种做法能够把所有行动参与者的风险降到最低程度。即使萨莎被抓获，从她身上也得不到更多的信息，但这也意味着，在短时间内不可能有更多的收获。

“至少你找到了一个区域。”罗门看着地图上被标注出来的位置出神。

“这个区域的面积有四分之一平方公里。”萨莎把自己的笔记本电脑转过来对着罗门，“有七八座房子都可以当做安全屋。”

“安全屋肯定有与普通住宅不一样的地方，比如更多的监视器，一英寸厚的防弹玻璃以及隐藏在暗处的保卫者。”罗门从桌子旁边站起来，“别管情报了，我们自己到那个地方去看看。”

出发之前，罗门对要携带的武器装备进行最后一次检查。

一件可以插入 SAPI 陶瓷板的 CIRAS 战术背心完全可以应付可能发生的战斗。这种战术背心经过重新设计后可以快速解脱，在腰间两侧挂上四个步枪弹匣之后也不会影响穿着者的灵活性。穿戴完毕，罗门在厨房里蹦跳了几下，所有的装备包括挂在腿上的手枪都没有出现意外的松动。借着这个短暂的时间，他也要重新考虑更加现实的问题：如何完成任务以及如何在完成任务后安全离开。

换好衣服的萨莎拿着一支 P228 手枪从卧室里走出来，看来这是她的自卫手枪。这支手枪的人体工程学设计非常好，指向性佳，双动扳机操作舒适，适合手掌较小的射手，基本上是 P226 的紧凑型。她已经把头发在脑后绾了一个发髻，然后把头发塞到一顶针织帽子里，身上已经没有任何香水的味道。

“我们现在就得出发。”萨莎迟疑了一下，“如果行动不成功怎么办？”

罗门没有说话，而是解下身上的背心，用枪带把它和两支步枪绑在一起，放到已经装入枪袋的狙击步枪旁边。即便是夜里，他也不能穿成这样走到街上去。

然后他看着萨莎，看着眼前这张几小时前还是陌生的面孔，然后把一绺散落的金发小心地塞进她的帽子里。激情虽然已经过去，但罗门仍然记得她身上的每一个细节甚至是每一处线条，他不会让这样美丽的东西毁在自己手上。

他的嘴角抿得很深。

“我没有想过行动失败该怎么办，行动必须成功。”

# 第五章 清扫

何塞又一次确定了队员们的位置。

在房屋周围共有六处掩藏的摄像装置，其中四处还有夜视功能，特工们在房间里就能够监视街上的动静。屋顶上设置了观察员，在需要的时候就会召唤狙击手，而狙击手正和何塞一起监视着激光反狙击探测系统。

这种系统应用的是“猫眼”原理。猫的眼睛在黑暗中闪闪发光是因为猫视网膜的反射能力比大多数事物更强，同样，狙击步枪上的瞄准望远镜也比周围背景的反射能力强，当肉眼不可见的激光束照射到其表面时，就会产生激光探测系统能够探测到的反光。使用这种系统可以探测到加装了蜂窝板的狙击步枪瞄准镜，即使是躲在伪装网后也难以逃脱。这套系统还能够探测到夜视仪、测距仪及望远镜等其他光学仪器。本来这套系统在城市中会受到过多的玻璃反光的干扰，但中情局的技术人员自己设计了图像处理软件，可以很容易地处理掉无用反射的干扰。据何塞所知，这种系统已经帮助过 FBI 和其他反恐部门化解了很多潜在的危险。

威尔从厨房里走出来，手中端着一个装着食物的盘子。

他和他的人负责保护那个东方人，其中也包括负责他的饮食。

“何塞，要一个三明治吗？厨房里还有咖啡。”

何塞打量着盘子里的东西摇头：“客人的胃口不错。”

“客人几乎不怎么吃东西，这是给我自己准备的。夜还很长，我们得保持体力才行。”威尔做了个鬼脸，“我队里的人吃起东西就像野兽。”

“有道理。”何塞拿起一个金枪鱼三明治，“那我也来补充一些。”

“我们得互相支持，何塞。”威尔环视了下房间里那些闪着荧光的屏幕，“如果谁想多睡一会儿的话，可以到里面去找我和我的人。”

“你们有你们的职责。”何塞摇摇头，“只要撑过二十四小时就好，明天下午蓝队和橙队就会接替我们。有人接替你们吗？”

“我接到了通知，看起来我们得一直陪着客人到天荒地老。”威尔眨了眨眼，“本来我想和你一起去喝两杯，我们很久没在一起聚聚了。”

“是很遗憾。明天结束后我要去墨西哥把我母亲接回来，我本来答应和她一起去看外婆。”何塞无奈地笑了笑，“如果她没有杀了我的话，威尔，我会给你打电话。”

威尔非常了解苏亚雷斯太太，所以他看着何塞的目光充满了同情。

“真是操蛋的工作，嗯？”

这时一个特工打了个响指，把何塞招呼到一台计算机前。

“有一辆速度很慢的汽车从大街入口方向开过来，正在向我们靠近。”

何塞拿起自己的 M4A1，向狙击手做了个手势：“到你的步枪那里去。”

狙击手立刻跑向通往房顶的梯子，一眨眼就已经消失在天窗里。

威尔也放下手里的盘子，拔出伯莱达自动手枪站到窗户边。安全屋的玻璃是特别制造的防弹玻璃，可以挡住普通子弹的射击。

“有情况吗？”

何塞也从厚厚的窗帘后面向街上窥视。

“很难说。但在这个时间里车不应该开得这样慢，除非开车的人在寻找什么。”

在路灯下，那辆凯迪拉克缓缓驶过他们的安全屋。

“他们停在了一百米外的一间房子外，有人出来迎接他们。”狙击手的声音从耳机里传过来，“他们已经进了房子，警报解除。”

何塞耸了耸肩膀，又把面前的窗帘拉好，然后推上步枪的保险。

“警报解除。”

他大声地通知着房间里的人。

“我的上帝，我得快点回到里面去，跟你们这些家伙在一起让我神经紧张。”威尔冲他挤了挤眼睛，端起盘子走向里面的房间，“等有人进到房子里来再通知我。”

一个队员从门后走出来，不满地摊开手：“我倒不会神经紧张，可我不明白的是，我们在担心谁？谁会到这里来袭击我们？”

何塞拿起刚才剩下的半个三明治，没有表情地瞥了他一眼。

“我跟你有同样的问题，比利。但我比你聪明的地方是我只会把这些问题放在心里。你为什么不去厨房为大家准备些吃的？不然以里面那些人的吃法，到明天早上冰箱里连盒牛奶都剩不下。”

比利嘟囔着走进厨房。何塞和史蒂夫互相看了一眼，都不明白他哪里来的火气。

是啊，他们在这里要担心的是谁呢？在何塞的印象里，中国是一个到处都骑自行车的国家，那里的人都住在像火柴盒一样大小的房子里。哦，是的，他们有一个人在美国的NBA里打球，可这只能说明，也许只有这个中国人才是正常的。

不，现在在里面的房间里还有一个正常的。只有不正常的人才能够忍受那个国家的那种生活方式。房间里的电视机处于静音模式，屏幕上那个比所有美国人都高大的中国人正在投篮。虽然在何塞看来，这个东方人有些笨拙，但他也不得不承认，联盟里不管是黑小子还是白小子都拿他没有太多的办法。

“他永远不能取代大柴油机，不管他有多努力。”

狙击手又坐回到连接着激光发射器的计算机前，看到何塞感兴趣地看着电视便这样对他说，然后又补上一句：“他也永远不能取代大亚利士多德，不管他有多幽默。”

布克是个黑人，所以他崇拜他的黑人哥们儿是可以理解的。何塞不喜欢布克的说话方式。大柴油机和大亚利士多德不是一个人吗？可如果不了解这一点，你会以为他说的是两个人。布克跟大多数的黑人兄弟不一样，他相当勤奋，而且少见的沉默，可一旦他开口谈起生活琐事，那他就还是一个碎嘴子黑人。

不断有汽车从房子边经过。

电视上的比赛已经接近尾声，那个大个子已经累得直不起腰来。

布克嘿嘿地笑起来：“这可不是长得高就能玩的游戏。”

他忽然向面前的计算机屏幕上俯下身子，上面多出一个亮点。

“这是他妈的什么鬼东西？”

何塞也凑过来：“那是激光探测器发现了什么东西的表示。”

布克看着何塞：“两小时前我已经扫描过这个区域，我发誓那时还没有这个见鬼的显示。”

何塞叹了口气：“那我们就去看看那里发生了什么事。布克，我跟你去上面观察，我们要确定那个见鬼的东西是什么。”

通过高倍望远镜和狙击步枪并没有在目标区域发现异常情况，可是屏幕上仍然有反应，就算改变图像过滤软件的参数也无法消除屏幕上的反应。

“这个软件唯一不能消除的干扰就是照相机镜头的反光，华盛顿有很多天文爱好者，也许是他们观察时改变了角度。”

布克继续观察着前方。

“也许是某个偷窥狂突然心血来潮。”何塞把眼睛抵在望远镜上，喃喃自语，“可在不能确定之前，这东西总是让我心惊肉跳。”

布克把眼睛挪开，“也许我们该过去看一下。”

“任何时候我们都不能离开这个地方，而且我也不能把你们分开。”何塞摇头，“我们的任务是保护而不是别的，如果真的有人在那里瞄准我们，我们只要把他赶走就没有问题。”

布克吃惊地看着他：“这是什么逻辑？”

何塞把他的脑袋按回到M24狙击步枪上：“我的意思是，不用我们过去，有人会替我们搜索那个角落，可如果真的有人在那里，我要你一枪就干掉他。”

他敲了敲耳机通知房间里的人：“把发现异常信号的地点通知特区警察。”

在五百米之外的一座公寓楼上，罗门已经发现警察出现在自己放置诱饵望远镜的建筑物周围。为了表示对开国总统华盛顿的尊重，在特区很少有八层以上的民用住宅，要找到一处制高点并不容易。因此罗门必须冒险爬到在地图上标定那个电话号码的五百米区域边缘的这座公寓，他的徒手攀缘本领在这个时候派上了用场。

警察的出现说明有反探测系统在工作。中情局特工都是专家，他们自己并没有出来探查可疑目标，所以罗门就不能从他们的出入情况得知他们的位置，而且他也不能把自己的望远镜暴露太长时间。诱饵望远镜的设置角度是经过选择的，这样就能够计算出探测激光束大致是从哪个方向发射出来的，然后对比一份高精度的本地区地图，罗门把探测系统的地点锁定在三座独立的房屋上，林永泉就应该在这三座房子中的一座里。

他从楼上下来，让萨莎把车从这三座并列的房屋前开过去。

有一座房子前停着三辆林肯“飞行家”。林肯汽车是中情局使用的工作车型，一次有三辆同样型号的车停在一起，足以说明这是政府工作人员在执行公务。但这里有三座房子，只需要小小的花样就能让人无法分辨真正的目标。萨莎看到罗门的表情，知道他没有什么特别的发现。转过大街后，萨莎把车子停在路边，关切地看着罗门。

“我们要不要再绕一圈？比如说过两个小时，那样他们也许不会注意到我们是第二次经过这里。”

“他们不会这样粗心。”罗门看着数码照相机的屏幕摇头，“另外，那几座房子外面都有监视装置，就算找到是哪座也没有用处。我们没办法接近，更没办法强攻。”

“也许我们真的没有机会。”萨莎轻轻地抚摸着罗门的手，“不过你要做什么我都会跟你在一起。”

罗门没有说话。如果他把刚才的激情当做一回事的话，那么现在萨莎的话就会让他感到无法拒绝。他很清楚秘密特工的特殊伎俩，让他和萨莎易地而处，他多半也会用这样的办法来让对方、让自己放松身体和心情，所以他并没把萨莎的鼓励当成一回事。

但萨莎说得对，人们叫他来就是因为他擅长这个。如果他成功，会有很多人受益。只有让更多的人受益，他才不会因为让少数人受难而感到内疚，他才能够全身心地投入行动当中去。

安念蓉目送罗门进入机场的安全通道后，就没有过平静的时候。

这次行动其实并没有经过最高决策层的磋商和同意。如果那样的话，时间就会被浪费在彼此之间的沟通上。不管承认不承认，在最高决策层中大多数人都会在对美国采取的行动上采取克制的态度。的确，美国人拥有在世界范围内来说都是最先进最强大的技术和力量，但这并不意味着别人就得无条件屈服。事实上正是中国人自己的克制才让美国人更加肆无忌惮。

安念蓉坐在办公室里，拿着不知道是今天的第几杯咖啡，等待着萨莎的通讯。她是和萨莎一起成长起来的，完全了解她的背景身世，所以她完全信任萨莎。罗门的眼睛里有些东西叫她觉得不安，那种游移的、难以捕捉的锐利眼神总是叫她担心，但事情到了这个地步，她也已经没有选择。有的时候，你只有把自己逼上绝路才能有所突破，安于现状总是很容易，但对生命来说则是一种浪费。

电话响起来，她看也没看就放到耳边。

这是安家庆打来的，他想在最快的时间内跟安念蓉会面，说是有重要的事情要跟她交代。安念蓉耐着性子敷衍了他几句，询问了妹妹安小蓉的情况就挂掉了。连续三十多个小时都没有好好休息，再这样下去，自己就先要顶不住了。安念蓉疲惫地靠在椅子上。

萨莎终于发来了信息。

“已经找到小鸟，希望小鸟能够自由行动。”

她抚平身上套装的褶皱，开始在办公室里踱来踱去。

罗门和萨莎已经找到了林永泉的藏身之处，但是无法下手，所以他们希望能够把林永泉从藏身的地方引出来。根据这个安全屋的地址和中情局的惯例来看，只有在安全屋被警告的时候才会为林永泉更换住所，在找到新住所前，很有可能会先把他转移到华盛顿美军海军基地，置于海军陆战队的保护之下。

这样看来，机会只有一次而且看上去颇为渺茫，如果罗门和萨莎把握不住这次机会，那么安念蓉很可能会为行动的失败承担所有的责任。安念蓉有些犹豫。她不能把希望寄托在“很有可能”、“惯例”这些东西上，那不符合情报工作的原则。不过前辈们也告诉过她，在有些时候，而且很可能是在最关键的时候，也需要赌一下运气。但不管是按照原则办事还是孤注一掷，最要不得的就是犹豫不决。

安念蓉走到镜子前。

套装上衣看上去还算得体，就是裙子的情况有点糟糕。她用力抚平那些皱褶，考虑着要不要从现在就开始健身。她很清楚，情报机关内部都希望而且都赞同对林永泉采取行动，但没有一个人的态度像自己这样坚决。同样，如果她失败，那么对她刚刚树立起来的权威影响很大，甚至有可能就此终结她的情报工作。

镜子里的女人年轻美丽、举止雍容，眼神也很安详。

箭在弦上，不得不发。

情报工作从某种程度来说就是一种对弈游戏，就像在棋盘上，你可以等待对手出招来确定自己的对策，也可以自己先出招试探对手的思路，不管使用哪一种办法，能不能成功都建立在你对对手的了解程度上。安念蓉的优势在于，相对于中情局，她还隐藏在暗处，她可以预测中情局的做法，但中情局却不知道自己在跟谁打交道。

林永泉的身份很敏感，所以美国人也一定会小心翼翼。一方面，美国人在心理上有着盲目的优越感，似乎对一切敌人都不屑一顾；另一方面，由于对敌人的不了解，他们也往往会风声鹤唳，草木皆兵。要调动中情局并不难，只要在关键的部位刺激他们，他们就会动起来，而且他们只会墨守成规，这样他们的行动就完全可以预料。

安念蓉通过安插在华盛顿的秘密间谍让中情局得知，她已经找到了林永泉的藏身地。为了确保中情局能够得到消息，她还通过别的渠道把这条消息传过去。不同的渠道有不同的版本，但所有的消息汇总到一起将给中情局提供这样一个印象：中国人不但知道了林永泉藏在哪里，而且很快就会采取行动。

从以往的经历来看，中情局会在第一时间转移林永泉，但也可能有别的变化。安念蓉知道自己的做法是赌博，仅仅是因为觉得自己赢面较大便把所有的赌注都押了上去。现在是最关键的时候，所有的努力全都为了这样一个结果，安念蓉要让那些小看她的雄心壮志的人知道，她有能力解决最棘手的问题。她已经做到了她能做的一切，现在就看罗门和萨莎的了。

罗伯特在梦中被电话铃惊醒。

鲍勃的声音听起来像被谁勒住了脖子。

“罗，中国人已经知道了客人住在宾夕法尼亚大街。”

“狗屎！”罗伯特低声骂了一句，“这是从哪里得到的消息？”

“是我们的‘鼹鼠’通知我们的。中国人至少在五小时前就知道了‘狐狸’的住所，不过从‘鼹鼠’的等级来判断，我宁愿把时间提前到十小时前。”

被惊动的苏珊不耐烦地翻了个身。为了不打扰妻子的睡眠，罗伯特摸到眼镜，然后悄悄来到起居室里。外边还很黑，时针指向凌晨四点。

“现在我们该怎么办？”鲍勃在电话里问。

罗伯特没有说话，他还在想这个消息是怎么泄露出去的。电话里鲍勃的喘息声在他听来就像是汽车发动机那么响亮。

“嘿，罗，我在等你的回答。”鲍勃的声音大起来。

“他妈的中国人是怎么得到消息的？”

罗伯特对眼前的局面实在感到不可理解，忍不住又骂了句脏话。

“现在这个不重要，重要的是他们已经知道了宾夕法尼亚大街的那个地方，我们是不是要把他转移出去？”鲍勃的声音也有点气急败坏，“早知道我们今天就付给他那一千万美元，明天就可以去抓人，那时候我们就不用担心这中国人的死活了！”

“不用担心，就算他们知道了又怎么样？那个地方在我们的保护之下，鲍勃。”罗伯特疲惫地揉着眉心，“他们知道消息是一回事，可有什么行动是另外一回事，明天我们再来说这个问题。”

鲍勃在电话那边笑了起来：“非常高兴看到你那著名的冷静，罗。好吧，我们明天再说这件事。不过如果过五分钟安全屋就被炸上天的话，我不会吃惊的。”

罗伯特放下电话，给自己倒了杯酒。他现在已经睡意全无。

中国人还真是神通广大。在华盛顿街头上甚至都难得一见中国人的面孔，可他们就是能够搞到美国最机密的情报。当然，在中国街头你也看不到很多美国公民，美国也总是能够搞到中国最机密的情报。但美国挥舞的是钞票，大把大把的钞票，可中国人凭的是什么？人民币难道比美元更有吸引力？

鲍勃的担心不无道理。

他把手里的威士忌一饮而尽，又拿起电话打给鲍勃。

“叫红队执行应急计划，带‘狐狸’进入海军基地。”

鲍勃的声音睡意蒙眬。

“明智的决定！罗，这样我们就可以睡个好觉了。”

罗门和萨莎得到安念蓉肯定的答复之后，确定好了伏击地点。

从林永泉现在的住处离开，不管是出发到美军海军基地还是到华盛顿西区，都会经过宾夕法尼亚大街跟第十七街交叉的路口。这是一个三岔路口，汽车到此不是转左就是转右，是个伏击的好地点。

罗门和萨莎爬到一座五层建筑物的顶部，架设好步枪，然后用毯子伪装了射击阵地，两个人并排躺在毯子下休息，等待行动开始。

萨莎把头贴在罗门的胸口上。她的动作是这样自然，好像他们已经认识了很久。罗门枕着自己的手臂，静静地呼吸着她身上那股淡淡的香水味道。

因为没有污染，所以华盛顿的夜空很美。

“唯有你是我的救星和慰藉，唯有你是我无法描绘的光亮。”

萨莎的声音轻得几乎听不见。这是俄罗斯诗人叶赛宁的诗句，只有用纯正的俄语吟诵的时候，人们才会体会得到蕴涵在其中的忧伤。

“不要唤醒我旧日的美梦，不要为我未遂的宏愿沮丧。”

罗门凭着自己的印象接着念了两句，却记不起这是前面还是后面的部分，也忘记了这两句后面的部分。

萨莎看着他的眼神里露出惊喜的光芒。

“因为我平生已经领略过，那过早的疲惫和创伤。”

罗门支起身子，看到她眼角流出的一滴泪水。“你想起了自己的母亲？”

萨莎微笑着擦去泪水：“想到这首诗的时候就是想到了母亲？不，我只是有一点担心，担心接下来将要发生的事情。”

罗门轻轻地拍了拍脑袋边的枪托：“你只要把这支枪里的子弹全部打光，你的任务就已经完成。”

萨莎翻过身，把后背对着罗门：“你不明白我担心的是什么。”

罗门从后面抱住她，再次为她的柔美曲线而心潮澎湃。但这个搂抱只是为了安慰对方，没有任何情欲的意思，在等待的时刻，他们要确保双方保持平静的精神状态。

萨莎抱住他的手臂：“如果我出了什么事，玛莎知道该为我做什么。你呢？如果你出了什么事，你有什么需要别人为你做的？”

萨莎没有听到罗门的回答，转过头询问地望着他，尽管在毯子下根本看不见罗门脸上的表情。

“过几小时，你可能就会死，我们都可能会死。你就不想说点什么？”

不清楚这一点，我就不会出现在这里。罗门在心里对自己说。他在想该如何回答萨莎的问题，但短短的时间之内他找不出自己有什么牵挂。

萨莎伸手抚摸着他的面颊，声音变得温柔起来：“你在害怕？”

“没什么好害怕的。”罗门的声音很平静，“只要不去纠缠那些跟死亡有关的问题、不为那些生死的观念所迷惑，人们就不会害怕。”

萨莎沉默了一会儿，又翻过身去，蜷缩在罗门的怀里。

“我去过格鲁吉亚边境，在那里嫁给了我的丈夫。”她的声音低沉下来，“那个时候，我们也是这样躺在一起，等待着随时可能发生的战斗。他曾经说过同样的话。”

萨莎说的格鲁吉亚边境，指的是格鲁吉亚和俄罗斯之间经常发生边境摩擦的地段。双方战斗时断时续，在美国的支持下，格鲁吉亚雇用了世界各地的神枪手来跟俄罗斯边防部队作战。双方既不可能展开大规模的战争，那么使用这些出没在群山中的狙击手就是最好的战斗方式。这种战法给俄罗斯军方带来极大的困扰，便邀请了许多射击学校的学生加入到这种古怪的狙击战中来。

苏联时期在各地开办的射击学校为俄罗斯提供了为数众多的神枪手，志愿加入边境战斗的俄罗斯青年源源不断地来到俄格边境，为了捍卫俄罗斯的完整而投入战斗。双方的狙击手在边境的山地中展开了一对一的较量，俄罗斯人的爱国热情最终打败了为钱工作的雇佣军，稳定了边境局势。在战斗中总会有人牺牲，但历史已经证明，在维护自身利益的时候，剽悍的俄罗斯人从来都不害怕牺牲。

难怪萨莎的射击技术这么好，原来是有过实战的锻炼。萨莎和她的丈夫是在俄罗斯国内冬季两项比赛上认识的。在那次比赛中，他们俩都取得了参加冬季奥运会比赛的资格，但就在到达边境后不久，一个敌人的狙击手打死了他。尽管几天之后，萨莎击毙了那个狙击手，但心爱的人却再也回不来，如果不是美国人，她用不着承受这样的悲伤。

她忽然啜泣起来，罗门不知道该说什么，只能紧紧地把她拥在怀里。这个女人有着他想不到的阅历和故事，而这一切让他对她肃然起敬。

“就在那一晚，他说了同样的话。”过了一会儿萨莎平静下来，“我觉得这不是个好兆头。”

罗门沉默了一会儿，然后笑了起来。

“见鬼，我只希望同样的事情不会发生在我身上。”

萨莎破涕为笑，她转过身，掀起了身上的毯子。“你不是能够像思想家一样看待死亡吗？”

在星光下她看上去就像一个婴儿那样纯洁。

罗门忍不住在她的嘴唇上亲了一下，她的嘴唇还带着唇膏的淡淡香气和泪水的咸味儿。萨莎迟疑了一下，张开嘴唇迎接他。这一个吻不像他们做爱的时候那样激烈，但双方都更加投入，直到他们最后都需要呼吸而不得不分开。

然后他们就这样静静地躺在那里，感受着彼此的体温和心跳，慢慢地进入梦乡。

萨莎忽然从梦中惊醒，联系用的对讲机里传出罗门的声音。

“老鹰，小鸟已经出动，你听到了吗？”

萨莎清醒过来，伏到自己的望远镜前。但她立刻发现自己过于紧张，在这个时候她还见不到护送林永泉的车队。她掀开盖在步枪上的毯子，把眼睛凑到步枪的望远式瞄准具上。

这种瞄准具使用的是复式十字瞄准刻线分划方法，便于在昏暗环境中快速引导视线到瞄准具的中心位置，也有利于精确瞄准较远距离的细小目标。今天天气不错，街道上的能见度也足以让她看清楚目标。M40A3 用的是整体式五发弹匣，里面的子弹按顺序分别是穿甲、穿甲燃烧、穿甲、穿甲和穿甲燃烧弹，这是考虑到目标很有可能会有防弹玻璃的保护。萨莎把帽子放在面前，然后在帽子上面又放了五颗经过挑选的子弹，以备不时之需。

相比之下，距离和时间是她最可依赖的安全保障，如果十发子弹还不能解决一切问题，那么就算有再多的武器也无助于她的脱离。

她不知道罗门是什么时候离开她身边的，她一向很警醒。

罗门的声音继续从对讲机里传来。

“车队有三辆车，目标已经确认。完毕。”

萨莎再次把眼睛凑上望远镜：“无法观察到目标的位置，完毕。”

罗门好像在微笑。他现在应该是在一辆偷来的车里，萨莎听到了发动机的噪声。

“没错，所以由我来进行攻击。你要听我的命令。”

从下面的街道上传来紧急刹车的刺耳的摩擦声，从望远镜里能够看到一辆蓝色的轿车从第十七街里冲出来停在路边，距离萨莎大概有五百米。

灯光照亮了街道，中情局的车队已经出现在视野中，萨莎活动了下冰凉的手指，把眼睛凑到了瞄准镜上。罗门似乎看到她的动作，他的声音也跟着传来。

“听我的口令打坏他们的发动机。顺序分别是第二、第一和第三。完毕。”

按照中情局的行动指令，车队里的每辆车相距大概有三十米，车队的时速在七十公里左右。在灯火通明的大街上，黑色的林肯汽车显得端庄稳重。很快第一辆车呼啸着掠过罗门的蓝色轿车旁边，罗门的声音也同时在无线电中响起。

“开火。”

萨莎扣动了扳机。

初速每秒八百二十米的穿甲弹轻易地射进了车队中第二辆林肯车的发动机，汽车立刻失去了动力，借着惯性向前滑行。第三辆车发现了前车的异常，立刻减速，轮胎摩擦着路面发出刺耳的噪声，但还是控制不住地撞到了前车，两辆车都停在罗门那辆蓝色汽车前面不远的地方。

罗门从车里跳出来，边用霰弹枪向第三辆汽车开火边快速接近。在这么近的距离内，第一颗实心铅弹破坏了后风挡防弹玻璃的结构，紧跟着第二枪便轰碎了这块玻璃。罗门左手拿着一枚已经拔去保险环的 M64 震撼手榴弹，在扔掉霰弹枪的同时，他把这枚震撼手榴弹准确地扔进第三辆车内。

强烈的闪光和巨大声响让第三辆车里的两个人暂时失去了战斗能力，而事先戴好耳塞、闭上眼睛的罗门提起右肩下的 M4A1 卡宾枪冲向歪在路边的第二辆汽车。

萨莎解决掉第一辆汽车的发动机后，这辆车也冲到了路边。

红队特工史蒂夫和比利坐在这辆车里。汽车失灵后他们就跳到街道上，因为还没有发现确切的袭击方向，两个人一前一后地躲在汽车旁边。史蒂夫用一支带了六倍瞄准具的 M4A1 指向萨莎的方向，但萨莎知道他不可能发现这个远在三百米之外、经过精心伪装的射击位置。

萨莎从望远镜里看到罗门干净利索地解决掉了第三辆车，她不仅看到并且听到了那枚震撼手榴弹发出的声音和光亮。

“继续压制首车。”对讲机里，罗门的声音还是那么平静。

这时第一辆车里的比利决定支援后车，他刚从车后面钻出来，萨莎便一枪打中他的肩膀。从摔倒的姿势来看，比利没有穿防弹衣，那么这一枪基本就是致命的。史蒂夫仍然没有发现狙击阵地，但他找到了子弹射来的方向。

当他冲出去把生死不明的比利拽回到汽车后面的时候，萨莎没有向他开枪。

并不是萨莎心怀慈悲，而是这个时候的比利和史蒂夫都等于失去了战斗力，所以没必要浪费子弹。控制局面才是这次行动最难的地方，萨莎可以在任何需要的时候干掉这两个人，但首先要做的是掩护和支持罗门。现在第一辆车里的人距离后面的人大概有一百米的距离，而且完全在萨莎的压制之下，暂时对罗门没有危险，所以她把注意力转向第二辆车。

何塞在汽车失去动力后就意识到出了状况，紧跟着撞上来的第三辆车让他短暂地失去了意识。等他清醒过来的时候，从后视镜里看到了一个高大的、戴着滑雪面具的人正举着一支 M4A1 向他们冲过来。

何塞来不及解开安全带，一脚踢开车门，把手臂伸出车外，用格洛克手枪向来人射击。坐在司机位置上的威尔也清醒过来，打开另一侧车门，要用他手里的步枪向袭击者扫射。

罗门并不担心那支手枪，他身上的防弹衣足以抵挡手枪子弹，但那支G36K的火力足够凶猛，所以他立刻用连发射击压制对方。M4A1步枪上一百发容量的弹鼓提供了持续而凶猛的火力，子弹打得林肯轿车的防弹车身铿锵作响，威尔和何塞都被弹雨压迫得抬不起头。趁此机会罗门迅速接近这辆汽车，再次把一枚震撼手榴弹扔进汽车里。这一次他用的是NO25TD多孔型闪光震撼弹，比M64更响、更明亮，并且能够连续发出一到三次的爆炸音，连续的巨响让威尔和何塞像第三辆车里的人一样，也暂时失去了战斗力。

罗门拉开后面的车门，一个特工还没有从撞击的昏迷中清醒过来。罗门一枪托砸在他的脑袋上，他再次昏厥过去。另一个特工则把脑袋埋在胸前，罗门揪起他的脑袋，发现他满脸是血，已经陷入了休克状态。林永泉刚刚从撞击中回过神来，就看见黑洞洞的枪口对准了他的脸，有那么一瞬间，恐惧攫住了他的心脏，让他暂时失去了呼吸的能力。

然后他看到了持枪人那双冷酷的眼睛。

萨莎从望远镜里看到了罗门举枪向车里瞄准，但马上她又观察到第一辆车里的特工悄悄从轮胎后面钻出来。这一次她从容射击，这一枪打中了那个特工的大腿，他的惨叫在夜里听起来撕心裂肺。

她再次观察，吃惊地发现罗门没有开枪，而是把一个人从车里扯出来。

她连忙抓起对讲机："该死的你在干什么？快干掉目标！"

罗门没有回答，而是拉着林永泉向自己的汽车走去。萨莎看到，在路上他又打倒了一个从第三辆汽车里爬出来的、还没有完全清醒的特工，对讲机里传来他的声音。

"任务完成，立刻脱离。"

萨莎忍不住对着对讲机大叫起来："快杀了那目标，才算完成任务！"

但对讲机里传来的只是静电的干扰声，蓝色轿车已经向第十七街驶去。

这时候萨莎才发现从她射出第一颗子弹到现在只用了不到两分钟的时间。远处传来尖厉的警笛声，高效率的特区警察已经接到报警，很快现场就会被封锁，所以必须马上离开，连一秒钟都不能耽搁。萨莎收拾好步枪，收集好弹壳，顺着事先准备好的绳索，悄无声息地降落到街道上。

她拉上运动外衣的帽子，借助建筑物的阴影离开了这个街区。一辆不知道从什么地方驶出来的警车从她前面的一条街道疾驶而过。萨莎选择的时机正好，在她身后，距离事发地点五个街区的地方都已经开始布置警戒线。

周围的环境没有变化，仍然沉浸在夜的寂静之中。萨莎知道她和罗门的任务已经完成，两个人没有再见面的必要，而且必须分头离开。她知道，不管罗门的那部分工作进行得怎么样，不管事先如何商定，他不会再回来与自己会合，这是规矩，也是必要的安全措施，所以他们可能再也没有机会见面。想起罗门平静温和的眼神，她的心里忽然有一点惆怅。

有件事她还放心不下。她不明白为什么罗门没有当场杀死林永泉，而是冒着被发现的危险挟持他，这就让她的任务结束得不那么圆满。不过这不是她所能够控制的局面，她要做的就是把整个事件的经过完整地报告给安念蓉。

她回到自己的汽车里，车里面似乎还有罗门的气息。中国人像幽灵一样出现，又像幽灵一样消失，如果不是身边冰冷的步枪，萨莎简直以为自己做了个梦。

罗伯特和他的人来到现场，看着满地的狼藉，一时间说不出话来。而当他得知自己的小队仅仅在两个人的攻击下就被打得七零八落之后，更是吃惊得张大了嘴巴，这甚至比林永泉的被掠更加令人吃惊。

现场的联邦调查局调查员同情地看着罗伯特。

“事情的经过很简单。暂时这个案子要交给FBI来处理，不过局长告诉我们，你们有什么要求都可以提出来。”

罗伯特看着他：“当然是找到凶手。”

调查员耸了耸肩膀：“我们暂时还没有凶手的相貌特征，所以还不能开始搜捕行动。如果给我们提供更多线索的话，我们可以考虑发出通缉令。局长想知道，在这件事上我们能够得到中情局多大的帮助？”

法律规定中情局只能经手对外事务，在国内，很多方面就需要联邦调查局的帮助。考虑到林永泉很有可能还活着，罗伯特只希望越快找到他越好。他把鲍勃叫过来，告诉他把FBI的人甩开，要在FBI彻底插手之前找到林永泉以平息风波。

“你是认真的？”鲍勃把他拉到一边，“现在这件事情一定会被媒体捅出去。如果是那些新闻记者发现了林永泉，那我们真得好好向国会解释一番。”

“那就封锁媒体消息。”罗伯特揪了揪领带，解开了衬衣扣子，“由我来为这些后果负责。但是，鲍勃，如果你不想换一个苛刻的上司的话，那你就得努力。就像你说的，这事情如果被公开就会有人倒霉，我当然不希望那个人是我，你也不应该这样希望。”

“嘿，我总是站在你这一边的，罗。”鲍勃摊开肥厚的双手，“这一点你完全不用担心。”

“我相信你，但现在不是说这个的时候。”罗伯特拍了拍他的肩膀，“我们先收拾了这个烂摊子再说。”

鲍勃向一边侧了侧脑袋：“不过你得先把另外一个麻烦解决掉。”

中情局的另一位副局长杰克·布莱克也到了现场。他刚刚从一辆豪华的凯迪拉克凯雷德汽车里钻出来，神经质地抻着笔挺、实际上没有任何褶皱的西装。跟在他后面的是一个穿着夏威夷衬衫、皮肤晒得很黑的白人。这是杰克的好朋友也是私人顾问罗纳德·贝尔。罗伯特听人说过，这位顾问是选战专家，事实上起的是奶妈的作用，帮助杰克在中情局站稳脚跟。

“嘿，罗，情况还好吗？”杰克向罗伯特伸出手来，好像根本不知道罗伯特不喜欢他这样称呼自己。

“还应付得来。”罗伯特耸了耸肩膀，飞快地缩回手。

罗纳德也向罗伯特伸出手。握手的时候，罗伯特注意到在他毛茸茸的手臂内侧刺着一行字：“主是葡萄树，我们是枝子。”

罗纳德注意到了罗伯特的表情：“我是个虔诚的基督教徒。”

罗伯特揉着自己的脖子。

“谁不是呢？我每个星期都去做礼拜，然后在新的一周开始时继续加深自己的罪孽而不必愧疚。我们虔诚不就是为了这个？可以得到赦免？”

罗纳德注意地看了一眼罗伯特，以确定他话里的意思不是嘲讽。

“伙计们，既然你们赶到了，也发表下自己的意见吧。”罗伯特没有在意罗纳德注视自己的眼光，“杰克，如果你不介意，我希望在这里的事情结束后再跟你交流。”

“恐怕这样不行，M告诉我，在这件事情上我们可以一起作决定。”杰克笑得非常虚伪，“我也觉得在这次恐怖事件上我可以帮得上忙。”

罗伯特没有说话。杰克肯定不会当面撒谎，那就是说M作出这个决定的时候很失望，甚至没有亲自通知罗伯特本人，这不是个好兆头。

“恐怖事件？”大鲍勃看着杰克，又看了看罗伯特，“这可不能当做恐怖事件来处理。”

“不，这当然算是一起恐怖事件。公然在美国本土上攻击美国的执法人员，还有什么行为比这更恐怖？我认为应该把这次袭击当做恐怖事件来处理。”杰克的笑容像是经过训练，机械而空洞，“恐怖事件的好处是，人们会为我们提供无条件的支持，那样公众的目光就会被吸引到另外一个方向上去。你想保密，鲍勃，那这就是目前最好的保密方式。是不是这样，罗？”杰克转过头来看着罗伯特。

杰克用公事公办的口吻这样说话的时候，罗伯特很想一拳打在他那高耸的鼻子上。这个杂种以为他是得州人就可以为所欲为？这个国家有一个得州人就已经够受的了。但杰克的做法在目前来看很有必要，而且M的态度叫他感到迷惑，所以他选择了忍耐。

“没问题，就让我们把这当成是一起恐怖事件吧。”

杰克的脸上露出亲切的微笑：“非常高兴我们能够达成共识，罗。”

罗伯特转向大鲍勃：“先把这里的事情交给杰克，我们去见M。”

“M现在不在华盛顿。”杰克对着两个人的背影说，“他在西雅图主持一个工作会议。”

事情没有因为杰克的加入而好转起来。几小时以后，FBI特工在阿纳科斯蒂亚河边找到了林永泉的尸体。杀死他的人用的是典型的处决方式，一颗子弹射进他的双眼之间，另一颗子弹打在他的心脏上。通过联邦调查局和中情局的安排，媒体没有把这个看似普通的枪杀案和大街上发生的枪战联系在一起。

“以牙还牙，以眼还眼”这样古老的原则说来有点可笑，但就是这种原则让各个情报机关彼此之间能够相安无事。罗伯特还记得冷战时期中情局和克格勃之间、特工们之间的互相杀戮，给双方都带来了巨大的损失。从那以后，人们重新开始尊重这项原则，尽可能地避免流血事件，至少是做得更加聪明，而“神谕”似乎并不在乎在中美之间掀起新的腥风血雨。

林永泉被处决唯一的遗憾就是他还没有说出更多更有价值的情报，而且他被这样处决也证明，中国人已经把林永泉当成了“神谕”，这会给真正的“神谕”带来一个喘息的时机，这正是“神谕”和中情局都乐于见到的结果，但作为余震，中美双方都会继续寻找报复对方的机会。

罗伯特和大鲍勃得到消息的时候，他们正在办公室里焦急地等待着M返回。

“这个骗局让‘神谕’有机会重新隐藏起来，但这也表示在最近的一段时间内他不会再跟我们有所联系。”大鲍勃伤脑筋地摇着脑袋，“天知道他要沉默多久。”

“他会沉默到确定自己安全的时候。苏珊的病情让我很不好过，中国人也不让我好过。我敢说，局长很快也会让我不好过。”罗伯特揉搓着下巴上新蓄起来的胡须，“现在是决定胜负的时候，但你能相信吗？往往是在我们要看到胜利的时候，这些狗娘养的就来扯我们的后腿。”

大鲍勃微笑：“其实你是有办法的，就看你愿不愿意这么做。”

罗伯特皱起眉头：“让杰克·布莱克参与到我们的计划中来？”

大鲍勃缩在脖子里坏笑着。

“至少他能让你从局长那里得到支持。归根结底，这些政客都是一个德行，罗，要想跟他们共存，你就得比他们更坏，你得勉强自己把他们吃下去，尽管他们的味道比大便好不了多少。”

“他是个外行。他最擅长的事情就是拿出令人目眩神迷的数据以评判我们的工作，现在这种做法很流行。尽管那些数字看上去很有诱惑力，但你我都知道那就是一堆狗屎。如果我需要这些东西，我会请个数学家来帮忙，但我不能让什么人拿数据来折磨我，也不允许别人用那些冰冷的数据来评价我，尤其是像杰克这样的浑球。”

罗伯特看着窗外的停车场，断然拒绝了大鲍勃的提议。

“那你要怎么跟 M 解释今天的事情？”大鲍勃也急躁起来，“不把杰克扯进来，这个你一手促成的计划就会被紧急叫停，因为它造成了你我都想不到的影响。M 是个好人，但他也是总统的顾问，他先让杰克加入而没有通知你就说明他也不想跟这件事扯上关系，你还犹豫什么？”

“这个计划从头到尾都是我们的心血，鲍勃。”罗伯特转过身来看着自己的部下和朋友，“我才不管总统和 M 要说什么，这个计划不能停止。如果 M 需要一个替罪羊，那么最合适的人就是我，但是，鲍勃，我要你继续执行这个计划。如果 M 让这个计划很难进行下去，那么你就需要把 M 也甩在一边，鲍勃，你同意我的说法吗？”

“罗，别意气用事，M 只是在警告你，他不会把自己最好的助手踢出中情局。”大鲍勃感觉到了罗伯特的沮丧，“我们对付得了杰克，你不用为这个年轻人担心。”

“我必须承认，中国人打败了我，至少在这件事情上他们打败了我。”罗伯特俯身在窗前，懊恼地低下头，“他们打败了我，就是打败了中情局，这才是 M 担心的事情，他害怕这么多年来中情局一直精心维护的对中国人的心理优势会因此被颠覆，所以一定要有人为此承担责任。我还能说什么？‘神谕’送了份大礼给我们，但我们却在自己家里搞砸了，最可怕的是我们居然不知道对手是谁。”

鲍勃没有说话。罗伯特看问题看得很准，他没必要提供自己的意见。

这就像在牌桌上一样，罗伯特固然拥有“神谕”这张王牌，但王牌总是要留在最后才有作用，中国人意识到了这一点，所以他们的全部反应就是猛烈地进攻，试探罗伯特手上的牌到底是什么。罗伯特要保住王牌，就不得不退避忍让，等待着打出这张牌的时机。只是，上面决定换一个玩家和换一种玩法却不在罗伯特的控制之内，反正，有王牌在手，任何人都可能赢得牌局。鲍勃也意识到，今天发生的事情可能会给罗伯特带来麻烦，但罗伯特想得更深远。

“在得到‘神谕’的过程里，日本人帮了我们不少忙，而且他们也在计划之内。以前我不想他们知道更多的内幕是因为我不愿意他们从中作梗，但现在我不得不说，来自东方的朋友也许比你我更能理解对手的想法，能够帮助我们更好地分析他们。日本人在中国很有办法，而且他们很听话。M说得对，现在是寻求改变的时候了，虽然我还没有问过日本人，但我知道他们乐于在所有事情上都帮助我们，鲍勃，这是你擅长的领域，所以，我希望你能接手‘神谕’。”

# 第六章 新回合

中情局里那些知道内情的人都对林永泉事件感到迷惑。所有的证据都表明，行刑人当场就可以处决林永泉，为什么还要冒着危险把他带走然后再处决？其间的两小时里发生了什么事情？

安念蓉也有同样的迷惑。

罗门还处在脱离任务的过程中，因此安念蓉无法和他取得联系。秘密行动也有自己的纪律，这个纪律就像战场上的命令一样神圣而不可违抗，不能因为某人有了特殊能力就可以凌驾于纪律之上。安念蓉得知任务完成时油然而起的对罗门的好感，在片刻间就转化为对他不守纪律行为的痛恨，她再次体会到罗门给人带来的那种不确定的不安全感。

罗门辗转了几天之后才回到香港。安念蓉本来答应给他一天的假期，但上面紧急催促她对林永泉案件进行解释，所以她也只好取消罗门的假期。电话打不通，安念蓉干脆直接来到罗门暂时栖身的地方来找他。

在香港回归之后，昂船洲军营驻扎了一支人数不多但随时可以投入支援驻港部队的海军陆战队蛙人部队，直接归驻港部队最高司令部调遣。凭借着跟军方的良好关系，安念蓉把前128部队的人员都安排在这里，这样就可以参加蛙人部队的日常训练来保持状态和体能，又可以借此避免引起不必要的关注。只不过谁也没有想到，128部队并没有存在多长时间。

安念蓉来到军营的时候，值班军官告诉她，“她的人”都在军营内体育场上。现在“她的人”只有ACE和罗门，这样看来，即使是精锐的蛙人部队的训练对他们来说仍然显得过于轻松，因为他们还有精力跟海军陆战队员游戏。

安念蓉悄悄地把车停在体育场旁边的阴影里，看到罗门、ACE和两名同样高大的海军陆战队员进行二对二的较量。旁边有一些黑黢黢、壮实如牛的海军陆战队员在观战，不住地给自己的同伴加油助威。所有的军人都赤裸着上身，阳光下他们的身体像抹了油一样闪闪发亮。海军陆战队是军人中的精锐，而蛙人部队又是海军陆战队中的精锐，他们不习惯失败，所以和这些新来的“旱鸭子”一直在悄悄地竞争中，安念蓉对此早有耳闻。不过，不管是基地指挥官还是安念蓉都认为，不值得为这种内部的小竞争投以任何关注。

就安念蓉所知，似乎128部队成员在基地里一直占着这些“两栖爬虫”的上风，从军营指挥官那里得到的轻描淡写的讲述似乎也证明了这一点，今天正好有机会看看“她的人”如何欺负这些傲慢的“两栖爬虫”。尽管她和指挥官都表示，不会在乎竞争胜负，但实际上，他们都希望自己的人能把对方打得落花流水，对此两个人都心知肚明。

她正好看到了一个精彩的场景。这些天又蓄起了胡子的罗门用一个简单的假动作突破了对手，然后用一个单臂的风车扣篮把铁链编成的篮筐砸得哗啦啦作响。这样精彩的场面让场边的海军陆战队员鸦雀无声，而罗门和ACE嚣张地互拍一下手掌以表示庆祝。

对手带着一脸的不服气把球抛回给罗门，又开始了新一轮的较量。

现在是ACE持球进攻。他的动作并不花哨，而且看起来他只想利用自己的速度突破对手，但这一次对手的注意力很集中，两次都抢先封堵了他的方向，迫使ACE只能选择侧身进攻。防守他的海军陆战队员身体也很健壮，看上去ACE既无法摆脱他的贴身防守，也无法用合理的方式挤开他。罗门已经开始在外面向他要球，但ACE对此充耳不闻。

ACE忽然降低重心，做了一个后转身的摆脱动作，打算换一个方向寻求突破。后转身过人是最基本也是最简单的摆脱动作，做出这个动作甚至不需要多强壮的身体也不需要多快的速度，只需要找到一个好的时机。

对手的注意力很集中，已经料到了他的下一步，当ACE转动肩膀的时候，对手立刻横跨一步，向着他转身后的路线上移动。

但ACE的转身仍然是一个假动作。他只是用上身的晃动和手臂大幅度的向后摆动骗过了对手——在对手移动的同时，他已经一步从对手身边跨进禁区，轻松地将球挑入篮筐。如果不是亲眼看到，安念蓉真是想不到像ACE这样的庞然大物也能做出如此轻盈飘逸的动作。

随着铁链的哗哗作响，场下的小伙子们发出一声叹息。这一球结束了这一局，蛙人的这一对对手低着头离开了球场。

对手换了，结果却没有变化，蛙人们换了几拨都无法在规定回合内打败ACE和罗门。ACE和罗门能够在球场的任何一个地点得分，随时能够利用出众的身体素质和娴熟的球感突破，而对手却显得无计可施：中远距离的投篮会受到干扰，突破和篮下的强攻不是遭到封盖就是被抢断，ACE和罗门的默契到了连眼神交流都不需要的程度，几乎控制了所有的篮板球。安念蓉还吃惊地看到，ACE有一次大叫着把对手的急停投篮远远地拍了出去，如果没有场边的铁网拦着，这个球可能会被拍到安念蓉的汽车上。

ACE的嚣张表现激怒了蛙人们，双方在场上的动作渐渐大了起来，似乎不再注意规则，不过这根本不影响罗门和ACE，他们仍然打败了一对又一对的对手。他们不但意识和技术高过对手，连犯规的技巧和身体的强壮也要高于对手，蛙人们的恶意犯规很少能够收到效果，而这就使得他们更加心浮气躁。

对运动神经发达的人来说，只要稍加训练就可以在任何体育项目上达到相当的高度，而眼前这两个显然还是那种想做什么就一定要做好的偏执狂，所以就算他们表现出NBA选手的素质也没有什么可奇怪的。

罗门脚上尽管穿着笨重的行军靴，可脚步仍像风一样灵活，他轻松地晃过了对手，高高跃起，准备再次把篮球灌进篮筐。阳光下，他伸展的身体就像一只美洲黑豹一样优雅。

一名蛙人像只老鹰一样从他身后飞起，把他连人带球盖了个人仰马翻。没有防备的罗门一下子撞在简易篮板后面的铁柱子上，连安念蓉都听到了沉重的撞击声。然后一名蛙人跟上，抄起篮球用双手将球狠狠地灌进篮筐，还像猴子一样挂在上面高高地荡了两下。

ACE扑了过去，狠狠地将那个跟自己差不多体重的蛙人推出场地外。这是一个恶意的犯规，犯规的蛙人脸上露出促狭的笑容，虽然他是故意的。

“除了犯规你还会干什么？”被几个海军队员拦住的ACE气愤地指着犯规的那名军人破口大骂，“你这白痴！”

被其他人从地上拉起来的罗门仰头捏住鼻子，他在流血。

犯规的蛙人走过来，让篮球在指尖上旋转着，笑嘻嘻地看着罗门。

“你摔得不轻，不过你要是坚持不下去就得算你们输。”

“完全没问题。”罗门在裤子上擦去手上的血迹，笑眯眯地看着对手，“现在我对规则理解得更深刻。”

安念蓉不知道场地里发生了什么事情，她只看到罗门重重地摔倒后又爬起来，而且看样子他们好像还要把这个已经变成摔跤一样的比赛继续下去。安念蓉相信，接下来ACE和罗门不会再像开始那样克制，从他们的表情里就能够看出这点苗头。男人就是这样，只要一投入这种有关尊严的竞争，那么不管他们平时看上去多么成熟多么稳重，这时都会变成不可理喻的怪兽。

安念蓉按了按车里的喇叭，吸引了场上所有人的注意力。

“真扫兴。”ACE看清了车牌，皱起眉头，“她就不能晚一点出现？”

“她肯定不在乎是不是败了我们的兴致。”罗门穿上上衣，“算了，反正打成这样我已经尽兴，再打下去就会有人受伤，我们结束。”

“这不是钱不钱的问题，反正都是你的钱。”ACE不情愿地从背包里拿出一沓人民币扔给对面的蛙人们，“我只是看不惯这些两栖爬虫的恶心嘴脸。”

蛙人中领头的走过来，他几乎和ACE一样高，黑得像个非洲人，咧着大嘴在ACE面前晃着那沓钱。

“公平地说，这场比赛不能算我们赢，不如我们晚上一起出去放松下？”

“这主意真不错。”ACE悻悻地看着蛙人，“早这么说的话，我们还不如直接请你们出去，何必流这么多的汗？”

“老兄，我们喜欢你们这些旱鸭子。”蛙人亲热地在ACE胸口打了一拳，“所以，像个男人一样，我们一起出去高兴高兴，也许你们还能在我们这里学上一手。”

“非常好。”ACE看了眼向安念蓉走过去的罗门，“我倒要看看你们除了这些肮脏勾当还有什么拿得出手的本事。”

安念蓉摇下车窗，看着仍然在场地里玩得不亦乐乎的军人们。

“军营指挥官知道你们跟他的部下赌博的事情吗？”

“你看到了？不用为我们担心，反正ACE会在牌桌上再把钱赢回来。”罗门笑嘻嘻地露出整齐的牙齿，胡须上还有汗珠，“也别担心军营指挥官，如果他知道手下人终于有机会占我们的上风，那他根本就不在乎赌博不赌博的事情。”

“你是不是到哪里都要搞些事情？”安念蓉看着罗门，“是不是在你心目中就没有纪律的概念？你不但自己不守纪律，还鼓动别人也这样做？”

“听起来这是一次非常严肃的谈话。”罗门收起了脸上的笑容，“而且你话里有话，安主任，为什么不干脆说出来，你对美国发生的事情不满意？”

“我们不能在这里谈论工作。”安念蓉摘下太阳镜，“你去换下衣服，我们找个地方。”

“我还在度假。”罗门板起了脸，“你要么现在跟我谈，要么就等到明天。”

他的反应早在安念蓉意料之中。她看着罗门，嫣然一笑：“那我请你吃饭。”

“那就是另外一回事了。”罗门转了转眼珠，“不过地方得我说了算。”

安念蓉的表情里有一点不自然，有那么一瞬间，罗门看到的是一个迷惑、不自信的小女孩，游移的眼神里有种青涩的绚丽。

“没问题。”

傍晚的时候，安念蓉来到罗门作为落脚点的高级宾馆。

安念蓉知道这家宾馆有一家热带风格的露天餐厅，音乐、美食和其间穿插的表演都不错。考虑到周围的环境，安念蓉也换了一件样式简约、有绚烂图案的连衣裙。她没有化妆，只是等待罗门的时候补了些口红和腮红，很好地掩盖了因为连日工作而失去神采的苍白面孔，从镜子里看，她比平日多了几分妩媚。这甚至让安念蓉犹豫起来，她可不想让罗门把这次晚餐当做一个约会。

从电梯里出来的罗门穿了一件有手工刺绣图案的黑色亚麻短袖衬衫，宽松、乳白色的亚麻裤子，赤脚穿了一双棕黄色的甲板鞋。黝黑的皮肤让他看上去有一种懒散的魅力，即使是胡须也无法掩盖他此刻的英俊。他们两个人并排穿过大堂，吸引了所有人的目光。

“好像所有人都认为我们是天生一对。”罗门给安念蓉拉开椅子，“要是你能笑一笑的话，那么今天的晚餐我们就不需要任何开胃酒了。”

“现在没有什么事情能让我笑出来。”安念蓉把提包放在伸手可及的地方，“我们也不是天生的一对，所以别开这种愚蠢的玩笑。”

“为什么你就不能对我温柔一点？”罗门的脸上露出受伤害的表情，目光掠过她放在桌子上的一只手。手上没有戒指，“据我所知，你还是单身。”

“我对你的态度和我是不是单身没有关系。”安念蓉把手放回桌子底下，“再说我马上就不是单身了。”

话一出口，安念蓉立刻就后悔了。她根本用不着跟罗门说这些完全私人的问题，她单身不单身跟罗门完全没有关系，正确的做法是对此表示沉默，可这样一来，连她自己都听得出自己话里那种若有若无的遗憾，她的脸腾地红了起来。

罗门没有马上开口，但他眼神里闪动的光芒说明他正确地理会到了安念蓉话里的意思。在罗门这种人面前简直不能犯一点儿错误，无论是语气上的还是表情上的特别之处都逃不过他的耳朵和眼睛。看到他眼睛里那种危险的神采，安念蓉第一次感到了慌乱，不由自主地扭头避开了罗门的视线。她甚至想到，如果罗门打算拿她这句话开玩笑的话，她就要把自己面前的水晶酒杯劈面砸过去。

罗门半天都没有说话，他的沉默让他的目光显得意味深长。

安念蓉愠怒地抬起头："你总是看着我干什么？"

罗门笑了笑，用目光向她示意，安念蓉这才注意到一个侍者捧着菜单等在她身边。

"我没什么胃口。"安念蓉冷静下来，"我还有比吃饭更重要的事情要跟你谈。"

"你就这么放不下那些该死的工作？"罗门摇头叹气，"我不是说工作不重要，但有的时候你真该随和一点。既然是你请客，那么多少都该有点诚意，就算你不尊重我，那也得尊重你自己的提议，对不对？"

安念蓉知道，对付罗门最好的办法就是让他没有借题发挥的空间，而且罗门说得对，既然是她提议共进晚餐，那么她至少在礼貌上也应该过得去。罗门好像是在故意撩拨她的怒气，毫不掩饰他的得意洋洋，好像他已经主导了两个人之间的谈话一样，安念蓉可不愿意就这样失去自己好不容易得来的主动。

餐厅乐队开始演奏的拉丁音乐飘荡过来，恰到好处地插进两个人之间，缓解了他们之间的那种暗地里的剑拔弩张。应和着音乐，灯光也忽然变得柔和起来，海风徐徐吹来，热带风情一瞬间就席卷了两个人的身心。

"我说过要带你欣赏一下香港的夜景。不过香港只有这么大，景色也都是千篇一律，窥一斑而知全豹，不看也没有什么好遗憾的。倒是这里五花八门的美食不能错过。"安念蓉拿过菜单，看着罗门微笑，"那我就替你作决定了，这样算不算有诚意？"

"让客人满意就是诚意。"罗门点头表示同意。

生蚝是时令美味，当然是一定要品尝的。开胃酒是西班牙雪莉 PINO，开胃菜是鱼子酱、鲑鱼子和酸奶油，侍者向罗门介绍了这家餐厅用红酒调制的生牛肉，而安念蓉只点了一份鸭肉通心粉，最后罗门提醒侍者加在红酒牛肉里玉米粉和黑色松露的分量的时候，安念蓉向侍者要了一瓶冰镇过的德波托利葡萄酒来配生蚝。对此侍者毫不掩饰自己的赞赏，并殷勤地告诉安念蓉，店里仍然有一九八七年和一九九四年这两个年份的“高贵一号”，但一般只推荐给熟客。很显然，安念蓉的美貌已经对这名侍者产生了作用。

“你对葡萄酒很有研究？”

罗门的话里没有什么特别的情绪，但安念蓉明白罗门想的是什么。罗门从来没有因为自己的背景发表过什么看法，但有些话根本用不着说出来，而安念蓉不想让他认为自己是那种只知道养尊处优的人。

“谈不上有研究，只是有人跟我讲过一些这方面的知识而已。”安念蓉喝了一口冰水，看着罗门微笑，“我不是你想象的那种过着奢侈生活的人，生活里的任何细节都要讲究个来历，我觉得那很可笑。如果说奢侈生活对我有意义，那只是因为这能让我工作起来更方便而已。我没有时间享受这些东西，所以今天的晚餐对我来说其实也是一种奖励。你呢？你喜欢享受这些？”

“对我来说，这样的日子是因为它的稀少而显得有吸引力。如果吃方便面也像这顿晚餐这么难得的话，那么方便面也就和生蚝、葡萄酒一样有价值。”罗门的神情很认真，“我们都没有自己的生活，所以只要有机会就应该去尝试新的东西。”

“我们都没有自己的生活。”

这句话深深地打动了安念蓉，这句听起来漫不经心的话却无比精辟。他们所有的时间都在等待，所有的时间都在行动，根本就没有时间思考自己的日子。他们看似掌握着对别人的生杀大权，其实只是在随波逐流。罗门的玩世不恭其实很容易理解，那是因为他已经意识到了人生的无奈。在某些方面他跟安念蓉是一样的：他对现实有自己的思考，但这种思考只能成为玩具，有闲暇的时候可以自己把玩，自己欣赏，但在任何时候都不足为外人道。

她不知道的是，她看着罗门的眼睛里很有感情。这时候的她有种梨花带雨的娇弱，惹人怜爱。安念蓉从来也没有想过在一个男人面前使用自己的美貌去达到目的，但有的时候天赋无法被忽略，尤其是在利用起来也无伤大雅的时候。两人的目光交汇，各自眼神中的种种冷厉在光怪陆离的霓虹灯光下都变得柔和起来。

“‘老鹰’对你的评价很高。”安念蓉摆弄着面前的酒杯，纤长的手指在酒色的映衬下像艺术品一样耐人寻味，“我从未见过她对别人这样慷慨。”

罗门忽然感到有些不安，他不知道萨莎会不会对安念蓉汇报他们发生的所有事情。当然，他并不是觉得心中有愧，他和安念蓉也无权对彼此的私生活指手画脚，但他就是觉得有些羞愧。好在安念蓉的表情说明，她并不知道所有的细节，就算她知道，肯定也不在乎。

她对你没意思。尽管她有时候会表现出被你吸引的样子，但那也只是在有限的时候。你和这个女人是两个世界的人，勉强要把你和她的生活交叉在一起对两个人都是悲剧。

罗门看着泰然自若的安念蓉，不无遗憾地这样想。

“既然你这么放不下工作，不谈下去你就不会停止折磨我。”罗门摇头，似乎要把刚才那点混乱的思绪从头脑里清除出去，“那我们就来谈谈那边发生的事情。”

其实问题只有一个，就是罗门为什么不当场杀掉林永泉而是要把他带走。在几小时的时间内，他们之间到底有没有交流；如果有交流，到底交流了什么。按照纪律，罗门对此必须和盘托出，没有任何保留。

“因为我怀疑他不是‘神谕’，所以我不想草率决定。”罗门拿起餐巾擦嘴，“接下来的事情也给我的推测提供了证据。林永泉告诉我他是被绑架的，被陷害的，他没有叛逃，也没有出卖过任何国家机密。”

“可在几小时之内你无法证明他说的是真的。”安念蓉指出这一点，“如果他是‘神谕’，那么他也一定是个出色的说谎者和伪装者，在那么短的时间内你无法分辨真假。”

“所以我仍然杀了他。”罗门看着安念蓉，“在那种情况下，他的下场只有一个。如果他是‘神谕’，他必然得死；如果他不是‘神谕’，他仍然得死，因为‘神谕’制造这样一个骗局显然是为了要重新隐藏起来，林永泉不死，‘神谕’就会知道自己的骗局没有成功，那么他下一步行动就更加无法预测。”

安念蓉吃惊地看着罗门。

“你是说，即使你知道林永泉是无辜的，你仍然会杀死他？”

“林永泉的死是注定的，从‘神谕’开始算计他的时候，他就死定了。”罗门没有回避安念蓉的目光，声音里带着漫不经心的冷漠，“只不过是借我的手完成了这一过程。唯一的好消息是，林永泉的死会让‘神谕’认为自己瞒天过海的计策奏效了，所以他会安静一段时间，这也给你争取了时间，让你能够跟上‘神谕’的脚步。从这一点来看，林永泉的死是值得的。”

“可是，你已经有机会把林永泉带回来，为什么一定要杀死他？”安念蓉还是无法理解罗门的心狠手辣，“既然你已经知道林永泉不是一个变节者，仍然是我们的重要人物，即使为了‘神谕’，他的牺牲也全无价值，你怎么还能擅自作出这样的决定？”

“因为我是执行者，所以我有权‘擅自’作决定。”罗门直视着安念蓉的眼睛，唇边又浮起那种可恶的微笑，“另外，你怎么能够确定我有机会把他带回来？如果因为他再把我搭上怎么办？那可是在大洋彼岸，你的手再长也伸不到的地方，我不能冒险。”

安念蓉慢慢地点上一根烟，没有说话。

罗门当然不是那种不肯冒险的人。他的成功是建立在对局势的正确判断上，成功解救林永泉就是基于对形势的正确判断和采取了正确的手段，但在那种情况下把林永泉安全带出美国国境则不可能。没有任何可能。如果林永泉连累罗门被杀或者是被抓，那么立刻就会把美国人的注意力引到萨莎身上，罗门的做法是正确的：一旦落入敌人手中，就算是罗门这样的人也无法保守任何秘密。

很冷酷，但正确。杀死林永泉确实是深思熟虑的结果。如果罗门把林永泉带回来，“神谕”情急之下会发动怎样的反扑，任谁都难以预料，更何况如果罗门不杀林永泉，他因此再落入中情局的手中，那么损失就更加不可估量。在当时作决定很困难，但罗门无疑作出了最正确的决定。

现在，已经有了两个清晰的结论，一、林永泉不是“神谕”，安念蓉的工作还要继续下去；二、林永泉的死会让“神谕”自以为得计而重新进入地下，这就给安念蓉争取了时间。

香烟的辛辣气味让安念蓉冷静下来。她承认，罗门的决定对自己的工作是有帮助的。

“谢谢你。”安念蓉坦率地看着罗门，“虽然我觉得这个时候向你表达谢意不怎么合适，但我还是要说一声谢谢，谢谢你在那种时候还能冷静地分析局势，你确保了我的工作不会走上歧路，这对我来说很重要。”

“我明白你在为林永泉惋惜。在要不要带他回来的问题上我也犹豫过，还是他自己帮助我下了决心。”罗门变得严肃起来，“林永泉已经证明了自己是个合格的军人，所以，别让他白死。为了揭穿‘神谕’，我们已经损失了很多人，而且很可能还会继续损失，所以，不要多愁善感，做好分内的事情就好。”

他的声音变得低沉起来，显然他的内心并没有表面上看起来这么冷静。亲手杀死自己人，即使是在最极端的条件下，作这个决定也并不容易。

不是任何人都能够做到这一点。即使是在最艰难的时候，罗门也没有改变自己的初衷，在他懒散的外表下掩藏着的是对人生信念的惊人的执著。忠诚从来不是用言语表达出来的，只有行动才能够真正表达一个人的忠诚，而且真正忠诚的人根本不屑于去向别人证明这一点。

但那不表示他们不痛苦，不挣扎。

安念蓉无意识地用叉子搅拌着盘子里的食物，若有所思地看着面前的男人，看到他额头和眼角那些无法平复的皱纹。罗门似乎总是在思索，还不过三十岁，可看上去已经沧桑得叫人心疼。

忽然间，罗门抬起头，两个人的目光相遇，彼此凝视足足有十秒钟。也许是酒精的原因，安念蓉觉得自己的脸颊发热，而罗门看着她的眼神也像是星光一样闪亮。是停止谈论工作的时候了，到目前为止这都是个不错的夜晚，何必对那些已经不可挽回的事情喋喋不休？“神谕”的阴影仍然笼罩在她心头，但至少现在她能够真正地喘上一口气，这让她的心情开始好转，也许就是这个原因，对面男人的目光也没有之前看起来那么危险、那么可怕，相反倒是柔和了许多。

当真正放松下来的时候，两个人的交谈开始变得正常起来。在谈话中他们发现，他们彼此的兴趣爱好格格不入，但这反而让他们对对方更感兴趣，更加想去探索隐藏在彼此面具之后的神秘面容。他们之间互相试探、回避、迂回，智力和情绪的交锋在空气中火花四溅，气氛越来越热烈。

餐后仍然有酒。侍者重新摆好了桌子，乖巧地在送上餐后酒的同时在桌子上摆放了一个装满了鲜花的花篮，这是经理的赠品，表达对他们的美好祝愿。

“经理很聪明，这小小的礼物会让你在结账时还面带笑容。”罗门伸手调整了鲜花的位置，好让它们不会阻挡两个人的视线，“这居然真的是鲜花，你还能感觉出冰箱的气息。”

“你是不是一个晚上都要这样讨厌？”安念蓉抿嘴微笑，“这为什么就不能是由衷的感谢？不是所有人都像你那么……”

“诚实？”罗门笑眯眯地接上安念蓉的话头。

安念蓉没有说下去，只是看着罗门嫣然微笑。她忽然意识到这会让两个人之间的气氛显得太过亲密，便把视线转向桌子上的阿巴哈巴拉斯特。灯光下这液体的颜色浓郁得像是有生命，而拉丁音乐总是能够让人兴起别样的感受。安念蓉不由得在心里问自己，她已经有多久没有这样轻松的感觉了？阿巴哈巴拉斯特由朗姆酒、龙舌兰和白兰地混合而成，含糖量百分之三，现在这些成分都已经开始起作用，安念蓉感受到了身心双重放松所带来的愉悦。

罗门忽然站起身，向安念蓉伸出手。

音乐有造就好时光的魔力，而男女得体而有节奏的共舞更像是流浪一样无所顾忌。音乐流淌到哪里，人生就延长到哪里。人生总是充满了告别的感伤，为什么不能够把握每一个欢快的时刻？

在罗门的带动下，安念蓉找回了昔日轻盈的舞步。当她转动时，质地柔软的连衣裙贴在她的身上，勾勒出优美的线条。两个人若即若离的接触像是启动了她身体上的某个开关，她好像喝了许多杯阿巴哈巴拉斯特一样开始感到晕眩。然而那是幸福的晕眩。舞池里有很多人在跳舞，那些随着音乐摆动的身体看上去是那么的自然，然而渐渐地，所有人的目光都投向这一对年轻男女的身上，优美的舞姿和俊美的面容让他们成为舞池中当仁不让的主角。

自由流畅的拉丁舞步让安念蓉想起了过去的许多好时光，那时候她不用为别人的生死担心，不用为自己的决定是否正确而饱受折磨。只要摆动身体，就能够沉浸在无拘无束的快乐之中，只是在她的生命中，这样完全放松的时刻太少。

音乐突然加快，两个人的脚步也跟着加快，安念蓉要紧紧地贴着罗门才不会失去平衡。隔着轻薄的衣料，她能够感觉到男性强壮的身体摩擦着她全身的肌肤，让她兴起一种异样的感受，她的身体不能自主地跟随着罗门旋转。每次罗门的手掠过她柔软的乳房，每次罗门踩着节奏跨入她两腿之间，都会让她有种要呻吟出来的冲动。

在迷离中，她看到罗门的目光像火焰一样热烈。罗门的目光落到哪里，哪里的衣物就被灼烧得无影无踪，那是一种只有女人才能够明白其中含义的目光，比紧绷的身体更能震撼女人的心神。

一曲舞罢，她发现自己软绵绵地偎依在罗门怀里。她要从罗门手中挣脱出来，却被他抱得更紧，紧得似乎要把她揉进自己身体。一瞬间，安念蓉不知道对即将要发生的事情该采取什么样的反应，她挣扎着抬起头，却不知道自己半睁半闭的媚眼如丝和微启的嘴唇像极了一个暧昧的邀约。

两个人的嘴唇几乎贴在一起，近到只要颤抖一下就能接触到对方。两个人气息相闻，像火焰烤灼着彼此的神经。

安念蓉感觉到自己的身体僵硬得好像就要爆裂开，只要两个人的嘴唇相接，她的人和她的心就会在一瞬间像玻璃一样破碎。

但罗门终于没有在她的嘴唇上吻下来。他慢慢地站直了身子，慢慢放开了手，深深地注视着不知所措的安念蓉。

“你真的很漂亮，安主任。”

然后他放开安念蓉，对四周响起的热烈掌声充耳不闻，头也不回地向外面走去。

安念蓉也从刚才的迷乱中清醒过来，吃惊地按住了发烫的嘴唇。她不敢想象，如果罗门那个时候吻了她，接下来会发生什么。她只知道，在那一刻，如果罗门真的吻下来，她绝对不会拒绝。那会是什么后果？罗门的突然离去让她感到由衷的庆幸，不过，看到罗门头也不回的样子，她同时也感到了深深的失落。她自己也说不出来，那个未发生的吻到底让她高兴还是让她失望。

她离开的时候，发现罗门已经为晚餐买过单。再昂贵的晚餐对安念蓉和罗门来说也不意味着什么，可在安念蓉看来，罗门的举止更像是一种体贴，对不告而别表示的一种歉意，尽管在那种情况下他实在没什么可道歉的。就算他有意引诱安念蓉，可他选择了适可而止，那他的行为就可以被原谅。

他有顾虑。

安念蓉的唇边浮起一个似有似无的微笑。

罗门在顾虑什么？如果他真的像他自己说的那样冷酷，那他就根本不会有什么顾虑。有那么一瞬间，罗门看上去是真的想要引诱她，因为她很清楚罗门目光里毫不掩饰的欲望，他就像所有正常的男人一样渴望得到安念蓉，但他也比所有的男人都更能克制自己。如果他得到安念蓉，他自己不会有任何损失，所以他的戛然而止只说明一件事情，他更关心安念蓉的感觉。

一旦一个人在乎了什么，什么就会变成他的弱点。罗门虽然不辞而别，但这却让安念蓉看清了一个事实，罗门永远不会也无法拒绝她，想到这一点，安念蓉要咬着嘴唇才不会笑出声来。

在患得患失的混乱心情里，安念蓉回到了新办公室。

可以预料的是，罗门又会像往常一样消失，除非有迫切的需要，不然他不会露面，而且谁也不会知道是不是再有、什么时候有这种“迫切的需要”，因此罗门的每次告别都像是永别。不过，安念蓉现在不再为此而担心，ACE 和马西北还在她的手里，如果罗门有什么动向，这两个人一定会在第一时间得知，现在除了他们，再没有罗门可以相信的人。马西北的伤已经痊愈，很快就会来香港报到。

在罗门那里得到了确切的答复，林永泉事件终于可以告一段落，但这个结束却是另一个混乱的开始。如果按照罗门的设计为林永泉事件作总结，那么必然会给情报机关的高层带来前所未有的震荡，连安念蓉自己都在为不可预知的后果感到害怕，所以她还没有时间放松，而是要设计新的应急计划。在事态尚不明朗之前，要让所有与林永泉有牵连者都保持缄默。

“神谕”不会束手待毙。他的反击非常有力，亲手制造了一场大混乱，直接影响到了情报机关内部人员更迭，让局面变得更加复杂，有利于他隐藏得更深。安念蓉暗自为“神谕”的果断和胆识而心惊，这是一个老辣的对手，如果不是罗门临时改变了计划，那么“神谕”的金蝉脱壳计策就会得逞。在这一回合，“神谕”的老谋深算不敌安念蓉的泼辣和罗门的随机应变。也许是巧合，也许是宿命，“神谕”无疑是这些年来中国情报机关面对的最危险的对手，但罗门也是安念蓉所知道的最好的特工，所以，这看似偶然的交锋其实也是一种必然。

到目前为止，双方可以说是棋逢对手，接下来就要看谁能棋高一着。

鲍勃走在东京的街头，觉得这里和纽约其实也没有太大的分别，同样是熙熙攘攘、来去匆匆的人群，同样是高耸但没有特色的建筑。最让鲍勃不能忍受的，就是满街都是黄皮肤。每个经过他身边的黄皮肤都用他们的黑眼睛看着鲍勃，让他想起恐怖电影中的僵尸。鲍勃不认为自己的体形有什么特别的地方，日本人不是喜欢相扑吗？在鲍勃看来，那些力士的身体还没有自己的耐看，为什么他们不盯着那些力士看个没完？而且，如果他们把他当成相扑手的话，就应该表现出更多的尊重。

鲍勃对每个向他投来惊奇目光的人都报以微笑，科特就没有那么客气了。他对日本人没有好感，不仅是日本人，他对所有非白皮肤的人都没有好感。在军队里他用不着小心翼翼地掩饰自己的种族观念，事实上，很多军官都欣赏他对非白人那种天生的厌恶，因为这有助于科特在战斗中坚持自己的信念。科特相信，中情局使用他也是因为他在战斗中的果断和冷酷，在面对中国这个敌人的时候，已经没有人会再把他的种族主义倾向当成一回事。

两颗原子弹让日本人臣服，但却无法改变他们矮小、奇形怪状的事实。他们细小狭长的眼睛里露出的是贪婪和多疑，男人猥琐，女人放荡。就像他在日本驻军里的朋友们说的，在日本去强奸女人的都是白痴，实际上你只要亮出你的白色阳具，她们自己就会乖乖爬过来。这就是科特对日本的全部印象。

科特之前没有来过日本，所以对朋友们的话也将信将疑。他早已经不相信那些大兵们过于传奇的性经历，那其中很多都是添油加醋的描述。有时，他自己也会编造这样的故事。但现在他发现，也许关于日本的传说不是虚幻的，很多打扮得像布鲁克林区和皇后区太妹的少女正向他投来暧昧的眼神。

“不要着急，在日本你能搞到很多女人。”鲍勃似乎看出了科特在想什么，喘息着拍打他的后背，“在日本，女人会多得让你心烦。”

“我不喜欢黄种女人。”科特轻蔑地扫了一眼街头上的人群。

“如果世界上只剩下黄种女人了呢？”大鲍勃颇感意外地看了一眼科特。

“那我也不会选择日本女人。”科特骄傲地看着上司，“长官，你去过越南吗？那里才有最好的亚洲女人，她们的皮肤比日本女人好得多。”

在越南海防，女人不但漂亮，而且能歌善舞，科特一直认为那是他去过的最好的地方，而这里，还有待他的亲身体验。鲍勃深有同感，但同时也觉得科特的观点有些偏激。

“相信我，不管你喜欢不喜欢，等下一定会有机会知道日本女人的滋味。”鲍勃微笑点头，“在亚洲，他们认为带你去找女人是一种非常友好的社交行为，而且你很难拒绝。”

在一间叫做“鹤屋”的料理店，他们见到了内阁情报调查室国际部长官菊井研造和国际部下属中国班的课长铃木义夫。菊井研造是鲍勃在日本学习时结识的朋友，这次和日本的合作，固然是通过中情局协调，但鲍勃和菊井的关系也起到了很大作用。他们没有直奔内调总部，其用意也是先通过私人的交流探探日本人的口风。

在一九九六年中国台海演习期间，日本和美国之间也起了一些微小的摩擦。在许多重要的决定上，日本并没有像美国人答应的那样得到任何情报上的共享和关照。比如说，日本要再三请求才能够得到美方关于台海危机的情报，日本方面甚至要为美国的卫星侦察情报支付昂贵的费用；“尼米兹”航空母舰的出动也没有通知日本；甚至，借着台海危机，美国人要求暂缓归还冲绳的“普天间”基地。这一切都坚定了日本人继续维持“跟美国人合作就一定要持谨慎的态度”的信条，也促使他们逐渐扩大本国情报部门的规模，打算向以色列的“摩萨德”看齐：以最小的规模办成最大的事情。

首先，在想办成一件事情的时候，日本人的决心不可小觑，而在和美国合作的同时，日本人也非常善于搞些两面三刀的勾当，所以鲍勃必须弄清楚日本人的想法。他不在乎日本人会不会在将来的合作中搞鬼，他只在乎日本人是不是有决心跟中国对抗，后一点对美日合作的前景至关重要。美国人的实力可以保证日本人臣服，可只有共同的目标才会让日本人全力以赴。

穿着和服的菊井研造个子不高，光头刮得干干净净，跪坐在那里时很有威严。而铃木义夫则有一张日本人常见的四方脸，脸上总是堆满了谦卑的笑意，说话之前必先鞠躬，即使在日本人中间，他弯腰的次数之多也是少见的。鲍勃知道这是日本情报机关中的“仇中派”，所以才会先跟他们会面，他们的态度在日本情报机关中起着风向标的作用。

“事先和官房长官打了招呼，官房长官阁下对这次合作的内容持慎重态度。美国是我们的盟友，完全可以分享我们在中国的工作成果，所以责成内调室室长阁下安排合作事宜，但是，官房长官明确指出，不宜由日本方面派出潜入中国的人选。”菊井鞠了一躬表示歉意，然后向着红色方桌摆了下手，“这里是日本的特别水产，请慢用。”

“为什么不能够派出潜入中国的人选？”鲍勃感到很意外，谁都知道中国和日本之间的微妙关系，在美国人看来，仅仅是那场战争的失败这个理由就足以让他们对中国恨之入骨，“这和我们之前的约定不一样，罗伯特先生告诉我，这是美日合作条约的一部分。”

“尽管我们一直坚持给中国人施加压力，但这种压力应该是松紧有度的，既不会让中国政府觉得太紧，也不会让他们觉得太松，这样的状态才对日本有利。目前中国跟日本的关系正处于历史上最差的时期，任何有可能让两国关系走向极端化的行为都不可取。”菊井的表情很严肃，“日本方面一直在为贵国提供全部的后勤援助，而且一直做得很好，所以在这方面的任何合作都不成问题。”

全部的后勤援助并非无偿。有利益还不用承担风险，日本人的算盘打得很精。他们一直在为中情局向中国境内输送活动经费，不但能够有限度地分享中情局的情报，并且能够从中获取优厚的佣金，但现在，美国人要求他们做得更多的时候，他们就开始考虑风险了。

鲍勃笑而不语。这是他在东方学会的第一件事，那就是永远不要急着对一件事作评论，而在你无法作出任何结论的时候，那么不妨微笑。

科特则轮番看着菊井和鲍勃，不明白他们之间的交流。

菊井从科特的眼神看出了不理解，不由得在心里冷笑。鲍勃能说、读和写东方文字，但即使那样也不意味着就已经懂得了东方文化，更何况这样一个士兵。这个士兵可能是美国人眼中的英雄，但在日本人看来，他只是一个杀手。另外一个让菊井感到幸灾乐祸的是，美国人根本就不懂得日本在对付中国时的用心良苦，非要事事多口多手，如果他们肯听日本人建议的话，现在的形势就不会是这样。现在美国人自己力不从心了，就要指望日本人打前战？这些个牛仔，像他们的总统一样愚蠢，菊井在心里感叹。如果他们不懂得日本人的良苦用心，那日本人就不能用自己的方式去帮助他们。

“菊井室长的意思是，日本政府不会派出自己的雇员去中国从事间谍活动，这对两国关系是个伤害，而目前看来，日本能够承受的伤害有限，尤其是在经济上。”铃木及时地打了个圆场，笑得眼睛眯成了一条缝，“所以内调室不会参与到贵国的计划中。”

“我完全理解日本政府的立场，任何聪明一点的政府都会采取相同的做法。”鲍勃笑了笑，“不过，我要指出的是，中国有句古话，叫做‘覆巢之下，焉有完卵’，两位对这句话的理解要比我深刻得多。如果美国无法主导亚洲局势，那么日本就算能够在中国赚更多的钱又有什么用处？如果美国不能牵制中国，那么富裕的日本最后也只能成为富有的奴隶。中国是个大国，大国都有野心，日本人应该比谁都明白这一点，尽管日本国并不大。”

菊井听懂了鲍勃话里的嘲笑，脸色立刻变得难看起来。鲍勃所说的“大国的野心”，其中暗讽日本对中国发动战争的不自量力，同时也指出的一点是，在双方对比最悬殊的时候日本都无法对中国战而胜之，更何况是现在？如果日本要保证自己的安全，在和美国合作的时候就没有条件可讲。世事虽在变化，但万变不离其宗，这也是中国的古话。

两个日本人都没有说话，鲍勃知道自己的话已经产生了作用。

他夹了块生鱼片放进嘴里，慢慢地咀嚼着，体会着鱼肉的鲜美。

“局长派我来日本的时候，他的说法要婉转得多，不过我没有理会错他的意思。我们需要你们在中国的关系，也需要你们在中国的间谍。这不只是为了美国，这是为了世界和平。如果有什么政治上的顾虑，那可不是我要考虑的东西。”

美国人从来不需要考虑，他们只想在别人那里掠夺，菊井不无愤懑地想。

“即使是内调室，在工作上也要服从政治需要。”菊井欠了欠身，从座位上站起来，“鄙人不胜酒力，要回去休息，铃木课长在内调室是有名的酒鬼，他可以陪你们喝到尽兴。铃木还是有名的色鬼，绝对不会让客人觉得无聊。”

谁他妈会千里迢迢地赶到这个见鬼的地方喝这种见鬼的水一样的酒，还是和你们这些见鬼的黄种人。科特刚从座位上直起腰板，鲍勃的手已经按在他的后背上，示意他沉住气，然后客气地送走了菊井研造。两个日本人在房间里互相鞠躬道别，铃木还追到走廊上鞠躬，不管怎么说，他们彼此之间谦卑而又等级森然的态度令科特感到很新鲜。

菊井离开后，铃木的表情轻松了很多。

“菊井室长是个严肃的人，在他面前，部下难免会有些拘谨，这也是没有办法的事情。这个人啊，是内调室里最缺乏幽默感的人物。”他自顾自地“嘿嘿”笑起来，“不过也是内调室里最有才干的人。”

“内调”负责人原来称室长，二〇〇一年后改称为内阁情报官，铃木张口闭口都是“室长”，说明他跟随菊井已经很久。

科特对内调室的情况一无所知，而鲍勃知道，内调室想要扩大和统一现有情报系统，成为一个能对情报进行统一分析和处理的机构，使之成为像摩萨德、军情六处，甚至是美国中央情报局那样的真正行之有效的新情报机构，就必须得到美国的支持，所以任何姿态和条件在美国面前都显得力不从心，所以中情局方面从来不担心日本人的合作态度。只是，日本人每次都要讨价还价的做法让他感到厌倦。

“菊井先生可能没有想到，保持和美国的合作对日本来说，能够得到的好处要比看上去多得多。我需要你们训练出来的间谍，而且作为中国班的领导者，你一定还知道些我们不知道的东西。”鲍勃不想跟这些人扯皮，那只会让他头疼，“不管你多么想和中国保持关系，中国都是你们的敌人，越早摧毁它，我们就越早安心。”

“摧毁中国？”铃木重复着鲍勃的话，脸上露出奇怪的表情。

美国人是世界上唯一的、无可争议的超级强国，美国人征服了他到过的所有地方，这其中就包括日本。有人会提到越南，但这是另外一回事。美国人没有在中国作战过，当然他们的“飞虎队”除外，所以他们不知道中国人的厉害。作为中国班的长官，铃木研究中国可是花了许多的精力，尤其是“二战”时的经历。中国在最孱弱的时候也没有向外来者屈服，难道现在有了原子弹反而会被轻易地“摧毁”？

鲍勃的话让铃木捧腹。当然，他不会真的表现出来。他也知道为什么菊井会离开，原以为美国人派来的人会通情达理，至少也应该是一个可以沟通的人，但派来这么一位硬邦邦的人，只能说明美国人对日本人缺乏尊重。

“看来摧毁中国的小事情，还是要请阁下多多努力了！”

铃木居然也向鲍勃深深地鞠了一躬。

然后他坐正身体，用一种很严肃的神态看着鲍勃。

“内调室只是一个小机构，总人数不会超过两百人，所以我们才会需要盟友的帮助，因此，就算不考虑官房长官阁下的叮嘱，我们也无法为你提供相应的帮助。日本是战败国，承受不起间谍这一类的丑闻，所以，只能对你说抱歉。”

鲍勃目不转睛地看着铃木，希望能够从他脸上看出什么隐藏的内容来，但在东方人像木板一样扁平的脸上很难观察得出什么情绪，而且他们的眼睛太小，无法分辨他们说话时在想什么。

铃木忽然发觉，虽然这个美国人看上去没那么聪明，但他那双眼睛却蕴涵着可怕的力量，而且他很沉着，任何花言巧语在他这里都收不到应有的效果。这就是美国人的聪明之处，他们知道既然日本人早晚都要屈服，所以就不会浪费更多的精力在那些虚与委蛇上。

“但是，内调室虽然无法出面，但在日本，还有很多人可以帮助中情局，现在就有一位越前直人先生可以提供你们需要的帮助。”铃木的脸上赔着笑容，“这位越前君在香港有自己的株式会社，在中国内地有自己的正当生意，他是在中国接应你们的最好人选。”

内阁情报调查室常常依靠民间情报、科研机构、新闻广播机构、综合商社等收集情报，称为“委托调查”。日本经常从事情报收集和研究的机构有一百多个，世界政治经济调查会、国际形势研究会、东南亚政经调查会、国民出版协会、内外形势调查会、民主主义研究会、共同社等是其中很有实力的机构。这些机构都接受日本内阁情报调查室的委托调查。最著名的就是“世界政经调查会”。该会的宗旨是“提升日本国内外政治、经济、社会的综合调查研究及相关知识”，主要任务是搜集、调查相关资料，承接委托调查，举办研讨会、研究会，出版调查研究成果等。

搞情报工作就必须有谍报人员，“内调”也同样需要谍报人员进行情报收集活动，但是以“内调”的人力及预算，很难向国外派出大量的谍报人员，更不用说长期的谍报人员布建和派遣了。因此，“内调”的谍报人员派遣也大多委托外部团体进行，这大概也是日本独有的情报收集方式。事实上这些团体负责人及核心干部几乎都是情报系统退休人员，尽管只是以民间的名义，但能够调动起来的力量也绝对不可小视。

铃木拍了拍手，榻榻米对面的一扇拉门被轻轻地推开，一个穿西装的日本人跪坐在门口。科特没想到在那个地方还有一道门，吃惊之余，伸手要从腰间拔枪，还是鲍勃制止了他。鲍勃非常清楚，即使是普通的一顿饭，这周围也隐藏了不少SP的特工，而且SP特工非常善于隐蔽自己，所以他对于这里的安全状况早就心中有数。

这个瘦削、双目炯炯有神的日本人就是越前直人。铃木介绍说，这是来自“政经会”的民间人士，而且毫不讳言他的间谍身份。

越前直人大概有四十岁，看上去斯文有礼。他既然一直等在这里，鲍勃意识到，日本人其实早已经按照华盛顿的要求安排好了合作的人选，因为他们不想得罪中国人，所以才宣称安排“民间人士”帮助鲍勃。日本人还真是善于干这种掩耳盗铃的勾当。

鲍勃打量着越前直人，不知道他能够给自己提供什么帮助。

“不要被越前君的外表所迷惑。”铃木看出了鲍勃的疑虑，“越前君是个能干的人，就算是我们的室长对越前君也很倚重。在日本，人们都把越前君叫做‘内田第二’。”

“啊哈。”鲍勃会意地大笑起来，“‘内田第二’，非常好的名字。”

“‘内田第二’是什么意思？”科特终于忍不住心里的疑惑。

这次换作铃木哈哈大笑起来，连越前直人也不为人察觉地笑了一笑。

“看来拉塞尔先生对日本不是很了解，居然不知道日本谍报界大名鼎鼎的内田良平。”铃木摇头晃脑地感叹着，“不过没关系，你只要知道，越前君很厉害，能够在中国帮上你的忙就足够了，而且这是根据华盛顿的要求我们所能提供的最好的帮助。”

科特半信半疑地打量着越前直人。

越前直人也看得出科特的疑惑，微微躬身。

“等下拉塞尔先生可以跟我去逛一逛东京，我们之间需要更多的时间互相了解。”跟菊井和铃木都带着浓重口音的英语相比，越前的英语发音非常标准，带着轻微的东部口音，“我曾经在美国住过十年，所以我理解美国人，但拉塞尔先生要想和日本人友好相处，恐怕要学的东西还有很多。”

科特活动了一下腿脚，长时间用这种姿势坐着让科特很不习惯。

“了解日本的事情可以以后再说，我的时间有限。”

越前直人微笑：“拉塞尔先生，你需要的是耐心。没有耐心，就无从了解中国人；而不了解中国人，你又如何去对付中国人？日本人研究中国已经上千年，可仍然对中国感到迷惑。那么美国人对中国又了解多少呢？恐怕美国人对中国的了解从来就没有超越过鸦片战争的年代。”

“我们还保有台湾，这就是我们美国人对中国的理解。”科特冷冷地回答。

“你们保有台湾，那只是因为中国人希望你们这么认为。”越前直人直视着科特的眼睛，“三十年前，美国人可以理直气壮地说，‘我们保有台湾’，可要是现在华盛顿还这样想的话，就未免太天真了。”

“这个论调真新鲜。”铃木忽然插话，“越前君，虽然大家都叫你‘内田第二’，可就算是胆大心细的内田本人也说不出这样匪夷所思的话。华盛顿在台湾问题上是不是天真，不用你在这里评论。”

在政治上有抱负的越前直人就算以日本人的观点来看也是一个极端的右翼分子，时不时要把他的政治观点在公众和私人场合兜售一下，而老奸巨滑的铃木可不希望得罪美国人。

越前直人躬身称是。

“要对付敌人，就要先了解敌人，关于这一点，越前君说得很有道理。”铃木还是笑眯眯地看着科特，“如果不是因为我们更知道该如何对付中国人，你的上级也不会打发你到这里来，那就精诚合作吧，‘越前军团’在对付中国人时总是很有办法。”

“什么是‘越前军团’？”科特被他的措辞搞糊涂了，“这里面还有军方背景？”

铃木义夫和鲍勃都笑了起来。

铃木义夫喝掉一杯清酒，面色已经不正常地红了起来。

“在日本，没有什么事情没有军方背景，‘越前军团’也不例外。不要小看这个男人，虽然他没有入伍的经历，但他绝对符合兰利的要求。他能说汉语，并且真的有一个中国人的身份，在中国还有很多关系。这个‘越前军团’只是个比喻，说明越前领导着一些人，这些人随时可以给你提供力所能及的帮助。”

“我们有人手，我们只需要得到一些建议。”科特再次打量着越前直人，“比如说，如何在中国境内绑架一个身份敏感的人物，然后把他送出中国。”

越前直人微笑：“中情局居然不知道如何绑架？”

科特看了一眼鲍勃，鲍勃向他摆了摆手，然后转过头看着越前直人微笑。

“如果我想听讽刺中情局的话，根本用不着来日本，在美国我就能听到很多。我想知道的是，你究竟有没有本事帮助我们？”

越前直人收起笑容：“绝对没有问题。”

“最后还是要请示室长才能作决定。”铃木吃了一块生鱼片，被芥末刺激得龇牙咧嘴。

“越前君，带拉塞尔先生去洗个温泉。拉塞尔先生从台湾来，所以要好好请拉塞尔先生品味一下正宗的日本温泉。”

“我没有时间泡什么温泉……”

科特的话说到一半，鲍勃却点头表示赞赏。

“科特，越前先生说得对，你的确需要泡泡温泉。如果你要跟日本朋友合作，那么你要学习的东西还有很多，而在没有学会这些东西之前，你也无法继续自己的工作。”

鲍勃的话已经是一道命令，尽管科特不知道自己能够跟越前学到什么，但鲍勃的命令他无法违背。吃完饭，鲍勃和铃木留在包间，而越前直人带着科特驱车离开躁动的东京。

第七章

# 走马换将

看到两个人一前一后离开包间，鲍勃重新转向铃木。

“菊井不肯参加我们的谈话，是不是杰克·布莱克事先跟他打了招呼，而且威胁他，如果不跟杰克打交道就不会得到中情局的合作？”

“杰克想要掌握整个亚洲的情报交易，而且他也有这个能力，我们都知道他的家族在华盛顿的地位。如果事实证明杰克比罗伯特能带来更多的利益，那么室长先生在选择上就不能再考虑私人的关系。”铃木微微躬身，又在为芥末的辛辣而龇牙咧嘴，“鲍勃，看起来室长的选择不多。杰克有能力通过外务省给室长施压，这也是对你不利的地方。”

“对日本来说，创建一个真正的情报系统，要学习的东西还有很多。其中就包括该如何选择合作的伙伴。”鲍勃没有笑，“能够合作的人其实只有两种，一种是只知道指手画脚的，另一种是喜欢行动的。在中情局里，人们也这样区分合作对象。我无法影响贵国的决定，但我希望你们在作决定之前想想我的建议，跟什么样的人合作更有前景。”

“你在暗示杰克是个只说不做的人？”铃木放下筷子。

“我在暗示罗伯特和我是实干的人。”鲍勃笑了笑，“你和菊井都很了解这一点。”

“不管跟你们谁合作都是和中情局合作，这是室长最烦恼的地方。”铃木喝下一杯清酒，“为什么你们就不能有统一的步调和行动？在这一点上，我们日本人就做得很好。”

你们日本人的部门有多大？中情局的规模又有多大？整个日本又有多大？鲍勃在心里冷笑。不过他此行是为了寻求支持，所以用不着这些没用的嘲讽。

“这不是统一步调的问题，这是能不能善始善终的问题。”鲍勃尽量让自己的话听起来可信，“中情局和内调室的合作一直很愉快，所以我希望我们的关系能够维持下去。不管怎么说，仅仅是做运钞车对成为真正的情报机关没有什么帮助。”

“可这个运钞车却为中情局提供了至关重要的帮助。”铃木一向谦恭的眼睛里也露出忿忿的光芒，“在中国活动的那些人不全都是依靠你口中的‘运钞车’提供支援？没有‘运钞车’的帮助，中情局能够为这些人提供多少安全的资金？没有‘运钞车’，中情局又要冒多大的风险去贿赂、收买中国政府官员？”

“没有人要否定你们的作用，但没有‘运钞车’，这些困难我们也能够克服。算上付给你们的佣金，我相信，即使不安全的资金所带来的损耗也不过如此。”鲍勃更加凶狠地看着铃木，“你想让我向局里提议，修改甚至取消我们之间的互助协议？没有日本，我们还有韩国、台湾，甚至澳大利亚，但是没有中情局的支持，你们的内调室还能干成什么？除了重金收买之外，你们对中国人还有什么办法？”

鲍勃的话证明了这样一个观点：从来就没有愉快的合作，只有在容忍限度之内的合作。铃木不会把鲍勃的话放在心上，因为现在的他只是录音机，只要把鲍勃的话一五一十地传达给菊井就算完成了自己的职责。老奸巨猾的菊井不愿意让杰克·布莱克知道这次会面的内容，所以才会选择中途退场，这样他就可以理直气壮地在必要的时刻回复杰克·布莱克，“是的，我没有和什么人进行过私下的接触”，来回避可能的责难。现在从鲍勃的回答来看，菊井想要跟鲍勃撇清关系还相当困难，所以菊井也算有先见之明。

“我相信菊井室长一定会考虑你的提议。”铃木垂下眼帘，满足地伸了个懒腰，“现在，找两个女人来陪我们吧，就我们两个男人喝酒还真是很寂寞呀。”

在路上，科特和越前直人的交谈因为上级的不在场而自由了很多。

科特得知，越前直人其实就是日本政府专门针对中国而训练出的专业间谍。他的母亲是中国人，因此越前直人很小的时候就已经能够说一口流利的普通话和上海话，十八岁之后他接受资助专门学习中国文化，二十二岁的时候，以假造的华侨身份进入中国，以做生意为名在上海落脚。

越前直人用谦恭的态度和大把的金钱在中国打通了许多关节，势力甚至渗透到许多政府部门，建立了所谓的“越前关系网”，当年台海危机的时候，前内调室长大森义夫在关键时刻向首相提供的准确情报就来自越前直人。越前直人的存在是日本情报部门的最高机密，从大森之后的历任室长都对他器重有加。大森义夫特别重视日本的海外情报收集，对日本现在相当松散的情报机构现状以及在情报整合和共享方面相当不满，并指出，情报和军事能力必须同步，才能为现在的日本提供安全。但要摆脱美国的影响并不容易，所以民间情报机构便受到重视和扶植。越前直人就是其中的佼佼者。

科特听到这里才知道，日本很重视这次跟中情局的合作，甚至不惜搬出自己的秘密王牌，不由得对这个日本人刮目相看。

大概开了一个半小时，两个人来到了依山傍海的著名海滨温泉乡热海。这里的伊豆山温泉由山谷间涌出的泉水汇合成溪流，湍急地注入相模湾，很有气势，当年川端康成就曾为这里的景物迷醉，写出了《伊豆的舞女》这样悱恻的爱情故事。

越前直人解释说，本来想带科特到岐阜县的下吕温泉，但路途更远，恐怕客人劳累，而热海也很不错，所以就选择在这里。科特并不知道下吕温泉是日本三大著名温泉之一，连当年的丰臣秀吉都曾为此倾倒，所以也就不知道下吕跟热海有什么区别。不过，他虽然不知道下吕有多么漂亮，但热海的秀丽景致倒让科特感觉很是舒爽。

科特在台湾的时候，成天等在基地里，其实并没有泡过温泉。一到这里，先被那一套穿衣服的礼仪搞得晕头转向，直到在温泉里泡成煮熟的虾一样的红色后，科特感觉到了一种前所未有的轻松。

在院子里，在走廊里，科特都看到一些写着他不认识的文字的旗子，墙壁上也挂着一些这样的文字。越前直人告诉他，那其实不是日本字，而是汉字。旗子上的字简单一点，叫做“风林火山”，而墙上的字就比较复杂，分别是“其疾如风，其徐如林，侵掠如火，不动如山”。

这些字句来自中国的《孙子兵法》，因为这里的老板来自石和町，那里是日本著名武将武田信玄家族的发源地，武田信玄本人喜欢研读《孙子兵法》，并以这些字句作为座右铭，所以在这里到处都可以看到。

越前直人给科特讲解了这些字句的意思，科特听了很是惊讶，因为那和他在军队里所学到的现代战术并没有太大的区别。

“这是中国人在两千年前就已经明白的道理。”越前直人意味深长地对科特说，“尽管不是人人都学过《孙子兵法》，但这种学问似乎已经融化在中国人的血液中，所以要跟中国人在智力上对抗，并不是一件容易的事情。

科特有点明白了越前直人的用意：“你是在提醒我，我对中国人的看法是错误的？”

“我不想评判我不知道的事情。”越前直人微笑，“但你必须知道，中国人有多么厉害。看看其他那些文明古国吧，没有一个生存到现在，不管你怎么看，这是一个事实。我不明白，为什么美国人不肯尊重有历史的国家，也许是因为美国的历史比中国更悠久？”

科特听懂了越前最后一句话里的嘲讽。

“美国可能没有历史，但美国比任何国家都强大，这也是事实。我的职责就是确保美国继续强大下去，知道什么让美国强大？是战斗，而不是研究你说的这个见鬼的《孙子兵法》。我倒想知道，当一支枪顶在你脑袋上的时候，你怎么用这见鬼的《孙子兵法》来对抗子弹。用那本书挡在枪和脑袋之间吗？”

美国人都是这么自负。

越前直人心里这样想，脸上却不动声色。

“兵法不仅仅是一种学问，还是一种‘道’，终人一生，无时无刻不与兵法发生关联。关于战士，东方人和西方人的标准不同，所以你的自负毫无道理，拉塞尔先生。”

科特笑了起来：“可到现在都没有人能够证明这一点。”

越前直人微笑：“你能杀死我吗？如果你像你自认的那么厉害的话。”

科特仔细打量了一下越前直人。因为穿着不合身的浴袍，一百七十五公分的身材看起来更加瘦小，而科特身高一百八十八公分，体重有九十五公斤。体形上的差别更大了，科特从高中时就一直从事橄榄球运动，并且是陆军拳击比赛的金手套获得者，在三角洲受训以后，科特甚至认为自己是整个美军中最强的军人。

“杀死你轻而易举。”科特信心满满。

“也许不用那么危险。”越前直人推开面前的小几，“只要你能将我制伏，我就相信你有杀死我的本领，不然的话，你说什么都不足取信，我也没兴趣跟这样的家伙共事。”

科特还是在孩子的时候就从电影里看到过关于日本武士的描述。

这些人带着造型优美的长刀，常常因为话不投机就拔刀互斫，他们的凶狠和敏捷让科特很是敬畏。更迷人的是一身黑衣的忍者，他们可以飞檐走壁，可以伪装，可以隐形，可以利用烟雾逃走，当他们这样做的时候，总是能让电影院里的孩子们尖叫。科特也不例外，他曾经整天坐在电影院里看这些忍者电影，希望能够找出他们的破绽或者奥秘。

但后来他知道，那只不过是电影而已。里面的一切动作都是特技，他所敬畏的一切都是摄影技术营造出来的梦幻，所以他对这些东西不再奉若神明。尽管他知道空手道和柔道都是不错的格斗术，但在赛场之外它们还有多少威力呢？科特自己已经成长为一个格斗专家，他知道在徒手搏斗中，反应的速度才是一切。再漂亮烦琐的招式，都不如对喉咙砍上一掌或者是对下巴来那么一拳有用。

越前直人坐在那里，要制伏他简直太容易了。

“OK，那我就来试试。”科特站起身，活动手脚热身，“你确定不用叫救护车来？”

越前直人微笑：“除非你经不起我打。”

因为担心弄伤了越前直人，所以科特只用了一个橄榄球中的擒抱动作扑上来，他以为凭他的力量和体重就能把越前直人撞晕。他的双手刚碰到越前直人身上，越前直人已经抓住他的浴袍，就势拧转身体，把科特摔到地上。科特还没清醒过来，就感觉到手腕被一双强有力的手拧住并翻转过来，撕裂般的剧痛让他没有发觉脖子也被一双腿钳住而无法呼吸。

越前直人把自己的动作持续了两三秒钟，然后放开了科特。

科特揉着脖子从地上站起来。“见鬼，这就是你们常说的柔道？”

“如果是柔道，刚才你的脖子就被拧断了。”越前直人站起来，向科特鞠了一躬，“这是合气道，所以你只会感到一点疼痛。”

科特蹦跳了几下，摆出拳击的架势：“我们再试一次。”

越前直人微微一笑：“这种比试就没有任何意义了。你能杀了我，不等于你能打败我，‘能战胜’和‘能杀死’是不同的概念。拉塞尔先生，你应该比我更明白这其中的道理。”

科特想了想，不得不承认越前直人的话很有道理。“战胜”和“杀死”的确是不同的概念，但在越前直人说出来之前，科特从来就没有想过其中的区别。也许这个日本人真的有些本事，至少在“大镰刀”里还没有人能够这么容易地就把科特摔个跟头。

越前直人得到科特的确认后，特意为科特指派了一个按摩女郎。

“日式按摩有助于恢复身体上的疲劳，拉塞尔先生。”他似有所指地微微一笑，“心灵和身体都能够得到恢复。”

“叫我科特，越前直人先生。”科特也学着越前直人的样子鞠了一躬。

“那请称呼我越前就好。”越前直人深深地鞠了一躬。

然后他转向那个按摩女郎，叽里咕噜地说了一番话，那个按摩女郎不住地鞠躬，说着“哈依”。科特明白这个词的意思，看起来越前直人在向按摩女郎吩咐什么。

然后越前直人转向科特。

“科特，我已经告诉这个女人，你是我们的贵宾，所以，请不要拘束，尽情享受吧。”

科特向越前直人挤了挤眼睛，挽着按摩女郎离开房间。

看着科特的背影，越前直人的眼睛里流露出一种憎恶，如果科特看见他的眼神，一定会觉得头皮发麻。越前直人慢慢整理好自己的浴袍，然后把摆放着茶具的小几又拉回到面前，慢慢地给自己倒了一杯茶水，从小几下面摸出一部手机，按下一个按键。

电话里传来菊井研造威严的声音。

“越前君，事情进行得怎么样了？”

“室长先生，按照您的吩咐，一切都进行得很顺利。”虽然是通过电话，越前直人仍然表现得恭恭敬敬，“我会和一些人加入科特的队伍。”

“那么，就拜托你了，越前君。”菊井研造的语气和缓了一些，“要全力帮助我们的盟友，确保他们能够达成自己的目的，同时也要搞清楚美国盟友想要做些什么、都已经掌握了什么秘密，这些情报对我们日本来说也很重要。我已经厌倦了低声下气向别人乞求的行为，越前君，我更厌倦日本在情报方面还要仰他人鼻息的日子。好好地做下去，越前君，不要让我失望，不要让整个内调室失望。”

“为了日本，我愿意做第二个内田良平，我的愿望就是击溃中国。”越前直人对着电话深深鞠躬，“我不会让室长先生失望，也不会让内调室的同事们失望。”

“加油，越前君。”菊井研造喟叹一声，放下了电话。

以多年从事情报工作的经验，菊井研造确定美国的这一次要求别有深意。尽管鲍勃很聪明，只派来一名低级情报人员来洽谈以表示美国人的漫不经心，但正是鲍勃看上去不经意的态度让菊井起了疑心。菊井研造很了解鲍勃的工作方法和工作方式，鲍勃总以为自己已经掌握了东方文化的精髓，但实际上他还差得远。

越前直人的加入使得“大镰刀”有了一个可以进入中国内陆的跳板，同时也加强了日本和美国在情报方面的合作。对于有野心的菊井研造来说，这是建设大内阁调查情报室的开始。他很希望通过这次合作表现出日本在情报方面的能力，取得美国人的信任，不但要得到美国人的支持还要得到授权，发射属于日本自己的间谍卫星。

“这一次恐怕中国人要有大麻烦了。”脸上红扑扑的铃木义夫打了个饱嗝儿，他从“鹤屋”直接赶到菊井的官邸，还没有完全从酒意中清醒过来。

“每次我们都这么说，可每次我们都没有看到自己想要的结果。”菊井研造坐在榻榻米上，呆呆地看着院子里的几株樱花，“我们日本人有世界上最好的间谍，却没有得到应有的地位，这在不远的将来会是致命的危险。中国人越来越强大，要想打败他们，在单一的领域内已经很难做到，所以情报工作的规模必须要扩大，可像越前这样的人越来越难找了。”

“就算找得到，也很难控制在我们的手里啊。”铃木也跟着悲叹，“民间人士因为不用顾虑那么多，所以做起事情来也更加得心应手，可政府就不同。要照顾亚洲国家的情绪，就不得不缩手缩脚，所以那些有才华的人都不大愿意为政府工作。”

“才华对我们来说，没那么重要。”菊井研造抬起头，“忠诚才是最重要的。可是，越来越多的年轻人都沉迷在奢侈的生活里，完全失去了上进心，这才让人担忧。中国也有同样的问题，但是他们人口众多，就算十个人里只有一个人上进，那总人数也比我们十个人里有五个人上进的数量要多。在我看来，这个世界其实是掌握在那些有上进心的人手里，一个国家有多少上进的人才是衡量国力的标准。日本，从长远看来，绝对不是中国的对手，所以我们才要不遗余力地打击它，要让它在还来不及战胜我们的时候就崩溃。”

“为了这个目标，我们甚至不惜对美国人卑躬屈膝。这是耻辱啊，铃木君。”菊井研造沉痛地叹了口气，“当中国倒下，谁会是日本的下一个敌人？就我个人的意愿，绝对是自大的美国，所以我们的眼光要放得长远。”

铃木点头称是，不过他的心里有一个疑问。如果中国倒下，那么谁将是美国的敌人？从这一点来说，也许维持目前的状况才是最明智的，只要中美两国还能够抗衡，那么日本就能够从中受益。这样来看，只有中美安全，日本才会安全，中美任何一方垮台，日本的末日也就不会远。铃木不同于菊井，他是中国课的课长，对中国和中日关系的研究更加深刻，一方面，他既为中美两国之间的明争暗斗感到兴奋，另一方面也为日本无法决定自己的命运感到失落，甚至，经历过那么多磨难的中国人始终屹立于世界之林而不倒、全凭一己之力便敢于与西方世界对抗的事实也让铃木感到由衷的叹服。

单凭情报界的工作不能打败中国，好的情报还需要有人来重视，才能发挥出它的作用，日本人一向认为自己最了解中国，但实际上，研究中国的时间越长，铃木本人就对此越发表示怀疑。也许，菊井的心里也有这样的想法，只是处于他的位置而无法表达出来。无知带来恐惧，因为恐惧，才会千方百计地对付那些未知的人和事，这大概就是人类的通病。

鲍勃在日本停留了一个星期，和铃木一起解决了很多合作上的细节，当他回到华盛顿时，得知苏珊已经病故，而罗伯特又像年轻的时候一样开始了疯狂的工作。

鲍勃对此表示理解，上帝并不特别眷爱某人，至少他并不特别眷爱罗伯特，他不但带走了苏珊，还要带走罗伯特的工作。具有讽刺意味的是，罗伯特得到了“神谕”这把钥匙，他所经手的工作却全都以失败告终。但是情报工作很大程度上就是一种“前人栽树，后人乘凉”的长远工程，所以他们倒不会觉得困扰。

罗伯特那种偏执狂一样的工作态度让人既欣慰又烦恼。部下们被他折腾得筋疲力尽，还不时地遭到他的呵斥。唯一让他感到安慰的是，很可能要接替他的杰克·布莱克一直都没有露面，只是打来几个礼节性的电话询问事情的进展，这样还好，只听到他的声音比见到他的人更容易让人接受。

在这段时间里，罗伯特一直在查找泄密的原因。最初他怀疑是他的部门内部出了问题，这让他耽误了不少时间。直到接到局里的每季度反恐备忘录，在备忘录里使用 NSA 还有 NCIS 的 GPS 定位系统记录上，他查到了中情局特工之间使用的内部号码竟然出现在被搜索的名单上。现在问题就简单得多——是谁申请了对信号的监控。

搞清楚这一点已经耽误了他们差不多一个星期的时间。到目前为止，特工们的内部号码如何泄露出去还是个谜，而且这种泄密的渠道很多，很难彻底查清楚。但对号码的监控申请来自弗吉尼亚国际机场。经过调查，比对申请名单，最后疑点集中在一名叫做萨莎·亚列桑德拉的工作人员身上，但在这个时候，这名工作人员已经失踪。

这是个俄罗斯名字，难道是俄罗斯情报人员已经参与进来了？罗伯特呆呆地看着窗外的大片森林出神。如果最有勇气的俄罗斯人和最有创造力的中国人开始合作，那对美国人来说可非常不妙。

昔日的克格勃已经被俄罗斯联邦安全局所取代，这个曾经是世界上最可怕的秘密情报机关今不如昔是个不争的事实，但中情局上下从来也没有放松过对他们的警惕。像美国人一样，俄罗斯人也是个伟大的民族，在压力面前从来不缺乏韧性和随机应变的机智，如果他们参与到其中，那这件牵涉到中美之间最高等级机密的争夺就越发地耐人寻味。

但俄罗斯人对此全盘否认。从和安全局头子通话时俄罗斯人表露的情绪可以判断，至少这一次他们说的是真话。当然，俄罗斯人很擅长表演，所以他们完全有可能给罗伯特造成一种假象。不通过面对面地交谈，谁也不能确定这一点。

“不是北极熊。”罗伯特从椅子上站起来的同时也得出了结论，“他们对中国的兴趣是在另一个范畴。知道谁在五角大楼里向中国人泄露机密对他们没有特别的意义，所以他们不会冒险派人到华盛顿来。俄罗斯人很狡猾，冒这样的风险不是他们的风格。”

鲍勃怀疑地看着上司。

“可关于这个女人他们拿不出更多的资料。这个女人二十岁之前居然是一片空白，你能想象在那个国家会有这样的事情发生？这说明他们试图在掩盖什么。一个俄罗斯人参与到这种事件中来，正给了我这样一个感觉。”

罗伯特拉松了自己的领带。

“俄罗斯人？你如何判断她是一个俄罗斯人？就凭他们的白皮肤和蓝眼睛？不，鲍勃，你的视野太狭小。我们也曾经训练华裔的美国人做间谍，你能说他们还是中国人吗？同样的道理，如果这个俄罗斯人从小就是在中国长大，那么她除了能说流利的俄语之外就不能再算是一个俄罗斯人。”

鲍勃看着罗伯特，慢慢地张开了嘴巴。

“没错，鲍勃，没错。”罗伯特连连点头，“在俄罗斯有一些人同情中国人，所以他们愿意用各种方式帮助中国人。我能够肯定，这个俄罗斯女人是中国人训练出来的间谍。资料也说明，她在二十岁之前一直跟父母在中国生活，但她回到俄罗斯后就成为冬季两项项目的州冠军，还参加过奥运会的选拔，这说明她不但是个优秀的运动员，还可能是个出色的军人。很显然，她是在中国接受的训练。”

“如果她是中国的间谍，为什么还要参加边境战争？”

鲍勃翻着俄罗斯人转来的文件，忽然问了这样一个问题。

“因为我们低估了俄罗斯人的爱国热情。共产主义大厦在俄罗斯已经倒塌，但民族自尊并不那么容易被摧毁。”罗伯特转过身来，“但这就更加说明俄罗斯与此事无关，因为这已经是他们最机密的情报。俄罗斯人这样不遗余力地帮助我们，一方面是要与此事撇清嫌疑，另一方面是因为他们也乐于见到中国人吃到苦头。”

鲍勃带着幸灾乐祸的微笑：“因为他们正在吃中国人的苦头。”

罗伯特摇头：“他们只是嫉妒而已，中国人很快就会把他们甩在身后。”

鲍勃点头：“事实上俄罗斯人所有的麻烦都是我们制造的。要不是俄罗斯人的爱国热情战胜了美元，他们在北高加索的处境就会更加艰难，所以，要不是想看中国人的笑话，他们不会这么痛快地跟我们合作。”

在北高加索，中情局雇用了很多人跟俄军的边境部队作战，这场特殊的战争在一开始还能够让俄军损失惨重，可后来，来自民间的优秀射手自发地、源源不断地从各地赶到，其中甚至有很多射击比赛的世界冠军，即使是在第二次世界大战中狙击战术使用最频繁的时候，也从来没有一个地方聚集过那么多的世界级射手。战斗的规模不大可是很惨烈，最后俄罗斯人赢了，只为了争夺那些没有价值的山地，人们就可以看到俄罗斯人的精神所在。

“这其中唯一一件叫人欣慰的事情就是不用流美国人的血。”罗伯特面色阴郁，“除此之外我们什么也没有得到。”

“上帝保佑美国。”鲍勃在胸口画了个十字，连连摇头，“我们的敌人还是中国人。不能想象胆小温顺的中国人能够干出这样的事情来。我们炸了他们的大使馆时，他们的表现简直可笑。虽然我知道大使馆被炸给他们带来了一些好处，可重要的是，全世界都知道了他们的怯懦。”

罗伯特没有说话。

直到现在，鲍勃的观点还能够代表大多数美国人对中国人的看法。

这很蠢。时代在变，中国人也在不断地积累自己的信心。现在无论他们做什么都不会让罗伯特感到吃惊。经过多年的经营，中情局上下都认为，中国的情报机关已经全部在他们的掌控之中，可现在，事实已经说明中情局遗漏了些什么。而在“神谕”所引起的一系列事件中，中情局无一例外地表现得很无能，这也是“神谕”不顾一切地要转入地下的原因。

“我的看法是，他们仍然有特别的部门或者是系统。和传统的情报机构不同，这个系统更加精干更加有效率。要说林永泉给我们带来了什么好处的话，就是让我们知道了中国还有一个这样的系统。哦，这还会让五角大楼的那些老鼠们消停一阵子。”他看着鲍勃，眼睛里闪过少见的凶光，“如果不彻底清除这个部门，我们就没办法要求‘神谕’为我们做更多的事情。”

“即使那样，你也得要求‘神谕’加入进来。”鲍勃提醒罗伯特，“究竟是谁在为谁服务？我们首先得把这个问题搞清楚。”

“这正是我要跟你讨论的问题。”罗伯特走到鲍伯面前坐下，“‘神谕’很有潜力，但我们要想利用这个系统，就得适当地削弱它。削弱他们的力量之后，他们就会觉得，仅凭自己的力量无法对抗中国人，那时候，他们才会完全倒向我们。你说得对，鲍勃，我们得让对方知道，谁在为谁服务，这是合作的要点，是首先要搞清楚的地方。”

“接下来你要做什么？”鲍勃感兴趣地看着罗伯特。

“接下来是轮到你做些什么的时候。不管怎么样，消灭这个幽灵系统对我们来说只有好处而没有坏处，打掉这个秘密系统，‘神谕’就没有理由不出来活动。”罗伯特微笑，“只要我们打掉这个系统，还可以以此来警告‘神谕’，让他知道并不能像想象的那样高枕无忧。他在大洋彼岸一样可以感受到威胁。”

“这会不会引起‘神谕’的反感而终止和我们的联系？”鲍勃看上去有点担心。

“我们是美国人，鲍勃。我们已经习惯冒险，而且这也是保护‘神谕’的直接手段，他会理解。如果他已经聪明到可以领会这其中的威胁意味，那我倒想问问他本人，一个叛国者还有什么地方可以去？无论如何他已经不能回头。在对待叛徒的态度上，东方的观念比西方还要坚决，叛徒的下场一定很凄惨，所以，他最后还是得靠我们。”

“日本人同意跟我们合作，条件是，不会引发中日之间的间谍战争。”鲍勃看着罗伯特，“你早就料到会是这个结果？”

“中日之间的间谍战争？这种战争从来就没有停止过。”罗伯特冷笑，“菊井的真正意思是不要引发中国人的报复吧？”

“日本承受不起那样的损失。”鲍勃哧哧地笑起来。

“他们跟我们在一条船上，所以没有条件好讲。”罗伯特腻歪地挥挥手，“关于那个越前直人，局里已经对他进行了细致的调查，专家们认为，他的经历对我们更有帮助，重要的是他的态度，关键时刻，我们甚至可以撇开菊井和铃木直接向他发号施令。”

“但我看科特对付不了他。”鲍勃表示担忧。

“科特不用对付他，科特只要能保证越前在我们的方向上就可以，一个有努力方向的日本人有着相当可怕的能量，这一点我们都领教过。”罗伯特疲惫地笑了笑，从椅子上站起来，“我已经向 M 递交了辞呈，只等最后的文件就可以摆脱这里的一切。我最大的遗憾就是，没有能让你接手我的职务。”

“没关系，罗，我并不在乎什么职位，我只是不想跟在杰克的屁股后面。”鲍勃耸了耸肩膀，“谁知道呢？也许你走后我就会被调到别的部门。”

“作为我辞职的条件，M 会确保你在这个计划上的主导权，而且直接向 M 负责。鲍勃，我相信，你会坐到这个位子上。”罗伯特伤感地拍了拍自己的椅子，“‘神谕’将是你的王牌，也将会是中情局的王牌，你要努力经营它。”

“如果我坐上这个位子，第一件事就是换掉那把椅子。”鲍勃笑了笑，也站起身，“现在，罗，我是不是可以请你喝上一杯，吃些真正的美国牛排？”

“苏珊会原谅我的，鲍勃，现在胆固醇再也不能干涉我享受生活了，中情局也不能。”罗伯特拿起西装，“现在一切压力都落在你的身上，别让大家失望。”

# 第八章 喘息

罗门悄悄地回到上海。

他喜欢这座城市，喜欢徜徉在上海街头的感觉，如果有时间，他甚至可以在街道的长椅上消磨整天的时光，因为他觉得，来来往往的行人本身就是上海的一道风景。同样是大城市，在北京的街头流连，你能感觉到的只有嚣张和浮躁，而在上海，你仍然能够感觉到那种平静和安逸。

他喜欢上海，但绝对不是在这样的情境下。现在的上海，让他感觉到隐藏的杀机。

上海对他来说不再安全，不过，现在看起来，这些监视他的人也只能在暗中活动，这说明他们的力量也很有限，所以罗门暂时还不需要担心这些人。他真正担心的是，孟云有没有按照自己的嘱咐把钱交给邱玉堂，那样大的一笔数目，没有人不会动心，如果孟云携款潜逃，那他一点都不会感到意外。

不过，一切照旧。孟云开着自己的车在外环路接上他的时候，没有像往日那样浓妆艳抹，如果不是她那游移不定的眼神，看上去居然很像那些事业有成的白领丽人。

钱已经交到邱玉堂手中，据许静说，这笔钱现在还在他书房的保险箱里。罗门从美国脱身期间，他已经和先锋科技的工作人员联系过，得知账户里已经打进了邱玉堂所说的数目，而且先锋科技的雇员已经按照罗门的要求用这笔钱在上海买下一处房产，一切交易都进行得很正常，这说明邱玉堂没有说谎。为了防止这些钱通过邱玉堂流向非法组织，从事危害国家安全的活动，所以他还要对这些钱的去向进行监控。在香港的时候，他最担心的也是这个问题，现在知道钱还在邱玉堂手中，罗门也轻松下来。

“钱已经到了老邱的手里，你怎么还关心钱的去向？”孟云漫不经心地问了一句，“还是你想借着这个由头继续勾搭许静？要是你喜欢许静就直说，我可不想夹在你们中间，这世界上男人有的是，我用不着在你这一棵树上吊死。”

“我要是想勾搭许静还用搞得这么复杂？”罗门闻到孟云的香水味道，忽然对这个女人感到一阵厌烦，但事情还在进行，戏也得演下去，“不过，要是你觉得这世界上还有别的男人可以勾搭，我本人并不在意，大家好聚好散。等我取了车，我们就分手，你开个价钱，我绝对照付。”

孟云转过头来看着他：“司马苍，你真不是人。”

回到孟云的住处，罗门给邱玉堂打了个电话，询问交易进行的情况。出人意料的是，邱玉堂并没有表示出太高兴的意思，反而责怪罗门不应该让孟云参与进来，这样许静也会知道他赚钱的事情。直到听说罗门已经带来了属于他的那份现金，他才开心起来，并且约罗门晚上见面，有要紧事商量。罗门听见许静在旁边说话，知道邱玉堂是想在钱的数目上瞒着许静。这次罗门已经准备了更多的现金，希望能够在邱玉堂这里挖得更深，同时查清楚为什么自己会因为好彩公司事件惹上这么大的麻烦。

“我可以调动大量现金，但不是随时随地都可以。”罗门不马上答应他，是希望邱玉堂能多透露些信息，“我刚从外面回来，很想休息，不如就在电话里谈。”

“来吧，司马。”邱玉堂的语气里充满了自信，“接下来有更大的大买卖，我只怕你吃不下。”

“你突然间好像变了一个人。”罗门无聊地把玩着一支签字笔，看着笔杆在手指之间转来转去，“老实说，老邱，我已经开始相信你的能力，所以你办事最好靠谱一些。”

“靠谱，靠谱，司马老弟。”邱玉堂现在表现得相当热心，“除了我的渠道，暂时你也找不到更好的赚钱路子。你肯定不打算再拎着钱回到你的岛国去，在那里你的钱有什么用？那里的人甚至连衣服都不穿。”

“很好，老邱，你居然还有幽默感。”罗门无声地笑了笑，“那我们晚上就见一面吧。”

孟云对着电话皱起了鼻子，她的口型分明在说“王八”两个字。

约定了时间和见面地点，罗门来到邱玉堂的住处。没多久，就看见邱玉堂那辆半旧的雪佛兰“开拓者”离开了住宅区的大门。罗门快步来到邱玉堂的公寓门前，从电气井里拿到了录音设备，仪器仍然在工作，但早些时间里的数据已经丢失，这个声控录音仪器只能储存二十四小时的记录，罗门希望这些记录仍然有用。

邱玉堂带着钱要去见什么人？而且还要拉上自己？罗门匆匆离开邱玉堂的住处时，脑子里一直在想着这个问题。难道邱玉堂要把钱交给什么人？可带上自己就完全没有道理，邱玉堂虽然不是个真正意义上的间谍，但他肯定知道一些必要的常识。作为中间人，让两边的客户直接见面是相当愚蠢的行为。

罗门把车停在了附近，然后搭了一辆出租车赶到见面地点。

邱玉堂对罗门的迟到没有抱怨，这说明他要见的人也还没有来。

“约我在这里干什么，老邱？看夜景还是游车河？”罗门拉开车门，坐到邱玉堂旁边，“我以为你能给我们找个更好的地方。”

邱玉堂没有说话，而是仔细地打量着罗门。到目前为止，还没有人能够从罗门脸上的表情判断他的心事，邱玉堂就更不行。他这样白费力气只能说明他现在很不安。

罗门不禁莞尔，他很想知道这个书生能有什么办法来跟自己较劲。

“司马老弟，你笑什么？”邱玉堂“此地无银三百两”地问罗门。

“你我都要赚大钱了，所以我觉得很高兴。”罗门尽量让自己的语气听起来不那么幸灾乐祸，“你也应该觉得高兴，老邱，你和许静就要有情人终成眷属。”

“有的时候我的确觉得自己很幸运。”邱玉堂也笑了笑，“每当我需要用钱的时候，就会有意外的生意找上门来。有时，我都觉得自己过于幸运了。”

他的语气这样笃定，倒让罗门有点意外，不由得注意地看了邱玉堂一眼。

“我可不是你的福星，老邱，我劝你也别这样想。”

邱玉堂哈哈地笑了起来：“司马老弟，跟你说一句实话，我从来没有想到大陆人会这么傻，他们只要听到你不是中国人，就会拼命地讨好你。你知道吗，像许静这样的女人在台湾能够做个明星，她比林志玲漂亮得多，就连乳房都比林志玲的漂亮，可在上海，我只要花点钱就能让许静以为找到了终身归宿，我真的喜欢大陆。”

罗门微笑。

有这种想法的不是邱玉堂一个人。有些人确实有邱玉堂说的那种毛病，但那不是因为这些人如何如何愚蠢和势利，那只是因为他们过于善良，而把别人的善良当成可以利用的资本的人，无论做什么，最后都只能是竹篮打水一场空。放在今天这档子事情上，如果邱玉堂以为自己比许静聪明，那是他的想法，罗门可不这样看。

“你是在跟我说掏心窝子的话？我可不是个谈心的好对象。”罗门观察着周围的环境，“而且我跟你之间也没有什么好聊的。”

“没关系，司马老弟，等下我要去上面见一个人。”邱玉堂略显紧张地擦着眼镜，“我是第一次干这种事，所以有点紧张，我在大陆没什么朋友，这个时候就想到了你。”

“听起来你好像是要干什么违法的事情。”罗门皱起眉头，“老邱，你要是净带我做这些无聊的事情，那我可就得削减你的佣金了。”

邱玉堂回身从后座上拿起那个装钱的箱子，让罗门略感意外的是，邱玉堂甚至连箱子都没有更换，那他肯定也没有发现箱子夹层里的 GPS 定位器。

“我现在要把这些钱交给一个人，但我是第一次干这种事，谁知道来的会是什么人，这样做又会给我带来什么麻烦。”邱玉堂扶了扶眼镜，“司马老弟，我叫你来是给我壮胆。”

“壮胆？”罗门笑了起来，“我们是做生意，不是去冒险，我给你壮什么胆？我可要告诉你，真要有什么麻烦也别把我牵扯进去，我们的协议里可不包括这一条。”

“来吧，司马老弟，你什么都不用说也不用做，只要在我身边站一站就可以。”邱玉堂拉开车门，恳切地看着罗门，“咱们好歹有了个好的开始，你总不想以后没有生意做吧？”

罗门装出犹豫的样子，然后跟随邱玉堂下了车。

“我可把话说在头里，老邱，有什么麻烦我可管不了你。”

邱玉堂亲热地拍着罗门的后背，领着他走进路边树林的住宅区入口。这里是一处高级住宅区，住宅区里灯火通明，但除了寥寥几名社区保安，整个住宅区都沉浸在寂静中。走进楼里，罗门发现这里全是一梯一户的大户型住宅，出入的人很少。这是个隐蔽的好地方，罗门想到自己的新房子，希望那里也有这里的幽静。

走出电梯，邱玉堂按响了门铃，他的表情有点紧张。

“我们到了。”

门无声地打开，邱玉堂示意罗门先进去。罗门忽然觉得他的眼神跟平时不一样，心里警惕起来，就在这时，他看到宽敞的客厅里有三个壮汉，每个人看着他的表情都很严肃，带着毫不掩饰的敌意和警惕。这就是拿钱的人？紧接着他就看到客厅的地面和墙上都铺上了白色的塑料薄膜。这是要干什么？

罗门还在这样想的时候，一根橡胶棍子狠狠地砸在他的后脑上，他眼前一黑，脚下踉跄起来，还不等他反应过来，橡胶棍子再次砸在他的脑袋上。这种橡胶棍子不过一尺来长，可以很容易地藏在袖子里，罗门只懊悔为什么没有早一点看出来。

也不知道昏迷了多长时间，罗门渐渐清醒过来。

头痛得想要呕吐。

这是脑震荡的症状。头上和脸上都有开裂的伤口，他能够感觉出鲜血已经凝结在伤口上。他躺在冰凉的人造石地面上，身体的各种感觉都慢慢地恢复。他想看看周围的情况，才发现有一只眼睛已经肿得无法睁开。在摔倒的时候他还摔断了鼻骨，呼吸也有些困难。他勉力扭转脑袋，把鼻子在地上顶了一顶，改变了断骨的位置，呼吸才又顺畅起来，不过这一下痛得他又差点昏厥过去。

邱玉堂绝对不是一个蟊贼那么简单，这就是罗门清醒后的第一个想法。

他翻身想坐起来，被狠狠地一脚踢在脸上，一个陌生的声音警告他不要乱动，然后又是一脚狠狠地踢在他的后背上，痛得他像个虫子一样扭曲起来。

“司马老弟，得罪了。”邱玉堂的干笑声从他头顶传来，“事急从权，希望老弟你不要见怪。要是一切正常，老哥我找个地方好好给你赔罪。”

“没问题，让我操了许静就算是给我赔罪。”罗门困难地翻个身，打量着周围的情况，“要是她把我伺候得好，我就原谅你。”

“完全没问题，老弟。”邱玉堂皮笑肉不笑地看着罗门，“不过回头我会给你介绍比许静更好的姑娘，你何必老对这么个残花败柳念念不忘。”

看来他还不知道自己和许静之间的事情，那就是说他对自己并不了解多少，罗门放下心来。他看到自己的随身物品和证件都被摆在客厅中间的茶几上，从这些东西上不可能找到罗门的破绽，他甚至连车钥匙都扔在汽车旁边的花坛里。他的这一切举动不是为了防备邱玉堂，而是习惯性地自保方式。良好的习惯可以保证自己在任何时候都不出纰漏，成功全靠对这些细节的处理。

“你最好能有个解释，老邱。”罗门吐出一口血水，微笑地迎上邱玉堂的目光，“不然你就有真正的大麻烦了。我保证。”

“现在还轮不到你来威胁我。”邱玉堂向旁边的几个人看了一眼，“聪明的话就要好好跟我合作。”

罗门顺着他的目光看过去，三名打手模样的家伙都已经穿上了塑料雨披，面无表情地在一张桌子上摆弄着电钻、斧子、锤子等工具，似乎马上就要在罗门身上试一试这些家伙的威力。

“合作？”罗门咧着嘴，不知道他是微笑还是忍痛，“你真幽默。”

邱玉堂阴郁地笑了笑：“这个时候还说这种狠话，你很不明智，司马老弟。”

罗门的脸肿胀得很厉害，已经无从分辨他的表情，但抖动的肩膀说明他在笑。

“就凭你和你的这几个朋友就能教会我什么是明智？”

一个满脸横肉的汉子上去在罗门的脸上又踢了一脚，罗门被血水呛到，大声地咳嗽起来，不过他的话仍然能够听得清清楚楚。

“你在给我挠痒痒？你这个娘娘腔。”

胖大汉子不知所措地看了邱玉堂一眼，邱玉堂用眼色示意他走开。

“干我们这一行，风险无处不在，所以我不得不小心从事。”邱玉堂摘下眼镜在手中转动着，“司马老弟，你出现得太巧，而我偏偏不是一个相信巧合的人，所以我一直有个问题想问你，你到底是谁？你跟我合作的目的何在？”

“你不是有我的名片？”罗门勉强坐了起来，靠在身后的墙壁上，“你他妈不认识名片上的哪个字？”

“名片我也有几张，所以我知道这说明不了什么。”邱玉堂冷冷地看着罗门，“如果你不想吃更多的苦头，就好好回答我的问题，你到底是什么人？”

“那你又是什么人？”罗门笑了笑，“上帝？”

“至少现在我是在扮演上帝的角色。”邱玉堂没有笑，“如果等这些人用上那些东西，那就连上帝也帮不了你。”

“我想试试。”罗门的语气里充满了嘲讽，“说真话，我看不出就凭你们这几个猪头能把我怎么样。用上那些东西？以他们的智商搞不好会伤到自己。”

邱玉堂死死地看着罗门，脸上神色阴晴不定，眼镜在手里也转得越来越快。很显然，他怀疑罗门是中国反间谍方面的特工，但罗门的表现却让他无法作出判断，而现在他已经骑虎难下，今天他摆开的这个阵势，已经说明他的泰德公司不过是个幌子，真正的商业间谍哪会做出这种事情来？不管罗门是什么人，他的底已经先露了出来，所以他就更要知道罗门的真实身份。

“老邱，你犹豫什么？”罗门微笑，“好像现在你除了杀我灭口就没有别的办法了。”

“你说得对。”邱玉堂扔下眼镜，“今天这个阵势就是为你准备的，要是我不能知道你是什么人，那么今天我只能忍痛割爱了。司马老弟，两败俱伤对你我来说都没有什么好处，为什么你不合作呢？”

“如果你早用这种态度跟我商量，我们之间根本就用不着来上这么一套。”罗门的语气也和缓起来，“我们都不应该对彼此的身份感兴趣。如果我也对你的真实身份感兴趣，那么我根本不用跟你做生意。”

“这不是你说了就算的事情。”邱玉堂仍然举棋不定，“司马，恐怕我还是要得罪了。等这些朋友问过你，我才会真正放心。”

“我对你的忍耐也到此为止。”罗门笑得高深莫测，“为什么不听人劝？”

邱玉堂向几个打手摆了摆脑袋。两个人走上前来，分别抓住罗门的手臂，要把他从地上拽到那张摆满了刑具的桌子前。突然，罗门手中刀光一闪，分别刺中了两个打手的大腿和喉咙。这是一把小小的鸟喙刀，只能夹在两根手指间使用，杀伤力不大，但谁也没有想到看上去已经失去抵抗能力的罗门会变出随身的武器来，两个打手分别中刀。

128部队成员的第一条行动守则是，“在任何时候，身上都要带着一把刀子”。一把刀子的作用要比普通人知道的多得多，尤其是在受过训练的人手里。罗门也不例外，他可以不带枪，但这把小小的鸟喙刀从不离身，就藏在腰带内侧。

一个打手捂着喉咙的伤口跪在地上，大口地咳嗽着，鲜血不住地从嘴里狂喷出来。这一刀并不致命，鸟喙刀的长度刚刚能够刺伤他的气管，但鲜血流进气管，让他无法顺利喘息，另一个打手的情况好一些，但罗门下刀的部位又准又狠，打手中刀的腿立刻开始麻木，跪在地上动弹不得。罗门走过去，狠狠一脚踢在他的腹股沟处，这个打手哼了一声，捂着裤裆蜷缩起来。刚才就是他连续下毒手，所以罗门又在他脸上狠狠地踢了一脚以泄恨，这一脚下去，这个打手也没了声音。

罗门鄙夷地看了一眼另一个抄起了斧子和锤子的打手，然后转向目瞪口呆的邱玉堂。

“老邱，我现在要离开，如果还有什么人不知道量力而行，那么我就不会这么客气了。”

邱玉堂吃惊地看着罗门，嘴巴张得大大的。

其实刚才这几个动作已经耗尽了他刚刚积累起来的那一点力气，而且加剧了脑震荡的症状，现在罗门只觉得天旋地转，差点就吐出来。

“老弟，坐下来有话慢慢说。”邱玉堂居然还很沉得住气。

去你妈的，老子这一坐下就可能没力气站起来了。罗门拿起茶几上自己的东西，用领带擦去脸上的血污，然后倒退着走出这间房。

邱玉堂是个不错的间谍，但他的经验还太少，无法从头到尾控制局面。罗门可以确定，他只不过是个半路出家跑外围的龙套角色，在他身上能够探听出一些消息来，但肯定有限，所以他要以退为进，放弃和邱玉堂的合作，那样邱玉堂就会打消疑虑，而对金钱的渴望又会让他重新找上门来，罗门完全可以肯定这一点。

罗门坚持到自己的车上，坐下来，拨了一个号码。邱玉堂刚才已经检查过他的电话，罗门要看看他都打给了谁，电话显示，已拨号码只有一个。

“ACE，你现在在哪里？”

“已经到了上海。”ACE 不耐烦的声音从电话里传来，“你出了什么事？刚才怎么有个家伙用你的电话说你在医院？”

“你是怎么回答的？”罗门感觉自己好像漂浮在水里。

“那还用问，你知道规矩。”ACE 大笑起来，“我叫他去死。等下我们在哪里见面？”

他们之间的联系，只有听到本人的声音和实现约定的暗语才会被认可。

如果可能，罗门不想跟 ACE 见面，他现在这个样子准会让 ACE 笑上一年半载。在 128 部队的时候，罗门唯一的弱点就是徒手格斗，当然，这也只限于与 ACE 和赵雪峰这样的魔鬼肌肉人相比，但这仍然让他成了徒手格斗这一科目上被人嘲笑的对象，尽管这不意味着他不善于徒手杀人。

ACE 看到他现在这个样子，一定又会嘲笑他，不过罗门没有选择，即使是特种部队成员，对脑震荡的承受能力也不会比普通人更强，所以他需要 ACE 的支援。

ACE 接上了狼狈不堪的罗门，对他的伤情大为吃惊，赶紧把罗门送去医院。半路上罗门就陷入了昏迷。在昏迷前他唯一的想法就是，他最近太疲惫了，疲惫到失去了必要的警惕，而失去警惕，他随时都会变成刀俎上的鱼肉。

罗门醒来时，阳光已经洒满房间。ACE和一个护士坐在房间的角落里聊天，用一副扑克牌逗她笑得前仰后合，如花枝乱颤，完全没有一点病人要静养的意识。

“我要喝水。”罗门招呼护士，“我还要那个大个子滚出我的病房。”

小护士吓了一跳，不知所措地看着罗门和ACE。

“没事，你去忙你的吧。等我给你打电话。”ACE站起身，礼貌地送走小护士，然后把一个矿泉水瓶递给罗门，意犹未尽地看着护士婀娜的身姿，“你看到没？她喜欢我，不然不会笑得那么夸张。”

罗门挣扎着坐起来，仍然觉得头晕。“那你还等什么？还不去求婚？”

“医生说你需要住院观察，要看看脑子里淤血的程度，等一下警察还会来问话。这是例行公事，只要有人到医院来治疗严重的外伤，他们就要通知警察。”ACE看着罗门，“你要跟警察聊聊吗？说有小流氓欺负你。”

“警察要是来了我们都有麻烦。”罗门伸手抱住脑袋，“我们得赶紧离开。”

两个人离开医院，罗门一路上都没有说话。

“马西北明天赶到。”ACE满脸严肃地看着前面的路，“不过，堂堂中国人民解放军特种部队成员被人打成猪头？伙计，我得说，你真给我们长脸。”

连罗门都觉得自己很业余，所以对ACE的挑衅真的是无言以对，罗门没有理会他，继续闭目养神。

“我说，被人家拿自己的脑袋当沙袋打有什么感觉？”没听到罗门回答，ACE又不甘心地问了一句，“是不是很爽？有多爽？”

“从来没那么爽过。”罗门没有睁开眼睛，“有机会你也该试试。”

“我可没有你那么变态。”ACE勉强忍着笑，“如果你叫我来就是帮你对付这些打手杀手，那你还真是找对了人，我对付他们最有一套。”

看来ACE是不打算闭嘴了。

ACE说得没错，这确实很丢人。虽然他不以空手搏斗见长，但要是在有防备的情况下，对付三五个人还不成问题，只是，一切的错误都基于他对邱玉堂的错误判断，所以罗门对ACE的嘲讽只能报以沉默。这没什么可说的，他现在还活着完全是运气。

“高兴一点儿，现在我去给你找回场子来。道上的兄弟是这样说的吧？”ACE不屈不挠地开着玩笑，兴致勃勃，“嗯，还从来没想过要跟道上的兄弟打交道，这倒是很新鲜。”

“你的玩笑真的没什么水平。”罗门睁开眼睛，“这是安主任的车？”

“没错。这样的车她有两辆，我这一辆是全新的，就连她自己都还没有开过。”ACE 向罗门挑了挑眉毛，炫耀而爱惜地摸着仪表盘，“行驶稳定系统 DSC，弯道控制系统 CBC，紧急制动辅助系统 EBA，扭矩控制系统 EDC，陡坡缓降控制系统 HDC，等等等等。伙计，开这车你什么都不用干，盯着前面把好方向盘就行了，而且车身高度可调、空气悬挂和车身水平自动控制系统这些东西让你可以轻易地开到时速两百公里以上。知道是什么让我能够忍受这个美女主任？就是因为这辆车。”

“你确定你只是因为这辆车才能够忍受她？”罗门用一种“不出我所料”的眼神看着 ACE，“还是因为那两条腿才能够忍受她？”

“好吧，这没有什么丢人的。”ACE 笑出声来，“谁看见那两条腿会不心动？”

又没有听到回答，ACE 看了眼罗门：“我知道你在想什么。”

罗门没有说话。任何男人见到安念蓉都不会无动于衷，而 ACE 也并不是第一次在恋爱上摔跟头。别看他这样一个大块头，居然对爱情充满了浪漫的期待，以为有一天会有一个女人为他钟情一生。在罗门看来，爱情不过就是一段一段的艳遇而已，期待天荒地老已经不是这个时代的潮流。ACE 早晚也会明白这一点。

现在他倒很期待看到 ACE 被安念蓉拒绝的样子。

回到孟云的住处，罗门的伤势和身后的陌生人都把她吓得够戗。罗门安慰了她几句，告诉她这是自己的朋友，可能要在这里住上一两天。孟云不是没有见过世面的女人，尽管猜不出 ACE 的身份，但她是出来混的，还看得出什么时候该说同意什么时候该说不同意。

罗门告诉了 ACE 有人监视自己，并且决定接下来在上海和这些人来一次小小的接触，这个时候需要 ACE 和马西北的帮助。

“舞刀弄枪那是咱的本行，这个不用商量。”ACE 一直观察着在外面看电视的孟云，“这个女人是怎么回事？你已经堕落到这个地步了？”

“现在你要考虑的不是我，而是那一百万现在在哪里。”罗门没有回答他的问题，“事情失去了控制，钱要落到危险人物手里就麻烦了。这都怪我。”

“的确很麻烦，我可以去试试把钱找回来。你现在能照顾自己吗？”ACE 怀疑地看着他，“如果那个邱玉堂能够对你下这样的毒手，你不怕他再找上门来？他可是能找到你。也许那些去过你住处的人就是他们一伙儿的。”

“我敢说他现在已经远走高飞了，他没有那个胆量，而且马西北明天就会赶到。”罗门又抱住脑袋，他的情况在好转，但症状暂时还不会消失，“你自己当心一点，对方可能会有所准备，你带了武器吗？”

“我带着手枪，车里还有一支 UMP 冲锋枪，在上海这个地方已经足够了。”ACE 摸了摸鼻子，笑了起来，“这是那个安主任的自卫武器，没有多余的弹药。这就是女人的风格，她们总认为有一支枪和枪里的弹药就能应付任何情况。真是幼稚。”

罗门点头表示赞同。“我从巴基斯坦带回来的卡宾枪还在。”

“不用那么麻烦，还是你留着防身吧。”ACE 大手一挥，从沙发上站起来，“你确定你一切都应付得来？”

“你这算是什么问题？”罗门好笑地看着 ACE，“你想说什么？”

“这个女人怎么办？”ACE 压低了声音，“她知道你在利用她吗？她知道你现在正把她往火坑里带吗？”

“别为与你无关的事情瞎操心。”罗门也站起身，“你自己的事情还不够多？”

送走 ACE 的时候，罗门从车里拿回全部装备，强撑着在走廊的隐秘处安放了一个“天眼”，回屋就坚持不住了，倒在床上睡了过去。

罗门被开门的声音惊醒，时间已经是傍晚，他的感觉也好了一些。走廊里传来高跟鞋的声音，罗门抬头看着床边的电脑，被子下的枪指向卧室的门口。

孟云是一个人。

她今天看上去有点心事重重，浓妆也掩饰不住脸上的阴沉。她一进来就坐在罗门的身边，轻轻地伏在他胸前，伸手抚摸着罗门的脸颊。

“我不想去上班，我想回来陪着你。”

罗门合上手边的电脑。“那不是要耽误你赚钱？”

孟云从鼻子里哼了一声，没有说话。孟云说不上富有，但跟普通人相比，她算得上衣食无忧。她曾经跟罗门说过，如果节省一点，她赚的钱够花三辈子。如果不去考虑她的职业，孟云绝对是个有吸引力的女人；就算有人在乎她的职业，也绝对不会在乎她的钱是怎么赚来的。可罗门既不在乎她的职业也不在乎她的金钱，因为他根本就不在乎这个人。但就是这一点反而让孟云对他有所期盼，在水里折腾久了，每个人都想上岸，哪怕只是为了歇一歇。

“许静今天也没有上班，据说老邱进了医院，她要去陪护。”孟云趴在他身上低声说着，“看起来许静对他倒也不是全无情意。”

罗门在心里出了一口长气。邱玉堂是跑路，如果他真的想彻底摆脱自己就不会带上许静，而他之所以要搭着孟云就是为了防备这种意外，现在看起来，一切都还在自己的控制之中。

“那你也是来陪护我的？看来你对我也不是全无情意。”

罗门没有急着打听他们的去向。孟云透露的信息也许是邱玉堂的试探，现在他不能再把邱玉堂当成一个菜鸟来对待，而且，事情到了这一步也需要他改变计划，那就是以退为进，看邱玉堂是不是能够抵抗金钱的诱惑。这样当然会很被动，但有时改变步调并不能算是一件坏事。

“那当然。”孟云忽然在他脸颊上亲了一下，“我对你的情意深着哪，老公。”

“既然你对我这么好，那我有件礼物送给你。”罗门拿出一个信封递给孟云，“我请你去香港玩几天，不过我现在还有些事情要处理，所以你一个人先去，回头我去找你。”

孟云打开信封，里面是给她的机票和一张信用卡。

“飞机是明天早上的？”孟云皱起眉头，“怎么这么急？”

“本来想给你一个惊喜，可我生意上出了个小小的意外要处理一下。”罗门笑了笑，“最多两天我就会过去找你，所以你明天要按时上飞机。”

邱玉堂出去避风头带上了许静，罗门想要找到他也容易得很，用不着担心他的去向，除非他从此销声匿迹，这也是孟云最后的用处，所以他得先把她打发走，不能让孟云在接下来可能发生的交火中丧命。

第二天早上，罗门感觉自己已经好了许多。孟云已经出发去机场，而且他发现马西北已经到自己的住处来过。马西北和大多数人都不一样，从不喜欢固守一个地点，而是喜欢在地点周围游走巡查，这样才能随时处理突发的情况。他在隐匿自己的行迹和全无征兆突袭敌人这两样技巧上有着与众不同的天赋，就像原始林地里的猫科动物一样，无声、机警和迅猛。

除了ACE之外，马西北是另外一个可以指望的人，他是128部队创造出来的另外一个优质成品。

罗门坐在卫生间里，从镜子里看着自己。

魏汉肯定会按照自己的要求把消息传出去，很快警卫局的特工就会在上海布下天罗地网等待罗门，但罗门知道，真正对自己有威胁的不是这些特工，而是先前在上海监视自己的人，罗门感兴趣的是这些人从哪里来。如果这些人别有用心，那么他们就不会跟警卫局的特工分享情报，他要面对的人没有想象中那么强大，而且在上海，他还有邱玉堂这条线索要跟下去，所以他不打算离开。无论如何，他都要跟这些人接触一下。

对邱玉堂的调查没有达到罗门的期待，不过，最近他已经把邱玉堂这根线绷得太紧，该是松一松的时候。罗门很清楚，邱玉堂还有很大的潜力可以挖掘。

在大多数人的想象里，间谍过的是优哉游哉的舒服日子，隔三差五再来段罗曼蒂克的两性关系点缀一下，这样就能够得到巨大的机密，然后就享受功成身退的幸福。当然，世事无绝对，兴许有过这样的人和事，但在罗门看来，这种好事在他的职业生涯里绝对不会发生。

首先，取得情报的过程固然重要，但取得情报后如何保密就更重要，不然的话，你费尽心力取得的情报就会在最短的时间内作废。所以，一个好的间谍就是一个无名无姓、没有任何人知道的、就算有人在你面前提起你也回想不起来的人。他必须默默无闻，不能过着集中了所有注意力的光鲜日子，以便随时可以在另外一个时间出现在另外一个地方。培养一个真正的间谍不容易，所以不能做一次性应用。

其次，间谍的目的是窃取，所以一个间谍干的大多是见不得人的事情。他的道德观念必须与常人相左，才能激发他在进行肮脏活动方面的灵感和才华。罗门接受的是间谍与战士的双重训练，在接受训练的最初，在如何做“好人中的坏人”和如何做“坏人中的好人”这一关节上他吃尽了苦头，仅仅是调整心理状态这一环节就逼得他差点发疯。即使是现在，这种训练也给他留下一个后遗症，那就是时不时会出现消极情绪。

没错，这个职业有很大的可能把人搞成一个潜在的精神病患者，而当事人对此无能为力。到了这个时候罗门才发现，一个间谍想要重新做回普通人是不可能的，间谍已经失去了做一个普通人的资格。

他仍然感到眩晕，但恶心的感觉已经消失。

在医院的时候，他的长发被护士剪得不成样子，而且几天之内还不能洗澡，所以他决定剪掉头发。镜子里的脸还是肿胀淤青的，但眼睛已经能睁开。他需要更多的时间休养，但敌人不会等到那个时候，所以，该打点自己了。

他解去头上的绷带，开始给自己理发。

“嗡嗡”响的电动推子按在头皮上感觉很好。推子上装了卡尺，理完后不会像秃头那么刺眼。头发纷纷落下，露出头顶上的两条伤口，要是常人挨上这么两下早就完蛋了。很好，你的骨头够硬，罗门摩挲着绒毛似的头发，对着镜子苦笑。

镜子里的人目光阴郁，鼻青脸肿，看起来甚至有些狰狞。

你现在到底是个什么东西？罗门对着镜子问。

镜子里的人同样恶狠狠地看着自己，没有回答。

他把地上的头发收拾好，连同其他生活垃圾一起装进垃圾袋里，仔细地检查了所有的房间，没有留下一点能够证明自己存在过的痕迹。孟云还不知道发生了什么，这样更好，省去了告别的麻烦。有的时候，告别比相识更加麻烦。

如果不出意外，那些监视他的人应该能够找到这里来，这里可能会变成一个小小的战场。想到这里，罗门恢复了平日里的冷静。“天眼”已经安装好，手枪和卡宾枪都装上了消音器，在ACE回来之前，他能做的就是在孟云的房子固守，有马西北跟他里应外合，他的胜算很大。

一个上午过去，没有出现任何异常情况，这也和罗门的预测一样，追踪他的人跟自己一样见不得光，所以他们只有在夜间才能够采取行动。

敌人没有出现，他却接到了安念蓉的通知，所有人都要停下手里的一切工作，立刻回到香港接受新的任务。真没想到，离开128部队之后，出任务反而要比以前更加频繁，这个安念蓉真不是个省油的灯。这样看起来，她哪有时间过自己的生活？不过这样也好，保持忙碌的状态才不会让罗门去想那些暂时还不愿意想的事情。

但那会让他错过与未知的敌人会面的机会，越早知道敌人的来路就越能掌握主动，反之则不妙。这让罗门犹豫了一段时间，不过他很快作了决定，ACE和马西北也是安念蓉的主力，没有他们会影响安念蓉的工作，而自己没有这两个人也无法对付未知的敌人，这样看来，也许先摆脱这些敌人也是个不错的办法。

“沙漠勇士”手枪、MK18CQBR卡宾枪、“天眼”系统以及种种必需的工具，这些东西在过去几年中从未离开过罗门的身边，现在他也不打算放弃。他在孟云的衣柜里找到一处空间，设计了一个暗格，把所有的装备放入，然后离开了孟云的住处。

他开车离开孟云住处的时候，没有注意到有一辆车刚刚驶进这个住宅小区，然后缓缓地停在一处可以监视孟云公寓所在的那个单元门的地方。

他当然也不会看到，车里有一个人用望远镜观察着孟云公寓的阳台。

猛虎没有想到事情会有这样的变化，情报局忽然发下通知，要在上海抓捕这个叛国者。这次的抓捕命令不是个人行为，而是情报局的行政决定，所以出动的人手比以前更多。而罗门还在上海的消息也是从情报局第一行动处那里得到的，这更让猛虎感到意外。

大规模的搜捕费时费力，而猛虎也没有兴趣跟其他人一起行动。直觉告诉他，罗门不会再回安全屋，只是以防万一，他把毒蛇安排在安全屋那里，并且这一次无须仁慈，毒蛇在那个安全屋里安放了两个大威力的诡雷，每一个都能把触发的人炸得粉身碎骨。

陈朝光和黑鲨来到那个夜总会小姐的住处。在这个地方无法进行日常监控，所以猛虎准备在夜里进入这个住处。他把望远镜递给黑鲨，然后放低驾驶座，舒服地躺了下来，一边保存体力一边思考对策。黑鲨知道他的习惯，所以也不去打扰他，只是沉默地观察周围的环境。

“有了女人，一个男人再想在半夜跑出去就不那么容易，所以这个男人的行踪就变得可以预测。女人真是祸水，不折不扣的祸水。”猛虎忽然感慨起来，“要是你没有把握让一个女人听话，那就永远不要和女人在一起。”

“我也有女人，我的女人从来不敢管我，不然我也不能随便跑出来跟你监视别人。”黑鲨放下望远镜，“而且我从来没觉得女人有多么好。”

“那是因为你自己就不是个东西。”猛虎冷冷地看了他一眼，“对你这样的人来说，女人不是弱点，因为你的女人都很廉价。”

“这个女人就昂贵了？再昂贵也是一个婊子。”黑鲨不以为然地笑了笑。

猛虎又闭上眼睛。没有必要跟黑鲨这样的人争论，黑鲨有才能，但他就是不聪明。猛虎没有跟黑鲨说的是，他无法从罗门的眼神里读到任何东西，而这样的人通常都很难预测，是猛虎最不喜欢接触的那种类型。为了不发生前两次让人在眼皮子下逃走的难堪，他决定先下手为强。

猛虎突然坐起身，伸手到后座上去拿背包，这个动作把黑鲨吓了一跳。

“你发现什么了？”

“不入虎穴，焉得虎子？”猛虎的声音很低，似乎在自言自语，又好像是在对黑鲨说话，“你给我看紧点，别让人从我后面出来。”

要判断自己的住处是否有人秘密潜入，现在已经没有人使用在房门上做记号这样古老的方法了，因为这种办法的偶然性很大。而且，一个真正有经验的特工也知道该如何对付这种防范措施。真正对私密有保护作用的办法是，从不在家里保存那些容易引起别人兴趣的东西，那就不会有人想要进到你家里来。对一个从事秘密活动的人来说，这一条尤其重要，否则只要有秘密存在，就无法避免被找到。

如果罗门在这里，他就有一些必要的东西留在这里。

猛虎很快就找到了罗门在衣柜里制作的那个暗格，也发现了里面的东西。

这些都在猛虎的意料之中。对从事秘密活动的人来说，存放这些自卫或攻击武器也有一个原则，那就是不但要足够隐秘，还要能够在最快的时间拿到，不然这些武器就都失去了存在的意义。罗门这样做，就表示他在短期内没有使用这些装备的意思，这就说明他还没有察觉自己的处境，同时也让人很难判断他的行踪。

这个家伙还真是叫人伤脑筋，猛虎为难地咂着嘴，放下背包，开始把里面的工具取出来。既然罗门现在不使用这些装备，那他就永远也不需要使用这些装备了。

猛虎先给房间和衣柜拍照，然后小心地撬开已经被胶水黏合的木板，微笑着从工具箱里拿出一块C4炸药，在炸药上加了一个压力触发引爆装置后放进罗门设计的暗格里。当他把木板再用胶水黏合回去的时候，就已经启动了这个压力触发装置，如果再有人试图打开这块木板，就会被这小块炸药炸得粉身碎骨。猛虎小心翼翼地用小刀和砂纸去掉开启暗格时留下的痕迹，然后用一个吹风机吹干后涂上的胶水以使胶水达到必要的强度，再按照数码相机里的照片，把所有东西都恢复原状。

当这一切就绪的时候，猛虎满意地点点头。

这简直就是一门艺术。

猛虎当然有信心干掉罗门，但最好的特战人员跟一般战斗人员的区别就是，最好的特战人员不管在什么时候、不管有没有必要都会作好两手准备。一旦，这里只说一旦，一旦罗门从伏击中逃脱，他的第一反应肯定是来取这些救命的装备，那么，一切就真的结束了。

现在就等罗门出现了。至于有没有无辜的人因此遭殃，那可不在猛虎考虑之中，而且那个婊子怎么也不能算是无辜的人。周围的邻居？猛虎不认识其中任何一个人，他又怎么会在乎这些人的死活？就算是认识，他也不会在乎。

当他吹着口哨走进电梯的时候，没有发现在电梯门上方的楼层显示屏里边有一个正对着这户人家门口的摄像头，他当然也就没有认出这是一个可以用自身电源发送电子信号的“天眼”。

接到猛虎的报告，“神谕”坐在自己的专车里，烦躁地点着了一根香烟。

按照猛虎的说法，罗门已经可以算是一个死人，可这并没有让他放下一直悬在半空中的心。在“雷霆”行动之后，他铤而走险，绑架了林永泉以求转移视线，但他没有想到的是，罗门居然会不远千里地追到大洋彼岸，很显然，他和中情局都低估了反间谍机关的反应，不，是那个叫安念蓉的小姑娘的反应。

“神谕”千算万算，就是没有算到安念蓉的反应这么快这么强烈，不只他没有预料到，几乎没有人预料到，这样看来，她才是“神谕”既定计划中最大的变数。“神谕”很清楚，其他各部门的高级主管人员都因为年龄和经历的因素而显得老成持重，因为要考虑到方方面面，行事四平八稳，滴水不漏，所以他们的行为完全可以预测，但这个小姑娘初出茅庐，根本就是胡来一通，“乱拳打死老师傅”，反而让他损失惨重。这样看来，许成龙和钟阡陌都足够聪明，知道如何能够打破局面，本来“神谕”最顾忌的就是他们，现在一个死一个退到二线，让他松了口气，没想到他们联手推上来的这个小姑娘也不是省油的灯。

没有时间去琢磨这个小姑娘了，机关的官员更替已经开始，他的精力和时间都有限。

他习惯于运用智谋来得到利益，而不是直接去争取，这就使得他在内部隐藏得极深，像现在这样追杀罗门的主动出击行为一向为他所不屑。这是因为，尽管许成龙曾对“神谕”有过种种猜测，但在林永泉事件之前，这种种猜测都没有任何证据支持。“神谕”知道，那时林永泉透露的任何消息都不足信，追杀罗门的理由不是因为他是最后与林永泉打交道的人，而是因为罗门现在正在进行的调查。安念蓉很棘手，但远不到能够威胁自己的地步，但罗门的调查则很危险，尽管罗门本人可能不知道这个调查会把他引向“神谕”，但世界上总是会有一些阴差阳错叫人功败垂成，要想万无一失，就得未雨绸缪。

他利用各部门之间的关系、各路领导之间的矛盾，倡议取缔128部队；然后最终利用林永泉事件，迫使许成龙离开最能发挥威力的位置，这些都没有浪费他多大力气。就是现在，那些被利用的人也想不到自己变成了“神谕”手里的枪炮。秘密只有一个，就是所有的矛盾，归根结底都来自私人的恩怨，而一个人最不能忘却的，往往就是这些看起来微不足道的私人恩怨。掌握这些东西，其实就是掌握了很多资源，在关键时刻，只需要稍加点拨，就能起到让人意想不到的作用。

这些年来，从基层一步一步走上来的他深深懂得：才华不如忠诚有用，忠诚不如卑鄙实用。既然他也有机会，那么为什么不为自己经营？人们知道，情报机关出了“神谕”这样的叛徒；而人们不知道，“神谕”为了这一天已经经营了十几年，如今他的根基有多深，恐怕连他自己都会吃惊，而这一切，都是用组织赋予他的权力做到的，这让他感到很得意。会有那么一天，他就是组织，不管什么人，都不过是他的垫脚石而已。美国人尤其是。

让“神谕”想不明白的是，他们怎么会以为，给他保留敌人就会让他选择全面倒向他们？不，要想让这样的事情发生，美国人还要表现得聪明一点。对了，用现下流行的话来说，要想达到更高的目标，美国人要更有团队精神才行，现在他要给自己所有的情报涨价，看看是谁会屈服。

林永泉事件只是让安念蓉在基层范围内得到认可，在他暗中游说下，上面的人都普遍认为她过于激进，不适合更高的职务，如果不是那个有权势的父亲，她早就被调离自己的岗位了。就是现在，“神谕”知道，安家庆已经跟其他人达成了协议，要自己的女儿离开这个部门，这本身就是“神谕”的策划，为了给这个协议加上保险，他还跟其他人作了交易。跟这些聪明人打交道的好处是，他只要用一些模棱两可的话就足以推动别人为自己的利益考虑，而根本不会在乎是从谁那里得到的启示。人最善于忘记别人施与的恩惠，而“神谕”最希望的就是人们不会记起他所施加的影响，现在看起来，他干得仍然不错，他的长袖善舞简直可以称得上伟大。

“首长，我们到了。”前面的司机回头看着他，“外面下雨了，您还要散步吗？”

“当然要去啊，散步现在是我最大的享受喽。”

“首长”自己撑起雨伞，下了汽车。雨下得并不大，还有些人在公园里跑步。“首长”惬意地在绿地之间走来走去，并示意警卫人员不要跟得太近。不断有人从他身边经过，而他好像乐在其中。

只有在这个时候，他才能真正地把心思全部放在安念蓉身上。

看起来，他对安家庆的了解并不像他自己想象得那么深刻。他原以为，只要旁敲侧击地示意安家庆，他的女儿面临的是什么样的危险，安家庆就会迫不及待地要求女儿离开这个圈子，但很显然，他看准了安家庆的反应，却没有预料到安念蓉的反应。

父亲要保护女儿，但女儿却不买父亲的账，这是“神谕”的计划中一个很大的变数。看起来很普通的父女不和，直接导致了“神谕”现在的被动。尽管林永泉事件算是冒险成功，但他自己很清楚，时间会让真相水落石出，所以他并没有得到真正想得到的时间。他现在的处境并没有比以前更好，所以他仍然要兴风作浪，让局面变得复杂起来，好继续他浑水摸鱼的好戏。

经过这几次明争暗斗，“神谕”吸取了教训。安念蓉虽然年轻，但就是这股不知进退不知好歹的年轻劲头才让他无计可施。安念蓉是目前他最严重的威胁，而且她的进步越来越快，他不能再指望那些间接的手段发挥什么作用，他没有时间。而且，连安家庆都不能让她改变主意，他还能从哪里下手呢？

好在他对此一直有思想准备。

你该拿绕不过去也搬不走的绊脚石怎么办？“神谕”这样问自己。

“神谕”也是军人出身，所以在这种情况下他想到的第一个念头就是“爆破”，把这块绊脚石炸个粉身碎骨，那他既不用绕也不用搬就能继续向前进。

太遗憾了，“神谕”轻轻地出了一口长气。要对这个姑娘使出这样的手段，连“神谕”自己都觉得遗憾。

诚实地讲，安念蓉也算是他看着长大的孩子，他和他的家庭都喜欢这个从小就粉雕玉琢的大美人，他儿子甚至到现在还对安念蓉念念不忘。但是，自己的前途更重要，自己的家庭更重要，如果安念蓉成了绊脚石，那就算她是世界上最美丽的女人也没有任何意义。

不是你死，就是我亡。

丛林法则在人类的进化史上一直发挥着作用，只不过很多时候，人和人之间的斗争没有激化到你死我活的程度，所以这一法则就静悄悄地潜伏在人类的血管中。每个人都以为自己是爱好和平、真正的人道主义者，但这只是假象。和平从来不是世界的主题，斗争才是，就像有人说的那样，和平的作用只是为下一场战斗争得喘息的时间。

要安念蓉从这个世界上消失，事情就会变得更加复杂，他要考虑的事情就更多。

他不可能自己亲自策划乃至实施这个设想，不管成功不成功，最后都会把线索引到他身上。陈朝光和他的人是“神谕”可以信赖的力量，但这也是他唯一的武装，在使用上必须小心翼翼。

陈朝光是他所能找到的最出色的军人，更重要的是这个前特种军人有过惨痛的人生经历，理解“神谕”的信仰，对“神谕”来说，这才是最不可或缺的素质。你可以用金钱收买一个人，你可以用痛苦降服一个人，但这两样都比不上信仰的力量。信仰可以让人做出连他自己都想象不到的事情，所以最坚决的战士都是有信仰的人。

不到万不得已的时候，他不能牺牲这个最好的助手。

裁撤128部队不是心血来潮的决定，而是“神谕”深思熟虑的结果。

在钟阡陌指出存在秘密资金渠道之后，“神谕”感到了惊慌。他当然清楚这条秘密资金渠道的存在，就连他自己也通过这条渠道销售他的秘密情报，一旦许成龙决定立案侦查，那么很可能就会查出这条资金渠道牵涉到的所有人，其中也包括他自己。而128部队直接向许成龙负责，他们所有的行动可以绕过除了许成龙之外的所有人，这将是最现实的威胁。

在钟阡陌私下提到这个设想之前，“神谕”并不清楚128部队的具体情况。在许成龙的控制之下，他一直以为这支部队像其他军方特种部队一样，是一支常规作战力量，但事实证明，这支部队的性质要复杂得多，工作范围也广阔得多。在他不知不觉间，这支部队已经把绞索举到了他的头顶，只要他稍有疏忽就会套住他的脖子并勒紧。

这也让他意识到，尽管他跟随了许成龙这么长时间，但他并没有像想象的那样了解许成龙，许成龙仍然是他最危险的敌人，所以必须除掉他。“神谕”不动声色地开始了他的地下游说工作，首先是那支在他视线之外的秘密部队。

许成龙的初衷是好的，但他的方法是错误的。所有的军人都会梦想打造一支无所不能的魔鬼部队，许成龙也不例外，而且他前所未有地接近了成功，可成功的同时他也失败了，因为这支部队是出于他个人的意愿才建立起来的，这就使这个新生事物存在着先天不足——事先没有取得那些足以决定这支部队前途的高层人士的谅解。也许许成龙本人都没有想到他的实验会得到这样好的效果，所以他没有想过如何说服那些人同意这支部队的存在。

如果许成龙真的成功了，那反而会让他成为所有人的敌人。他的成功对于那些尸位素餐的人来说无疑是一记重重的耳光，偏偏这样的人所在多有，即使是出于嫉妒，这些人也会不择手段地阻止许成龙得到更多让人汗颜的成功，所以要在专业以外的层面上击败许成龙并不困难。128部队是许成龙才华的体现，也是击倒他的工具。

但真正让许成龙倒下的是林永泉事件。情报局在他的领导下出了这么大的纰漏，许成龙难辞其咎，加上128部队的影响，即使是高层人士也不得不考虑更换情报局的管理班子，以减轻负面影响，而在情报局中，还有谁比自己更适合接替许成龙？当然，局里还有一些人也有资格，可“神谕”从来没有把这些人当成自己的对手。

“神谕”重新回味林永泉事件的始末，情不自禁地露出一个得意的微笑。

如果收拾安念蓉也像对付许成龙这样简单就好了。

安念蓉的事务与“神谕”没有什么交叉，所以他不能对安念蓉发起直接的打击，甚至不能去设计这种打击，那会让人对他的动机产生怀疑。他现在有美国人作帮手，那就更不需要自己亲自出马。美国人很擅长“外科手术”式的军事行动，而且看上去他们也很乐意这么做，那就把安念蓉交给他们来处理好了。

美国人应该为自己的安全做更多的事情。

要想使唤美国人，就得给他们一些甜头，这是无法回避的问题，也是最让“神谕”伤脑筋的问题。“神谕”掌握着许多机密，但他不能像在超市一样搞兜售，那样会给自己带来危险，而且也会让这些机密贬值，所以他只是有选择地出卖给美国人。不单单是让美国人满意，而且也能够让他得到金钱以外的好处，那才是他的最佳选择。

“神谕”点着了一根香烟，脸色又变得阴郁起来。他不承认自己是变节者，因为他有自己的坚持，如果他想做一个真正的变节者，那么凭他掌握的那些机密，世界可不会像现在这样平静。

他只是想得到自己应该得到的东西。如果别人能够心想事成，自己为什么不能？

他一步一个脚印地走到今天并不容易，任何人也别想在这个时候威胁自己的地位和安全，为此他已经毁掉了很多人，而且既不会对此心怀愧疚也不打算停止。他欣慰地发现，在需要作出类似决定的时候，他从来都没有犹豫不决。

“神谕”扔下手里的香烟，站在雨伞下，微笑着、兴趣盎然地打量着身边过往的行人。形形色色的面孔从他面前闪过，不管他们看上去是什么样子，在“神谕”看来，每个人的眼中都带着茫然和疑问，因为这些人不像自己，就算是到死的那一天，他们做过的所有事情也不过就是“活着”而已，而他至少“活过”。想想自己的全部人生就是为了保护这些人，“神谕”忽然觉得很讽刺。

很好，感慨的时间已经过了，现在是开动脑筋的时候。

现在他需要好好策划一个方案。

他的脑子里闪过所有他掌握的核心机密，像计算机一样地处理所有可能给他带来灵感的信息。站在初秋的细雨中，他忽然发现裤腿和鞋都已经被打湿，而这也提醒他，今年的秋天来得比任何时候都早。

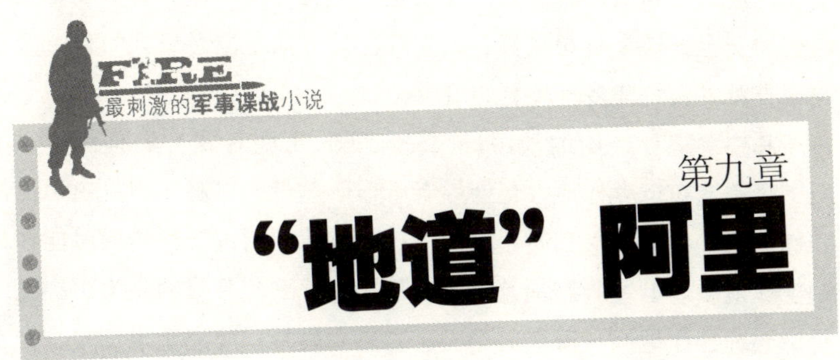


# 第九章 “地道”阿里

林永泉事件余波未平。安念蓉的清扫工作很漂亮，但其中的细节问题引发了一些争议。

没有人认为安念蓉的工作做得不好，但大多数人的态度是，这不是值得期待的方式。人们固然对于安念蓉在工作上表现出的非凡的主动性和进取心褒奖有加，但也有人指出，这么重要的工作一旦失控，后果会怎样？安念蓉对此有没有特别的预案？

在回答这些问题之前，安念蓉用不着回北京汇报。关于“神谕”，她要起草一份连许成龙也无法看到的绝密报告，而现在，关于“神谕”的流言可以止歇一段时间。林永泉事件带来的另一个好处是，情报局高层决定对自己所管辖的部门安排秘密调查。在间谍与反间谍机关，要无声无息地做到这一点并不容易，但接受调查的人都明白，这是工作的需要，是这个工作的特殊性，所以真正问心无愧的人从来不把这种调查当成一回事。如果有人在这个时候要小聪明，那反而会给自己找上不必要的麻烦。这个调查不会有任何结果，但至少可以让隐藏在暗中的“神谕”更加有所顾忌，不敢轻举妄动。在不明白“神谕”的真实身份之前，让他不能轻举妄动就是最大的胜利。

根据林永泉所在的部门，负责派遣军事特使的三处和四、五、六三个情报分析处都在严密控制中。尽管新成立的科技处更有可能混有间谍，但这个处负责研究、设计和技术开发，对于内部机密参与程度最低，所以不在调查之列。除此之外，负责处理、传达和收藏机密文件的机要局也在这次行动的监视之下。在这个计划里，行动处的人手是主要的一支力量。警卫局在情报局二处各机构的安全工作享有司法权，在支配行动方面也享有最大的自主权，让他们参与调查可以避免许多行政上的阻碍。

其中，三处经历的动荡最大。三处的几百名员工全部有过海外工作的经历，足迹遍布世界各地，与外界有着形形色色的接触。而且由于他们工作的特殊性，这些接触多半都属于不可监控的范畴，所以被渗透的可能性最大，要做的工作最多。上述所有调查和监控都是公开的，其目的是为了打消部下特工的侥幸心理，让他们在思想动摇时会三思而后行。防患于未然总是比亡羊补牢要有意义得多。

在作出上述决定和安排之后，许成龙将会引咎辞职，情报局三处的莫新伟将会接替他的职位。

这个决定让很多人都感到意外，尤其是对情报局的内部人员而言。许成龙辞职，人们普遍认为接替他的人选会出现在原先的领导班子里，这样的话，凭借着对人事关系和工作内容的熟悉，可以让全盘工作顺利交接以保证顺畅过渡。

但仔细想想，其实以李天应和贺铁基为首的高层考虑得更加深远。出了林永泉这样的事情，情报局该好好梳理一下系统内部，这样的话，就不能不考虑新任领导看待问题的客观性和处理问题的公正性，而在这种情况下，外单位调来的人反而比较容易有更好的表现。最近几年里，莫新伟的优秀表现大家都有目共睹，他尤其善于处理行政事务，所以这个任命虽然在意料之外，但也在情理之中。

但安念蓉却感到了一丝不安。

和莫新伟的合作肯定不像与许成龙的合作那样顺畅。如果资料上说的一切都准确的话，莫新伟的控制欲很强，所有跟他合作过的人都认为，如果不让莫新伟在合作中起主导作用，那么这种合作将会变得极其没有效率。跟这个人合作不会很舒服，但不跟他合作就会更难受。

调查也带来了一个副作用，对黑名单上的全部人员也开始了更细致的追查，其中就出现了罗门的名字，他甚至被列为最危险的、潜在的变节者，尽管公开资料表示他已经失踪，但只要仔细考虑到罗门身上所发生的一切，就会知道他为什么出现在这张名单上。而且，罗门在上海的消息已经得到证实，警卫局的特工们正在向上海出发，其中就包括了前128部队的B队成员。安念蓉知道ACE和马西北都在上海与罗门会合，所以非常担心他们的安全，就在她要向这几个人发出安全警告的时候，上面又有任务交给了她。

穆罕穆德·贾法里是伊拉克政界的重要人物，在伊拉克民间也有很高的威望和影响力，而且对中国的态度一向温和，但眼下由于与他对立的另一派别在大选中获得高票，没有人知道该支持谁，形势一片混乱，所以贾法里现在的处境很危险。

安念蓉接到的指示就是去帮助贾法里。她曾经陪同安家庆见过贾法里本人，而贾法里也指定安念蓉作为出现在伊拉克的接待特使，看不到安念蓉本人，贾法里不会跟任何人离开。上面的意思也很明确，贾法里虽然很重要，但还没有她本人重要，所以完全可以自己回来。这个意思就是，她不一定非要把贾法里安全带回，但这一趟她必须要去。在这个时候去伊拉克很危险，那里的一切都在失控状态中，别说完成委托，就是自保都很成问题。命令显得很有人情味儿。

安念蓉正在调查“神谕”的时候，本不想接受这样的指派。但现在，为了迷惑“神谕”，她递上去的报告表示已经结束了调查，如果她拒绝接受这个指派，在高层那里就很难获得谅解。以现在的时局来看，除了以前的128部队之外，没有一个部门比安念蓉的办公室更加适合执行这种高风险的秘密活动，来自贺铁基本人的命令更加让安念蓉无法拒绝。

安念蓉没有犹豫太久就同意接受这个指派。

她在“神谕”问题上向上级说了谎，不管以后能不能破获这个间谍案，这种行为都会让她付出代价。尽管代价可大可小，她仍然需要为自己积累一些日后可作为讨价还价的政治资本；而且，她现在就有一个跟上面讨价还价的需要。

新的工作中心整体已经接近完工，民用承包商已经退出这里的建筑及装修工程，前128部队的工程师和技术专家正式接手剩下的工作。尽管有各种先进自动机械的帮助，而且都是由那些不需要看图纸就能够工作的熟练工程师亲自施工，但要完成这个自动化程度很高的新指挥中心还是比预计的时间要长。暂时这里还不能接收十三办的所有人员，目前能够进入这里的人都是能够在施工上提供帮助的人。

这样规模的既有高学历又有熟练技术的专家们为一个工程而忙碌的情况，在世界上任何一个地方都很难找得到。当兴趣与聪明到了变态地步的头脑结合在一起的时候，发挥出的创造力非常惊人。他们不但有完整的规划，并且能够按照自己的意愿完美地雕琢每个细节，因此他们对这一个从无到有的创造过程无比投入。

在这个指挥中心里，专家和工程师们尤其醉心的是它的防御系统。他们的目的是要保证，在某种强度攻击下，防御系统能够坚持到驻港部队赶到，这就要求防御系统甚至拥有对抗武装直升机和装甲车的能力，而且这不是简单地对先进武器和技术进行堆砌。这个防御系统并非那种世界末日的科幻风格，它的关键之处和挑战之处就在于整合了手边能够拿到的各种成熟的技术和资源，很快这个防御系统就会变得无懈可击。

安念蓉在“水晶城”二层一个未完工的会议室里见到了罗门。

罗门鼻青脸肿的样子把她吓了一跳，不过她知道罗门不会回答她的任何问题，所以她克制住不去问他发生了什么事情，而是简单扼要地介绍了目前的形势。

房间里空荡荡的，连把椅子都没有。这个情景相当梦幻，两个人好像悬在半空中。

罗门靠在玻璃墙壁上，半天没有说话，他的表情说明他正在思考。

“我们的时间不多，你要马上决定。”安念蓉看着罗门还有点肿胀的鼻子，还是忍不住问，“到底发生了什么事？”

“一个小意外，是我自找的。”罗门看出了安念蓉的想法，“没什么大不了的，不用担心。”

“我有说过我担心吗？”安念蓉下意识地顶了回去。

“没有。”罗门笑了笑，“我只是没话找话而已，你不用放在心上。”

“我是担心你的身体状态。”这样快就否定了自己，安念蓉的脸红了红，“我们随时可能出发。”

“我们？”罗门疑惑地看着安念蓉，“‘我们’的意思是你也要去？”

“这是上面的安排。”安念蓉的双手抱在胸前，她不知道这个动作更好地突出了她那恰到好处的双峰，“我知道你在想什么，至少我不会拖累你们。”

“那就是说，你无论如何都会跟我们一起去，用什么办法也不能阻止你？这不是一个好消息。”罗门脸上的表情说明他对此感到非常困扰，“或者说，这是一个非常非常坏的消息。"

"我说过我不会拖累你们。"安念蓉再次感觉到了罗门那种叫人非常恼火的直率。

"问题不在于谁会拖累谁。"罗门认真地看着安念蓉，"问题在于你知道不知道出去后可能会出现什么样的后果。我们对任务可能失败的情况早有准备并接受了相应的训练，你呢？"

安念蓉一时之间有点迷惑："你这是什么意思？"

"我们中的任何人都不能落在敌人的手里；如果你受伤而有可能拖累其他人，队友会毫不犹豫地放弃你，或者你自己在被放弃之前就解决了自己。"罗门耸了耸肩膀，"在那样的地方，你的身份对你没有一点特别的意义。你对此要有心理准备。"

"就是说，如果我成为你们的拖累或者负担的时候，你们有可能先杀掉我？"安念蓉反问了一句，"或者我自杀？"

"在极端的情况下是这样。"罗门直言不讳，"我们所有人都会这样做，我之所以特别跟你提出来，是因为在这样的行动里，你可能是我们中最弱的一环。"

"为什么你会想到我们可能会遭遇到极端的情况？"安念蓉不服气地反问，"你不是一向都对自己很有信心吗？"

"如果你不参加，我仍然对自己有信心。"罗门的脸上又露出那种可恶的微笑，"不过真正的原因是，每次行动之前，我们总是要想到最坏的结果并为此作打算，成功反而是意外的惊喜。如果你一定要参加，我就得假设没有任何意外惊喜的结果。"

安念蓉垂下眼帘，被人当做累赘总不是件开心的事情，但她不得不承认，罗门的说法是正确的。她现在已经开始痛恨这种感觉，同时也开始痛恨罗门，痛恨他在什么事情上都是正确的事实。

"那么通常在这样的行动里，你会采用什么做法保证最弱的一环不被攻破？"

"在这次行动里，我的做法是尽最大可能减少这个弱点暴露给敌人的时间。"罗门微笑，"也就是说，你只在最后关头出现，甚至还不等敌人知道你是我们的弱点，我们已经随着沙漠里的风沙消失了。"

"就这么简单？"安念蓉很是意外，"你说得好像我们只是出去旅游一样。"

“有的时候你必须这样想，才不会让自己身上的压力太大。”罗门向她眨了下眼睛，“什么时候开始任务简报？”

“马上。信息中心正在跟情报局连线，ACE和马西北是名义上的负责人。”安念蓉微笑，“提到情报局，你知道自己现在的处境吗？”

“我们最近好像离不开彼此了。”罗门笑眯眯地岔开了话题，“每次我想要忘记你的时候，总有什么事情把我们联系到一起，这不是缘分是什么？”

“这缘分恐怕会让你伤心，所以你最好别这么想。”安念蓉微笑。

罗门看着安念蓉不说话，两个人之间的气氛忽然变得有点尴尬。在那一支叫两个人都难以忘记的热舞之后，谁也不能否认自己心底的冲动。

“你的调查进展得怎么样了？”安念蓉忽然问。

“无可奉告。”罗门挑了挑眉毛，“这可是机密。”

“无可奉告就是没什么进展。”安念蓉笑了起来，“我说得没错吧？”

罗门脸上的表情说明他的心思根本不在安念蓉的问题上，看得出他有话要说，安念蓉没有说话，只是感兴趣地看着他。

“这个计划非常危险，即使对真正的军事单位来说也是如此。”罗门的表情变得严肃起来，“我知道你有自己的理由，但我只希望你能够重新考虑一下，这个理由真的值得你去冒这样的风险吗？”

“你知道我的理由？”安念蓉笑了笑，“那你说说看。”

如果不能制止“神谕”，那找到他又有什么用？安念蓉要做的不仅仅是一个秘密单位的主管，还要做一个能够跟“神谕”全方位抗衡的人。这或许很难，但现在‘神谕’已经不像从前那样神秘而不可捉摸，他的时间也很有限，只要坚持给他施加压力，他就会犯错误。此行如果成功，会继续提升安念蓉的威望，那她就有可能达到许成龙的高度，到那时，她所做的一切就都顺理成章。

安念蓉很吃惊。

罗门准确地说出了她在这个问题上的想法，而且比她自己考虑得还要具体，这显然不是一时的心血来潮，而是经过长时间的思考和权衡利弊才能够得出的结论。这说明罗门一直在关心她的处境，他为什么要这样做？难道他自己的事情还不够多？

“那么说，我猜对了。”看着她的表情，罗门笑了笑，“我还要说的是，你还有别的办法可以做到这一点，所以你现在可以拒绝上面的命令。在这个时候，不要冒险。”

“我们没有时间了。”安念蓉低下头看着自己的鞋尖，“这个行动是很冒险，但作用也最明显。”

“讨价还价是很聪明的做法，可你拿自己去冒险，很可能连你自己的本钱都要赔上。”罗门呼出一口长气，声音柔和了许多，“还是重新考虑一下……”

“我已经考虑了很久。”安念蓉抬起头，迎上罗门的目光，“也许这个成功能够为我提供一个砝码，一个能够给你平反的砝码。我需要你帮助我对付‘神谕’，你老是这样鬼鬼祟祟的可不行，而且，这对你也不公平。”

她的声音有些颤抖，脸色也很不自然，显然，她是下了很大的决心才说出自己的真实想法。她在工作上需要罗门，这是很正常的事实，说出这个事实用不着费这么大的力气，也不用这么忸怩。

她居然肯为他打算，这个发现让罗门很是受宠若惊。他的情况很特别，连他自己也没有打算为自己澄清，他只想在完成钟阡陌的委托后就远走高飞，再也不回到这个让人伤心的工作上来。既然再也不会回来，那么澄清和不澄清又有什么区别？

当然，安念蓉作出这个决定仅仅是出于工作上的考虑而不掺杂任何感情的成分，但还是让他感到了一种前所未有的温暖。

罗门看着安念蓉，两个人的目光交会。罗门的目光深邃而复杂，仿佛深入她的身体，深入她的灵魂，让她心中所思所想无处遁形。这种感觉让她心悸。就算她对感情毫无经验，她也能够察觉得出两人之间那种若有若无的互相吸引。

两个人之间的气氛忽然变得难堪起来。

“要么赢得一切，要么全盘皆输。我们的职业就是这样，没有什么中间路线可以选择。也许你是对的，谁知道呢？”罗门打破沉默，向安念蓉伸出手，“至少我们可以试一试。”

安念蓉轻轻地握住罗门的大手，粗糙的手掌上有一股热气直透进安念蓉的心窝。

“那么，你同意了？”安念蓉追问了一句。

“如果你能让我重新回到游戏中来，我就和你一起对付这个‘神谕’。”罗门耸了耸肩膀，“我现在对这个人或者是这个系统非常感兴趣。”

由于中途撤回，ACE 跟踪的线索不得不放到一边，转而委托给这一次不出任务的杨隼和石三宝，由他们继续关注那些现金的去向。因为从前在中央情报部的关系，杨隼和石三宝可以进行更完善和更妥善的追踪。当天晚上，ACE 离开了指挥中心，而罗门和马西北根据情报开始制作简易沙盘，这些沙盘表示的都是情报中贾法里最经常出现的地点。

他们一直在研究地图，并且不断补充沙盘。当安念蓉有事找他们的时候，她发现会议室就像她以前去过的艺术画廊，已经出现了一个比例适中的中东地区的街道模型，模型之间甚至还有些用橡皮泥捏出的人偶。

这两个人虽然无聊，不过心灵手巧，这是安念蓉看到那些人偶时脑子里出现的第一个想法。你永远不知道他们脑子里在想些什么，而且这些人似乎永远带来惊喜。

在接下来的两天里，情报源源不断，而那个街道模型已经补充得越来越充分，街道上的人偶也越来越多。除了日常的需要，两个人的全部时间都在会议室里摆弄这些人偶。尽管人员严重短缺，但看上去他们的信心仍然很足。

过了三天，ACE 驾驶着一辆厢式卡车在杨隼的引领下开进指挥中心。

ACE 几乎是原封不动地把 A 队的枪械库搬了过来。在地下室里，他们打开那些外表看上去毫不起眼的箱子，脸上都带着可笑的肃穆和虔诚。

“他们让我想起某个人在商场里的样子。”杨隼跟在安念蓉后面，“不同的是，他们不需要太多的时间选择。”

“你在说我浪费时间？”安念蓉抿嘴微笑，现在她的心情也很好，所以根本不介意这样小小的玩笑，“看起来我挑衣服的时间还不够长。”

出发之前，罗门找到了一个单独和安念蓉在一起的机会，并且问了一个叫人吃惊的问题。

“这次肯定不会出现‘雷霆’行动那样的疏漏对不对？”

“这次行动由我全权处理。”安念蓉看着罗门，“你觉得我会把自己的生命搭进去吗？”

罗门站在那里，若有所思地看着安念蓉不说话。

“你还有什么话说？”安念蓉也站在原地，询问地看着罗门。

“你让我非常非常吃惊。”罗门微笑，“你要么是真的有胆色，要么就是真的不知道天高地厚，但我不得不承认，你的风格跟 128 部队完全一致。”

“‘行动，行动，还是行动’？”想起钟阡陌跟她说过的话，安念蓉也笑了笑，“在某种程度上我也是他的学生，所以这没什么可奇怪的。”

“没错，你是个好学生。”罗门转身推开会议室的门，“但我真的希望你没有学到他所有的本事。”

安念蓉明白罗门的意思。她不知道将来会怎么样，但至少在目前，她无论如何也作不出钟阡陌或者许成龙那样冷酷的决定。

即使是在战争之后，进入伊拉克的路径仍然有很多。罗门选择的是从卡拉奇出发进入波斯湾，然后在海岸登陆。他们乘坐一艘货轮出海，在海面上与前来接应的当地人会合，趁着夜色躲过边界的哨所进入内陆。在这里他们可以使用伪造的伊拉克身份证件和美军下发的通行证，这些证件仍然是从以色列的“摩萨德”搞到的。出于众所周知的原因，“摩萨德”伪造阿拉伯国家的证件已经到了乱真的地步，就连美国人也要经常寻求他们的帮助。

接应的当地人是一个叫阿巴斯·哈拉福的人，是贾法里的忠实追随者，他以亲美人士的身份在巴城活动，此行主要的目的就是负责把罗门等人运入巴城。不但如此，他要在全程为A队提供必要的帮助，或者可以倒过来说，其实是A队为阿巴斯提供帮助，在这种情况下，不管A队有多大本领也只能以当地人为主导。

他们乘坐的面包车等在检查站前。

即使开了空调，也能够感受到沙漠地区的酷热。放眼望去，黄金一般的原野尽头是白色的城市，整个世界都在氤氲的热气中颤抖着，碧蓝的天空没有一丝白云。检查站到处都是美军和伊拉克政府军，M1A2坦克和斯特瑞克装甲车停在周围，黑洞洞的炮口和机枪指向公路上长长的车流，不时有黑鹰直升机和阿帕奇直升机从头顶掠过。

阿巴斯的面包车有时开到前面，有时落在后面，不过不管什么时候，阿巴斯的脸上都带着满不在乎的微笑。这是一个真正的勇士，对一切都无所畏惧，和那些身绑炸弹冲入人群的狂热者相比，他们之间的差别只在于选择的道路不同。

“别紧张，兄弟。”ACE用力拍了拍阿巴斯的肩膀，“安拉一定会保佑我们。”

“我不紧张。”阿巴斯转向ACE，“但有一点我不明白，在巴格达搞到武器甚至比吃饭还容易，为什么还要从外面运进来？”

“我不能跟你讨论这些细节。”ACE认真地看着阿巴斯，“这是命令。”

“别误会，我的朋友。你们为贾法里而来，而我是贾法里的仆人，所以我不能拒绝你们的要求，但这并不表示这样做就是对的。”阿巴斯面无表情，“你们是专业人士，应该知道往巴格达运送武器有多危险。”

“那你通过黑市买卖武器就不危险？”ACE反问他，“我们已经考虑过了，在黑市上寻找我们所需要的武器会给你带来同样的危险，所以，这样更妥当。”

“反正我就是觉得你们不该把武器带进来。”阿巴斯很固执，“我不想为贾法里增加额外的风险。”

“‘你们’？”ACE故意加重了语气，“我觉得你的正确说法应该是‘我们’，就是‘你’和‘我们’的‘我们’。”

“到时候承担风险的可是留在这里的我。”阿巴斯的脸上出现了怒气，“那个时候‘你们’肯定不会留在这里。”

“你好像对自己的处境充满怨气。”ACE嘲讽地看着他，“不过，我可不是倾听心事的人，‘我们’都不是。”

“安拉在上！”阿巴斯怒视着ACE，“让我直说吧，你们硬要把武器运送进来的做法既不聪明又不专业，所以我认为把贾法里委托给你们是个错误。”

“是不是错误要由结果来判断。”ACE不客气地回击他，“行动的是我们，如果你又聪明又专业，那就不用我们千里迢迢赶来了，兄弟。”

ACE还要说下去，罗门在后面拍了拍他的肩膀。

ACE不满地看了一眼罗门，还是知趣地闭上嘴巴。虽然听不懂他们之间说什么，但从他们的语气和表情上就知道他们之间进行得不愉快，这群人有着与众不同的自尊心，在这个时候争执没有任何帮助。

事实是，阿巴斯通过熟人已经知道今天是检查站设备检测时间，所有的X射线检查设备都没有开启，而移动的透视检查车数量不够应付整个检查站的工作量，所以今天采取的是抽查办法。阿巴斯得到了熟人的帮助，没有受到政府军的检查就被放行。

但这样就引起了美军的注意，在快离开检查站的时候，一辆悍马车截住了他们。

车里的所有人都被叫出来，一个戴着眼镜、会说阿拉伯语的美军上士把他们都叫下车，收走了他们的证件交到检查站。这些脏得像用过的手纸一样的证件不会有任何问题，因为这就是来自塔米姆地区的真实证件，在“摩萨德”的某个地下室里，这样的证件堆成小山。塔米姆地区的库尔德人是游牧民族，他们从来就不使用任何证件，他们的理由是，真主既然允许人们在地上生活，为什么还要别人的纸片来证明自己的身份？就连最敬业的伊拉克人也不愿去核对这些证件的真假。

ACE说的也是塔米姆地区的库尔德人方言，只有最落后的部落还在使用这种方言，那个只在夜校学过阿拉伯语来混取特别技能津贴的美国士兵根本就听不懂他在说什么，而政府军一听那些只在殖民时期才使用的词汇就笑得不行，连阿巴斯都忍不住露出微笑。再看看他们肮脏的袍子、已经分辨不出颜色的茶巾和白痴一般的表情，好吧，他们的长相确实跟伊拉克人有很大的区别，可这在亚述人后代的库尔德人那里也很正常。在大热天出动悍马送这么四个人去宪兵处？政府军士兵看向美军上士的目光已经变为怜悯。

看了看毒辣的日头，美军上士也犹豫起来，四个人又被赶回到阿巴斯的汽车里。当然，美军上士会记下阿巴斯的车牌号，稍后也许会对阿巴斯进行调查，不过，那就是阿巴斯可以应付的小困难了。

"啊，这个上士真的很幸运，要是他忠于职守，那恐怕我得在半道上就把他干掉了。"ACE没心没肺地开着玩笑，"说实在的，是我的表演骗过了他们，谁还能比我更像一个白痴？"

"因为你本来就是一个白痴。"马西北微笑。

"你装哑巴不用训练，因为你本来就是个哑巴，所以你倒是没有什么疏漏。"ACE轻蔑地看了一眼马西北，然后转向罗门，"你就太让人失望了，我教你的那几句话你就没说对一句，好在人人都知道那里的游牧民族是文盲，不然我们大家的麻烦就大了。"

罗门笑而不语。ACE的话有点夸张，罗门临阵磨枪的波斯语没有那么糟糕。

"你们能蒙混过来完全是靠运气。"阿巴斯又在冷笑，"只要他们找个真正的库尔德人过来你们就得露馅儿，你们到底算是他妈的什么专家啊。"

"看起来贾法里要比你有胆量得多。"ACE还是忍不住讥刺了一句，"美国人吓破你的胆了。"

阿巴斯怒视着ACE，好像就要冲上去跟ACE动手，可是两个人互相盯了一会儿却哈哈大笑起来，阿巴斯甚至伸出手来猛拍ACE的肩膀。

"我的兄弟，你是在哪里学会的塔米姆方言？你一开口我就闻到了你身上的骆驼味儿，现在我得说，你们确实是他妈的所谓的专家。"

贾法里是民间的重要人物，在伊拉克重建事务中也得到了美国人的重视，所以美国人对贾法里的安全问题也非常关心。尽管贾法里已经受到足够的保护，美国人还是为贾法里安排了一队黑水公司的贴身保镖。贾法里深居简出，现在只在家里、清真寺和议会三个地方出入。

听过阿巴斯的介绍，ACE 吹了一声口哨，扭头看着罗门：“这任务真的不简单。”

罗门对任务背景早就心中有数，所以他没有回答 ACE，而是仔细研究着阿巴斯提供的贾法里家里、清真寺和议会大楼的详细地图。尽管事先已经作足了准备，但身临其境之后，罗门才发现局面的复杂甚至超过了他曾有过的最坏打算。

经过考虑，他收起了清真寺和议会大楼的地图，行动只能在贾法里的家里进行。这不是说那里的情况不复杂，而是因为只有那里的武装人员最少。罗门当然希望不发一枪一弹就完成任务，但现在看起来希望渺茫，就算 A 队人员齐全，罗门也不敢作这样的保证。这不是四方会战，而是五方会战，因为一旦战斗开始，负责维持治安的美军会在最快时间内赶到，而且他们也不能够寄希望于在混乱中浑水摸鱼，因为美军的作战原则就是先用火力扫平一切再进行调查甄别。

越是棘手的局面就越让人兴奋。罗门从地图上抬起头看着阿巴斯。

“什么时候可以见到你说的那个‘地道’阿里？”

“地道”阿里是在萨达姆时期就很活跃的一支走私武装的领袖，据说他掌握着一些古老的地下通道，可以在巴格达城内外来去自如。A 计划是，罗门悄悄带着贾法里离开；B 计划是，一旦事情发展到棘手的程度，很可能就要指望“地道”阿里的帮助，这是最后的退路，罗门必须亲自了解它的可靠性。

在一间咖啡馆里，罗门见到了“地道”阿里。尽管美军的巡逻队就在街道上来去，但五十多岁的阿里却表现得若无其事。他身材瘦高，胡子长满了整个面颊，浓密的眉毛下有一双凶狠的眼睛。这是一个心狠手辣的人，阿巴斯和他合作的原因是他掌握着一条穿过底格里斯河下的秘道，能够摆脱美军的追击和围剿。但现在，这位阿里更像是个黑市商人，因为他很清楚什么时候、如何坐地起价。

这是一个资深走私者，从萨达姆时代就已经习惯了充满压力的生活。在他看来，萨达姆和美国人区别不大，他们都想要消灭他。可现在，萨达姆倒台了，美国人忙得手忙脚乱，阿里反而成了巴格达城内最轻松的人。

这间咖啡馆是阿里的，咖啡馆里的人大多数也都是阿里的人，虽然他们都没有带着武器，可看着罗门等人的目光警惕而不友好，这让坐在大厅中间的罗门和 ACE 感觉像是被一群饿狼包围着。

"我现在有点怀念我的手榴弹了。"ACE低声对罗门说，"下次我一定放一个在裤裆里。"

"没有那个铁疙瘩你就觉得自己不够种了？"罗门嘲笑他。

他们说着的时候，阿巴斯已经和"地道"阿里拥抱在一起。

"我的兄弟。"两道浓眉几乎连在一起的阿里热烈地亲吻着阿巴斯的面颊，凶狠的面孔居然看起来有些和蔼，"我已经有多久没有看见你了？"

"我的兄弟。"阿巴斯也回吻阿里，"前些天我还去了你的家里，但是他们说美国人在找你，你已经有很多天不在自己家里住了。"

"你说的是哪个家？"阿里向阿巴斯挤了挤眼睛，"我现在有很多家，多到即使是美国人也找不到。"

他放开阿巴斯，转向罗门和ACE，然后收起了笑容。

"这是你要介绍给我的东方朋友？"

"我想你不会介意他们来自哪里。"阿巴斯微笑，"你只会介意他们出什么价钱。"

"说得好。"阿里耸了耸肩膀，在桌子旁边坐下来，"你知道在这些堂兄弟里我最喜欢你，因为你总是那么机灵，我一直认为我们之间肯定会有好生意，看起来现在是时候了？"

"我们要送一个人离开巴格达。"罗门放下脸上的茶巾，直视着阿里的眼睛。

"那你应该去买飞机票。"阿里的脸上露出狡猾的微笑，"现在的飞机票很紧张，不过我能够给你搞到。这就是我们今天要谈的事情？"

"机票无济于事，美国人和伊拉克人都不会放这个人离开，所以我们才找到你。"罗门也在微笑，"阿巴斯说得对，这是一桩生意，我们只使用你名下的资产'巴格达特快'。"

"你们要送走什么人？"阿里眯起眼睛摩挲着胡须。

罗门和ACE交换了一个眼神，然后笑了笑。

"我可以告诉你这个人的名字，但那样的话你就要和我们共同承担风险，你确定你想要知道得更多？"

"知道得太多对我没有什么好处。"阿里仔细地打量着罗门，"不过反过来讲，不知道是什么人会影响我开出价格时的魄力。你让我感到为难，东方朋友。"

"那我们就出双倍的价格。"罗门耸耸肩，"按照阿巴斯跟我说过的行情。"

"如果是在平时，这个价格已经足够好。"阿里看了看阿巴斯，向他挤了下眼睛，“但现在，我要三倍，而且你得使用你自己的人。看上去你的人很少，东方朋友，在这里，人力资源可不像你的国家那么丰富，所以你要我的人，价格还要贵。”

“我们是来做生意的，也只是来做生意，所以我们两个人就足以应付一切。”罗门微笑，“顺便说一句，尊敬的阿里，你不知道我们来自哪里，所以你不能确定我的国家是否有丰富的人力资源。”

“如果只听你说话，我会说我在跟一个纽约人打交道。不过谁在乎呢？”阿里笑了起来，“我去过纽约，后来受不了那里的生活才回到祖国。哪里都不如自己的祖国好是不是？请原谅在这个问题上我的冒犯。现在，请付账吧。”

罗门看了一眼阿巴斯，阿巴斯向他点头：“按照规矩，先付一半。”

“不，这次是全付。”阿里连连摇头，“第一次做生意的规矩是全付，成为彼此相信的伙伴之后才是一半预付，关于这一点，我的堂兄弟也不是很清楚。他虽然是我的堂兄弟，可跟我的来往并不多，所以有些事情他没有跟你们交代清楚。”

阿里转向阿巴斯微笑：“你该试着多和我在一起，我的兄弟。”

“我怎么知道你会不会遵守约定？”罗门微笑。

“你们的确不知道。”阿里满不在乎地摊开手掌，“知道为什么你们能够坐在这里？不是因为我的堂兄弟，而是因为我是‘地道’阿里。你们进来的时候，我的人并没有搜你们的身，你知道是为了什么？”

“因为你是‘地道’阿里？”ACE忽然插口。

“非常好，你学得非常快，你是个聪明人。”阿里向ACE伸出一根手指，“我能够活到现在你是不是觉得很奇怪？因为好像任何人都可以带着武器见到我。”

“这的确是有些太容易了。”罗门不得不承认。

尽管有阿巴斯的引见，可是见到阿里的过程还是太轻松、太容易，这不符合阿里的声望和身份，但马上他们就知道了原因所在。阿里喊了几句话，咖啡馆里的人都撩起了自己身上的长袍：每个人的身上都绑着炸药。

“我的命只属于安拉，如果我要去侍奉安拉，所有人也要跟着我去。”阿里的目光里露出凶狠的神色，“你知道吗？人们在大街上看到阿里的人会说什么？他们会说，他想干什么就让他去，因为他的身上总是带着炸药，现在连美国人都这样说，所以我并不担心什么人想见我。现在你还为你的投资担心吗？”

“非常公平。”罗门点头，然后把十万美元放在阿里的面前。

“你很聪明，所以我愿意跟你打交道。”阿里看也没看桌子上的钱，只是摆了摆脑袋。有人走过来收起了桌子上的钱，阿里也站了起来，“只要你提前通知我，我一定会出现在现场。现在，我们得说再见了。”

他和阿巴斯再次拥抱亲吻，然后提着自己的长袍离开了咖啡馆。

“为什么我感觉好像被敲诈了一样？”ACE看着罗门摇头，“这家伙让我觉得很不舒服。我说不上来哪里不对，可我就是觉得这家伙不可靠。”

“他是个罪犯，ACE。”罗门也若有所思地看着阿里的背影，“跟罪犯打交道你就是要承担一点风险。”

“阿里是走私者，但他的信誉很好。”阿巴斯连忙接上话头，“我跟阿里打过几次交道，知道他的表现。”

“他平时的表现不重要，重要的是这一次。”ACE的声音很大，“我不相信他。”

“那你也一定知道‘巴格达特快’的位置？”罗门看着阿巴斯，阿巴斯的英文跟他一样流利，“阿里可信不可信不重要，重要的是我们要对一切心中有数。”

“‘巴格达特快’只是个统称，这样的地道阿里知道很多，有些甚至是他自己挖掘的。”阿巴斯耸着肩膀，“如果是那些我走过的，我当然知道里面的秘密，但哪条地道在什么时候能够使用就只有阿里知道。阿里现在差不多有一千人，所有的地方都有人把守，你就是知道那些秘密也没有用。”

“为什么你们俩分属不同派别？”ACE问阿巴斯，“你们是堂兄弟，这不是很奇怪吗？”

“没什么可奇怪的，在伊拉克这种情况并不少见。”阿巴斯笑得很无奈，“而且我跟阿里实际上没有什么血缘关系，贾法里才是我真正的兄弟。”

“‘我和我的堂兄弟对付我的敌人，我和我的兄弟对付我的堂兄弟’？”罗门微笑，“这是阿拉伯式的兄弟观念？”

阿巴斯的表情有点不自然，罗门引用这句话让他感觉很不舒服，因为那是萨达姆以前的行动准则，就靠着这样的行动准则，萨达姆一步一步地成为令人胆寒的独裁者。

“我们到底什么时候帮助贾法里？”阿巴斯避开了这个话题。

“当然是越快越好，我们现在就去贾法里的家。”罗门用茶巾遮住自己的脸，“你要确保阿里会在我们需要的时候出现。”

黑水公司派了六名保镖来保护贾法里，为首的是前绿色贝雷帽成员肖恩·唐纳利。因为要紧紧跟随贾法里，成员中还包括一名女性，前加拿大皇家公主骑兵团的伞兵苏珊·格雷。女伞兵并不多见，而在了解了“格雷女士”（苏珊坚持要别人这样称呼她，为此还发生过几次冲突，之后大家都开始遵守这一规定）之后，肖恩也要对她表示敬意。

但他还是不喜欢跟女人共事。肖恩很清楚，雇用他的不是伊拉克政府而是美国政府，派六个人来保护贾法里，很明显是看中了他在伊拉克的影响。贾法里和他的政党能够决定价值上百亿美元的战后重建项目的归属，这其中绝大部分都是有关油田的建设，所以贾法里是举足轻重的人物。在社会局势动荡的今天，贾法里的安全形势也就变得极为微妙。就算美国人自己也不会在贾法里不肯合作的情况下抛弃他，所以名为保镖，实则也是为了把贾法里控制在手心里，而丝毫不顾贾法里本人的意愿。

当贾法里回到自己家时，肖恩他们就会停留在周围。尽管没有人说什么，但肖恩明显能够感觉到这一家人不喜欢自己的闯入，而且丝毫不体恤他们为了执行任务还提供了女性战斗人员的苦心。肖恩能够理解这一点。换作是他，不管什么人无缘无故地要住进自己的房子，他都会用父亲留下的老式柯尔特手枪干掉他们。

肖恩很了解贾法里，他在世俗世界和宗教世界都有很高的威望，但肖恩甚至没有听过他高声说话。在现在的伊拉克，他几乎被认为是唯一的圣人，即使考虑到他的四个妻子和更多的孩子，贾法里也比肖恩所认识的任何人都更加高尚，至少在外表上看是这样。他的家里总是客人不断，贾法里坚决不允许肖恩检查他的客人，哪怕来访的客人是曾经敌对派人士，贾法里也不允许任何人以安全为由这样做。

“如果真的有人要杀死我，那就是安拉借他的手来召唤我，那是我的荣幸。”贾法里这样对肖恩说，“没有什么是比受到安拉的召唤更荣耀的事情。”肖恩对此很愤怒。

今天贾法里的家里来了三个亲戚，除了一个从头到脚都蒙在“阿巴耶”里的女人外，还有两个高大的男人。更高的男人叫阿齐兹，说着一口连贾法里家人都听不懂的北部方言，稍微矮一点的男人叫莫兹里，很古怪的名字，他的阿拉伯语就更糟糕，肖恩甚至认为，自己的阿拉伯语都要比他强一些。让肖恩觉得奇怪的是，尽管有着沙漠地区特有的黝黑肤色和络腮胡子，他们看上去却很像肖恩在阿富汗见过的、来自瓦罕走廊高原地区的游牧民族，据说那里的人来自中国，所以他们看上去和平原地区的人稍有不同。

中国，现在这个神秘的国家跟全世界都有了不解之缘，不管什么人什么事，都会让人首先想到这个国家。

阿齐兹和莫兹里都对美国人表现出强烈的兴趣，当女客会见贾法里的时候，他们两个就在院子里纠缠着肖恩。阿齐兹绝对是肖恩见过的最健谈的人，很多时候肖恩不得不把手挡在脸前，以防止阿齐兹的口水喷到自己脸上，另外，阿齐兹的古怪口音和方言也让他满头雾水，就连贾法里家里人都不愿意做他们的翻译。

“老爷，这是我的兄弟莫兹里。”说了半天，阿齐兹自己也感到了两个人之间的交流不畅，就把一直在旁边傻笑的莫兹里推到肖恩面前，“他是我们家族里最聪明的小伙子，你知道为什么？因为他给白人老爷当过园丁，所以他能说很棒的英语，你知道，这在我们的山区可真是件了不得的大事。我是说，安拉给了他一个与众不同的脑袋。”

阿齐兹说话的时候不但语速飞快，而且他的手势多得也让肖恩心烦。尤其是他一口一个“老爷”，那还是殖民地时期对有身份的人的称呼，也让肖恩觉得啼笑皆非，莫兹里能够说英语让他觉得轻松了许多。

可莫兹里一开口，肖恩的脑袋又大了。莫兹里的英语最多停留在幼儿园的水平上，不但带着浓重的阿拉伯口音，而且他所知道的英文单词没有一个是完整的，肖恩要靠猜测才能了解每句话的意思。见鬼，难道他做园丁的那家人是来自纽约皇后区的黑人毒贩子？

跟两个文盲没有什么可以交流的，肖恩巴不得离开这对兄弟。看着两个人在贾法里的大院子里什么都觉得新鲜的劲头，肖恩忽然想，不知道贾法里看见他们还会不会保持风度。格雷女士用数码照相机不住地给两个人拍照，女人真是对什么事情都感到好奇，不过肖恩也知道，他自己和他的部下都对这里无所事事而又杀机四伏的日子感到厌倦。

阿齐兹和莫兹里在贾法里的房子里不知道转了多少圈，直到客人离开。

ACE 和罗门钻到阿巴斯的汽车里，立刻张罗洗去脸上化的装，尽管有安念蓉帮忙，ACE 和罗门的眉毛和胡子还是被扯掉了一些。

“你觉得我们骗过这些美国人了吗？”ACE 一边照镜子一边问罗门。

“很难说。”罗门揭去脸上的胶纸，“但你装小丑的本事不错，你本来就是个不错的小丑。”

因为时间仓促，他们的化装术无法在很大程度上改变面部轮廓，但他们可以改变自己的肤色，让皮肤看上去很苍老，有着风吹日晒的粗糙。

"好像你自己表现得有多好。"ACE 翻了翻眼睛，把摘下来的化装物小心地放进一个垃圾袋，"下次我们换换，看你的表现能好多少。"

"最糟的是贾法里不肯跟我们离开。"安念蓉的声音很平静，"尽管他一再保证那些投资不会落空，但要是他的安全都没有保证，那这些投资的保证又从何而来？"

"这就是你一个下午的谈话结果？"罗门的声音里没有任何不满。

"但贾法里希望我们能够把他身边的几个孩子带走，他认为现在只有在中国，他的几个孩子才能够有真正的安全。"安念蓉摘下面纱，她在微笑，"我现在还没有拿定主意，该不该答应他的要求。"

罗门询问地看着安念蓉。

"带走一个人和带走几个人是有区别的，这和我们先前的计划不一样，所以我要先征求你们的意见。"她把一绺头发别在耳朵后面，深深地注视着罗门，"我不想再从你那里听到'你不够专业'这样的话。"

安念蓉仍然穿着"阿巴耶"，只露出一双眼睛，像传统的阿拉伯妇女一样，她也在眼睛周围和手上画了一些图案，戴着缤纷灿烂的首饰。这个时候带着异国风情的她，眼神里居然充满了神秘的魅惑。

罗门没有笑。只有安念蓉才会在这样的时候还记着这些无关紧要的争执，她太好胜要强，而且这种好胜要强多少都带着些不讲理的意味，不过，罗门很欣赏她为此所作出的努力。一个女人敢于在各种领域里跟男人竞争，光是这份勇气就很难得。

"我们等你的命令。"罗门看着她，"在这个行动里，你是我们的最高指挥官。"

你不但要表现出自己的决心，还要敢于承担自己的责任。

安念蓉从罗门的眼睛里读到了这样的字句，这种无声的支持和鼓励让安念蓉觉得心里踏实无比。

"那我们还等什么？"接下来安念蓉的话让车里的男人们都很吃惊，"兵贵神速，就趁着现在对方没有警觉的时候行动吧。"

"她还是个像你一样的行动派。"ACE 走到面包车的后面，低声对罗门说，竭力不让自己笑出声来，"你们两个一唱一和的居然很有默契，我说，她是不是让你把所有女人都忘掉了？就是现在跟你在一起的那个？”

罗门把防弹背心重重地摔在 ACE 的脸上作为回答。

在贾法里的院子里，肖恩无聊地摆弄着苏珊的照相机，看那两个文盲的照片，这是今天唯一值得高兴的事情。但看着看着，肖恩的脸色变得难看起来，他把所有的队员都叫到身边来。

经验和知识都极其丰富的特战队员会对自己周围的环境保持随时的关注。每到一个新的地方，特战队员都会下意识地对自己所处的环境作出评估，假设发生紧急事件自己该如何应变，这种反应几乎已经成为一种本能，而他在这个环境的时间越久，对周围的环境就越敏感，敏感到看到一处就会想象该如何攻击和遭受攻击时该如何应对。

肖恩百无聊赖的时候，就会像做解剖一样把贾法里的房子分解开来，然后假设自己在这里受到攻击，对所有的火力点、火力死角、火力轴线延伸的地方早已经烂熟于胸，而照片上出现这对兄弟的地方，就是肖恩平时关注的地方，你可以说这是个巧合，但你也可以说，这对兄弟居心叵测。

“先生们，你们对这种情况有什么看法？”

肖恩向队员们展示着照片，并且问道。

“我看不出什么特别来。”格雷女士满脸的迷惑，“不过就是两个傻子，而且我现在就要删掉这些愚蠢的照片。”

# 第十章
# 巴格达特快

肖恩向队员说出了自己的疑问，大家很是不以为然，嘲笑肖恩的神经过于紧张。

“也许他们是经验跟你一样丰富的库尔德战士。”苏珊也摆弄着照相机，“重要的是，他们对贾法里没有恶意。就算他们懂得作战，那又能说明什么？这个国家现在连孩子都懂得打仗。而且这可能只是巧合。”

“要是相信巧合，那我早死了十几次。”肖恩这个时候表现出他的固执，“这世界上没有巧合这回事。”

“那你说说他们想从我们这里得到什么？干掉贾法里？肖恩，贾法里可是他们的亲戚。”苏珊对肖恩说，“只要对贾法里没有威胁，他们就是电锯杀人狂我都不在乎。”

肖恩没有继续争辩下去。对于贾法里的重要性，肖恩比他们领会得要深，他们保护贾法里，实际上是担心他会在外国势力的帮助下逃亡。贾法里在伊拉克国内远比他在国外更加好控制。贾法里本人并不亲美，所以美国人才要安抚他。

他要加强这里的戒备。中情局的战术专家已经对贾法里的住处进行了安全分析，有一整套的计划可以应付危机。首先，肖恩需要狙击手在这个住处的最外一层进行防御，海军陆战队一师的强力侦搜班会派出两组狙击手配合，他们装备有 M24 和 M82 狙击步枪，接到肖恩的通知后会进入事先选择好的地点监视贾法里的住宅；其次，步兵第四师也会在接到警报一小时后派出自己的斯特瑞克装甲车增援，在这之前，已经有一支步兵联队乘坐悍马吉普车从基地赶来。

眼下在这个住宅里保护贾法里的就只有他和黑水公司的保镖，以及两个班的政府军士兵，外面街道上有为数不详的武装民兵，但指望他们的效率会很危险。肖恩让自己的人把贾法里严密地保护起来，等到斯特瑞克装甲车来到时就带着贾法里离开。肖恩不顾贾法里本人的拒绝，把他带到自己的休息房间里，并命令别的家庭成员继续进行他们的日常行为。

伏在一处民居房顶的马西北把住宅里观察到的情况汇报给罗门。无所畏惧的阿巴斯正在这户人家里做客，用他个人的威望向主人争取到了上房顶观察的特权，当然，除了望远镜马西北不能带任何武器，即使这样仍然要担心会被美军狙击手当成目标。

在太阳直射下，趴在滚烫烫的房顶，身上还要盖上一张羊毛毯以躲避美国人的观察，当马西北从房顶下来时，上身衣服已经被汗水浸透。

现在的首要任务是再次进入贾法里的二层小楼里，找到他的三个孩子，并带走他们。孩子们就在走廊尽头的三个房间里。

贾法里要求带走孩子，这说明他对自己的处境有着清醒的认识，而贾法里忽然被限制人身自由，看来院子里的美国人察觉到了什么。罗门判断是自己和ACE已经露出马脚，所以包括安念蓉在内都已经不可能再出现在这些美国人面前，好在他们的行动没有暴露忠诚的阿巴斯，而阿巴斯是少数几个能够自由出入贾法里家里的人，所以罗门寄希望于他能够把自己接应到贾法里的住宅里去。

“情况有变，我们还要开始行动？”ACE问罗门。

“这不是开始行动，而是继续行动，趁着里面的环境还没有太大的改变。”罗门检查好自己的武器，套上那件肮脏的阿拉伯长袍，“还有两小时天就黑了。”

“为什么不在天黑后行动？”阿巴斯不解，“至少黑暗还能提供些隐蔽。”

“都一样，天黑能给我们提供隐蔽也就能为对方提供同样的隐蔽，而且夜间街道上太冷清，不出几分钟我们就会被四面八方冒出来的敌人盯上。”罗门把茶巾系在脸上，“在我们不熟悉的地方，有些条件下，白天更适合寻找隐蔽。”

“是因为有民众的混乱吗？”安念蓉忽然问了一句。

罗门沉默了一会儿，慢慢地点了点头。他知道安念蓉发问的意思，不过，遗憾的是，罗门现在没有时间考虑那些无辜的人会不会遭受池鱼之灾。

马西北接到行动命令，也返回到面包车里拿上自己的装备。

罗门看着安念蓉："你也可以不进去，在外面等着我们的消息就好。"

安念蓉摇摇头："贾法里已经让我见过了三个孩子，只有我认识他们，而且刚才贾法里已经告诉这些孩子，除了我他们不能跟任何人离开。"

罗门点点头，伸手拍了拍阿巴斯的肩膀："开始。"

老式的汽车冒着黑烟启动，慢慢地沿着街道开向贾法里的住宅。

阿巴斯进到贾法里的家后，会打开墙上的一道不经常使用的小门，让罗门等人从这里进入。穿过小小的花园，就能够从另一个方向进入贾法里的二层豪宅。ACE 把汽车停在人行道上，让面包车后部斜对着这个门口，打开一扇车门就可以阻挡街道上来往行人的视线。

阿巴斯按时打开那扇小门，安念蓉、罗门、ACE 和马西北跟在他后面鱼贯而入。

院子里静悄悄的，只有二楼传来孩子们的吵闹声。贾法里的三个孩子分别是十七岁的男孩戴伊、十六岁的男孩哈代和七岁的女孩哈米娅，他们每个人在二楼都有一个房间。

阿巴斯带着四个人突然出现在楼下大厅的时候，把贾法里的太太们吓得不轻。幸亏她们都知道阿巴斯是贾法里信任的人，阿巴斯简单地解释了来意，贾法里也已经跟太太们打好了招呼，房间里才没有乱成一团。

已经冲到门前警戒的 ACE 跟罗门交换了一个眼色，然后不停地摇头。

你永远没有办法跟阿拉伯人解释什么叫做"悄悄"地行动。什么事情都要大费一番口舌，这简直要人老命。美国人为了表示对贾法里的尊重，所以不会进到他的家里来，如果不是这样的话，他们马上就会暴露。ACE 从门口能够看到院子里的保镖们，他们都很警觉，但主要的注意力都在院子外面。一个女人告诉他们，贾法里现在就在美国人平时休息的房间里，她抱怨道，那以前是园丁和司机们休息的地方，现在却让她们的丈夫待在那里，这很不礼貌。

阿巴斯告诉罗门，这些太太们并不知道自己的孩子要被带走，所以最好也不要惊动她们。罗门很想告诉他，按照计划可不是这样，不过在这个时候说这个没有用，而且以阿拉伯人的随意和散漫，说这些也不会起什么作用。

阿巴斯假意对太太们说，贾法里有事情要跟她们交代，把她们都带到了二楼的起居室里。借着这个机会，安念蓉立刻和被罗门换下来的 ACE 来到走廊的尽头，敲开了孩子们的房门。已经见过安念蓉的孩子们都表现得很镇静，乖乖地跟着安念蓉和 ACE 离开。

守在走廊窗前的马西北忽然摆了摆手，闪身缩在窗帘后面，这表明外面有人向二楼观察。ACE 立刻蹲下高大的身子，用清晰的阿拉伯语低声告诉孩子们停止前进，离开窗户。安念蓉的心一下子提到嗓子眼上，而哈米娅却觉得很有意思，捂着嘴低声笑起来。

ACE 向安念蓉示意，让她戴上无线电通话耳机。

“一切正常，继续行动。”罗门的声音正从耳机里传来，她已经被告知，行动中所有的通话都要以英语进行，“注意保持安静。”

安念蓉轻轻拉起哈米娅的小手，把她抱在怀里。

马西北从窗帘后出来，快步走在队伍前面，他的脚步轻似狸猫，居然没有发出一点响声。经过起居室，阿巴斯的声音从门缝里传出来，贾法里的太太们都在注意地听着他的天南海北。

很快一行人就来到了小门前。

哈米娅忽然对自己的哥哥们说了什么，戴伊听了之后一脸的不耐烦，也对哈米娅说了几句，哈米娅立刻撇起小嘴，看样子马上就要哭出来。

哈米娅没有带出自己最喜欢的玩具洋娃娃，想要回去取，ACE 这样跟大家解释。罗门让 ACE 告诉她，自己会去给她取玩具，她现在要和哥哥们先上车离开。大家不能就这么聚集在院子里，不然被贾法里家的工人们看见就麻烦了。

但是哈米娅自己也忘记了把洋娃娃放在哪里，而且开始低声抽泣，戴伊告诉 ACE，如果没有这个娃娃，哈米娅夜里会无法入睡。哈代也说，要是哈米娅哭起来，除非自己哭累了，否则很难停止。

安念蓉再次抱起哈米娅。“我跟她去找那个玩具，你们先上车。”

这个时候怎么能够为了一个洋娃娃玩具冒险？罗门简直想训斥安念蓉，但当他看到安念蓉眼中的温柔和哈米娅眼中的期待时，这句训斥就没有说出口。

“我跟你一起去，其他人先作撤离的准备。”

三个人又顺着原路返回客厅，迎面遇上要离开的阿巴斯。罗门来不及告诉他发生了什么事情，只是提醒他要留下，等所有人全都离开他才能够离开。就在这时，他的对讲机里传来 ACE 的声音。

“有政府军要过来检查我们的汽车，你们要快。”

“叫两个年轻人跟政府军周旋。”罗门示意安念蓉快带哈米娅找她的玩具，“如果我们来不及出去，就让汽车先离开，你和兵蚁留下，我们使用备用方案。”

他在门缝里观察着院子里。半掩的房门提供的视界不好，从他的方向只能看到一个保镖的身影。他正在用卫星电话通话，忽然转了个身，用警惕的目光巡视着二楼，似乎在寻找着什么。罗门认出他就是那个领头的肖恩，与众不同的警惕性说明他不仅仅是个保镖。

罗门看了一眼哈米娅的房间，从袍子下拿出 M4A1 瞄准了他。

负责警戒的海军陆战队强力侦搜班的狙击手通知肖恩，在贾法里的院子外停了一辆面包车，还有人员进出，负责守卫的政府军已经过去检查。

肖恩忽然发觉，二楼孩子们的吵闹声消失了。他让苏珊和一个叫威廉的雇佣兵绕到房子后面去看看，让一个同伴盯着住宅里的动静，自己避开半掩的房门向客厅走来。

看到黑水保镖们的行动，罗门意识到有狙击手负责远距离的观察。从美国人的反应来看，他们的战斗素养很高，如果不是偷袭，战斗很难取胜。肖恩避开了开着的那扇门，现在他的视界中已经看不到任何人影，这让他有一种掉进陷阱的感觉。

罗门拿出一颗手榴弹，拔去保险环压在门下，然后慢慢退到客厅楼梯边的一个门口，这是贾法里的厨房。在门口旁边的桌子上摆着一盘水果，颜色鲜艳欲滴，罗门随手拿起一个苹果咬了一口。

“外围有狙击手，注意寻找隐蔽。”他在单兵电台里通知所有人，“我们可能已经被发现。”

“我们的狙击手在哪里？你说过我们会有狙击手。”ACE 立刻反问，“另外，你在吃东西？在这个时候你还有心思吃东西？浑蛋。”

“狙击手会有的，一切都会有的。”罗门安慰着 ACE，又把苹果放回原处，“不要害怕。”

“我不害怕。”ACE 嘲讽地回答他，“就像来之前我说的，在这里没有狙击手掩护我们就无法动弹，在我们感到害怕之前就已经一命呜呼了，所以我不害怕。”

罗门没有理会他，而是联系了楼上的安念蓉：“我们没时间了。”

安念蓉的声音里带着点紧张：“哈米娅要多拿一些玩具，我们还在准备。”

如果还有什么比敌人更麻烦的事情就是女人和孩子，罗门长长地呼出一口气。他早该知道安念蓉对付孩子没有什么好办法，而这些小东西在察觉到大人很在乎自己后就会变得很有办法。他们的时间不够了，不过，作这个决定的人是罗门，他不能去责怪别人，而且在这个时候责怪也没有一点帮助。

“十五秒钟内还不下来，我们就只能在这里等死。”

战斗马上就要开始。

罗门脱掉身上的长袍，从战术背心的胸袋里掏出滑雪面罩戴上，顺手把红白相间的格子茶巾扎在左臂上。他们在伪装的长袍下穿的是没有标志的沙色作战服，茶巾这样的扎法是为了在混战中辨认同伴。

“ACE，兵蚁，保护通道，左右已经有敌人来，注意警戒。”

压在门下的手榴弹发出巨大的响声，有人触发了罗门布下的诡雷。一扇门被震得飞了出去，而另一扇门则被炸得支离破碎。碎木四下里激射，罗门虽然躲在厨房里，仍然有几片碎木头飞了进来，经墙壁反弹后打在他身上隐隐作痛。

罗门紧跟着把一枚烟雾弹扔出门外，顺风升起的烟雾立刻把大门笼罩在其中，第二枚烟雾弹扔在大厅里，整个客厅也被笼罩在烟雾中。

安念蓉抱着哈米娅从楼梯上跑下来，已经什么都看不到，但浓烟中的罗门好像长了眼睛一样，一把就抓住不辨东西南北的安念蓉，把她和哈米娅都拉到身后。

手榴弹爆炸的时候，肖恩又是吃惊又是兴奋，这说明他的判断是正确的。唯一让他感到迷惑的是，贾法里现在被控制在自己手里，这些人还能做什么？

从爆炸的威力能够判断得出这枚手榴弹是M67防御型手榴弹。开门的雇佣兵反应很快，听到M67的保险匣飞出时发出的清脆的声音，他快速退出。这种警觉性救了他一命，被冲击波震飞的门板打在他的身上，也挡住绝大多数飞向他的弹体破片，所以他只是受了些震荡而没有受伤，过了几秒钟就从地上爬了起来。另一个人的状况就坏得多，手榴弹炸起的碎片有不少击中了他，虽然他穿着“拦截者”防弹衣，伤口都不致命，但大量流血让他失去了继续战斗的能力。

手榴弹炸响后，没有人从大门里冲出来，反而冒起了浓烟，肖恩立刻联系高处负责监视的狙击手，让他们分辨并射杀从房子后面离开的可疑人物。他话音未落，房子后面忽然响起了几声M4卡宾枪的射击声，紧跟着也升起了烟雾。

马西北和ACE刚冲进院子就遇见了从房子另一侧转过来的保镖。来不及托起机枪的ACE以一个标准的战术动作趴倒在地上，身后的马西北手疾眼快，用M4A1向迎面的两个雇佣兵打了一个长点射。雇佣兵虽然也来得及开枪，但匆忙之中，子弹全都从ACE头上飞过，一个贴着墙的雇佣兵立刻闪回拐角，而另一个则被击中，仰面摔倒在地上。看他摔倒的样子，防弹衣似乎起了作用。马西北半蹲下身子瞄准，又向这个倒霉鬼打了一个长点射。ACE紧跟着扔出烟雾弹，一枚之后又是一枚，他接连扔出四枚烟雾弹，把自己和马西北隐在烟雾里。

缩回墙角的苏珊看不清烟雾后面的形势，但还是把枪从墙边伸了出去，按着记忆中敌人的位置猛烈射击，直到打光弹匣里的全部子弹。没有人还击，但苏珊也不敢冲过去，烟雾遮断了双方，谁都看不清对面的情况，最安全的办法就是待在原地。

狙击手告诉肖恩，现场有烟雾，无法识别目标并进行攻击。

肖恩真想向大厅里投出几枚手榴弹，但听到楼上妇女们的尖叫，他知道这只能是他的想象而已，如果他让这些妇女有所损伤，那贾法里绝对会利用自己的势力让中情局开除他。肖恩召回苏珊，派一个人照顾受伤的保镖，带着另外两个人把贾法里围在中间，在院子里寻找掩体等待援军到来。第四步兵师的步兵联队在十分钟内到达，肖恩已经命令他们分两路包围贾法里的豪华住宅，并且把狙击手观察到的面包车特征和车牌号通知给步兵联队，要他们负责阻截。

烟雾是屏障也是坟墓，如果他们指望烟雾帮助自己，那可大错特错。

在宅子里，罗门拉着安念蓉的手臂，带着她穿过浓烟，迅速来到围墙外面，把安念蓉和开始哭闹的哈米娅推进面包车。车厢里也已经烟雾弥漫，车里的人都用事先准备好的湿毛巾捂住了口鼻。安念蓉感到奇怪的是，前128部队的军人们根本不受浓烟的影响，行动时没有哪怕一丁点儿的犹豫不决，好像烟雾也无法遮挡他们的视线。

阿巴斯大声对罗门说道："美国人已经包围了这里，再不离开就来不及了！"

"别担心，我们把一切都安排好了。"罗门在面包车里拿起自己的背包，然后凑到安念蓉面前，"现在是生死攸关的时候，希望我们都走运。"

安念蓉面色苍白，深深地点头："那我们一会儿见。"

ACE和马西北也从院子里跑出来，到车上拿了各自的背包。ACE一边背背包一边对罗门大叫："你说的狙击手在哪里？美国人就要杀上来了。"

罗门用手指敲了敲耳朵，示意他注意听自己的电台。

海军陆战队侦搜班的两组共四名狙击手分别占据了两个可以观察到贾法里住宅的高点。一组狙击手能够观察到住宅包括院子在内的正面，而另一组的距离较近，负责观察住宅背面的情况，就是这一组关注到住宅背面街道上的混乱。

烟雾升起的时候，街道上的无关人等就已经忙不迭地散开，生怕遭受池鱼之灾，这就让狙击手的视界更加清晰。美中不足的是，他们藏身的地方比较窄小，为了使观测线贴近狙击步枪的枪膛轴线，观瞄手要趴在狙击手右肩后面观察。

“陆军的旱地爬虫开过来了。”观瞄手拍了拍狙击手的屁股，虽然他知道同伴完全不喜欢他的举动，“别让他们把人都杀光。”

“闭嘴，看好目标。”狙击手的眼睛没有离开狙击镜，冷冰冰地甩给他一句，“另外，别再摸我的屁股，这让人恶心。”

街道上的浓烟开始飘散，面包车的轮廓显露了出来，已经能够看清车头上那个大大的奔驰标志。

梅赛德斯—奔驰的汽车都很好，等从这该死的地方离开后我也来上一辆轿车。眼前这辆面包车虽然已经有年头，但只要它是奔驰，你就得对它另眼相看，狙击手在心里想。也许，狙击镜里面也应该用奔驰的那个标志作为射击指示。

“目标出现。”观瞄手告诉他。

狙击手停止了胡思乱想，慢慢地调整着自己的呼吸，让思绪集中在狙击镜上。

“A 区地带正面，面包车一辆。”观瞄手的声音很轻松。

“距离？”

狙击手事先对环境做过标定，所以他已经精确地计算出射击距离，他只是要得到观瞄手的确认。

“521 码，正在接近中。”观瞄手看了下摆在面前的射程卡，“风向偏右 3/4，修正 1。”

狙击手轻轻推开保险。

“500 码，时速 20 英里，提前量可以……”

观瞄手的话只说到一半，狙击手感觉到他的身体忽然跳动了一下，被不知道从哪里飞来的子弹打飞了他半边的脑袋，无力地搭在狙击手的身上。

狙击手没有时间吃惊，也无法寻找更加隐秘的掩蔽处，他迅速把步枪转向子弹可能射来的方向。搜索浪费了他五秒钟的时间，但这已经是盲目搜索时所能做到的极限。

一支喷成沙漠黄色的 AWM 步枪出现在镜子里。

狙击手忽然明白过来，对方根本就没有躲避他的搜索。AWM的枪机设计有一个特点，再次上膛时只需向上旋转60° 和拉后107mm，这使得射手在操作枪机时头部能始终靠在贴腮板上，可以一边保持观察瞄准镜中的景象一边抛出弹壳和推弹进膛。五秒钟，已经足够一个优秀的射手完成下一次射击的准备。

“哦，上帝。”

狙击手只来得及看清楚AWM步枪后射手的一头金发，头部就被一颗点338拉普－马格南步枪弹击中。

在罗门、ACE、马西北和安念蓉的耳机里，同时听到了一个女人的声音。

“障碍已经清除。”

罗门猛地在阿巴斯肩膀上拍了一下，老旧的面包车突然加速穿出烟雾，迎着对面开过来的悍马车队冲了上去。坐在阿巴斯身边的安念蓉甚至看得到，第一辆悍马车上的美军士兵已经转动M2HB型大口径机枪对准自己，并且拉动了枪栓。戴着墨镜的美军士兵和黑洞洞的枪口让她在瞬间产生了对死亡的恐惧。

就在这时，阿巴斯拼命地扭动着方向盘，面包车转了近乎九十度，拐进一条胡同，躲过了对面的车队。

“我希望你的计划管用！”阿巴斯大声对罗门叫喊着。

“现在该希望你的计划管用。”还没等罗门说话，ACE已经抢在他前面对阿巴斯大声喊叫起来，“我们去找‘地道’阿里！”

战斗现在要进入决定性的阶段，到底能不能够成功，连罗门自己都不能够肯定。带走贾法里的子女肯定会遭到美国人的阻挠，但事情到了这个地步，就算是贾法里也已经不能取消这次行动。而且，在这个时候罗门也无法再接受任何人的指令，除非这指令来自安念蓉。现在是背水一战，信心和勇气已经不是他要考虑的问题，生和死才是。

肖恩联系上了带队的少尉，知道第四步兵师已经出动了一个步兵连把这一地区所有的路口全都封锁，整个地区都已经在美军控制之下。在中情局的直接介入下，驻巴格达的美军司令部把这次行动命名为“愤怒火焰”，调集了所能够调集的各军种参加，甚至指派了第五装甲师的一个坦克排随时待命。

一架“全球鹰”无人驾驶飞机飞临战斗区域上空并开始把视频影像传达到指挥中心。就在面包车甩开悍马车队几分钟后，“全球鹰”已经发送回它的信息，表明汽车已经停在一处居民楼外，那个街区是反美武装活动比较活跃的地方，而车里的人已经进入这幢大楼。

肖恩对此感到迷惑，他们绑架了贾法里的家人，首先考虑的是要逃出巴格达，可到这一处街区停留却对他们没有一点好处。重要的是，贾法里也是反美武装的敌人，他的家人在那个地方并不安全。不过，疑惑归疑惑，行动还是要继续，肖恩将和少尉共同指挥第四步兵师的这个排。

一组海军陆战队狙击手的损失让肖恩意识到对方也有狙击手，而己方狙击手事先没有发出一点警告就更让肖恩担心。和这些现役军人不同的是，在绿色贝雷帽的经历让肖恩知道狙击手的巨大作用，而且看起来对方对狙击手的使用相当老到。肖恩认为，不管在任何时候，狙击手都不应该与主力同时编入一队，尽管狙击手本身也可以参与进攻或者防守，但不到万不得已，对狙击手最正确的定位就是主力的主要支援力量，所以他要保持与主力部队的相对独立，避开敌人的耳目，在关键时刻给出意外的一击。

对方的狙击手到现在还隐藏在暗处，这是肖恩感到担忧的地方。他提醒带队军官，让他部下所有的 M14 射手和狙击手注意寻找隐藏在暗处的敌方狙击手，反正敌人也无法逃脱，用不着轻敌冒进，给自己造成无谓的损失。

就在这时，前方观察哨忽然报告，在撒非那纳吉大街的民居里，就是他的目标闯进的地方发生了激烈的交火，不管交火的原因是什么，他和他的部队必须在最快的时间赶到以控制局势。这时候已经顾不到隐藏的狙击手，全部人员都乘坐悍马汽车赶去，如果有狙击手，就交给重火力去解决，反正巴格达已经满目疮痍，不在乎再多些炮弹和子弹。

撒非那纳吉大街曾经以八世纪诗人阿布纳瓦斯的名字命名，而现在的名字“撒非那纳吉”则有拯救的意思。萨达姆政权倒台之后，人们觉得保留这名字不太合适，因为它象征着他们曾经遭受到的不公正的待遇。肖恩对此倒不以为然，他根本就不认为改变一处街道的名称对民主和自由有什么帮助，街道的重新命名行动是平民自发的，但是最后肯定要和政府一致，要不然就会引起混乱。

罗门等人进入这幢民居的时候，按照最初的计划，他的任务到此为止，接下来将全部由阿巴斯接手。阿巴斯居然也带上了一支 AK47，看得出他很紧张。

“是我看错了还是他真的在发抖？”ACE 小声地问罗门。

“这不奇怪，现在他要打交道的是反对派武装。”罗门在耳机里低声提醒其他人注意局势，“我敢说，这些人里面总有一两个会认出贾法里的孩子。”

“到那时我们该怎么办？”ACE 注意地看着阿巴斯跟几个反对派首领交谈。

“希望美金能够帮上大忙。”罗门没有关上步枪保险，“但如果美元也帮不上什么忙，那你就要知道该怎么做。”

“我们进来的时候，街上就有几十支 AK，这楼里还不知道有多少。”ACE 打量着周围的环境，“你把战场选在这里是不是太冒险了？”

“只要你把这里的地图记住了，那我们还有相当的把握。”罗门认真地看着 ACE，“真要盲人摸象，你到底有没有信心？”

ACE 笑了起来：“你问我有没有信心？我告诉你，这科目训练时我的成绩比你好。”

“我记得有这回事，不过，你可别让我看你的笑话。”

罗门不以为然地回答他，目光却已经转向其他人，要对自己的决定作最后一次评估。

马西北是最好的尖兵，所以没有什么可担心的，安念蓉肯定不行，但她和贾法里的孩子们不用参加战斗，所以他觉得自己的计划没有什么不妥之处。

安念蓉的脸色不好，这肯定是由于紧张，但她的眼神并不慌乱。安念蓉注意到罗门的目光，在唇边露出一个极微小的笑容表示自己的平静，然后继续哄着怀里的哈米娅。

阿拉伯人的声音忽然变得高而嘈杂起来。阿里的声音又急又快，阿巴斯气得脸红脖子粗，用力挥舞着手势，还有几个反对派武装的头目跟他吵在一起，房间里和走廊里的武装分子都聚集起来，围住了罗门这些人，个个脸色不善。

“发生了什么事？”罗门看着 ACE，“他们怎么吵得那么凶？”

“阿里说，阿巴斯违反了协议内容，所以他们要取消这次交易。”ACE 拉长了耳朵听着他们的对话，“他们还说，如果阿巴斯不同意他的条件，就要把我们全都交给美国人。看来情况不妙。”

这时候阿巴斯咒骂着回到自己的伙伴当中。

“到底出了什么问题？”罗门皱起眉头看着阿巴斯，“为什么他们不想交易？”

阿巴斯悻悻地看了一眼对面的“地道”阿里。

“当时我们说的是用他的秘道带走一个人，可现在是三个人，所以他们想要加钱。”

“你知道现在这三个人跟贾法里的命一样值钱，你只管答应他们就好。”罗门看了眼手表，按照他的估算美军随时都会发起攻击，“我们没时间了。”

“可他们只要现金。”阿巴斯苦恼地抱着脑袋，“三个人就是三十万美元，我们去哪里找这些现金？”

罗门越过阿巴斯的肩头，能够看见那阿里。现在他的脸上已经没有初次见面时的和蔼笑容，而是用他那双凶狠的眼睛轮番打量着三个孩子，他的眼神和脸上的阴郁表情都让罗门感到不安。

“告诉他，如果他肯接受事后付款，会多加五万美元。”这个时候不能迟疑，更加不能引起纠纷，墨菲定律认为，一旦事情有了向坏的方向发展的可能，就一定会向坏的方向发展，“如果他还不满意，就加到十万美元。”

这恐怕会引起阿里对这三个孩子更大的兴趣。但现在是人为刀俎的场面，急切间罗门也没有更好的办法，只希望阿里见钱眼开，能够立刻把他们带到秘道里去。

阿巴斯又过去和阿里谈判。阿里的兴趣又转到罗门身上，但罗门戴在脸上的滑雪面罩隔绝了他关注的目光。

阿里的脸上露出一个诡异的微笑，凑近阿巴斯的耳朵旁边说了什么，阿巴斯立刻愤怒地跳起来，激动地向阿里比画着手势，似乎在严厉谴责他，在大厅的灯光下，人们能够看到阿巴斯嘴里喷出的唾沫。

ACE 看了罗门一眼：“这个家伙要我们留下一个人作为抵押，他要那个小女孩。”

阿巴斯冲上去想要去撕打阿里，却被阿里的部下按住，还顺手缴了他的武器，阿巴斯本人似乎并不在意这一点，继续挣扎着。

“这可真是他妈的一团混乱。”ACE 嘲讽地看着眼前的场面，“一点都不严肃。”

罗门没有说话。

指望阿巴斯的谈判技巧，场面就有失去控制的危险，不，现在场面已经失控，谈判已经失去作用。罗门紧张地思索着对策，悄悄用手势命令马西北监视住大厅的另一头。马西北心领神会，不引人注意地走到大厅的门口。这个位置既可以监视大厅内的人，同时也可以守住这条走廊不让别人通过。

这时候有一个人走进大厅，把一部手机递给阿里。最初的几秒钟里，阿里面露茫然，然后飞快地扫了一眼几个孩子的方向，转过身去继续通话，声音也小了很多。

安念蓉悄悄走到罗门身边。“情况有些不对头，我们在这里耽误了太长的时间。”

罗门走过去，把阿巴斯从几个人的手里解救出来，然后把他带到一边。

“你是不是确切知道这条秘道的位置？”

“我们曾经用这条秘道运送过一些人离开巴格达。”阿巴斯沮丧地点头，“秘道就在这座楼房的地下室里，但没有阿里的允许，谁也不能接近地下室。”

罗门突然举起卡宾枪，一枪打死了正在通话的阿里！

这一举动出乎所有人的预料，大家都呆住了，只有一直以来都很紧张的哈米娅吓得大哭起来，她的哭声把阿里的部下从震惊中惊醒，大厅立刻淹没在震耳欲聋的枪声中。罗门和马西北同时向其余的武装分子猛烈射击，对方虽然也早有准备，但抢先发难的罗门和马西北已经先占据了有利的位置，而且枪法更好，一下子把大厅里的武装分子打倒了七八个，其余惊慌失措的武装分子逃进走廊里，打光了步枪弹匣的罗门和马西北追到门口，又打光了手枪里的弹匣才退回来。

刚给步枪换上弹匣的马西北立刻迎来了第一波敌人。马西北半蹲在门口，用连续的三连发点射阻止敌人进入走廊，他的地方视界狭窄，只能用连续射击压制敌人，双方的步枪都没有准确的目标，子弹在走廊里乱飞，很快就弥漫着大片的灰尘。

“谈判要这样才有效果。”ACE 捡起一支步枪，塞给惊魂未定的阿巴斯，“快去给我们指示秘道的地点。”

罗门的情况比马西北好不了多少。他要留在后面掩护，不停顿地打光步枪里的子弹后，他向走廊尽头投出一枚手榴弹，手榴弹炸起的灰尘立刻遮挡住了双方所有的视线。

“换弹匣！”

马西北大喊一声缩回到门后，闻声而至的 ACE 立刻举起手里的伞兵型米尼米机枪对着走廊倾泻子弹掩护他。换好新弹匣的马西北向着走廊滚地扔出一枚 MK3A2 攻击型手榴弹，手榴弹刚好滚到走廊的尽头爆炸。马西北一跃而起，向走廊里冲了出去，对着对面的墙壁又甩出一枚 M67 防御型手榴弹，手榴弹反弹进走廊拐弯处的死角，马西北立刻抱着脑袋趴在地上。

一声巨响，有效杀伤半径达到十五米的 M67 手榴弹的威力绝对可以信赖，马西北跳起来冲到拐角处的灰尘里，把被炸得晕头转向的武装分子全部打死。听到马西北的呼叫，ACE 命令阿巴斯和安念蓉快速跟上自己，沿着马西北杀出的通道前进。

后面罗门的步枪又开始了有节奏地射击，步枪弹匣打光后是霰弹枪射击的声音，这是罗门在这种情况下最喜爱的武器，不管多累赘他都要带上一支。听到第六声枪响，ACE 猛地站住，回身用机枪瞄准了刚才离开的走廊。罗门用手枪一边射击一边飞奔进来，看到握枪屹立的 ACE，罗门立刻俯下身来，米尼米机枪子弹呼啸着越过他的头顶，把烟尘中的追兵打得落花流水。

等罗门换上新弹匣，ACE 立刻转身跑向前面。他的时机掌握得恰到好处，从这条走廊里冲出来，正好听到已经被迫用手枪射击的马西北高呼“换弹匣”，有三四个武装分子以为有机可乘而冲了过来，全被米尼米的弹雨打倒。

枪声结束得就像开始时那么突兀。

ACE 和马西北按照阿巴斯的指示带着孩子们冲向地下室。罗门边给霰弹枪装子弹边来到大厅时，意外地看到安念蓉正靠在一根墙柱上。

他一把抓住安念蓉的胳膊要拉着她走开：“现在可没有时间给你喘息。”

安念蓉哼了一声，慢慢地瘫坐在地上。她紧咬嘴唇，脸色白得吓人。

罗门拉开她按住侧腹部的手，却沾了一手的鲜血。罗门大吃一惊，急忙掀开安念蓉的衣服，看到雪白的小腹上鲜血正从两个弹孔里流出来。刚才的战斗短暂而激烈，所有人的精神全都在敌人身上，谁也没有注意到安念蓉不知何时已经中弹。

罗门立刻拿出急救包要给她包扎，安念蓉却按住他的手。

罗门诧异地抬起头，安念蓉勉强地笑了笑。

“还记得出发之前你跟我说过的话吗？那时我真没想到这种事会发生在我身上。”

罗门挣开她的手，把纱布按在她的伤口上：“这种事谁都会遇上，子弹是不长眼睛的。”

一大颗泪水涌上安念蓉的眼睛：“我就要死了？”

罗门没有说话，而是伸手到她身后，把急救包固定在她的伤口上。趁着这个时候，安念蓉挣扎着从他身上拿下一枚手榴弹。吃惊的罗门要把手榴弹抢回来，安念蓉却把手榴弹紧紧地抱在胸前。

“128 部队的人是从来不会被活捉的，对不对？”她的声音颤抖得厉害。

罗门不知道说什么好。128 部队的人的确是不会被活捉，因为他们往往出现在不应该出现的地方，所以才会有这个看似不近人情的规定，这一规定也从未被任何人质疑过，但安念蓉不是 128 部队的人，她用不着遵守这个规定。

“你不用这么做，我会想办法。”罗门没有想到自己的声音会变得这么柔和，

“我从来也没有抛弃过同伴，你也一样。”

安念蓉摇摇头，一绺乱发在她的鼻尖前摇晃着。

她痛苦地皱着眉头，尽管声音已经哽咽，但泪水却始终没有滴落。

“不，我们不能再冒险。”不知道是因为疼痛还是因为害怕，她纤细的手指紧紧地抓着罗门的袖子，“不管怎么样，你要把贾法里的孩子们带走。”

罗门低头看着她的伤口，鲜血迅速渗透了脱脂棉和纱布，虽然不是贯穿伤，但这可能更糟，子弹进入体内是翻滚的，从外面的伤口根本看不到里面遭到的破坏，就算伤势并不致命，流血的速度也足以致命。

安念蓉痛苦地蜷缩起来，无力地推着罗门。“快走。”

罗门紧咬牙关。安念蓉不能死，如果她死在这里，那么整个计划将会变得全无意义；如果她死在这里，那么罗门一向自诩的随机应变就全都成了笑谈。他一把把安念蓉抱了起来，向地下室跑去。

一枚 RPG 火箭弹在门口炸开，爆炸的气浪把罗门和安念蓉重重地抛了出去。这是残存的武装分子在继续进攻，罗门迷迷糊糊地想，碎砖残瓦打得他全身都火辣辣地疼，而安念蓉也几乎失去了意识。

外边忽然传来急促而密集的射击声，从耳鸣中恢复过来的罗门立刻分辨出 M2HB 型大口径机枪的射击声，射进大门的曳光弹表示，美军也开始了攻击。现在的局势变得更加混乱，赶到的美军无从分辨敌友，所以干脆就对目标区域内所有的有生目标进行攻击，M2HB 机枪的曳光弹指示射击往往是战斗开始的标记。

安念蓉的脸上全是爆炸后的尘土，但在罗门眼中，这时的她却有着一种在她身上从未表现出的英气。一滴泪水滑过她的面颊，她的微笑凄然而坚决，美得让人心碎。

“罗门，别让我们的努力全都化为泡影，你快点走！”

地下室里传来米尼米机枪的吼叫，和 M4 卡宾枪、AK 步枪的射击声混在一起就像是一个焦急的召唤。

罗门紧紧地握着安念蓉的手，脸对脸地凝视着她的眼睛。

“不到最后关头，不要这样做。”

安念蓉紧咬着嘴唇，慢慢地点头。

罗门向门口连着扔出两枚烟雾弹，转身向地下室冲去。

# 第十一章 急救

地下室里与其说是混战还不如说是单方面的屠杀，ACE 像个门神一样堵在门口，用机枪向里面扫射，武装分子被他的火力压制在里面。但这个地下室以前是个酒窖，里面还有隔断，手榴弹发挥不出作用，所以 ACE 和马西北也突击不下去，阿巴斯站在他俩的后边，忠心地挡在孩子们前面，三兄妹抱在一起蜷缩在墙角。

罗门直接冲下去占据了一个火力支撑点，这样就可以为马西北提供连续的火力掩护，马西北立刻突入，占据了第二个火力支撑点，然后 ACE 跟下来以弹雨扫荡整条通道。他们熟练地交替使用机枪和手榴弹，整个地下室里回荡的枪声和爆炸声简直叫人难以忍受，这样的战斗足足持续了十几秒钟，他们才接近秘道，而这个过程中不过才打死五个人。

罗门用霰弹枪轰开秘道的锁头，把阿巴斯和惊慌失措的孩子们放进去，然后拿出 C4 炸药，准备在他们离开后封闭秘道。然后他从马西北身上摘下那个背包，让他马上保护阿巴斯等人离开，然后转向 ACE。

“剩下的事情就交给你了。”

ACE 向他身后看了看。

“安念蓉呢？”

罗门没有回答他，把定时引信锁定在十分钟后，然后拍拍他的肩膀：“走。”

“你这是什么意思？”ACE 警觉地看着他。

“我要在这里吸引美军，给你们争取点时间。”罗门微笑，“我会去追上你们。记住，秘道外也并不安全，所以你们一定要当心。”

ACE 在他脸上看不出任何表情，便转身向秘道里跑去。

罗门立刻冲回到地面上。大厅里的浓烟还没有完全散去，安念蓉急促地喘息着，手里握着已经拔去保险环的手榴弹，看到罗门回来，她的眼睛里忽然泛起奇异的光彩。

罗门小心地从她手里拿过手榴弹，把保险环插回原位，用急救包里的剪子剪开她的衣服，在荧光棒的帮助下再次检查她的伤口。流血的情况似乎有所好转，而安念蓉还有神志表明很有可能是跳弹打伤了她，但不管怎样，她必须在最快的时间内接受正规的治疗。

外面交火的声音已经微弱下来，看来美军已经肃清了街道上的反美武装，也许他们马上就会冲进来。罗门再次用三角巾为安念蓉包扎好，同时在脑子里搜索地图上最近的医院的位置。这时他听到脚步声，ACE 已经出现在他面前。

“果然不出我所料。”ACE 蹲下来看了看，“真他奶奶的。”

“我要救她。”罗门开始把自己和马西北背包里的东西都倒出来，“你回来干什么？”

“那你留下干什么？她这个样子没有多少时间了，你能为她做什么？”ACE 压低了声音，“让她安静地死，这样我们还有机会逃脱。”

罗门没有回答他，而是飞快地把背包里的烟雾弹全部挑出来。

“你脑子坏了还是怎么了？”ACE 一把按住他的手，“在这个时候你还要‘摸象’？知道不知道外面有多少敌人？”

罗门甩开 ACE 的手，看着 ACE 的眼睛。

“我没有时间跟你争论，你要么跟我一起来，要么立刻离开。”

ACE 恼火地朝地上吐了口唾沫，也开始解下自己的背包。

“他妈的我倒想看看你有些什么本事。”

第四师的步兵只用一次密集的射击就让反对派武装彻底败退。

和火力强大的美军进行正面对抗是不明智的，即使是反抗态度最坚决的反美武装也不得不承认这个事实。如果自身携带的武器还不足以令敌人胆寒，那么美国人还会在第一时间召唤空中打击。巴城虽然是世界名城，但国家的沦丧使它也变成了任人践踏的荒原：占领军可以毫无顾忌在上面倾泻炮火。

肖恩要求带队的少尉尼尔森直接发起攻击。中情局的情报表明，这里的武装分子是巴城内的黑市走私商之一，首领就叫“地道”阿里，他掌握着城内的地下秘密通道，而贾法里的家人已经被“挟持”到这里，这座楼下就有秘密通道，如果“恐怖分子”进入秘密通道，再要捕获他们就困难了。

但尼尔森少尉拒绝了肖恩的请求，他首先要保证的是部队的伤亡在可接受的范围之内。现在天已经黑了，能见度降到令人担心的程度，而刚才的一轮进攻已经让这座建筑物开始燃烧，浓烟和燃烧的残骸会降低周围的亮度，阴影区色调的浓淡也会不断地变化，这会影响士兵们的夜视和瞄准装置的观察效果。

“那你要等到什么时候才开始进攻？”肖恩不耐烦起来。

“至少要等到政府军来疏散这座楼里的居民。”年轻的尼尔森少尉毫不理会他的嘲讽语气，“在这之前我们只能等待。”

“你是第一天来这里？你不知道这些居民可能就是背后向你开枪的人？”肖恩恼火地指责他，“里面还在战斗，这是恐怖分子和当地武装的战斗，如果我们再不参与就晚了。年轻人，表现出点勇气来。”

“我参加了第四步兵师在伊拉克所有的战斗，长官，你不用质疑我的勇气。”尼尔森不满地回答他，“特种部队不会考虑自身的伤亡，因为他们的伤亡数字不会被公之于众，但陆军就不一样。不过，我可以派一个班跟着你。这座建筑物只能容纳这样的进攻规模。”

肖恩理解尼尔森的决定。

在城市中，战斗通常会变成在会聚的火力轴线上进行的混乱行动，在人数占据优势的时候，最大的死伤往往来自跳弹和友军之间的互相攻击而不是敌人，所以在行动计划阶段就要考虑到这些问题，然后在行动中以不间断的测量和控制来降低这种威胁。在这个时候，尼尔森的决定是正确的，小股部队反而有更多的灵活性，也更安全。

肖恩和苏珊各自带人从街道外向这幢民居接近。

烟雾缭绕的门口忽然飞出了几枚烟雾弹。

肖恩意识到里面的情况可能更糟，他立刻命令小队向烟雾里进行不间歇地射击，让敌人无法借助烟雾的掩护冲出来，但里面扔出来的烟雾弹越来越多，而且从各个窗口都有烟雾弹扔出，街道很快就笼罩在浓烟中，肖恩和他的人也都陷入烟雾里而互相无法分辨。肖恩忽然明白了敌人的用意，命令士兵们站在原地不动，若有人从身边经过便出声示警。

这个时候尼尔森也看出端倪，命令士兵们各自退回到自己的悍马车上，发现有人在浓烟中走动就开枪射击，同时紧急呼叫一架直升机来驱散烟雾。街道上的烟雾越来越浓，面对面几乎都看不到人，尼尔森只得命令悍马车慢慢随着烟雾扩大的范围后撤，这样一来，已经无法对这幢民居进行包围封锁，让他比较安心的是，这样的烟雾里，没有人可以行动自如。

眼睛看不到任何东西，让肖恩感觉自己似乎被整个世界遗弃了，这个时候只能靠耳朵捕捉可疑的动静。肖恩知道自己每一步的距离，也知道自己的位置在哪里，所以他可以不受烟雾的影响继续接近民居。苏珊也没有问题，但其他人则不行，他们没有接受过这样的训练，而且命令是对移动的人开枪，所以肖恩也只有站在原地不动。

如果他能够这样摆脱困境，那对方也能，肖恩忽然意识到这一点。

他让尼尔森解除盲目射击的命令，然后命令街道上的所有人向他的位置靠拢，他要自己的人排成一队，对整个街道进行梳子式地清理。悍马车队要控制的范围越来越大，敌人的可乘之机就越来越多，肖恩甚至能够感觉到，敌人也就在街道上，而且很有可能就在自己的身边经过。他从来也没有经历过这样的场面，所以这是他现在能够想到的最好的对策。

你能想到烟雾弹还会有这样大的用途吗？

十个人手拉手已经能够遮断整条街道，在肖恩的命令下，大家迈着整齐的步子从街道这一端向另一端搜索，出人意料的，没有任何发现，除了有几次同伴被脚下的杂物绊倒。肖恩感觉到旁边的士兵很紧张，甚至能听到他粗重的喘息声，肖恩晃了晃他的手。

“别担心，小子，这至少比你冲进房子里安全得多。”

这个士兵似乎笑了笑：“我知道，先生，我知道。”

“知道就放轻松些，你喘气简直像一匹马在打响鼻。”

肖恩下意识地看了他一眼，但只能看到这个士兵隐约的轮廓，这个士兵居然很高大。

“这是我的鼻炎又犯了，等到从这里撤出去我就去看医生，我可以去做个手术，要是运气好的话，那我还可以离开伊拉克这个鬼地方。”

这个士兵的声音里似乎带着点嘲笑，不过，肖恩的注意力仍然在周围。他的任务可不是跟一个美国大兵斗气。这个士兵另外一边还有个士兵，肖恩听到了另一个人没有掩饰的笑声。

这条街道还真够狭窄的，肖恩忽然感到惊奇，他一开始还以为自己就位于队伍的最边缘。

眼前的烟雾似乎淡了些，肖恩放开同伴的手，端起了步枪，命令部下注意保持队形，这时候他感觉身边的士兵似乎落到了后面，但他的注意力全在前面。

他的队伍跨出烟雾区，但谁也没有发现可疑的情况。

肖恩立刻命令大家全体向后转，再来一次触摸搜索。

他想拉身边战士的手，却发现身边已经没有人。

一丝不妙的感觉掠过他的心头，他立刻命令身边的人各自报出自己的名字。

不算肖恩自己，一长串的名字正好九个。

肖恩吃了一惊，那么刚才身边的两个人是谁?

不管他们是谁，他们不会凭空消失。等烟雾开始消散，肖恩就发现了这幢住宅楼旁边有一条弯曲的小巷。美国人占领了这么久，对这里的地形却还没有完全了解，可这些人对这里的地形却这样了解，就好像在自己的卧室里一样熟门熟路，他妈的到底是些什么样的家伙?

巷子幽深而曲折，是个伏击的好地方。一天之内两次被敌人近在咫尺地戏耍，这让肖恩的肺都要气炸了。愤怒过后他又感到气馁，下意识地在小巷前停住了脚步。

“搜索前进。”

肖恩命令步兵进入小巷。一名士兵用信号枪向空中发射了一颗照明弹，把小巷照得亮如白昼，全体人员鱼贯而入。肖恩紧跟着通知尼尔森，让他们分出一队人去小巷的对面兜截敌人，然后再给自己派一个班的士兵。当这个班的士兵到达之后，肖恩才又鼓起勇气向小巷里进发。

前面的步兵警告肖恩，在小巷里发现了一枚没有隐藏好的“阔刀”地雷，所以让他们注意前进的速度，在前面可能还有陷阱。肖恩听到这个消息，却命令部下加快脚步，在巷子中段赶上了呈战斗队形散开的步兵小队。

“不用管什么陷阱，加快速度追上去。”肖恩对带兵的士官说，“看看敌人的本领吧，你认为他们会做不好一个陷阱吗？这是他们故意让我们发现的，就是为了吓阻我们，所以，前面不会有任何陷阱。”

士官对肖恩的回答半信半疑，但看到肖恩率先追了出去，也只好快速跟上。

果然一直到巷子的出口处都没有发生任何意外的情况。

尼尔森的悍马车队已经赶到巷子的出口，但他们没有看到可疑人物。这个街区一开始交火，居民就都已经跑得看不见影儿。这条小巷把刚才的街区跟另一条大街连接起来，很显然，就在步兵们为了那个阔刀地雷而迟疑的时候，两个敌人已经消失在眼前四通八达的街区里。站在大街的中心，肖恩感到不能理解，为什么他们没有循着秘道逃脱？

尼尔森通知他，居民楼的地下室里发生了爆炸，有一条被怀疑是秘密通道的进出口被掩埋，几小时之内无法进入。

他们完全可以进入秘道之后再这么干，肖恩在街道上思考着。有人顺秘道逃脱，有人冒险从这里逃脱，为什么？

罗门和ACE迫不及待地放开了肖恩的手，立刻转入民居旁边的小巷里。

短短的几分钟里，罗门紧张得连心脏都差点跳出来。当时他最担心的莫过于背在身上的安念蓉会在无意识的状态下发出呻吟，可现在，安念蓉没有发出声音说明她已经进入昏迷状态，这个状态持续的时间越长，安念蓉生还的机会就越小。

在浓烟中，罗门和ACE要靠记忆和对自己步伐的计算才能行动自如。一开始美军原地不动的把戏倒让他们很为难，因为环境的压力会让记忆和感觉在很短的时间内就出现偏差，他们对环境的认知最多只能保持几分钟，如果有干扰，情况就更糟。好在美军也有同样的压力，所以肖恩的临时改变让罗门和ACE得到了机会。

按照ACE的意思，一个假陷阱后面还应该再跟一个真陷阱，反正他们身上只剩下了两枚阔刀地雷，背着也是个累赘，但罗门要为安念蓉争取时间，没有同意。出了巷子就听到了悍马车队的声音，他们又钻进了通往另外一条街道的巷子。悍马车队的声音很快就消失在远处，基本可以断定，他们已经甩掉了大批追兵。

从这条巷子出去后，ACE很快就搞到了一辆汽车。

罗门把安念蓉放倒在后座上，她的脉搏已经微弱到近似于无。

“她活不下来的，罗门。”ACE发动了汽车，“你被她迷住了，所以才会不顾战斗守则。”

“战斗守则是为人服务的，至少她现在还没有死。”罗门检查自己的步枪，刚才的交火中他消耗了不少弹药，“找到一家医院，她就有救了。”

“你要找一家医院？”ACE瞪大了眼睛，“在这个时候你要去医院？知道不知道医院是什么地方？那里的军人和警察可能比街上还要多！”

“我没有血浆，如果有我就可以自己来给她动手术。”罗门给弹匣压上子弹，“既然我们要去寻找血浆，为什么不干脆找个真正的大夫给她治疗呢？”

ACE没有说话，当他真正愤怒的时候，话反而会很少。

汽车驶过街道，进入秩序比较安定的街区，有的地段甚至还有路灯。两个人都摘下了滑雪面罩，重新把茶巾挂在脸上。

“你就不想跟我解释解释你的做法吗？”ACE终于忍不住问罗门，“就算你能救这个女人一命，可你也得说说为什么吧？”

“因为现在她比我们中的任何人都重要。”罗门没有看ACE，“这么跟你说吧，要是拿你的命就能换回她的，我不会有半点犹豫，如果拿我们两个的能换回她的，那也没问题。”

ACE不禁回头看了一眼：“这小妞有这么重要吗？”

罗门只是沉默地点了点头。

ACE还不知道“神谕”，所以他也就不能明白，为什么在和“神谕”的斗争中安念蓉才是真正的主导。她的地位、她的背景和她现在所掌握的资源决定了她才是“神谕”的对手。这也是在看到安念蓉建立了自己的行动中心后，罗门才确定了这样一个方向。武力不能解决全部问题，武力也很不可靠，如果不能从根本上消除危险的源头，强大的武力也会无的放矢，在这样的斗争中，解决问题的不是罗门这样的战士，而是安念蓉这样的行政人员。

这辆老旧的日本汽车疯狂地驶过街道，冲向距离最近的Al-Kindi教学医院。

无论什么时候，巴格达的医院里都很忙碌，不断的武装冲突和爆炸事件造成了源源不断的伤员，而医生和护士却严重短缺。在战火中已经遭到毁坏的医院看起来非常简陋，许多门窗上都没有玻璃，地上散落着许多垃圾，大多是废弃的医疗物品，在走廊和大厅里坐满了等待救治的人，空气中飘浮着一种消毒液和体臭混成的可怕气味。ACE一进大厅就从别人那里抢来一辆血迹斑斑的急救车，把安念蓉放了上去。

安念蓉面色惨白，似乎完全没有了呼吸。ACE 担心地看向罗门，罗门却示意他注意周围的动静。ACE 放开推车的手，调整了一下袍子下面机枪的背带，准备应付随时可能出现的交火。

在经过大厅的时候，ACE 看到一个警察，警察也看到了 ACE，俩人目光相对，那个警察装作什么也没看见转过身去。ACE 松了口气，在袍子下松开了握枪的手，对着罗门摇摇头。

"去找血浆。"罗门也看到了那个警察，"我们在急诊室碰头。"

罗门警惕地观察着那个警察的动静，直到确定他对眼前的事情真的不感兴趣才继续推着安念蓉向前走。为了不引起更多的注意，他把步枪塞在安念蓉身边，用长袍的袖子遮住了手枪，以最快的速度穿过走廊里等待的人群。

医院的急救室是完全开放式的，只用帘子草草地围成一个个的隔间。罗门直接把病床推进一个最偏僻的隔断里。里面已经有病人在做处置，一个护士和一个医生吃惊地看着闯进来的罗门，大声地用阿拉伯语说着什么。

"安静，请安静。"罗门用手枪指着医生，"我不知道你在说什么，但请先给我的病人做处置，谢谢。"

"请按顺序排队，先生。"医生倒是很镇静，也许见惯了这样的场面。他举起鲜血淋漓的双手，用带着浓重的中东地区口音的英语说道，"这是医院，不是街头。"

"我看不出有什么区别。"罗门一把拉开医生面前的急救车，把自己的那辆先推了过去，"喏，现在是我的顺序了。请原谅我的失礼，先生，但我的病人已经不能再等了。"

他不由分说地拿起一把剪子塞进护士的手里，示意她剪开安念蓉身上的包扎，然后抬头看着不知所措的医生："医生，你还在等什么？"

医生为难地看着罗门，用眼睛瞥了下刚才的那个病人。

"如果我不先把这个人治好，我们都会有麻烦。"

罗门敏锐地捕捉到医生眼中的恐慌，顺着他的目光看去，一支 AK 步枪就倚在旁边的柜子上，而床上的人正用无神的目光看着罗门，他的胸口上有一个弹孔，看起来正处置到一半。罗门走过去，把那支 AK 步枪背在身上，然后打量了一下伤员。

虽然从穿戴上看不出什么来，但今天夜里在这附近只有他们跟"地道"阿里交火。

“不用管这个人，医生。”罗门拿起消毒用的碘酒塞进护士手里。

“如果我们不把这个人治好，他们说会把我们全都杀了。”医生看了眼护士，“而且很快就会有人招来美国人或者警察。”

罗门警惕地看了看四周。“你是说，他还有同伴在这里？”

医生不为人察觉地点点头。

罗门转动枪口，一枪打死了床上的人，然后在护士的惊叫声中转向医生。

“我很抱歉，医生，但如果你还这样傻站着，我也会打死你。”

“ACE，这医院里有刚才跟我们交火的武装分子。”罗门用手枪示意医生快点开始工作，然后迅速检查帘子外的动静，同时用无线电通知 ACE，“你自己小心，拿到血浆后跟我会合。”

罗门要把手枪对着那个护士才能制止她歇斯底里的尖叫，但她的叫声肯定惊动了伤者的同伴，走廊里开始传来急促的脚步声，听起来好像有很多人在向这边跑过来。听到走廊里的叫喊声和嘈杂声，医生变了脸色。

“哗啦”一声，罗门用力拉了一下步枪的枪栓。听到这个声音，医生哆嗦了一下，面带惊惧地看着罗门，而那个护士更是要扶住身边的东西才没有瘫倒。

“别担心，我会保证他们不来打扰你。”罗门面带微笑，轮流看着医生和护士，然后向医生笑了笑，“我没有时间，要么你救人，要么我给你一颗子弹。”

医生跟护士交换了一个眼色，开始处理安念蓉的伤口。

罗门站到帘子外面，把帘子拉开一半，这样他既能够监视大厅里的情况，也能够看到急救室的情况。

“医生，我也懂一点外科，所以别做出让我怀疑的举动，谢谢。”

医生看了一眼罗门，脸上的表情很复杂：“我跟你们不一样，先生，我只救人，不杀人。”

“安拉保佑你，医生。”

罗门向他点头致意，然后转过身来，用 M4A1 卡宾枪瞄准了脚步声响起的方向。

罗门从秘道里出来之后，就在卡宾枪上装了消音器，现在看起来，这个举动终于有了意义，他可不想让自己的枪声惊吓了正在处置伤口的医生，虽然这里的医生肯定不会因为几声枪响而发抖。

医院原本应该是安静的，但在这家医院里，人们似乎已经习惯了嘈杂，那些无辜伤者的呻吟和哭喊不会引起任何人的关注，苦难已经让人麻木。急诊室里其实只有三个医生和四五个护士，但就是这样，他们还要被当地武装威胁着先抢救自己的伤员，所以医院里根本谈不上秩序。今天来这里治疗的人可能需要比平时更多的运气。

“她立刻就要做手术。”医生提高了声音以提醒罗门，“病人流血过多，我们需要血浆。”

“血浆来了。”帘子“呼啦”一声被扯开，ACE 不知道从哪里冒出来，怀里抱着一堆外表还凝结着细小水珠的血浆袋，“各种血型都有 2000CC，如果不够我再去拿。”

事已至此，医生和护士都知道他们再没有反抗的余地。医生愤愤不平地摘下手套，然后愤愤不平地又从一个盒子里抽出新的塑胶手套。

“这里是医院，你把这里当成战场会伤害无辜者。”

“我不愿意伤害无辜，所以我会让他们看得到我，这样他们就不用把子弹浪费到别的地方去。”罗门仍然站在过道中央不动，眼睛看着急救室的入口，“我们时间不多，在美国人和政府军赶来之前你不处置好伤员，我的承诺就无效。”

脚步声戛然而止。谁也不知道有多少人，现在打算干什么，一个没有门的门口就把这里跟外面隔绝了，急救室里忽然静了下来。忽然之间，一个人影在门口闪了一下又缩回去，罗门没有开枪。在二十五米的距离之内，M4A1 的 5.56 毫米子弹穿透效果不佳，不过医院里的内墙可能是细木镶板，也可能是石膏板，两样都不容易产生跳弹。医生说得对，尽量不要伤害无辜。

罗门把枪口向人影消失的方向移动了两公分，打了一个三发点射。子弹射穿墙壁的声音甚至比枪声还响，随着枪声，一个身体重重倒地，罗门看到一只手无力地摊在门口。看不见不等于打不到，你们该学会寻找掩蔽了，罗门不无怜悯地想。

那边发出旁观者短促的尖叫，大多数人对这种场面并不陌生，他们的惊慌也仅仅是因为事发突然，所以也很快平息下来。他们甚至没有起身逃跑，而是把自己的身体蜷缩得更低更小，这很聪明，因为乱跑反而可能会被击中。走廊很狭窄，罗门能够看到躲在塑料椅子下的无辜的平民，透过步枪上的 ACOG，他还能看到这些平民脸上的表情和眼睛望过去的方向。

ACOG，全称为 Advanced Combat Optical Gunsight，就是先进战斗光学瞄准镜。ACOG 有一种自动变倍功能，当武器在快速运动时，瞄准镜的倍率不变，而当武器停止运动或缓慢运动时，则瞄准镜自动恢复原有的放大倍数，所以他能够根据这些平民视线的方向来估算墙后敌人的大概位置。ACOG 瞄准镜能够进行双目瞄准，但由于其有放大倍率，因此并不适用于室内近战，不过，在这个时候用来观察周围的参照物倒是个好主意。

"他们的人数不多。"ACE 忽然开口，"所以他们不敢进攻。"

"可他们也没打算离开。"罗门继续观察着平民们的反应。

"要么他们去找援兵，要么就是有别的诡计。"ACE 探出脑袋，前后看了看，"医院里的走廊都是两边可以出入的，也许他们想来个前后夹击？"

"也许他们两样都已经做了。"罗门看了眼腕上的手表，安念蓉的手术不会很复杂，"你还在等什么？"

ACE 把机枪背在身上，拔出手枪向相反方向跑去。

随着几声枪响，耳机里传来 ACE 兴致勃勃的声音。

"我解决了两个，现在我要来一次反包抄，让我们彻底安静下来。"

只要 ACE 的状态一上来，他能够比平时更加专注，而且反应更快，这时的 ACE 就变成了一个完全不可预测的怪物，尤其是在这种近似密封的空间里，ACE 的心理素质是罗门所见过的人当中最强的。这些武装分子肯定想不到自己会被包抄，就算是想到也绝对不是 ACE 的对手。

罗门估算着时间，在 ACE 快要进入位置的时候，他开始向墙上射击。从旁观的平民眼中，罗门知道自己没有打中目标，但他只是为了吸引隐藏在那边的敌人的注意力。

ACE 用无线电通知罗门停止射击，他可不想被误伤。等他冲到走廊尽头时，看到一个人抱着 AK 步枪缩在平民中间，他身后的墙壁弹痕累累。看到他惊慌的眼神，ACE 犹豫了一下没有开枪，而是冲过去抢下步枪，将这个武装分子打得晕了过去。

"真不敢相信，这么没用的一帮人就让美军焦头烂额，"ACE 边走边拆下 AK 步枪的枪机揣进口袋里，然后把步枪扔在一边，"还是我们遇见的这帮人太无能？"

安念蓉的手术进行得很成功，尽管还没有输完血，但心电图显示她的状况已经稳定下来。

"她可真是好样的。"ACE 啧啧赞叹，"我没想到她居然能够挺过来。"

"你听说过吗？有人曾经被霰弹枪的 12 号独头弹击中，子弹从左胸部进入，穿过左肺，在心脏上面穿过，又穿过右肺，在右边腋窝飞出，可他居然活了下来。”罗门打开自己的背包，开始装入安念蓉可能需要的各种医疗用具和药品，然后找到一张保温毯，把安念蓉包起来，“有的时候，你必须相信，这个世界上是有奇迹的。”

ACE撇撇嘴：“中两颗跳弹不死也能够算是一个奇迹？”

罗门向医生伸出手：“非常感谢你，医生，安拉和你同在。”

医生没有与他握手，而是愤愤地把用过的手套扔到一边。“你们来了，然后离开，我们却要留下来承受别人的愤怒；我们本来就缺少药品，而你还要拿走这么多，所以你的感谢对我来说没有意义。”

如果说医生的话让罗门感到了惭愧，那么在他的脸上并没有表现出来。他只是报以歉疚的眼神，然后推着安念蓉的急救车离开。ACE也学着罗门东翻西捡，找到了一副美军制式的折叠军用担架也装在背包里。

在医院的停车场，他们看到几个警察站在警车旁边，似乎准备对医院进行封锁，但他们都懒洋洋的，对自己的工作并不投入。看来政府军和警察并不是没有接到报警电话，但伊拉克的夜晚就是这样，到处都有民间武装交火，到处都是混乱，所有的医院都在发生同样的事情，而本地人都很清楚，伊拉克的夜晚有多么危险，所以他们对救援并不热心。

他们把安念蓉固定在担架上放进车的后座，把血浆袋固定在车窗的扶手上，ACE再次驾驶汽车离开。比起约定的接头时间，他们晚了半小时，如果马西北等人安全离开，那么他们现在应该已经跟接应者会合。罗门摆弄着手里的卫星电话，等待着阿巴斯的信号。

“真是充实的一天。”ACE忽然对罗门说，“也是刺激的一天。”

罗门看着他没有说话。ACE一定有下文，所以他不用问任何问题。

“可是我们这样做的目的是什么？”ACE提出了一个尖锐的问题，“别拿一些废话来敷衍我，你知道，那一套对我没什么用。”

“我曾经跟你说过，别对那些你不该知道的秘密好奇。”罗门仍然目不转睛地看着ACE，“但现在我想，是到了让你知道发生了什么事情的时候，而且现在我觉得，也许，这个计划没有你不行。”

“你现在才这样觉得？”ACE瞥了他一眼，“很多事情少了我都不行。”

“我说的是‘也许’，只是也许。”罗门从ACE的脸上转开了目光。如果ACE现在看着罗门，就会发现他的神色很复杂，“我不信任你就像你不信任我一样，不同的是，我从来不掩饰这一点，但你却没有我这么诚实。”

“我没有你诚实？”ACE 转过头来瞪着他，“你在开什么玩笑？”

“我是喜欢开玩笑，但不是现在。”罗门也转过头来看着他，“我一直在想，到底什么时候你要对着我的脑袋开上一枪？如果安念蓉现在没有受伤，那么现在是不是一个最好的时候？”

罗门的声音和表情都没有什么特别，但 ACE 却像被闪电击中一样，全身都是一震。罗门注意到他的第一个反应就是想去掏那把斯捷奇金自动手枪，但那个反应更像是一种条件反射，实际上 ACE 只是动了动肩膀就僵在那里，没有完成这个动作。

罗门的双手都放在 ACE 可以看得见的地方。如果罗门想对 ACE 动手，用不着等到说完这些话，但他其实也在担心 ACE 的反应。ACE 受过训练，他的反应速度也许还要快过思考的速度，所以现在谈论这个话题是个会让场面失控的冒险，好在变化突如其来，但 ACE 仍然表现得很克制。如果他真的拔出枪来，那么情况才真的糟糕到无法挽回的地步。

ACE 的反应仍然在他预料之中，这说明他对 ACE 的看法没错，罗门悄悄地松了口气。

ACE 死死地盯着罗门，原本洪亮的声音忽然变得低哑起来。

“你是怎么知道的？”

“我一直在想，在谁都躲避我的时候，为什么像你这样一个被整个 128 部队敬重的战斗机器要表现得处处维护我、帮助我？难道是因为我们之间有特别的交情？”罗门的声音很平静，“我们都是公私分明的人，这个问题没有冒犯的意思。然后我就问自己，到底我有什么样的魅力让你如此着迷？但是答案显而易见。”

“你的确没有什么特别的魅力能吸引我，这一点你说对了。”ACE 的脸上没有任何表情，“你什么时候知道的？”

“在巴基斯坦跟魏汉会面的时候。”罗门笑了笑，“当时有个问题我一直想不通，在万豪酒店是干掉我的最好时机，为什么魏汉会那么轻易地放过我？魏汉绝对不是那种怕跟敌人同归于尽的人，他也不会对当时在场的任何人另眼相看，跟消灭我的目的相比，四百公斤 C4 炸药全无意义，所以我意识到，他没有在当时对我下手是因为他认为自己有更好的办法。一个既不用把自己搭进去又肯定能够收到效果的办法。”

“那时你就确定是我？”ACE从鼻子里哼了一声。

“还能是谁呢？开始我怀疑过安念蓉，但安念蓉接受的是钟阡陌的指令，而且以她的身份和个性，她绝对不会接受魏汉的指令，所以这个答案不成立。那么还有谁能够在我全无防备的时候接近我？只有A队的全部成员。事情到这里就简单了，尽管其他人也可能成为这样的角色，但理智让我选择了可能性最大的那一个。”罗门没有笑，从他的声音里也听不出得意的味道，“当然，思考的过程没有我说的这么简单，而且我本来也没有百分百的把握，但你的反应告诉我，这次我又蒙对了。”

“你还真他妈的有两下子。”ACE的声音干巴巴的，“现在连我也不得不承认，整个基地的人都怕你是有原因的，你是个怪物。”

隐约的灯光下，ACE的目光冷冰冰的，原本看上去乐观爽朗的大汉忽然间变成了一个杀气腾腾的杀手。ACE虽然放弃了拔枪的企图，但这不意味着ACE的危险程度有所下降，就算是把ACE的双手都捆起来，他也能随随便便地找到一百种办法杀死敌人；就算他赤手空拳无法杀死罗门，他的地狱犬格斗刀却还藏在靴子里。

“那现在该怎么解决我们之间的问题？”ACE看着罗门，“我们现在下车？”

“下车去拼个你死我活？”罗门看着ACE微笑，“怎么？要是我不反抗你就下不了手？”

ACE没有说话，对罗门的说法表示默认。

“不，那不是最好的选择，我们两个谁干掉谁都是一个严重的错误。”罗门缓缓摇头，“为什么你会认为这对我们两个来说是最好的结果？”

“得了吧，罗门，别光说好听的。”ACE冷冷地从鼻子里哼了一声，“你已经知道我是来杀你的，难道你会对此无动于衷？既然我们早晚都得解决这个麻烦，那么就给彼此一个公平的机会，那样至少对得起我们之间的友谊，你和我就都不用朝对方的后背开枪，那么在将来的某一天回忆起今天的往事时，也许我们可以更容易地原谅自己。”

“这不是说好听的，而且我也用不着跟你说什么好听的。”罗门严肃地看着ACE，“我们之间不是私人恩怨，而是工作。你的工作要求你干掉我，而我的工作却要求我信任你，仅此而已。是你要干掉我，但我却没有这个必要。”

“你要信任我？”ACE不敢相信地看着罗门，“我要干掉你你却要信任我？”

“两回事，ACE，那是两回事。”罗门的声音仍然平缓，“重要的是，你不是我的敌人；你在这个时候不肯丢下安主任，我就知道我们仍然是一种人。我选择在这个时候跟你说这个，那是因为我们之间彼此不够坦诚，可我们要把工作继续下去就得以诚相待。”

“以诚相待？那不过就是个漂亮词儿而已，罗门，我知道你这种人谁也不相信。”ACE 打量着罗门，好像自己是第一次见到这个人，“你自己说说，你信任谁？”

“不信任也是一种‘以诚相待’，重要的是，我并没有隐瞒对你的不信任。”罗门注视着前方，似乎对 ACE 说话，又似乎在自言自语，“在工作中完全信任别人不是一件好事，那会让双方都不思进取。”

“你对事情的看法总是和大多数人不一样，罗门。”ACE 已经平静下来，“别人很难接受你的那些做法，所以上面才会让我来监视你，这不是不信任，因为魏汉也告诉过我，任何时候不要干涉你。如果你一直都没有问题，那我对你来说也就是空气一样的虚无。”

“可如果我变节，你就要在我脑门打上一枪。”罗门嘲讽地看着他，“对不对？”

“要在你脑门上打一枪并不容易，所以我接受了这个指派。”ACE 也用同样的眼神看着罗门，“话说回来，是我而不是别人这样做，对你来说是不是更容易接受？”

罗门笑了笑，没有回答。如果说在 128 部队里还有人能够让罗门感到棘手，那这个人就是 ACE，同样，对 ACE 来说，他最不愿意与之为敌的人就是罗门，但偏偏是互相有所顾忌的两个人要陷入这种尴尬的局面里。

“你选择在这个时候揭穿我，是不是担心我不会保护这个女人离开这里？”ACE 忽然笑了笑，回头看了一眼仍然在昏迷中的安念蓉，“你揭穿我是有风险的，可你肯为她冒这样大的风险是为了什么？就因为她很重要？得了吧，我们都知道那不是事实，至少不完全是事实。”

“事实就是因为她很重要。”罗门也回头看了一眼全无知觉的安念蓉，“为她冒险是因为必须这么做，除此之外没有什么其他的原因。你的想象力过于丰富。”

“你的理由听起来好像不是那么理直气壮。”ACE 看了他一眼，“不过我有个感觉，如果不能把她带回去，我们都会有麻烦，所以我会尽全力，不管她实际上有没有那么重要。至少为了我自己的前途我也要尽全力，在这件事情上我可以向你保证。”

“那样最好。”罗门借着手电看了眼地图，“在下条街道右转，那里就是我们的会合点。”

“被人揭穿的滋味还真不好受，不过这也让我轻松了许多。”ACE从鼻子里哼了一声，“这倒是我从来没有想过的结果。”

“你不用太自责，ACE。”罗门继续研究地图，“我知道你从来就没有打算对我开枪，将来你也不打算这样做，我对此毫不怀疑，而且我也不会把这件事情放在心上，所以你不用觉得愧疚。”

“我为什么要觉得愧疚？”ACE不满地看了他一眼，“我接受命令，我执行任务，我做的一切都是正确的，我问心无愧。我干吗要觉得愧疚？就因为你揭穿了我？”

“好吧，你不觉得愧疚。”罗门笑了笑，“我用错了词，我该说你不用觉得自责。”

“什么自责？这跟愧疚有什么区别？”ACE有点激动起来，“你少把自己当根葱。”

“我不是把自己当根葱才这么说。”罗门看着ACE，“我的意思是，你不用为自己没有执行上面的命令而自责。我不是因为你没有干掉我才这样说，你的决定是正确的，时间会证明这一点。上面也不可能永远是正确的。”

“但我们是军人，对我们来说，只有命令才有意义，对错反而不重要。”ACE的声音高起来，“谁在乎时间能够证明什么？谁又在乎什么对错？我违反了命令，这对我来说才是最要紧的。”

“可你现在不再是军人了。”罗门又笑了笑，“你应该清楚这一点。”

“这种话可能会让你觉得好过。”ACE瞥了他一眼，“我是个军人，不管什么情况下我都是一个军人，我以此为荣，所以任何违反我军人道德的行为都会让我痛不欲生。不过我想你是不会有这种感觉的，你习惯在任何事情上都有自己的道德标准。是不是这样？”

罗门微笑不语。

他当然听得出ACE话里的嘲讽意味，但这不会刺激到他。军人身份很神圣，罗门也是这样看的，不然他也不会选择成为军人。但对他而言，军人身份的神圣来自军人的职能，抛开本身的职能，军人身份也就谈不上什么神圣。一个保家卫国的军人是神圣的，可要是为了保家卫国而抛弃军人身份，这种行为本身仍然值得尊重，所以他不会把ACE的话当成一回事。

当然，他们之间的芥蒂不会以这么轻描淡写的方式结束，不过现在也不是深入讨论的时候。ACE需要时间，罗门也需要时间，而眼下他们有更重要的工作要做。

汽车转过街道的拐角，才发现街道中间设立了一个临时检查站，由三辆悍马和一辆卡车组成的车队负责巡查。从美军的臂章来看，这是美军第四步兵师的一支部队。检查站的位置非常好，现在倒车退回去肯定来不及，稀稀落落的几辆车都停在最中间的行车道上等待检查，在宽阔的马路倒车会非常显眼，一定会招来美军的怀疑。

“真他奶奶的，马上就要到会合地点了，情报可没说这里有检查站，”ACE用拳头轻轻地敲了下方向盘，然后看着罗门，“现在怎么办？”

“迎上去。”罗门没有迟疑，现在没有时间犹豫或者商量对策，“我们有伪造的证件和通行证，也许可以蒙混过关。”

“我发现了，除了蒙混过关你好像再也没有别的办法。”ACE无奈地看着罗门，“你不能总指望自己的运气这么好。”

“相信我，ACE，我们这一行的精髓就是这‘蒙混’二字。”罗门看着ACE微笑，“在真实世界里，不靠着运气，你拿什么能骗得了别人？”

接受检查的汽车以5公里的时速开到检查站接受检查。

罗门把步枪放到座位上，披上长袍，像前面车里的人一样，假装不耐烦地走出车外，观察着检查站里美军的检查状况。伊拉克人对此已经司空见惯，无视那些指着自己的黑洞洞的枪口，大声地用阿拉伯语抱怨着。

一辆顶上架着探照灯的悍马车慢慢开过来，ACE飞快地把放在前排座位之间的机枪推到后排座位下面的空间里。他刚刚整理好自己的装束，强力探照灯的光束已经扫过他们，照得两个人都睁不开眼睛，ACE也学着阿拉伯人的样子大声咒骂着美军。

罗门向前走了几步，把检查的情况看得更加清楚。

美军不但要检查每个人的证件，还要搜查每辆车。前面的一辆车里，有一个手臂上打着石膏的小孩引起了美军的注意，这一家人被如临大敌的美军带到检查站里，接受仔细的盘问，时间也因此耽搁了好长一段。很显然，美军已经得到了医院的通报，知道有武装分子受伤逃跑。

那辆有探照灯的悍马车转过头回来。

罗门回到车里，拿出一部手机，一边观察着车外的动静一边在发短信。在伊拉克，美军有条令规定，任何伊拉克人在接受美军检查时都不能打电话，那可能会被认为是要启动自杀炸弹的行为而招致没有事先警告的射击，所以罗门用的是“盲发”，就是全凭感觉收发短信。

“这个时候你在跟谁联系？”ACE忍不住问他。

“美军的目的很明确，我们蒙混过关的可能性很小。”罗门回头看了眼后面的安念蓉，“我们需要帮助。”

“现在你需要帮助了？”ACE幸灾乐祸，“早干什么来着？”

“别跟老同志抬杠。”罗门观察着车窗外的动静，“现在就让你看看老同志是怎么安排自己的事务的。”

汽车慢慢向前，距离越近，ACE的心就跳得越厉害，作为预防措施，他把一枚手榴弹放在两腿之间。

“我要是你就不那么干。”罗门看了他一眼，“我连那么想一下都觉得害怕。”

ACE看了他一眼，然后摇摇头：“你干你的，我干我的。”

前面还有两辆汽车。

突然，站在马路中间的一个美军仰面翻倒，手里的米尼米机枪扔在坚硬的马路上，发出清脆的碰击声，没有任何命令，他身边的伙伴呼啦倒下了一大片，有那么一两个没有经验的新兵还站在路上茫然四顾，很快就被自己的士官咒骂着拉倒。

“狙击手！”

ACE的脑海里闪过一个念头。

隐藏在暗处的狙击手似乎并不满足于只有一个战果，所以马上就有第二个人中弹倒下，这回连ACE都已经判断出狙击手的方向，当他看过去的时候，正好看到第三次射击的枪口火光。这一次击中了停在检查站里的汽车油箱，汽车立刻开始燃烧。

ACE把握这一刻的混乱，立刻发动汽车，用力踏下油门，汽车轮胎发出摩擦地面的尖锐叫声，冒着烟从前面的车辆旁边绕过，驶离了检查站。这个时候美军都在寻找隐蔽，顾不得再检查那些等待的车辆，有ACE这辆车带头，所有等待检查的汽车一哄而散。

汽车就快要到会合地点时，罗门让ACE停下，自己带了步枪下车。

“如果我没有在规定时间赶回去，你们就自己决定该如何离开。”

ACE知道他要去接应狙击手，所以没有说话，只是看着罗门点点头就离开了。

按照地图上的标示，在一处废弃的住宅里，罗门蜷缩进一个角落。从墙上的一个被炸弹破坏的墙洞里，可以看到外面街道上的情况，这是狙击手的撤退地点。巴格达市内有许多美军的夜间火力支撑点，各个火力点都有狙击手控制自己的射界，当然，也别忘记活跃在巴格达市内的反美武装狙击手。夜晚的巴格达，是猎人的世界。

很快，背着长达一百三十公分的AWM步枪的萨莎·亚列桑德拉出现在罗门的夜视仪里。她戴着一顶奔尼帽，金发掖在帽子里，脸上也涂着伪装油彩，但在罗门眼中，她跟在华盛顿时一样美丽动人。

“嘿，老鹰。”罗门低声招呼她。

萨莎警惕地用手枪对着发出声音的地方。“是你吗，蜂鸟？”

看到罗门，萨莎欣喜地扑进他的怀里。短暂的拥抱过后，她动情地吻了一下罗门的脸颊。

“我以为我们再也没有机会见面了，等一下你可要给我讲讲后来发生了什么事。”

“那要看我们能不能离开这里。”罗门从她身上解下步枪。

萨莎用奔尼帽擦去脸上的油彩，坐在罗门的身边。

“接下来还有什么计划？”

“没有计划了，这个行动已经结束，幸亏有你在这里，不然我们的麻烦就大了。”罗门由衷地说道，“我不经常对别人说这样的话，但这次我要说，谢谢你，萨莎。”

“别客气，这也是我的工作，蜂鸟。”萨莎嫣然一笑，侧着脑袋梳理着头发，“我已经订好了明天离开这里的飞机票，我可能会在欧洲停留一段时间。”

罗门看着她令人心动的侧脸。

“你不打算回家看看？”

“目前还不行，经过华盛顿那件事后，我想俄联邦安全局对我的经历会很感兴趣，所以我没有回去。”萨莎放松地靠在罗门的肩头，“我是个流浪的人，家对我没有好处。”

这句话让罗门深有感触。萨莎在俄罗斯肯定还有亲人，但自从她参加了那次战斗之后，她就不得不跟她的家庭和亲朋好友说再见。没有人愿意选择这种与世隔绝的生活方式，不管出于什么理由。

他轻轻揽过俄罗斯姑娘，在她的头发上亲吻着。

“你选错了职业，你真该继续你的奥运冠军梦想。”

“不是每个人都有资格去完成自己的梦想。”萨莎仰起头，让罗门的吻落在她的脸上和唇上，“我也很喜欢现在做的事情，至少它让我活得充实。”

罗门看着她的眼睛，即使是夜色也无法淹没那种蓝色。她忘不了自己曾经的恋情，所以她无法从过去的回忆中解脱出来，她加入这个事业是因为恨，恨这个世界，准确地说是美国人，因为就是他们夺走了她的幸福。她虽然在中国长大，但她骨子里还是俄罗斯人，爱憎分明，敢作敢为，对于痛苦有着超乎常人的忍耐，所以她不顾一切地投入对美国人的报复中，是美国政府把这么美丽的一个姑娘逼成了复仇女神。

“等下我要回宾馆，你要一起来吗？”萨莎热切地看着他。

想起萨莎婀娜矫健的身体，罗门的心里涌上一股暖流。怎么可能拒绝这样的邀约呢？看着萨莎如天边明星的双眼，罗门忍不住在她嘴唇上深深吻了下去。

现在不是时候，或者永远不是时候，一个声音在提醒他。

他跟萨莎只是工作关系。在华盛顿发生的一切，随着那次工作的结束就已经结束。罗门喜欢萨莎，但仅仅这个理由还不足以发展他们之间的关系，就像萨莎说的那样，稳定的关系对他们谁都没有好处，而且他们也不一定承担得起这种关系带来的后果。

“我的工作还没有结束。”罗门的声音里带着连他自己都想不到的温柔，“不是说我不想跟你在一起，只是时间和地点都不对。”

“俄罗斯人有一句话，‘急着去哪里？反正你都成不了第一’，罗门，这句话最应该说给你听。”萨莎热烈地回吻他，“我们也许永远不能再见，你知道你会错过什么？”

“我会错过世界上最美好的事物。”罗门轻轻地，但是坚决地把她从身边推开，因为他知道自己很难对萨莎的健美身体说不，“玛莎受伤了，我不知道她能不能挺得住。”

“天哪！”萨莎非常吃惊，“她现在在哪里？”

“不要担心，她的情况已经稳定。”罗门看了下手表，拉着她站起身，“我们现在得从这个地方离开，我送你到安全地带。”

“不，你去照顾玛莎。”萨莎坚决拒绝了罗门，“她比我重要得多，如果她出了什么事，那我们所做的一切就完全失去了意义，所以你首先要照顾好她。”

“对我来说，你同样重要。”

罗门的心里的确挂念着安念蓉的伤势，但他同样不能让萨莎处于危险的境地之中。这不是因为男女之间的情意，他还没有软弱到会让那些事情影响自己的判断和决定。如果萨莎落到敌人手里，后果同样不堪设想，这才是他首先要担心的问题。

“我真的没问题。”萨莎调皮地眨了眨眼睛，“在黑暗中我们无所不能。”

萨莎的态度很坚决，俄罗斯人都很固执，所以争论是徒劳的。罗门把她拉进怀里，用力地拥抱着她，然后在她耳边低声说道：“你一定要小心。”

“我会的。你也要照顾好玛莎，一定不能让她出事。”萨莎轻轻地回抱了他一下，然后仔细地看着他的眼睛，“你喜欢她？”

罗门没有回答，而是仔细地给萨莎戴上头巾，包住她那一头即使在夜里也很醒目的金发。

“代我向玛莎问好。”萨莎微笑，“下次见。”

她迈着轻巧的步伐离开了废墟。罗门戴上夜视仪，一直到萨莎完全消失在视野之中才向会合地点出发，好像这样就能减轻他心中的愧疚一样。没错，萨莎拒绝护送的坚决是一个原因，同时，他也的确更想留在安念蓉身边，但是，如果今天夜里萨莎出了什么问题，罗门知道他永远不会原谅自己。

他在心里告诉自己，自己的选择是正确的，是对全局进行考虑才作出的决定，但萨莎的背影却不断地从他脑海中跳跃出来。

所有人都已经安全到达会合点。马西北告诉罗门，他已经把孩子们交给负责接应的后续人员，现在可能已经登上了去科威特的飞机。

很快美国人就会以贾法里的名义展开搜捕，而且，他们很快就会查到阿巴斯，所以他们只是暂时安全，过不了几小时，他们就会陷入新的危机当中。在巴格达，如果没有特别深厚的人脉，甚至连金钱都失去了应有的作用，出卖和背叛比比皆是，所以他们能指望的只有阿巴斯。可是看起来，阿巴斯的忠诚只属于贾法里，最要紧的是，受伤的安念蓉必须得到照顾和休息。

“最好的办法是把她留下养伤，而我把你们送过两伊边境。”阿巴斯这样建议，“到了那里之后你们自己想办法。”

罗门没有马上回答阿巴斯。现在的首要问题是尽快离开巴格达，一分钟也不能耽搁，但绝不能像阿巴斯说的那样把安念蓉留下来。可以肯定的是，只要他们一离开，安念蓉就会落到听天由命的境地，所以她必须跟自己人在一起。可问题是，安念蓉的伤势至少还需要观察二十四小时，确定没有感染才算脱离危险，而且她现在很虚弱，就算他们能够离开，她也经不起旅途颠簸，接下来的几天，她肯定无法得到及时而有效的帮助。

阿巴斯在伊拉克肯定有自己的渠道，但去边境那边？不太靠谱。

“他好像对我们的死活根本就不关心。”ACE 问罗门，“难道我们不是他们的恩人吗？”

“在阿拉伯人们是这样说的，‘我和我的堂兄弟们对付我的敌人，我和我的兄弟们对付我的堂兄弟’。”罗门嘲讽地笑了笑，“你觉得我们对他来说算是什么？”

“至少应该是朋友。”ACE 挠了挠脑袋，“不过这对我们的处境也没有什么帮助。”

“那我们什么时候能够出发？”罗门转过来问阿巴斯。

“越快越好，如果能够在天亮前离开边境就最好。”阿巴斯松了一口气，看上去他也想尽快摆脱罗门这些人，“你们先休息一下，我立刻去安排。”

检查和补充了自己的武器装备后，马西北在三个人中率先睡去。他是个标准的战士，倒下就能睡，一睁开眼睛就会生龙活虎，而且从来不在乎身处什么环境。

看着他睡觉的样子，ACE 连连摇头。

“我看就这个家伙什么都不用想，一心一意做自己的本职就好，而我们就惨了，每天的睡眠都无法保证，奶奶的，我都不记得我上次睡个好觉是什么时候了。”

罗门深有同感。“我跟你一样，我知道失眠的滋味。”

ACE 转过头来看着他：“那现在是不是该谈谈我们之间的事情了？”

“我们是需要谈谈。”罗门点头，“但不是现在，不是在这里，等我们离开这里再说。”

# 第十二章 逃脱

当阿巴斯回来时，ACE也已经入睡，而罗门坐在桌子旁边给弹匣装子弹。

桌子上摆满了各种弹匣，装好的弹匣竖着摆放，还没有装好的都躺在桌子上，他似乎在准备新的战斗。看到阿巴斯进来，罗门放下手里的东西，询问地看着他。

阿巴斯坐到罗门对面，看着满桌子的武器弹药不说话。

他还没有从那场激战的震惊中恢复过来，罗门射杀"地道"阿里时的果断和突兀给了阿巴斯非常深刻的印象，他似乎在躲避着罗门。罗门理解这一点，"地道"阿里毕竟是阿巴斯的亲戚，他们小的时候可能还经常在一起玩耍，虽说现在各为其主，但杀掉对方就完全是另外一回事。不过罗门不打算就这个问题跟阿巴斯沟通。

"你还想干什么？"阿巴斯给自己倒了杯水，"我建议你们最好把所有的武器都扔掉，带着这些东西在巴格达很不安全。"

"先说你的计划。"罗门又拿起手里的弹匣和子弹，"然后我们再说要不要丢下武器。"

阿巴斯的话或许有道理，但罗门的习惯是，只有在万不得已时才会扔掉这些武器，在还不到万不得已的时候，把武器准备好总能够让人心里踏实。

"现在就走，把你们送到我在巴格达郊区的运输公司。这家公司跟美国人有合作协议，所有私人车辆可以在哨卡免检。到了郊外，我会把你们交给当地的走私者，他们会送你们去两国边境，在那里有人接应你们。”阿巴斯显得很疲惫，“你们要准备一些美元。”

“我们怎么通过边境？”

战争开始后，两伊边境上的检查和巡逻都非常严密。

“走私者会运用他们在边境上的关系，这是他们的秘密，所以我也没有什么信息提供给你。”阿巴斯走到橱柜前，从里面拿出一个牛肉罐头向罗门晃了晃，“走之前吃点东西吧，因为很可能要在中午才有东西吃。”

“好主意，我现在就饿得慌。”

罗门把手枪放进腿上的枪套里，走过来帮忙。

阿巴斯让罗门打开罐头，自己从冰箱里拿出西红柿和扁豆在水池里洗净。他打开燃气灶，把几个罐头里的牛肉都倒进锅里，然后拿出一把锋利的尖刀，把蔬菜切碎也倒进去。在等待的时候，他又拿出一瓶啤酒扔给罗门。这时候他注意到罗门腿上的枪袋没有扣上。

“在我这里你不用担心，武器完全没有必要。”

“这不是担心不担心的问题，这是工作态度。”罗门拉了把椅子坐在厨房的桌子前，“你对武器有看法？那你的工作是什么？教授？”

情报早已指出，阿巴斯对于武器和武力都有着抗拒的情绪，如果不是为了贾法里，他肯定会拒绝参与这次行动。刚才阿巴斯离开的时候，罗门也搜查了他的住处，在这里除了菜刀以外他没有找到任何可以用作自卫的武器，在这样一个环境里，这的确让罗门对他的身份很感兴趣。

“我只是不喜欢这些金属工具。”阿巴斯走到菜锅前撒下一些香料，“这些金属工具只能对付那些手无寸铁的人，真正的杀伤性武器并不是这些可笑的工业设计。”

“真正的杀伤性武器？你是指 WMD？”罗门没有明白他的意思。

“稍微正常点的人都知道 WMD 是美国政府的屁话，如果伊拉克真的有这个东西，那么美国人现在还会在波斯湾里无所事事？”阿巴斯略显愤慨地坐回到自己的椅子上，“你大概想不到，真正的杀伤性武器是粮食。”

“我知道你是研究伊拉克农作物种植的专家，可这怎么会成为你不喜欢美国人的原因？”罗门的确是对阿巴斯本人很感兴趣，“我以为大多数伊拉克人是因为石油被掠夺而愤慨。”

“准确地说，是2003年后伊拉克的农作物种植。”阿巴斯喝了啤酒之后，话也变得多了起来。“我更关心的是这里的农作物种植。石油的确能给人带来财富，但只有粮食才是人类的未来。”

“转基因作物。”罗门点点头，对这个课题他并不陌生。

转基因农作物与传统农作物的不同之处在于，选择种植这种农作物，就要与持有专利的种子公司签订协议，而留存种子和再次播种将变成违法行为。美国占领伊拉克后，颁布了给予植物品种专利所有者在伊拉克农业中使用其种子的绝对权利的新法律，而这些公司都是像孟山都、杜邦这样的美国跨国公司，现在这些公司已经控制了伊拉克的农业，国际货币基金组织在其中帮助这些跨国公司来打压伊拉克农业。

阿巴斯略感意外地看着他。“看来你对这些问题不是全无了解。”

罗门笑了笑，“也许动刀弄枪是很可笑的行为，但反过来想想，如果没有这些金属工具，美国人能在伊拉克推行自己的法律吗？我只知道，野蛮人总是最后获胜，他们砍下敌人的脑袋，靠的是手里的战斧而不是百科全书。”

阿巴斯默然。

罗门建议阿巴斯换个地方去研究他的课题。转基因食品的可怕之处不在于它只是在自己的实验室里生长，而在于它也是在田野间种植，它的花粉和种子也会像传统的农作物一样随风飘散，所以，即使不在伊拉克，阿巴斯仍然有地方可去。

锅里的食物沸腾起来，厨房里开始飘荡着香气，罗门去叫ACE和马西北起床，而阿巴斯准备餐具。和罗门交谈后，他的心情好了很多，动作也麻利起来，还和ACE和马西北开起了玩笑，这让ACE感到很不适应。

安念蓉从术后麻醉中清醒过来。她的肠子被打穿，所以不能进食，只能靠输液维持营养摄入，幸运的是，尽管条件恶劣，她没有出现发烧的症状。

“接下来你有什么计划？”安念蓉的声音低得像蚊子叫，她现在非常虚弱。

“别担心。”罗门看了看体温计，然后向她眨了眨眼睛，“接下来我会给你换一身干净的衣服，再为你准备一些成人用的纸尿裤，这样你就不用每四小时都叫别人来帮你起床了。”

安念蓉苍白的脸忽然红了起来，刚要笑却牵动了腹部的伤口，马上痛苦地皱起了眉头。

“别激动，我开玩笑的。”罗门连忙安慰她，“不管接下来的计划是什么，我都不会把你留在这个鸟不下蛋的地方，所以你尽管安心睡觉，等你再次睁开眼睛，我们已经到了北京。”

安念蓉还想说什么，但罗门竖起手指示意她不要说话，很快安念蓉就又沉沉睡去。

“你们两个看上去还真般配。”ACE端着盛食物的盘子和面饼站在门口看着他们，“我越来越怀疑你们两个之间会发生见不得人的事情。”

罗门擦去手上的血迹，接过ACE端过来的盘子，两个人坐在桌子前。

“我们真的按照阿巴斯的安排去做？”ACE问他。

“说实话，我很担心他的计划。”罗门狼吞虎咽地吃着，说话也含糊不清，“但我们也没有另外的办法，现在我们是真的被困住了。”

“奶奶的，你能想象吗？”ACE笑起来，“发生了‘地道’阿里那样的事情，他居然还想着跟走私者打交道。”

“在巴格达，最稳妥的其实还是这些走私者，阿巴斯比我们更了解这里的情况。”罗门喝了口水，“但我怀疑的是，肯定有人会出更高的价码来收买关于我们的消息，如果那样的话，连阿巴斯自己都会很危险。也许我们得一路杀出巴格达。”

“杀出巴格达？好主意。我能驾驶M1主战坦克，马西北可以给我当炮手，你就去搞一架‘黑鹰’或者更拉风一点儿的，比如海军的‘大黄蜂’？”ACE一本正经地看着罗门，“杀出巴格达？既然我们这么无所不能，不如我们干脆顺手把美国人打发回家算了。你脑子进水了还是进屎了？”

罗门笑了起来。开始发牢骚说明ACE的情绪已经恢复正常，这是好现象。

“我们不跟美国人打，但走私者肯定没有坦克和飞机。你不是连这些走私者都害怕吧？”

阿巴斯的计划有很多漏洞，他不是专家，把希望寄托在他身上再愚蠢不过，最后大家作了决定，走私者既然不能取信，那么就应该像对付阿里一样，先搞清楚该如何离开，然后再决定是否需要走私者的帮助。

吃过饭后，罗门委托阿巴斯再去搞一些安念蓉路上可能需要的药品和医疗器具，还需要两辆车况良好的大功率越野吉普车，ACE会跟阿巴斯一起，找一个地方把吉普车稍微改装一下以运送安念蓉。

这一天接下来的时间里，罗门所有的时间都在研究两伊边境的地图，并且想法联系上了以前的关系，对于可能的线路有了详尽的了解，当然，走私者能够为他们提供第一手资料，两方面印证之后就能够知道哪条路线能够使用。罗门相信，以 ACE 对阿拉伯文化的了解和能力，他绝对可以从走私者那里得到他们想要的信息。

美军和伊拉克政府军的搜捕已经开始，局面非常危险。尽管安念蓉的情况还不够稳定，但现在已经没有时间，甚至连吉普车上的运输公司标记还没有干透，一行人就已经上路。

ACE 和阿巴斯乘坐一辆车在前，他们先要去确认走私者是否能够信任。

走私者是个好办法，如果他们足够诚实的话。但问题是，和这些只知道利益的人打交道必须要打起十二分的精神。汽车迎着朝霞驶进沙漠，阳光和沙漠的反光让戴着太阳镜的 ACE 眯起眼睛，他能够感觉到汗水正从全身的肌肤里渗透出来，可现在还他妈的没有到中午。

热浪扑面而来。一路上都是阿巴斯的运输公司的卡车经过，他们运输的东西五花八门，而这一切都是为了巴格达绿区里的人所准备的。不管是在什么时代，人们都要过两种生活，一种是富足的，一种是贫乏的，任何社会制度都改变不了这个事实，而更有意思的是，两种人都会抱怨。

那么我算哪种人？ ACE 出于无事可做而问自己。

你他妈的当然算是穷人，所以你才会在这样的鬼天气里出现在这个鬼地方。

ACE 打量着同样捂得严严实实的阿巴斯。你也是个穷人，教授，虽然你满腹经纶，可你要是真的够聪明，在这个季节你就应该在太平洋的某个小岛上晒另外一种太阳。

“你在看什么？”阿巴斯疑惑地看着 ACE，“我脸上有个萨达姆吗？”

“我在想，你是怎么找到这些走私者的。”ACE 收回目光，“如果交易破裂，他们以后会不会找你麻烦？”

“这种事情总是别人告诉别人的，所以我喜欢这种方式。”阿巴斯微笑，“并不需要当事人真的见面才能够敲定交易，而且我知道该怎么从这样的麻烦里脱身。”

在指定的地方，ACE 见到了走私者。和他们想象的一样，这是十几个带着 AK 步枪的民兵，他们乘坐两辆皮卡到达。罗门的猜测很有道理，这些家伙一定跟美国人有什么协议，不然凭他们的武装就该是美军要清剿的对象。

美国人不对付他们的原因就是，这些人答应有限度地跟美国人合作。这不是什么新鲜的做法，为自己树立一个敌人的好处是，你可以从这个敌人那里知道很多对自己不利的消息，也就可以对更多敌对行为事先加以防范。美国人很擅长做这个。

要试探他们是不是有恶意很简单，那就是跟他们杀价。真正的走私者绝对不会跟任何人讨价还价，何况现在ACE说的是几个人的生命，还能有什么比生命更贵重？走私者又不是什么慈善家，找到走私者就说明他们其实已经无路可退，不趁这个时候狠狠地敲上一笔，那他们何必在沙漠里冒着被美军消灭的危险来回奔波？

讨价还价之前，ACE仔细询问了走私者要使用的路线，然后根据自己所掌握的情况判断出，这些走私者的路线与伊朗方面提供的情报基本一致，而且这一支走私者还提供了德黑兰方面不能提供的情报：美军所有的永久哨卡和临时哨卡的位置。不管这些走私者是否可靠，在讨价还价之前他们提供的肯定是真消息，否则难以取信客户，也就不会有他们的护送，从这一点来说，这些信息的真实性不用怀疑。

走私者也询问了ACE这边的情况，究竟有多少人，人员中有没有伤员。他的问题引起了ACE的警觉，阿巴斯肯定不会向这些人透露出太多的信息，而走私者的问题说明他们另有图谋，至少他们已经知道了巴格达市区里发生的事情。

生活在沙漠中的人都有一张平静到几乎没有表情的面孔，而从这样的面孔上，一般人很难看得清楚他们的喜怒哀乐，现在这个走私者的领袖也一样。如果不是先入为主，ACE甚至开始喜欢上这些人。

不出所料，走私者的价格高得离谱，就看他们愿不愿意讨价还价。

“安拉在上，我们真的拿不出那么多美元。”ACE像一个真正的阿拉伯人一样比画着手势，“如果我们不离开巴格达，就会落到美国人手里，你能看着自己的兄弟受苦吗？”

“真主在上，如果他意欲，他要赏赐那个比你更好的。”走私者的首领漠然地向自己的皮卡挥挥手，“我和我的兄弟每天都在受苦，受苦并不像你想象的那么难过。安拉在上，他会给你指出一条明路，他派我们来，但代价是少不了的。”

“他欲使谁的给养宽裕，就使他宽裕；欲使谁的给养窘迫，就使他窘迫。”ACE以经文回复经文，坚持着自己的要求，“你向一个人索取他拿不出来的财富就是违背真主的意愿。”

走私者的首领像沙漠一样粗糙的脸上露出了一点笑意。

“假若没有那判词，他们必受判决。也许这是你必须要接受的结局，我的兄弟。”

“可能这是我的判决，但你别忘了，我的兄弟，在你的话下面紧接着还有一句：不义的人们，必受痛苦的刑罚。”ACE 煞有介事地看着这个首领，“或许在安拉看来，我是不义的，但你若勒索我，你同样是不义之人。”

皮卡上有人喊叫着这个首领的名字，手里举着一个手机，这个首领仔细地看了 ACE 一眼，然后走了过去。为了不引起对方的警觉，ACE 的身上没有携带任何武器，尽管有罗门在几百米外用狙击步枪掩护他，可看到眼前的情景，他还是有点紧张。

很快那个首领就回到他面前。

“七千。每个人七千。”

“安拉赐福于你！”ACE 感激地把双手合在胸前，然后他摘下自己斜挎在身上的背包，“我能把我的东西放在你的车上吗？这样我就可以帮我的兄弟把他的东西搬过来。”

首领点点头：“先把钱给我，你就可以和你的兄弟们一起走了。有美元，我甚至可以给你准备一辆专车。”

ACE 从袍子下拿出两捆脏兮兮的美元，小心地从其中的一捆里数出一部分，然后把钱交给这个首领。

走私者皱起眉头：“不是说有三个人吗？”

“有一个已经去见真主了。”ACE 的表情很沉痛，“如果再有一个的话，我们也拿不出足够的钱。”

走私者首领冷冰冰地打量着 ACE，劈手夺过他手里的背包。

背包里面除了几件旧衣服，还有几个牛肉罐头。首领拿出一个牛肉罐头放在手里掂了掂，然后把背包塞给 ACE。

“在沙漠上这些牛肉对你没什么用处，你需要的是更多的水和面饼。”

ACE 赶紧跑过去把背包放在一辆皮卡上，然后又跑回阿巴斯的汽车旁边。

“情况怎么样？”阿巴斯急切地看着他。

“不幸的是，情况跟我们想象的一样。”ACE 恶狠狠地咬着牙，“你机灵点儿。”

ACE装作去拿后备厢里的东西，然后让阿巴斯伏在轮胎后面，而他突然从后备厢里拿出米尼米机枪，开始向走私者们扫射。走私者的首领没有跑出几步就被打成蜂窝，ACE稍微扭转了一下枪口，就把其中一辆皮卡上把守机枪的走私者打倒。与此同时，ACE扔在另一辆车上的背包里、藏在牛肉罐头里的C4炸药也被引爆，把那辆车和车上的走私者炸到了半空中，猛烈的冲击波甚至差点把ACE掀翻。

在浓烟和烈火中，只有ACE的米尼米机枪还在射击，几秒钟的工夫，走私者全部被歼灭，看见火光的罗门和马西北的吉普车也迅速接近。ACE警惕地观察着周围，然后揪起惊慌失措的阿巴斯，把他塞回自己的车里。

“现在我们离开，你自己回巴格达。”ACE从车上拿出自己的背包，“安拉保佑你。”

“为什么会这样？”阿巴斯一边发动汽车一边问，“他们本来可以把你送到边境的。”

“如果他们能够把我们送到边境就不会跟我讨价还价。”ACE警惕地观察着路上的情况，“除非他们可以从别的地方得到补偿，比如说，把我们出卖给美国人。”

“如果他真是出于同情而答应你降价呢？！”阿巴斯用一种指责的语气质问ACE，“就算不是这样，屠杀就能解决你们的问题吗？”

“如果真是那样，我会跟他们道歉。”ACE耸了耸肩膀，“可我们已经不知道结果到底是什么了，对不对？”

“我真不明白，你们这个样子跟美国人有什么分别？”阿巴斯不满地敲了一下方向盘，“难道屠杀不是罪恶？”

“有分别。美国人这样做是因为他们喜欢这样做，而我们这样做是因为我们不得不这样做。”ACE恼火地看着阿巴斯，“屠杀是不是罪恶我不知道，现在我只知道，跟我们自己的生命相比，其他人的生命都不重要。教授，我们不是正义之师，我们是真主惩罚罪恶的武器，而武器本身是没有正义和邪恶的区别的。”

阿巴斯愕然地看着ACE：“这跟我学过的东西不一样。”

“如何推翻所学到的一切就是我们成长的过程。很显然，教授，你还有很长的路要走。”ACE谅解地拍了拍他的肩膀，“不是你一个人有过这样的疑问，不能回答这个问题的人最后都失败了。尽管你是教授，可你仍然能够在我们这里学到点东西。”

阿巴斯沉默了一会儿。

“你说你是真主惩罚罪恶的武器？”

ACE 莞尔：“教授，我是一个无神论者，我只相信我自己。”

在路上，两辆车开得都不快。在罗门那辆车上，副驾驶的坐椅和后面的坐椅已经拆掉，为安念蓉用行军担架改成一张床，考虑到可能发生紧急情况，安念蓉的床低于车窗的位置很多，侧边车门挂上了几件从黑市上搞到的美军防弹衣。这就是 ACE 叫人放心的地方，他可能不适合作出最后的决定，但当他执行命令的时候，总会给人带来许多惊喜。

两辆车里都装满了水和食品，各有一百升备用燃油，除此之外，ACE 甚至还搞到了 MP3 和外接的音箱，开在路上，罗门都能听到前面那辆车上的重金属音乐。这并非是单纯的乐观主义的体现，这同样是一种能够让路上遇到的人放松的掩护。

伊拉克满目疮痍。即使是开在高速公路上，弹坑和车辆残骸也随处可见，而维护道路的人员和设施却屈指可数。按照官方的说法，伊拉克重建计划已经开始实施，但真正的工程都集中在那些能够吸引世界目光的大城市里，比如巴格达，比如纳西里耶，在这些城市中，美军曾经遭受过激烈的抵抗，对城市的破坏也更加巨大，这里的重建也更吸引世界的目光，所以，谁会在乎沙漠里是什么样的？

罗门小心地驾驶着汽车，尽量保持快而平稳的状态。出人意料的是，安念蓉的身体素质非常好，一路上她都在沉睡，而且体温和伤情都没有出现变化，尽管是在颠簸的路途上，她的恢复速度仍然很快。离开巴格达之后，美军的踪迹便稀少得多，根据阿巴斯得到的地图，他们尽量绕开美军设在路上的检查站，偶尔遭遇美军巡视公路的巡逻队，双方也只是互相致意而已，没有人愿意对他们的小车队多看一眼。

不过，美军越来越少的时候，伊拉克人却越来越多，虽然大多数伊拉克人都手无寸铁，但其中总是暗藏着各类武装分子，要分辨出这些武装分子对罗门等人来说颇为困难，所以他们也要小心翼翼地保持远离人群，因此到天黑之前并没有走出多远，而夜里无法正常行进，所以他们干脆找个地方宿营。

“我们能够离开这里吗？”

一直在昏睡中的安念蓉忽然在黑暗中问罗门，她的声音听起来有些虚弱。

“我只能说我们有很大的机会。”罗门放下手里的红外望远镜和步枪，用手电检查了一下安念蓉的伤口。伊拉克医生的手法很纯熟，所以伤口愈合得很好。“你不用担心，好好睡一下。”

“我这一次的做法是不是很轻率？”安念蓉轻轻转过脸，不敢看罗门的手在她的身体上的动作。“这一次和华盛顿那一次，我是不是都有点过于冒险？我不是担心自己，而是在想，如果我出了什么问题，那工作该怎么办？”

“你在怀疑自己？”黑暗中罗门一定在微笑，因为他的声音很柔和。

“我确实有点怀疑自己，怀疑自己的做法，怀疑自己是不是够聪明。”安念蓉不敢大声说话，细声细气地带着在她身上难得一见的柔弱，“自从接手这个工作，我从来没有像今天这样后怕。”

“那只不过是因为你现在还很虚弱。”罗门躺在她身边，声音也压得很低，“关于冒险，我的看法是，一切事情都要看最后的结果，如果不去做，就永远不会知道是对还是错；至于说到我们出了什么问题后工作怎么办，安主任，离开谁地球都会转，所以永远不用担心是否后继无人。”

“你的想法是不是有点消极？”安念蓉转过头对着罗门，罗门感觉到了她嘴里的热气。

罗门没有说话。正在变得消极，安念蓉说出了他一直不敢承认的事实。在任何时候，消极都是最可怕的敌人，消极，甚至比信仰缺失更让人担心，因为消极会让人失去主动解决问题的精神，在逆境中就会体现为自暴自弃。

丧失了主动求胜的欲望对罗门这样的人来说，无异于自杀。

罗门刚想说话，无线电里忽然传来马西北的声音。

“蜂鸟，发现异常。”

罗门抓起步枪和望远镜跳出吉普车，爬上身边的一个土坡。在远处的一条路上，出现了三三两两的汽车，这不是美军，而是趁着夜色向城市运动的反美武装。马西北警戒的地方距离那里更近，他告诉罗门，车队共有各式车辆十五辆，根据车型估计有一百多人，看他们运动的方向，不会与己方相遇。反美武装只有第一辆车亮着前面的大灯，后面的车辆都根据前面的尾灯指示方向。

但这样规模的车队所散发出的热量会引起美军无人机和卫星的关注，罗门不知道反美武装如何从乡间进入城市，也不知道他们要如何躲避美军的空中侦察，但就算他们最终能够进入城市里，他们的踪迹肯定会被美军掌握。事实也许不像美军所吹嘘的那样，整个伊拉克都在他们的控制之下。但这些人出没之后，美军肯定会在一两天内对这条道路保持关注，这样一来他们的车队肯定会被发现。

ACE也凑了过来，从罗门手里拿过望远镜。

“要是我们现在还在路上，就正好跟这些人迎头相遇。”ACE低声笑起来，“那样的话也许我们还可以请求他们的帮助，问问他们如何躲避美军的侦察。”

“你提醒了我，在伊拉克夜里不能赶路。”罗门没有把ACE的话当成打哈哈，“从另一方面看，我们去请求帮助的话，也很容易会被他们当成是美军特种部队或者‘黑水’那样的雇佣军。”

“有道理。”ACE连连点头，“我可以接受被一颗子弹打死的结果，可要是被人用大刀把脑袋割下来那才叫一个憋屈。”

他把望远镜还给罗门。“那我们接下来该怎么办？”

回头看了一眼隐藏在黑暗中的两辆汽车，罗门也显得有些犹豫。靠急行军离开这里既然不可能，那么几天之内他们就无处可去：美军会对任何一条有反美武装运动的公路加以关注，直到他们解除这一区域的警报为止。

“你要在这里停留？”ACE看出了罗门在想什么，“在这么个渺无人烟的鬼地方？”

“我相信，如果美军在路上发现我们，连个招呼都不打就会直接消灭我们，他们才不管下面走的是什么人。”罗门拍了拍ACE的肩膀，“来吧，我们要想隐藏得更好就得伪装得更好，今天夜里我们没时间睡觉。”

一夜的成果是，马西北回来的时候，差点以为他们已经先行离开了。依据周围的地势，罗门和ACE用一顶军用帐篷和伪装网把两辆车罩在下面，这样在空中就不会被发现，为了防备直升机近距离观察，在帐篷顶和伪装网上还堆积了石头和泥土，如果驾驶员足够聪明，接近地面用直升机旋翼清扫地面，就只会卷起大量的烟尘而无法看清楚地面的景物，也无法发现在风中抖动的伪装网。在车下还挖了供白天休息的坑，马西北回来的时候，罗门和ACE正在坑里休息。

马西北踢醒了ACE，居高临下地看着他。

“我要是敌人，你们都完蛋了。”

“你要是敌人，你早就完蛋了。”ACE举了举手里的一个遥控引爆装置，翻了个身，“你还在一百米外我就听到你了。”

“一百米。”旁边另一个坑里的罗门笑了起来：“你可真夸张。”

“放心吧，只要我们安安静静地在这里，就没有人会来打搅我们。这里可是伊拉克，平时连个鬼影子都看不见。”ACE又打了个呵欠，“我们终于有时间好好睡个够了。”

觉也有睡足的时候，当ACE醒来的时候，已经是当地时间的下午，他从自己的坑里爬起来，看到罗门正靠着吉普车，眺望着远处，那支AWM狙击步枪就放在他身边。从表情上看，这里的景致似乎让罗门很陶醉。就在ACE伸懒腰的时候，空中飞过两架直升飞机。

马西北不在自己的坑里，很显然，警觉性超高的尖兵不习惯长时间地停留在容易受攻击的地点，所以他肯定是到附近去警戒了。

“有什么不对？”ACE调侃地看着罗门，“我看你有点紧张。”

“为什么紧张？”罗门没有看他，“因为你在我身边？”

“这个玩笑开得真好。”ACE哈哈一笑，“你能不能不这样小气？”

“我担心的是你的鼾声。”罗门转过头来看着他，“你一直在打鼾，那声音恐怖得足以招来直升机。”

罗门已经表示，对ACE成为自己的“反制”措施并不介意，而且他也确实是这样做的，比如他交给ACE的安全索引，里面其实已经包括所有给罗门带来麻烦的秘密。罗门可能不信任ACE，但他对ACE做的一切都是诚实的。让ACE觉得不服气的不是从一开始罗门就知道一切的事实，而是罗门已经知道一切还这样做的事实。

如果ACE真的想干掉他呢？那罗门不知道已经死了多少次了。罗门的全部赌注就在于，他认定ACE不会对自己不利，这种信任让ACE感动，同时也让ACE恼火。世界上真的有人愿意过着走钢丝的生活？不，罗门简直是在刀尖上跳舞。这到底是一种勇气还是一种愚蠢？

ACE从自己的坑里爬出来，大大地伸了个懒腰，然后从兜里拿出一副牌，向罗门笑了笑。

“玩两把？”

既然你是个赌徒，那我们就在这上面分个高下，谁赢了谁是我们中间的胜者，ACE的表情和目光都这样说。而从罗门的表情里，ACE看出罗门理解了自己的意思。

两个人面对面地坐下来。

ACE的牌技名不虚传。他是真正的牌手，完全凭借着感觉和经验来判断对手，尽管他和罗门是第一次玩牌，但没有几个回合他就已经摸清楚了罗门的路数。罗门手里的牌很差时，ACE 赌得非常凶狠；罗门手里的牌很好时，他就飞快地溜走；而罗门虚张声势的时候，总是会遭到 ACE 的迎头痛击。ACE 好像能够看透他手中的牌，对他的底细了如指掌。

为了不让只能躺在那里的安念蓉觉得烦躁，他们也邀请了安念蓉旁观，尽管最后的赢家总是 ACE 这一点让所有人都感到腻味，可除此之外也确实没有什么事情好做。罗门粗略地计算了一下，在 ACE 那里输掉的赌资已经达到六位数，不管用什么币种兑现，这个数目都已经不小。

“我已经赢得腻歪了。”ACE 又点了一遍自己面前用铅笔写着数字的纸片，“你败局已定，不如我们再来最后一把，别说我不给你机会。”

罗门犹豫着要不要放弃手里的牌。今天他们玩的是得州扑克，现在地上已经有了一对 K、一张黑桃 8 和 9，还有最后一张牌没有发出，运气好的话，最多能够让罗门手里的牌凑成两对，而现在 ACE 已经开始加注，看他的样子，罗门认为他手里至少还有一对。

“别担心。”安念蓉轻轻拍了拍罗门，示意他把牌给自己看一下，“跟下去，ACE 想把你吓跑，他手里不会有什么大牌。”

罗门看了一眼 ACE，笑了起来！“你能看出他的破绽？”

安念蓉嫣然一笑：“我想我能。”

“吹牛。”ACE 警惕地看了安念蓉一眼，确定她的位置看不到自己手里的牌，“对付你们这些菜鸟我根本用不着虚张声势，一个以技术见长的玩家是没有破绽的。”

安念蓉调皮地看着 ACE。

“我不相信你的运气会那么好。”

“这可不是运气。”ACE 看着罗门，“在牌桌上别听女人的。知道为什么大家都跟我叫 ACE？就是因为我总能够在你们想不到的时候拿到 ACE，你信她，你就惨了。”

罗门用扑克牌轻轻地刮着下巴上的胡子，眯着眼睛打量着 ACE。

ACE 盘腿而坐，双手抱在胸前，看着罗门微笑。

“知道最后这张牌为什么叫河牌？因为这张牌会让你这种不会游泳的人死得很惨，掉进去就上不来。年轻人，苦海无边，回头是岸。”

罗门点了点头，然后拿过面前作为赌资的小纸片，在上面写了个数字，扔到桌子中间。

“年轻人，年轻人。”ACE看清了纸片上的数字，连连摇头，“数字你可以随便乱写，但支付的时候你就会有麻烦。我劝你别太激动，再跟你说一次，别信女人的话。”

“反正我已经很惨了，不在乎再惨一点。”罗门微笑，“要么翻本，要么完蛋。”

ACE从鼻子里哼了一声，翻出最后一张牌。

黑桃2。

ACE拿起自己的牌亲了一下，然后扔在罗门面前。一张黑桃ACE和一张红心K。

“运气就是这样，当你盼着做成大牌时，来的往往就是这样的小杂碎，所以在任何时候，ACE和KING都是我的最爱，这样你就是一手烂牌也能赢钱。”ACE搓了搓双手，开始收集面前的纸片，“尽管你装作肯定会有两对的样子，但我知道你手里有一张K，既然黑桃ACE在我手里，所以我就跟你赌一赌，赌一赌你成不了两对。罗门，我已经摸透了你的打法，所以你的声东击西瞒不过我。不过，你的进步还是蛮快的。”

罗门的脸上露出如释重负的表情，慢慢地把手里的两张牌翻了过来。果然如ACE所言，是另外一张黑桃K，但紧跟着，ACE的脸色变得难看起来，黑桃K下面是一张黑桃5。

“如果安主任不给我勇气，那我也不会想到要搏一张黑桃。”罗门从ACE手里拿回那些充当筹码的纸片，慢慢撕碎，“好在哀兵必胜，ACE，我保住了自己最后这点财产。”

ACE用力摇了摇头，从吃惊里回过神来。

“不是因为你侥幸赢了这把我才这么说，你的心态不对。”ACE严肃地看着罗门，“你这是孤注一掷，成功的概率不到百分之十。”

“你说得对，可我有我的玩法。”罗门把两张牌扔给ACE，“我虽然不像你那么懂这里面的门道，但我知道，患得患失永远不能给自己挣来体面。你想不动刀枪就在我这里大捞一笔？想法不错，可我坐在这里并不是只为了给你解闷儿的。”

“聪明。”ACE摆弄着手里的牌，脸上露出深思的表情，“你一直在努力留给我一个患得患失的印象，好让我以为你没有胆量下重注？”

“你知道我有胆量，所以我没必要装出没魄力的样子，但看上去患得患失会让你一直误会我不会玩牌，这样你就不会拿出你最好的状态，只要你继续这么放松，我就有机会赢。”罗门笑了笑，“牌技我不如你，但我有战术。”

“非常公平。”ACE 严肃地点点头，“牌技很重要，但战术也同样重要。现在没有胜利者，我们再来最后一把？”

“我把我的秘密全都告诉你了，所以我不会再跟你玩。”罗门抓起一把沙子盖住那些纸屑，不让它们随风起舞，“知道什么是运气？运气就是不去做没有把握的事情。”

“你知道我想赢你，所以你设计了这个陷阱？”ACE 直勾勾地看着罗门，“就是说，你也在打我的主意？”

“我只是不喜欢失败的感觉。”罗门迎着 ACE 的目光，“现在你知道了，我们中的哪一个想搞些名堂都瞒不过对方的眼睛。”

没错，咱们两个谁也别想欺骗谁。

四目相对的两个人虽然都在微笑，可谁都看得出对方眼里的深意。

两个人之间的情绪反应看得安念蓉一头雾水。

男人们就是这样，在任何能够表现自己的时候，如果有竞争者出现，他们就会显露出平日里尽量隐藏的锋芒，在对付竞争者时毫不迟疑、毫不客气。虽然不知道他们之间发生了什么，但安念蓉能够看出这两个战友之间的关系绝对不是他们看上去的那么亲密无间，不管他们表面上是如何不动声色。当然，她无论如何也想不到，ACE 竟然就是那个安排给罗门的“反制措施”。

“我去周围看看动静。”

ACE 把扑克牌扔回睡觉的坑里，拿起一支步枪离开。

罗门看着 ACE 的背影不说话，直到消失在他的视野中。

他拿过水袋的吸管递到安念蓉的嘴边。

安念蓉的头发有几根被汗水粘在略显苍白的脸颊旁，看上去更有一种让人怦然心动的娇柔，和以前的冷艳雍容截然不同。不知道为什么，这让罗门想起剪开她衣服时看到的白得令人难忘的肌肤，平坦的腹部和匀美的肌肉线条忽然深刻地出现在他的思维深处。他甚至没有注意到自己正凝视着安念蓉，而且可以肯定，他的眼神泄露了一些他平时不会泄露的情绪，因为安念蓉跟罗门四目相对的时候，她的脸忽然红了起来。

罗门不动声色地移开视线。

“这里真安静。”安念蓉忽然开口，“如果这就算忙里偷闲的话，那感觉还真不错。”

“忙里偷闲的感觉的确不错，但不值得以受伤为代价。”罗门笑了笑，“有一点你说对了，这里的确很安静，我喜欢这种安静。”

“我觉得你是不愿意离开这个地方。”安念蓉目不转睛地看着他，“你一天都在看这里的景色，尽管我不知道这里有什么吸引着你。”

罗门有些愕然，原来安念蓉没有一直昏睡，自己的举动完全落在她的眼里，真没看出来她还有这样的伪装本领。不过仔细一想，安念蓉其实也是真正的特工，只是她的外表和背景具有太大的欺骗性，总是会让人迷惑和混淆于她的光彩中。

“你要开始分析我？”罗门微笑，“你已经无聊到这个程度了？”

“现在你怀疑自己的信仰了？”安念蓉的微笑里似乎有芒刺在闪光，看来她想继续昨天那段未结束的谈话。

“如果怀疑自己的信仰我就不会在这里。”罗门看了她一眼，“别跟我来这一套，安主任，我们都知道信仰是什么东西，也都知道自己在做什么，所以我们之间就简单一点，有什么话尽管明说。”

“那让我这么说吧，你曾经恨过钟阡陌，现在你又恨上了许成龙。对这两个人的态度让你决定与他们划清界限，至少也是远离他们，包括远离他们的事务。”安念蓉平静地看着他，“你觉得他们都背叛了你。”

罗门想要说什么，却又闭上嘴。

“你对别人太苛刻，罗门。”安念蓉不客气地指出这一点，“你只在乎自己的感受，因此你并不知道，你对工作的态度已经发生了变化。”

“我只在乎自己的感受？”

罗门几乎是一字一字地重复着安念蓉的话，慢慢地，他的眼睛深处浮起浓重的嘲讽，就好像有人搅动池塘的水底淤泥，那原本清澈透明的池水慢慢变成一片混浊。

“你可以否认这一点，但事实不会因此而改变。”安念蓉注意到了他的怒气，但她没打算缓和紧张的气氛，“你对钟叔叔的行为不是始终无法理解吗？你对‘雷霆’行动不是始终无法理解吗？”

“我完全理解‘雷霆’行动。”罗门看着安念蓉，“我知道你是什么意思，但让我这么跟你说吧，理解不等于原谅。你说我决定远离他们，这很有可能，因为我不知道什么时候会被再次出卖，更要命的是，我还不能因为自己被出卖而不高兴。我不可能不在乎我自己的感受，因为这是人性。人性是什么？人性就是那种一旦你脱离了它那么任何思考都没有了价值的东西。我们可以欺骗所有人，但无法欺骗自己，人性告诉我，我必须要为我自己考虑，我必须只在乎自己的感受。你说我对别人太苛刻？那你就想想死在‘雷霆’行动里的那些人。他们可能不在乎自己的牺牲，但是活下来的人却不能这么轻松地说一声‘算了’，那也是因为人性。人活着，你就不能抹杀他们的感受。”

“那么钟叔叔呢？坦白地讲，我从来没有感觉到你对他的做法和想法有可以理解的地方。”安念蓉的声音里有了一点激动，“如果非要我对你的行为作一点评论的话，我认为你是个非常自私的人。就算不是自私，也是非常小气，小气得都不像一个男人。”

“自私和小气也是人性。”罗门居然没有为安念蓉的指责而生气，“你可以不喜欢这些特征，但你必须得尊重它们。”

“别玩这些文字游戏。我的理解是，不管你有多少身份，你首先是一名军人，服从命令是你的天职，哪怕这命令是叫你去牺牲，而且你也一直是这样表现的，难道说，你以前的表现都是伪装出来的？”安念蓉忽然皱起了眉头，这是因为她的激动牵动了伤口，“我知道人性是什么东西，但我们现在谈论的是你，所有人都对你有更高的要求，所以‘人性’对你来说的确是比较奢侈的东西，至少现在你还不能去照顾你的‘人性’。”

不管安念蓉的态度能不能够让罗门接受，有一点她说对了，那就是，他还是一名军人，命令对他来说仍然是至高无上的权威。他不想否认这一点。但跟所有人一样，当头脑中的东西改变之后，再用理智去控制自己就会变得很困难。

“你这么看得起我还真叫我感到荣幸。”罗门低头摆弄着沙砾，没有目的地拣出其中较大的砾石扔在脚边，“不过这种奉承对我来说没有任何意义。如果你想用这种方式来提醒我该怎样履行我的职责，那你可大错特错。”

“那你想怎么样？”安念蓉生气地看着他，“让所有人都顺着你的意思来？”

罗门刚想反唇相讥，但看到安念蓉的手抚在伤口上，他忽然意识到，安念蓉有资格对他说这样的话。派遣她到伊拉克来，本身就是一个非常危险的工作，但她没有推托，而她在重伤时的表现更加说明，尽管身为女人，可她的视死如归反而比大多数男人都胜上一筹。想到这里，罗门眼中的怒气不知不觉地消散了，而且他也没有必要跟安念蓉解释什么，他和她之间只有工作上的关系，用不着什么“心心相印”的感觉。

“我们把话题扯远了。”他笑了笑，“我的看法是，除非我觉得我有能力帮上忙，否则谁也不能强迫我去做我做不到的事情。这就是我的态度，与信仰无关。”

罗门现在拒绝跟任何人交流，他太骄傲。安念蓉在心里轻轻叹息一声。

“那你接下来有什么计划？”

“接下来？接下来我们要考虑的是怎样离开。”罗门向她做了个鬼脸，“这里的风景再好，我们也不能赖在这里不走。”

“你知道我是什么意思。”安念蓉勉强笑了笑，“我说的是从这里离开之后。”

“那就太遥远了。”罗门的目光落在地面上，声音低沉下来，“你不可能对那么遥远的事情作什么计划。”

# 第十三章 窥伺

他们的决定是正确的。第三天一整天都没有听到直升飞机的声音，除了偶尔经过的牧羊人，也没有观察到任何人或交通工具的迹象，而他们的生活物资也差不多快用光了，所以再次上路。在此期间，罗门联络上了以前的“朋友”。到达两伊边境后，在当地人的接应下，很快就赶到德黑兰，乘坐客机返回香港。

在香港，安念蓉的安全返回就像是漫天阴云中的一记闪电，照亮了地面上所有与此相关的面孔，他们脸上的情绪，或惊诧或失望或狂喜或麻木，都在那一瞬间清晰地表现出来，而对安念蓉自己来说，她看到的是自己的影响就像这电光一样笼罩了这些人。

对她这个部门以外的人来说，安念蓉的成就是无法复制的，她能够这样轻易地游走于危险世界的边缘，证明的是她超常的能力和效率。行外人并不在意她用了什么办法，他们只注重一个事实，那就是，安念蓉能够在他们有需要的时候力挽狂澜。贾法里的孩子会在某个城市过着跟在伊拉克同样豪奢但秘密的生活，这就表明了贾法里的态度。在这一事件中，那些会在伊拉克重建中受益的人尤其会知道自己应该感激谁和依靠谁。

尽管她还在将养中，却已经接到了许多邀请，所有的邀请后面都跟着那些举足轻重的人物的名字。这跟她以前陪同父亲出席的场合不一样，那个时候她只是一个点缀，而现在她是焦点。安家庆和安念平都给她打来电话，提醒她跟这些人物交往时要注意的地方，尤其是安家庆，这甚至使他本人的威望都有所提升。由于是在不同的领域和系统，安念蓉的成就很大程度上被认为是安家庆的教女有方，这又给他的人格魅力增加了不少分数。

楚江南和安小蓉也特意赶来陪伴她，楚江南甚至为此请了一个月的长假。

安小蓉剪了短发，灵动的大眼睛和吹弹可破的皮肤让她看上去像个精灵。她的身材跟安念蓉差不多，但她坐在安念蓉脚下时，显得是那么弱不禁风，跟安念蓉形成鲜明的对比。

尽管安念蓉只能躺在那里，但在楚江南眼中，这一点无损她的风姿。

“你要给自己排一个日程表，会见这些人物需要你付出很多时间。”楚江南戴着眼镜，像个秘书一样翻看着那些请柬和书信，只是他坐在地板上，要比秘书随意得多，“而且时间的安排也很有学问，别看这些人现在很看重你，但你必须注意这其中的礼仪。在官场上，礼仪也是毁掉或成就一个人的因素之一。”

安念蓉轻轻地蹬着妹妹的脚，感觉到腹部肌肉伸展时的酸痛，再过三两天，她就可以下床重新进行身体上的训练。她感觉到自己体重的增加，简直是迫不及待地要离开病床。

“我根本就不会去见这些人，所以我只需要你替我写一些回复。”

“但有一些人的邀请你是拒绝不了的，因为他们的级别都比你高。”楚江南把一些请柬挑出来，“还有一些是你不能拒绝的，因为他们现在虽然还没有什么级别，但很显然，他们会有光明的前途。”

“只挑那些最重要的吧。”安念蓉笑了笑，“我可不在乎这都是什么人，我出席这样的场合只是出于工作需要，我的工作性质允许我不必在意那些礼仪和那些人，而且，我也真的不在乎。”

“你让我跟着也有面子了，念蓉。”楚江南高兴地看着她，“我父亲对你的成绩赞不绝口，如果说我做过什么真正让他高兴的事情，就是我们之间的关系。”

“你又不是为了你父亲活着。”安小蓉忽然插嘴，“为什么要让他高兴？”

“因为我一直都让他很不高兴，他给我作的所有安排中，我只听了他一次，这也是我们父子唯一有共识的地方。”楚江南摘下眼镜，“这全都该感谢你，念蓉。”

“那你是不是要送她一个大钻戒？”安小蓉皱起眉头，“这些话听起来很舒心，可没什么实际的内容。”

安念蓉轻轻踢了一脚妹妹：“怎么跟人家说话呢？没点儿礼貌。”

“我这人就是简单，想到什么就说什么，连楚天舒都拿我没办法。”安小蓉绾着自己的长发，“我在考虑要不要剪去头发，安念蓉，你觉得怎么样？”

“你和楚天舒进行得怎么样？”安念蓉感兴趣地问。

“还可以，她说我是她所遇见的第二有天赋的人，而且有野心，所以她喜欢我喜欢得要命；而我觉得她是女人里的另类，敢爱敢恨，从来不隐瞒自己的看法，所以我也很喜欢她。”安小蓉微笑着把下巴搭在膝盖上，“如果可以，我甚至愿意叫她一声妈妈。”

“第二有天赋？那在她眼中第一有天赋的人是谁？”安念蓉好奇地问。

“她没有说，这是她唯一不肯跟我说的秘密。”安小蓉歪着脑袋叹息一声，“我只知道，那个最有天赋的人现在已经不再弹琴了，可能是她的情人或者是死去的丈夫。跟她在一起唯一郁闷的事情就是，她会在不高兴的时候把我跟他比较，然后把我说得一文不值。”

安念蓉皱起眉头：“她这么对待你是不是有些过分？”

“这就是她的脾气，很不可理喻，不过，这也是她的琴声会这样激情澎湃的原因。其实在技巧上我们都差不多，她并没有什么可以教我的。”安小蓉微笑着吐了吐舌头，“但同样的旋律，她弹起来就是更有内容。”

安念蓉不大懂得音乐，她甚至连乐器的名字都叫不出多少来，但她知道音乐能带给安小蓉快乐，如果安小蓉不介意楚天舒的态度，那她也不介意。

“要是她没有什么可教你的，那还不如离开她。她的学费可非常昂贵。”楚江南插嘴，“据说真正的大师都不是靠演出赚钱的，而是靠教学生，你的学费都够再建一所音乐学校的了，这楚天舒简直就是抢钱。”

“我不想再像以前那样空洞地卖弄技巧，而琴声里却一片苍白。”安小蓉把脸放在膝盖上，从眼神里看得出她很苦恼，“但楚天舒的琴声却不一样，你真的能够从里面感受得到生命，也许台下的人听不出什么差别，但我自己知道这其中的分别，所以，我一定要跟她学习。”

“如果安家庆同意你跟她满世界巡回演出的话。”安念蓉也从床上坐起来，“你想过吗？你的身份这么特殊，他未必会同意你的想法。”

“我一定要走出去看一看，我才不管爸爸怎么说。”安小蓉低下头，声音里带着少见的倔强，“这就是我的琴声里什么都听不出来的原因。楚天舒说，我经历的东西太少了。”

安念蓉能够理解她的感受，一个人不管做什么，当水平在到达“瓶颈”而不能突破时是一种非常痛苦的感觉，对安小蓉这样敏感的女孩子来说就更加痛苦。是时候让她自立了，一个人不可能永远在别人的保护下过日子，尤其是一个艺术家。

“时候不早了。”楚江南知趣地站起来，“今天我还是回宾馆去睡。你们姐妹俩好好谈心，小蓉，不许惹姐姐生气哦。”

安小蓉向他做了个鬼脸，然后紧紧搂住姐姐的脖子，满足地闭上眼睛。

安念蓉轻轻地推开她，然后慢慢地下床，楚江南赶紧过来扶住她。

“你要干什么？有什么事情叫我做不就行了？”

“这里的房间这么多，干吗要回宾馆去住？”安念蓉嗔怪地看了他一眼，“你现在先用我的东西，过两天我陪你去买一些日常用品，这样你再来就可以住在我这里。我给你腾出一个柜子，足够你用的。”

楚江南冲动地在她脸颊上吻了一下，然后在她耳边低声道：“固所愿，不敢请耳。”

安念蓉轻轻地打了他一下，脸上微微一红：“别拽文了。”

楚江南去另一个房间整理床铺，安念蓉开始整理柜子。安小蓉躺在床上，手指按着不存在的琴键，静静地沉浸在自己的音乐世界里。她的手指跳跃在空气中，在灯光下还泛着隐隐的晕彩，像白色的丝绸在飞舞。

安念蓉出神地看了会儿自得其乐的妹妹，然后才收拾自己的东西。

她在柜子底下发现了一条男式牛仔裤和一件格子衬衣，那还是罗门在香港时换下来的衣物，不知道是和哪些衣服一起送去洗后留下来的。看到这些衣物，她忽然想起在球场上汗流浃背的罗门，想起他飞在空中的舒展和优雅，想起他那略带着轻蔑的眼神，那是因为对对手洞若观火后的自信和傲慢。一般情况下，在罗门的脸上人们很难分得清楚这两种情绪，而在那天的球场上，当完成那个风车灌篮的时候，他难得地表现了一次自己。

从伊拉克回来后，安念蓉忽然发现，她想起罗门的次数越来越少。沙漠里的那次谈话也许是主要的原因，那次受伤不但让她经受了考验，也让罗门经受了考验，安念蓉不得不承认，看清了罗门的思想状态之后，她对罗门感到了失望，是不是这失望使得她对罗门的好感开始减少？

在那段时间里，她的思想一直停留在罗门的身上，分析他每个决定的内在原因，思考他如何落到今天的处境。她必须承认的一点是，即使在今天，她仍然不能理解罗门对钟阡陌的态度。当然，旧事重提没有任何意义，但安念蓉不会就此隐瞒自己的观点，那就是罗门太自私。也许就是因为这个原因，她对罗门的好感开始消失。

这样也好，至少在作与罗门相关的决定的时候，她不会再为那些乱七八糟的感觉而迷惑。安念蓉自己都感到奇怪，罗门救了她，按照常理只会让他们之间的关系变得更加亲密，可似乎经过了这一切之后，他们之间的距离却变得更远更难以逾越。

一回来就要处理还在建设中的秘密指挥中心和办公室里的事务，她居然没有注意到她跟罗门之间再次失去了联系。这也许不是坏事，也许从现在开始，安念蓉也应该避免跟他再发生工作上的联系，至少现在她已经不是那么需要罗门的帮助。

她呆呆地坐在那里，抚摸着这些衣物出神。

楚江南推开房门，安念蓉慌忙把手中的衣服塞到柜子里。现在她没有心思去解释自己衣柜里的男人衣服从哪里来，根本就没必要解释。关于她的工作内容，楚江南知道得越少困扰就越少，对她的干扰也就越少。

“念蓉，我想跟你说几句话。”楚江南过来拉住她的手，“很重要的话。”

“很重要的话？一定要现在说？”安念蓉抿嘴微笑。

“本来我想找个时间，但看到你现在的样子，我觉得越快越好。”楚江南轻轻地抱住她，“我害怕再有这样的事情，我害怕以后会没有机会说出这些话，那对我来说真是太痛苦了。”

听到他略带颤抖的声音，安念蓉非常感动。“我很抱歉，江南。”

“不，没什么可抱歉的，那是你的工作，我能够理解。”楚江南捧着她的脸，“而且我想成为那个跟你一起担惊受怕的人，这就是我要跟你说的话，念蓉，我们结婚吧。”

安念蓉微笑：“我们不是已经决定了吗？”

“但我从来也没有正式地向你请求过。”楚江南微笑着，然后半跪在地板上，从口袋里拿出一个首饰盒子打开，里面是一枚镶着钻石的戒指，“我知道这很老套，但我希望这个戒指能够圈住你，当你不工作的时候，你就能够完全属于我。”

楚江南眼中的深情款款和浑厚的声音让安念蓉热泪盈眶。

“你的话也很老套，不过我很喜欢。”安念蓉一边擦去眼角的泪水，一边伸出手，让楚江南给自己戴上戒指，“我愿意。”

楚江南动情地亲吻着安念蓉的手，安念蓉想弯下身子拉起他却牵动了伤口，不由自主地哼了一声，楚江南连忙站起身来，把安念蓉一下子抱在怀里。

回到卧室只有几步路，但安念蓉忽然想到了不久前也曾经有一双臂膀把自己这样抱在怀中，尽管那个时候她非常虚弱，但那时的感觉就像用烙铁烙在她心里一样无法磨灭。她闭上眼睛，感觉着对方的怦怦心跳，慢慢地伸出双手环住那个抱着自己的人的脖子，紧紧地贴在他的胸膛上。

“江南哥，看不出你这么斯文的一个人，居然有这么大的力气，抱得动安念蓉。”

安小蓉的声音把安念蓉从自己的心事中惊醒，顺着楚江南的动作，她自然地放开双手。伤口火辣辣的，好像刚从麻醉中醒过来一样，而她的伤口明明已经愈合得很好。她强忍着没有发出声音，而是把双手紧紧地按在伤处，好像这样就能止住她的疼痛一样。

“怎么说我也是个男人。”从声音里就能听出楚江南非常高兴，“小蓉，晚上好好的，不要碰到姐姐的伤口，不然的话，哼哼。”

“要不你来陪姐姐睡，然后我对你说一样的话？”安小蓉把被子一直拽到下巴，眼睛里闪着恶作剧的光彩，“你敢说不会碰到姐姐的伤口？”

楚江南哈哈一笑，知道自己斗不过这个古灵精怪的女孩子。他给安念蓉掖了掖被角，这时候他看到安念蓉苍白的脸色，关心地坐在床边。

“要不要叫医生？”

“没事，我的伤已经好了。”安念蓉摇摇头，轻轻地握了握楚江南的手，“你早点休息吧，我明天也有很多事情要处理。”

楚江南在她额头上亲了一下，起身离开了卧室。

楚江南关上门，安小蓉立刻抓住安念蓉的手。“好大的钻石，你答应了？”

“我现在还能说什么别的吗？”安念蓉任由妹妹翻弄着自己的手。

“你可以说，钻石虽好，可是我不想要。”安小蓉把姐姐的手合在自己的手里，“我总觉得你们的婚姻有点太呆板，虽然楚大哥是个好人，但你们的决定是不是有点太仓促了？”

“仓促是很仓促，呆板也有可能，但这是我的选择。”安念蓉也端详着手指上的钻戒，“这样能够省掉我不少时间和精力，我自己很满意。”

“可要是过了几年你后悔了，那怎么办？”安小蓉吃惊地看着姐姐，“婚姻可不是儿戏。”

“相信我，我对婚姻的态度比谁都严肃。”安念蓉微笑，“后悔的事情我还没有想过，不过我知道，一个人对自己做过的事情多少都会有些遗憾的感觉，婚姻也不例外，但我相信到时候我能处理这些感觉。维持婚姻不容易，这个我知道。”

“可我从来没有听你说过你爱他。”安小蓉从床上坐起来，认真地看着安念蓉，“婚姻不是得以爱情为基础吗？”

“爱不爱一个人非得要说出来？”安念蓉笑起来，“我过了那个什么都得挂在嘴边的年龄，爱不爱的只要我自己心里清楚就行了。”

“可是你还没有恋爱过啊。”安小蓉托着下巴，“你这是为了结婚而结婚，你想向安家庆证明什么？”

“我想向安家庆证明什么？”安念蓉吃惊地看着安小蓉，“这是我自己的生活，我用不着拿这件事向谁去证明什么。你怎么会有这么古怪的想法？”

“这不是我的想法，是楚天舒的看法。”安小蓉耸了耸肩膀，“我跟她谈了很多家里的事情，尤其是你的事情，她说，你这样做是因为你想惩罚安家庆，这样当你以后不快乐的时候就可以迁怒于他，你在拿自己的婚姻做武器。”

“胡说八道！”安念蓉很气愤，“楚天舒根本不认识我，凭什么对我下这样的结论？还有你，你知道不知道不能对外人透露家里的任何情况？尤其是楚天舒这样的人？”

“我又没有说出你们的名字和工作。”安小蓉撅起嘴，“我只是说说你们之间的关系，我又不是白痴，怎么会把家里的事情告诉给别人？楚天舒也不是白痴，我跟你说，我倒觉得她说的很有道理，她这个人的生活态度是跟我们不一样，可这不等于说，她不懂得生活，正相反，正因为她经历过那么多，我才认为她的话值得一听。”

“别去理会她说什么，既然她的生活态度跟我们不一样，那我们就不需要她提供什么意见。”安念蓉平静下来，“你要跟她学的是音乐，你可千万记住这一点。”

“我要跟她学什么是我自己的事情。”安小蓉忽然激动起来，“音乐跟生活是分不开的，一个缺乏生活的人在音乐上也不会有任何成就。楚天舒的生活态度跟我们不同，但这并不是说，她的生活态度是错的，我们的生活态度就是对的，所以我不觉得跟她学些音乐以外的东西有什么坏处，至少我不会这样处理我的婚姻，如果我必须有一个婚姻的话。”

安念蓉沉默了一会儿。安小蓉是在对她指责楚天舒感到不满。安念蓉也认识到了自己态度上的问题，安小蓉说得对，每个人都有自己的生活，不管这种生活在别人看来是什么样的，但那是他们“自己的”，别人可以发表看法，但无权干涉。

“每个人都可能有自己的婚姻。”安念蓉勉强笑了笑，“不过还是等到事到临头再去考虑这些问题吧。”

“我不会像你这样对待自己的婚姻，你们甚至连爱情都没有。”安小蓉尖锐地指出这一点，“你们好像是为了结婚而结婚，你们把这当成一种责任而不是感觉，这太可怕了。”

“你大老远地赶到香港，就是为了干扰我的好事？”安念蓉拉住妹妹的手轻轻地摇晃着，“你自己也说过江南这个人很不错。”

“我不知道这是不是好事，他很不错不意味着他就是你的那一个。”安小蓉皱起了眉头，“楚大哥是很不错，但你们有时间真正了解吗？这才是我担心的问题。我还担心，你是因为爸爸的原因才同意嫁给楚大哥，如果是这样的话，那么我愿意相信楚天舒的话。”

安念蓉吃惊地看着妹妹。

她一直把她当成小妹妹来照顾，完全没有意识到她现在已经是二十五岁的成年女性了，艺术家可能在其他方面感觉迟钝，但艺术家首先是聪明人，而聪明人对周围的变化总是很敏感，安小蓉对世界的了解并不像她想象的那么狭隘。

安念蓉忽然笑了起来，这个举动招来了安小蓉的怒目而视。

“死安念蓉，你笑什么？你是不是觉得我的话很可笑？”

“不是。”安念蓉收住笑声，“你谈过恋爱吗？”

“没有，而且我也不想谈恋爱。”安小蓉气鼓鼓地看着安念蓉，“楚天舒说过，男人都是浑蛋，你可以跟他们玩玩，但你不能拿他们当真，在这方面，我打算听她的话。”

“恭喜你找到了好老师，不过我还是会结婚。”安念蓉对着灯光看了看手上的戒指，“钻石我见过很多，可不知道为什么，我觉得这一颗特别漂亮。”

“德行。”安小蓉瞪了她一眼。

第二天，安念蓉在指挥中心见到了 ACE 和马西北。他们像其他工程师一样，穿着工作服，戴着安全帽和对讲机，在工地上帮助工程师们测试指挥中心的电子安全设备。她的办公室人手有限，所以这些电子设备对这个办公室来说非常重要，有ACE和马西北这样的军事专家加入，测试工作会更快和更有效。

杨隼告诉她，宋非在专用线路上等她。

“念蓉，听说你出了个小小的意外，怎么回事？”宋非的声音里带着发自内心的关切。

“我不是还在自己的办公室里？”安念蓉伸手捋平身上的套装。在床上躺了几天，她感觉自己增加了一些体重，这件套装是她刚刚买的，怎么都觉得不合身，“没什么大不了的事情，您肯定不是为了这个给我打电话的，宋叔叔。”

“你的办公室还在处理‘东突’的相关事务？”宋非很快就改变了话题，“前几天你的人和我的人进行了一次非正式的合作，我在里面发现了一些有意思的东西。”

“我的人和你的人有非正式的合作？”安念蓉有点摸不着头脑，“我怎么不知道？”

“既然是非正式的，那很可能是因为他们还不打算惊动你，不过这不重要，重要的是，他们提供的线索对我们的工作很有价值。”宋非笑了笑，“怎么样？把这个工作交给我们来做，我可以向你担保，我们做起来的效果要比你们好得多。”

安念蓉拿起笔在一张纸上写了“ACE”，向杨隼举了举，杨隼会意地走出办公室。

“只要我知道发生了什么事情，那就什么都好说。”安念蓉终于发现是衣服的袖子有一点长让她觉得不便，“但现在我还不知道发生了什么事情。”

“念蓉，你知道对付‘东突’是我的分内事，无论从哪方面来说都是如此，所以要从大局着眼。”宋非看起来是势在必得，“别的我就不多说了，至少你还欠我一个人情，所以这个案子我也是势在必得，不管你知道不知道，先考虑一下，尽快给我答复。”

安念蓉放下电话，皱起了眉头。

她脱下西装外套，想要人立刻把衣服拿去修改，可办公室里的空调又让她感觉有些凉，便拿起椅子靠背上的披肩围在肩上。她刚刚坐到办公桌后，ACE走进来。

“你们找情报部的人帮什么忙？”安念蓉抬头看着他，“为什么宋部长会找到我的头上？”

临出发之前，杨隼和石三宝受ACE的委托，追踪那笔交给邱玉堂的美金下落，在中央情报部的帮助下，他们最后确认这笔钱进入“东突”的一个组织手里，而在此前，中央情报部没有发现“东突”组织有类似的资金来源。这是个新的发现，情报部的人立刻上报给宋非，而经验丰富的宋非立刻意识到了这个发现背后所隐含的意义。

“那就把这些线索交给宋部长。这些事务现在都有专人负责，我们不用在里面搅和。”安念蓉不假思索地作了决定，她打开面前的文件，然后抬头看了一眼还不想离开的ACE，“还有什么问题吗？”

“没有任何问题。”ACE搓了搓手掌，“但我们没有什么东西要交出来，因为这是罗门的调查，所有的相关资料都在他手上，要移交也得找他本人。”

安念蓉把刚拿到手里的笔又扔在桌子上。

“那么罗门在哪里？”

“我不知道。”ACE连连摇头，“你了解他，应该知道找到他有多么困难。”

“不，我不了解他。”安念蓉生硬地回答了一句，“找到他，ACE。”

“我没办法。”ACE摊开双手，“如果他不想被人找到，那就谁也找不到他。”

“我不相信你们之间没有联系，所以别跟我推三阻四的。”安念蓉生气地看着ACE，“我已经失去了跟你们开玩笑的耐心。”

“没错，他昨天还跟我联系过，我可以把联系方式告诉你，但我敢肯定，这个联系方式现在已经失效。”ACE装出委屈的样子看着安念蓉，“他现在是惊弓之鸟，老板，你知道一个惊慌失措的人会有多小心。”

“他跟你联系？”安念蓉敏锐地捕捉到了ACE话里的信息，“他没有特别的要求不会跟你联系，你们之间有什么我不知道的秘密？”

“你不知道他出了什么事？”ACE的脸上露出真正的迷茫，“你这么急着找到他，我还以为你得到了他的通知。”

“他出了什么事？”安念蓉变了脸色，“我没有得到他的任何通知。”

“原来是这样，看起来他是不想打扰你的休养。”ACE发现了自己失言，想把话题扯开去，“要是他没有通知你，那这事情也没有什么大不了，现在我可以走了吗？爱因斯坦们还在等我。”

“罗门到底出了什么事？”安念蓉忽然感到火往上撞，声音也嘶哑起来，“怎么跟你们这些人说话这么费劲？你们这些人都有什么毛病？！”

“罗门在上海遭遇不明身份人员的伏击。”ACE被安念蓉的变化吓了一跳，

“这真不是什么大不了的事情，小打小闹而已，罗门毫发未损，你用不着这么紧张。”

小打小闹？安念蓉的心一下子悬了起来。

对这些杀人机器来说，根本就不存在什么小打小闹的说法，只要他们跟敌人接触上，那总会以鲜血和死亡结束，不是敌人的鲜血和死亡就是他们自己的鲜血和死亡，根本就没有什么中间路线。一瞬间，安念蓉想到的就是要加快为罗门平反的工作，她认为“不明身份人员”是情报局行动处的特工，如果不及时制止，他们之间还会出现更多无谓的伤亡。

“既然他毫发无损，为什么还要联系你？”安念蓉察觉了自己的失态，平缓了一下呼吸，“如果他需要你的帮助，那么你可以随时离开，不用向我请示。”

“罗门活捉了一个家伙，要识别这个人的身份，他需要这里的计算机和数据库。”ACE 叹了口气，“不过情况不很乐观，我们的数据库来源是公安部的身份证系统，如果这个数据库里查不到，那么就需要更高的权限进入更高级的数据库，可那样一来，你就得上报照片的来源，也许你可以使用一下你的权限？”

安念蓉的心放了下来。如果她的数据库找不到这个人的身份，那就说明这个人不是行动处的特工，这样的话，事情还没有发展到无法挽回的程度。

“那我们过去看一下。”

技术主管吴显的办公室很大，设备很多，在这里出入的人也总是急匆匆的，安念蓉和 ACE 推开办公室的隔音门时，居然没有一个人注意到她的出现。

一部大尺寸的液晶显示器上不断闪过各种人像，这是一种面部识别程序正在工作，安念蓉自己都不知道办公室里还有这样一种技术手段，看起来她需要重新对自己部下的工作热情进行评估。

看起来吴显刚从外面的施工现场赶回来，还穿着施工时的连体工作服，看到 ACE 和安念蓉走进来，他皱着眉头向两个人点头致意。

“还是没有结果？”ACE 站到他身边，“那你们还敢说自己是天才？”

“我们只是后勤保障人员，可你们这些人却把我们当成孙悟空，以为只要吹口气就能把一切都变出来。”吴显略显气愤地看着 ACE，“要是你们这些外勤对我们的工作不满，怎么不自己去干？”

“这是看得起你们，你别给我在那里阴阳怪气。”ACE 打着哈哈，“要是你们都不行，那谁也不行，加把劲儿就好。”

“你们说的是这个人？”安念蓉指着显示屏上的一张照片，得到两个人的确认后，安念蓉站到一个显示器前，“在最高分辨率下把照片放大。”

吴显敲击了几下键盘，照片开始在显示器上连续播放。这些照片的质量很高，非常适合做面目特征确认，安念蓉选择了各个角度的面部特写，让这些照片同时显示在屏幕上，各种表情的不明身份人物的脸带着冷漠注视着他们。

“这不是数据库的问题。”安念蓉失望地摇了摇头，“这个人做过比较大的整容手术，如果没有手术之后的资料，任何面部识别程序都无法找出这个人的来历。”

“整容手术？”ACE 撇了撇嘴，“那他整成这个样子算是成功还是失败？”

“只要没有人认得出他的本来面目就算是成功。”安念蓉摇了摇头，“既然面部识别程序无法工作，那这个手术就是成功了。这个人现在在哪里？”

“不知道。”ACE 回答得很痛快。

“不知道？”安念蓉感到很奇怪，“罗门不是把他活捉了？”

“可他又把这个人给放了。”看到安念蓉脸上露出的表情，ACE 点点头，“你也觉得不可思议是不是？不过这就是罗门的风格，谁也不知道他葫芦里卖的是什么药。”

安念蓉点头表示同意。如果这个人不是情报局的特工，那么罗门就该仔细地审问他而不是放掉，这一次罗门的做法未免过于荒唐，可是进一步想，罗门是被伏击的，所以很有可能是有什么具体原因叫他不得不这样做。

“你是怎么看出他做过整容手术的？”ACE 仔细审视着屏幕上的照片，“照片上可没有任何特别的痕迹，至少我就没有看出来。”

“你看不出来是因为你没有接受过这样的训练。从医学观点来讲，他不应该有这样的颧骨和眉骨。”安念蓉伸手指点着屏幕上的照片，“不过，这很复杂，一时半会儿很难讲得清楚。”

“让人印象深刻。”ACE 欣赏地看着安念蓉，“我猜罗门也没有发现这一点。”

ACE 的话并没有让安念蓉高兴起来。她知道这些人对自己一直有偏见，认为她有这样的地位只是由于家庭背景，当然，安念蓉从来不否认这一点，她只是为这一点掩盖了自己受训时科科优秀的事实而恼火。向这些家伙证明自己的优秀就那么困难吗？

照片上的人貌不出奇，有一双空洞而冰冷的眼睛，仔细观察之下，安念蓉忽然觉得这个人有点眼熟。

她一定在哪里见过这个人。

# 第十四章 猛虎与蜂鸟

白色的房间里，浓重的消毒水味道，一个平静得有些刺耳的声音。

“你向我保证过，你会干掉这个罗门，可事情却变成了这样。”

老板就坐在猛虎的床边，脸上没有一丝一毫的不满，但陈朝光很清楚，老板可不是那种淡定而冷静的人，他越是表现得波澜不惊，就表示他越激动。陈朝光非常了解这位主人，知道他的变化无常，所以他选择了沉默。

该做的他都已经做了，他清楚这一点，老板也清楚这一点，语言在这个时刻相当无力。如果老板因此而惩罚他，陈朝光也只有接受，而且他也无力反抗，同一时间内进入体内的药物弄得他全身无力，他的一条腿还打着石膏。

房间门口站着一个人，那不是跟他一直很有默契的黑鲨，而是他从来就没有喜欢过的毒蛇。毒蛇站在老板身后，陈朝光知道，毒蛇不会为了自己而反抗“老板”。

老板目不转睛地盯着他的脸足足有两分钟。

陈朝光闭上眼睛，老板眼睛里的东西叫他很不自在。

“先说说事情的经过，猛虎。”老板的声音很克制，“然后我们再看看能做些什么。”

能做大事的人总是有与众不同的地方，陈朝光咽了口唾沫。他的失败已经直接给老板带来了杀身之祸，可老板还是表现得这么镇静自若，这一刻，陈朝光才开始真正地佩服起这个看上去温文尔雅的老家伙，至少他很有胆色。

镇静剂的药效还没有过，他的脑子还是昏沉沉的，但事情发生得是这样出人意料，所以每一个细节都留在他的记忆里，就像是用数码照相机拍下来的一样清晰。而且事情发生之后，他还没有认真地就此事思考过，反正他都要和老板汇报，不如就在这个时候把所有的一切作个了断。出了这样的纰漏，他还能指望老板放过他？

陈朝光很想认命，但同时他也感到愤慨：除了他之外，还有谁能够像狗一样为老板所谓的“事业”奔忙？当然，变节者从来都没有好下场，但被自己人亲手解决？被一个同样的变节者干掉？陈朝光不知道对此该哭还是该笑。

他睁开眼睛，意外地发现老板正把一杯水递给他。他对这种虚假的关怀很是鄙夷，摇了摇头表示拒绝，开始讲述事情发生的经过。

“哦，他妈的，他终于出现了！”看到走进单元门的罗门，黑鲨在车里大声叫起来，“这个狗娘养的终于出现了！”

陈朝光没有说话。长达十几天的蹲守确实难挨，所以黑鲨的兴奋可以理解。

但陈朝光根本没有体谅他的意思。黑鲨已经有一段时间没有接受系统的体能训练，而且他的生活方式也有问题，所以他很容易就会感到疲惫。陈朝光早就对他有所不满，正考虑什么时候让他重新进入训练营接受体能训练。他知道很多人在成为“坏人”后就完蛋了，那正是因为他们在生活中失去了自律。不管好人和坏人，如果失去自律，最后终将一事无成。

眼下的情况就是这样，黑鲨不能调节自己的状态，那么接下来的行动就不能指望他会全神贯注，对付罗门这样的人，一个无法集中精神的助手可不是个好消息。

黑鲨已经忘了自己的出身，忘了自己曾经是一名军人。可在陈朝光看来，一天是军人，就要终生有军人的灵魂。不管陈朝光现在干的是什么事情，他仍然认为自己是一名军人。没错，他知道自己是一个变节者，但这是他深思熟虑后的选择，和他的军人身份并不冲突。每次接受任务，他都当成一次军事行动来进行，然后享受成功带来的愉悦，他刻意不去思考这些行动所带来的后果，而只是把它当做军人的职责。

陈朝光在知道罗门做过什么事情之后，他的第一个想法就是，如果有这样的机会，他能比罗门做得更好。一个军人最大的遗憾就是没有参加过战斗，而像陈朝光这样的军人的遗憾在于，他从来没有跟真正意义上的敌人，比如说美国人，面对面地战斗过。

这让他感到嫉妒。

陈朝光没有机会接受罗门所接受过的训练，可他也曾经作为部队中的尖子受到过以色列、俄罗斯和德国教官的长时间调教，所以深刻地了解到，特种作战虽然有各种各样的形态，但最终的目的只有一个，就是消灭对方，接受过什么样训练不重要，重要的是经过训练之后你变成了一个什么样的人。

陈朝光从来没有给过别人对决的机会，现在他要跟另一位军人好好较量，看看最后鹿死谁手，不管是军人之间的互相尊重也好，还是想证明自己也好，这都是他一定要做的事情。这让陈朝光感到一种满足。他不是“老板”的宠物，他早就知道，一个人只要对自己忠诚即可，其他任何人任何事都不值得付出全部的忠诚，所以，“老板”可以吩咐他做什么，但怎么做，就是他自己的事情了。

黑鲨对他的想法则不以为然。

他对陈朝光一直很信任，因为陈朝光从来没有失手的时候，他的老练和果断让黑鲨很是折服，可现在罗门只有一个人，难道两个人还对付不了一个人？用得着那样小心翼翼？

所以黑鲨认为，陈朝光对这个罗门有所忌惮，而且忌惮的程度远远超过他们在对付情报局行动处的时候。这对一向眼高于顶的陈朝光来说很不寻常。

而陈朝光对自己有着绝对的自信，他甚至没有想一想不成功的后果。

“我们就等着他被炸弹炸个粉身碎骨吧。”黑鲨看着那扇窗户亮起了灯光，“反正他已经回来了，炸弹随时都有可能爆炸。”

“我等腻了，而且炸弹只是后备方案。”陈朝光冷冷地看了眼黑鲨，“要是他永远不用自己的装备，我们就永远地等下去？”

一想到有可能还要在汽车里无休止地等下去，黑鲨立刻表示对陈朝光的命令无条件地服从。在汽车里，他们检查了自己的武器。陈朝光判断，罗门随身的武器最多只有一把刀，所以他们也不用太大张旗鼓，加了消音器的手枪、MP5K-PDW 冲锋枪足以对付可以算是手无寸铁的罗门。

说到这里，陈朝光停顿了一下，这时候他感到嘴里干得像要着火一样，老板再次把水杯递过来，陈朝光接过水杯，一饮而尽。他喝得这样贪婪，有一些水顺着他的下巴流到了胸前的衣服上。

老板把一盒面巾纸递到他面前，陈朝光抽出几张，沉默地擦去身上的水渍。

“到目前为止，一切都没问题。”老板靠回椅背上，“接着说。”

黑鲨闪进单元门，走廊里的感应灯应和他的脚步声点亮。

在大城市的居民住宅里，走廊通常都很狭窄，而且绝大多数都有声音感应灯，这就使得在楼道里的、有军事目的的突袭变得很困难。没有腾挪的空间、观察死角大，甚至连声音感应灯的灵敏度不统一都会对进攻造成影响。因为无法控制脚下的声音，所以，除非对方全无防范或者集中了压倒性的力量，否则就连警察都会尽量避免在这种可怕的地形抓捕有武装的嫌疑人。即便是在这个高档的住宅区，情况也不会更好。

黑鲨上楼的时候，最担心的就是罗门突然从楼梯转角的地方闪出来。黑鲨全神贯注地观察上面和前面的动静，没有注意到在楼道的犄角处有一个拳头大、黑糊糊的球状物体，更没有发现这个球体的上半部分可以旋转，当他从这个球体旁边经过时，这个东西就像眼珠一样跟着他转动。

“猛虎，一切正常。”黑鲨来到罗门的门前，用对讲机通知等在电梯前的陈朝光。

按照计划，陈朝光乘坐电梯到这里接应黑鲨，但当他来到罗门的门前时，却没有看到黑鲨的影子。陈朝光立刻警觉起来，拿起手里的对讲机联系黑鲨，但没有回答。

陈朝光这一惊非同小可。黑鲨当然不会不通知自己就离开，这说明他已经遭到罗门的袭击，猛虎并不担心罗门会反击，他只是不知道，罗门怎么会发现他们的行动？难道这一次又要无功而返？

罗门的房门就在几步之外，他还是可以冲进去跟罗门来一次生死搏斗，就算是为了解救黑鲨也要这样做。但他醒悟到自己已经失去先手，而罗门肯定已经得到了黑鲨的武器装备，他的胜算已经不像开始想象的那么大，所以他的信心也在一瞬间动摇起来。

黑黢黢的走廊，黑黢黢的房门，都跟平时没有什么两样，但现在看上去已经遍布危机，似乎在黑暗中有一双眼睛在盯着他，缩在角落里的猛虎下意识地扣住了冲锋枪的扳机。

不，他不能放弃黑鲨。

黑鲨落到罗门手里不是好结果。黑鲨没有接受过反审讯训练，死了也就算了，活着就会给自己的组织带来致命的危险。

强攻的机会是对半。猛虎对自己的能力一向很自信，就算不能把罗门杀死，他也有跟罗门同归于尽的信心。至于勇气，陈朝光从来都不缺少。

陈朝光戴上防毒面具，用冲锋枪打碎门锁，先扔进去一颗催泪弹，然后一边猛烈扫射一边冲进罗门的房间。在战术手电的强光下，房间里空荡荡的没有人。陈朝光放下打光了子弹的冲锋枪，拔出手枪搜索前进。

罗门不在房间里。

他妈的这个家伙怎么就跟泥鳅一样滑不溜丢？

猛虎给冲锋枪换上新的弹匣，小心翼翼地退出罗门的房间。这家伙不是幽灵，没有隐身的本事，所以情况很可能是这样，在他到达之前罗门制伏了黑鲨，并从楼梯从容离去，而且很有可能，是在电梯到达这层楼时，罗门才动身。

既然没有发现黑鲨的尸体，就说明他已经落在罗门的手中。

陈朝光的脸色变得狰狞起来，这明显是一个挑衅。罗门完全有机会杀掉黑鲨而独自逃走，但他没有这样做，而是挟持着黑鲨，逼迫陈朝光把战场从容易造成误伤的封闭空间里挪到外面的开放空间里，外面的空间更广阔，变数也更大，罗门要跟他在那里决战。

猛虎飞快地冲到楼下。罗门带着一个人，移动的速度不会很快，更没有时间在单元门口设伏，所以猛虎无所顾忌地从单元门里冲出来。一楼的门厅有窗户，但他没有必要去浪费时间从那里跳出去。

外面是一片沉寂。

猛虎收起冲锋枪，把手枪夹在腋下，静静地观察着周围的环境。

罗门比他表现出来的要强壮，但黑鲨的体重有八十公斤左右，再强壮的人背着这样一个重量也很难维持正常的行走速度。按照猛虎的推算，他们之间的距离不应该超过百米。夜晚虽然昏暗，但住宅区内有路灯、地灯，还有住宅窗户内透出的灯光，所以在各个方向上的动静都逃脱不过他的眼睛。

他的视线落在楼房与楼房之间的绿地上。这些绿地是开发商用来点缀楼房和楼房之间的间隔的，不管你相信不相信，有了这些东西会使两座楼之间的间距看起来比实际上的大得多，如果绿地上还点缀着一些开满了鲜花的花坛，很多买主甚至不会再去在意楼房之间的间隔是否像开发商所说的那么理想。

这些绿地多由低矮的灌木构成，间或会出现几棵大树。这些大树不过碗口粗细，无法彻底遮挡一个人的身体，而这些灌木通常也都不是很高，只到成人的小腿而已。不过这不是重点，重点是任何人都不会想躲到那里去。这些植物彼此之间几乎没有距离，坚硬的树枝纵横联合，想不受皮肉之苦就钻进去是不可能的事情。

可疑的是花坛。

那里有在黑暗中无法看透的阴影，能够“淹没”不止一个成人的身体。罗门当然不会藏在那里，因为陈朝光很有可能会不分青红皂白地打上一梭子子弹来确定是否有威胁。罗门没有更好的藏身办法，他要跟陈朝光决战，就得先安排好黑鲨。陈朝光的脸上露出微笑，黑鲨就被隐藏在附近。

如果罗门聪明的话，他也不会走远，放下黑鲨之后，他的行动能力就跟陈朝光恢复到同样的水平，所以也没有必要走得太远。他肯定会找个地方隐蔽起来等着伏击陈朝光。因为陈朝光不能放弃黑鲨，所以现在黑鲨就是罗门的饵，引诱陈朝光出现的饵。

偶尔有居民走过，用诧异的神情看着走路慢腾腾其实是在观察周围环境的陌生人，有那么一瞬间，面带微笑的陈朝光甚至想把这些居民抓过来做自己的盾牌。但他马上就想到，用这一招对付罗门这样的人根本不管用，罗门只会用从黑鲨那里得到的冲锋枪把“盾牌”和他一起打得稀烂，而罗门没有用黑鲨来做盾牌就说明他对眼前的局面看得更加透彻：猛虎也绝对不会有一点迟疑地开枪，将罗门和他的“盾牌”一起打烂。

从这一点来说，他们惺惺相惜。

对罗门和陈朝光这样的人来说，改变局面只需要一颗子弹，区别只在于谁先发现谁。

陈朝光不急于离开这个区域，他要先找到黑鲨。现在该着急的反而是罗门，他把黑鲨留下是被迫的，他必须要在最短的时间内干掉陈朝光，但一旦被陈朝光抢先找到黑鲨或者黑鲨自行醒转，那么接下来就要有两个人一起来对付他。

如果是陈朝光，他根本就不需要留着黑鲨这样的活口。首先要考虑保存自己，然后再消灭对方。做好人有什么用？陈朝光在心里冷笑。做好人更容易丢掉自己的小命。

有一处花坛里忽然传出声响，陈朝光立刻缩在一棵大树后面，用手枪指向发出声音的地方，并用战术手电照过去。有个人一动不动地躺在花坛里，花花草草压倒了一片，看他的装束正是黑鲨。陈朝光没有从树后跳出来，而是关闭了手电，更警觉地打量着周围和远处的动静。

这绝对是一个陷阱，如果陈朝光贸然上去察看，很有可能被不知道从什么地方飞来的子弹打中；或者那只是伪装成黑鲨样子的罗门，等陈朝光上去察看的时候给他致命的一击。

只要陈朝光有所准备，那么想利用黑鲨做诱饵的伏击就没有太大的机会成功。

陈朝光尽量借助所有能够利用上的掩蔽物接近花坛。如果罗门隐藏在远处，那么没有一击而中的把握他也不敢随便开枪。在靠近的过程中，陈朝光也已经能够确定，昏迷在花坛里的人就是黑鲨。令人奇怪的是，他的冲锋枪还挂在身上，难道罗门逃得匆忙，竟然连这支威力最大的武器都来不及带走？

为求保险起见，陈朝光还是在原地等待了一会儿，然后才慢慢地向黑鲨靠近。黑鲨没有死，还有着微弱的呼吸。也许罗门急于逃走，所以才放弃了黑鲨？

他跪在花坛前要把黑鲨拉出花坛。就在他要把黑鲨扛到肩膀上时，一支手枪顶在他的额头上，罗门从黑鲨的身体下钻了出来。

“保持这样的姿势不要动。”罗门的声音里带着喘息，把黑鲨扛下楼并不容易，“猛虎是吧？认识你很高兴。”

陈朝光很愿意拉响藏在怀里的手榴弹，与罗门同归于尽，但现在，他只有让自己保持着这个愚蠢的姿势一动不动，看着罗门笑眯眯地、小心翼翼地在花坛里站起身来。在他的身下，有一个足够一个人藏身的大坑。

陈朝光跪在地上，双手抱在脑后，冷冷地看着罗门，一言不发。

罗门快速有效地在他身上搜索了一遍，把陈朝光所有的武器都翻检出来，连藏在腰带上的小刀和手榴弹都没有漏过，然后装进口袋背在肩膀上。

“背上他，我们要找个地方好好谈谈。”罗门用手枪轻轻地敲了敲陈朝光的脑袋，“动作要轻，速度要慢。”

“你害怕？”陈朝光冷笑，“你怕我反抗？”

“害怕？”罗门笑了笑，“没错，我怕控制不住杀了你。”

陈朝光慢慢站起身，把黑鲨扛在肩上，在罗门的命令下，回到了自己的车里。黑鲨被扔在后座上，罗门先用塑料手铐把陈朝光的双手牢牢地铐在方向盘上，再如法炮制，把黑鲨也紧紧地铐起来，然后才长出一口气，坐在副驾驶座上。

“你要在这里审问我？”陈朝光看着罗门，“你有时间吗？”

“审问你用不着多少时间。”罗门看着他微笑，“为什么来杀我？”

“你是一个叛国者，我们是情报局行动处的人。”陈朝光面不改色，“这理由还不够吗？”

“这理由很好。”罗门看着车窗外，“上面就派了你们两个来？难道上面不知道像我这样的人很难对付？”

“我们只是其中的一支小队。”陈朝光也在微笑，“为了防备你狡兔三窟，我们划分成许多小单位，这已经很看得起你了。”

“其中的一支小队？行动处知道我在上海不假，可来这个地方蹲守的就只有你这支小队，所以你只不过是冒用行动处的名义而已。”罗门笑了起来，“我说过审问你用不着多少时间，你看，这才几句话，你就泄了自己的底。”

陈朝光忽然意识到，总部大楼会有罗门出现在上海的消息，本身就是罗门放出的烟幕，其目的就是为了甄别自己这队人的身份。只要自己出现在这里，罗门就能够知道，早在行动处行动之前，他们就已经开始跟踪罗门，也就知道他们实际上不是情报局的人。

陈朝光决定保持沉默，他现在要做的是不要把线索引到“老板”身上，也不能让罗门有机会审问黑鲨。

听到这里，“老板”也叹了口气，伤神地揉着眉心。这样看来，错误也不能全算在陈朝光的身上，如果没有魏汉的情报，他也不会自作聪明地搞什么“顺水推舟”的把戏，让陈朝光假借行动处的名义出动，结果反而让自己陷入被动。

“接着说下去。”“老板”摸出一支香烟却没有点着，而是在手里摆弄着，“一字不漏地说下去。”

“你不说话就不会泄露秘密了？”罗门对他的沉默没有感到意外，“这主意不错，看来你的确是另有隐情。”

陈朝光认命地靠在椅背上，表示自己不会再开口。言多必失，他不想再犯错误。

罗门却不想让谈话结束。“你不想知道我怎么击败你们的？”

陈朝光犹豫了一下，罗门问了一个他自己也很感兴趣的问题，他的确想知道自己的战术失误在哪里，于是他决定，只跟罗门讨论这个问题，只要话题稍有转移，他再保持沉默也不迟。

“你的运气比较好。”

“我们的职业需要运气，但我们从来不把成功寄托在运气上，你这是借口。”罗门笑了笑，“你违背了这样一个战斗原则，即不在敌人熟悉而自己不熟悉的地方作战。这个住宅区对你来说，不熟悉的程度跟丛林地区没什么分别，我敢说你们没有侦察过这里的地形，因为你们根本没觉得有什么特殊。”

罗门顿了顿，看了一眼陈朝光，发现他正若有所思地看着自己。

“如果你们侦察过，就会知道在安全楼梯和电梯里都有我的监视系统。有这些东西，就算第一天你瞒过了我，可一旦你们出现在随便哪个地方，我还是会发现你们。”

所以我们才没有任何拖延就准备进攻，陈朝光本来想这样争辩，却又闭上了嘴。

“你们对周围环境的观察也不够。你们不知道，物业为了修整我那个单元前的花坛，今天白天在那里挖了一个坑。当然，这个坑不是专门为我准备的，但如果你们观察过，就会想到，如果黑鲨是那个姿态躺在那里，那下面一定隐藏着什么人或东西。”

陈朝光半天没有说话，最后才轻轻地点点头：“你说得对。”

“一子投错，满盘皆输。”罗门的声音里没有幸灾乐祸，“胜败乃兵家常事，只不过这次输的那个是你。”

“可事情还没完。”陈朝光看着罗门微笑，“事情到了这一步，还不能够算作结束。”

“到现在还不能算作结束？”罗门耸耸肩膀，“我看不出到了这一步你还有什么翻盘的可能。”

陈朝光的脸上露出一丝残忍的笑意。

“真正的高手总是保留一步后招。”

“你看起来很得意。”罗门关注地看着陈朝光，“你的后招一定很厉害。”

“你死了我才会真正得意，现在嘛，我只能说自己很欣慰。”陈朝光居然也轻松起来，“我们都得死，差别只在于早或晚。”

罗门看着陈朝光时的神色说明，陈朝光的话真的给他造成了困扰。

“到现在你还虚张声势？”

“虚张声势？”陈朝光居然挑衅地挑了挑那对浓密的眉毛，“不，我从来不搞虚张声势那一套，如果你了解我，你就会确信这一点。”

罗门注意地观察着猛虎，猛虎也毫不退缩地迎着罗门的目光。

“嗯，我看出来了，你根本就没有什么后招。”罗门忽然笑起来，把手枪平放在膝盖上，慢慢地靠在椅子上，声音也慢下来，“你的确是在虚张声势。”

借着车窗外透进来的灯光，他膝盖上的手枪泛着少见的沙漠黄色。只要对枪械稍微有点研究的人，就能看出那是一把 Kimber 公司生产的“沙漠勇士”1911 手枪。

猛虎的脸色慢慢变得难看起来，他认得出，那正是罗门藏在暗格里的武器。

“如果在我的暗格里放上一枚炸弹就是你的后招，那么我不得不说，你这个后招很拙劣。”罗门甩出最后一道撒手锏，眼睛里闪过刀锋一般的嘲讽，“我的暗格里不是只有一个可以开启的门，但很显然你没有发现，所以你只在一个门上做了手脚。我只对一点感到不理解，那就是你为什么不拿走里面的东西再放下炸弹呢？没有武器，我对付不了你们两个人。”

陈朝光恶狠狠地看着罗门，没有说话。他的全部计划都落在小自己十来岁的对手的算计里，这让一向自诩智勇双全的他感到火烧火燎的羞辱。所有的愤怒和恐惧同时发作，他忽然像疯了一样挣扎起来，要从手铐里挣脱。但这只是徒劳，这些塑料手铐是他自己带来的，手铐的强度也是他们亲自挑选过的，现在陈朝光对“作茧自缚”这个成语体会得比任何人都要深刻。

“也许是因为你确定我逃不过你这最后一招的暗算，所以不屑于拿走里面的东西。”罗门看着气急败坏的陈朝光，脸上渐渐露出一个完全开心的笑容。在这一刻，他的气势完全压倒了陈朝光，“你说得对，我的运气的确不错。”

陈朝光放弃了挣扎，把头埋在方向盘上深深地呼吸着。这根本不是罗门的运气而是自己的疏忽，尽管他一再提醒自己不要轻敌，但他还是忽略了细节。

罗门也不催促他，而是看着车窗外。他也并不平静，猛虎的计划破解起来并不像他自己说的那么轻松，尤其在拆除那个压发炸弹的时候。他已经很久没有尝试过这种危险的工作，所以中途几次都要放弃，即使是现在，炸弹已经被拆除，他也并没有感到太高兴，因为他并不能确定，接下来还会不会发生这种事情。

过了几分钟，陈朝光重新平静下来，脸上带着一丝诡异的微笑。

“不管怎么样，你都不能算是胜利。我杀不了你，自然会有别的人来对付你。”

“告诉我是谁要杀我。”罗门微笑，“反正我是在劫难逃。”

“是祖国和人民判决了你，是党和军队判决了你。”陈朝光的脸上带着幸灾乐祸的笑意，“既然你有信仰，就该知道这个判决一定会实施。”

“判决可能是这样，但你绝对不是来自祖国和人民，也不是来自党和军队。”罗门并没有受到他调侃的刺激，仍然在微笑，“是谁派你来的？”

“你真的想知道？”陈朝光把脸凑到手边，用拇指搔了搔鼻子，“要知道，我的答案就像你的胜利一样，对你没有任何意义。”

“那要由我来判断，老同志。”罗门无聊地拨动一下膝盖上的手枪，看着它转了几个圈子，仍然稳稳地停在原处，“你回答问题，我来判断什么是有意义的。”

“我也有一个问题问你。”陈朝光耸了耸肩膀，“换了是你，你会回答我的问题吗？”

“我们不是一种人。”罗门冷冷地横了他一眼，“别往自己脸上贴金。”

“我们之间有什么差别？”陈朝光用更加浓烈的嘲讽回击他，“我们都是一盘棋里的棋子，颜色是红还是黑有什么特别的意义？反正结局都与我们无关。你在这里冲锋陷阵，攻城略地，可你并不知道结果是什么。那你跟我之间又有个屁的差别？”

“你在倚老卖老？”罗门感兴趣地看着他。

“年轻人，别以为占了老同志的上风就是全面胜利了，在这种游戏里，你还嫩得很。”陈朝光居然向罗门挤了挤眼睛，“别人只不过是利用了你的热情而已，可在我们这一行，只有热情是不够的。”

“别扯上那些意识形态的东西。”罗门微笑，“省点力气，你回答我的问题，我把你交给别人来审判。”

“审判我？愚蠢的想法。”陈朝光也微笑，“难道你只是看上去很聪明而已？”

“说出你的指使者，一切都会有结果。”罗门看着他，“就像你说的，你只不过是个棋子，你身不由己，你何必为别人搭上自己？”

“可我并不想要什么豁免。”陈朝光的声音变得冰冷起来，“你背后的人和我背后的人没有什么区别，两边都一样的肮脏。我不认为改变立场对我有什么好处。”

罗门把手枪顶在猛虎的脑门上，这次他用的是从猛虎那里缴获的MK23手枪。

“废话说得够多了，老同志，现在救你自己的唯一办法就是说出实情。”

“你以为我怕死？”陈朝光毫不畏惧地盯着罗门，“开枪吧，你开枪了我就解脱了。”

罗门仔细观察着陈朝光，发现他是真的不怕死，甚至还有一点点的兴奋。这是在亡命徒眼中经常见到的神色，对这种人，死亡威胁是没有用的。

“就算你不为自己想想，也为你的同伴想想。”罗门用枪口轻轻顶了顶他的脑袋，“他跟你出生入死，难道你要他为你的错误决定赔上性命吗？”

“现在废话多的人是你。”陈朝光对他的话嗤之以鼻。

“嗖”的一声，罗门回手向车后座开了一枪，黑鲨的脑袋被打掉了半边，血腥味立刻飘散在空气中。冒着烟的消音器又顶在陈朝光的脑袋上。

“不回答问题，你的下场跟他一样。”罗门的脸上没有任何表情。

罗门不是吓唬他。陈朝光能看到近在眼前、扣着扳机的手指在慢慢收紧。

“你杀了我也没有用。”

陈朝光忽然开口，就算他勇不畏死，声音也有些颤抖。

罗门没有放开扳机：“说下去。”

“我不是一个人，兄弟，至少还有上百个像我这样的人等着新任务，而且他们就像你一样冲动和盲从，如果我死了，他们会派来更多的人对付你。但这些人不像我这么有原则，他们一旦动起手来就不会有限制，他们会毫不犹豫地对付你和你的家人。”陈朝光笑了笑，“我承认，你本人很难对付，可你的家人呢？你身边那个夜总会小姐呢？”

罗门用犀利的目光盯着猛虎。

“你现在是在跟我谈条件？”

“就算是谈条件也没什么可耻的。”陈朝光不自然地扭了扭脖子，想离开指着自己的枪口，“换了你，你会怎么做？”

“换了我会把你们全部杀光。”

罗门冷冷地回答他，但还是收起了手枪。陈朝光说的是个很现实的问题，罗门可以毫不犹豫地牺牲自己，但他无法忍受把别人牵连进来的歉疚感，尤其是那些不知道内情的人。

“你人单力孤，兄弟，就算你知道了我的幕后老板是谁，对你又有什么用处？你扳不倒他，也干不掉他，你甚至无法接近他的身边。现在谁还能够给你撑腰？你就打算凭自己单枪匹马地拯救世界？”陈朝光看出了罗门的迟疑，脸上忽然有了神采，“可这个世界不需要你拯救。不管你背后的人得逞还是我背后的人得逞，生活还是要继续。什么主义、什么思想在你心里真的有那么重要？在我看来，只是名目不同，本质上却没有任何差别。”

罗门没有说话，陈朝光的话似乎对他有所触动。

陈朝光看出了罗门的动摇，脸上慢慢绽开一个微笑，这一刻，他的气势又压倒了罗门。

“我早说过你的胜利和我的答案都一样没有意义，现在你相信了吗？”

罗门看着陈朝光，脸上也慢慢绽开一个微笑。

“你在拖延时间。你在这里跟我扯皮就是为了拖延时间，我居然没有想到这一点。”

“我说过，真正的高手总是有一个后招。”陈朝光得意地笑起来，“既然是共同行动，我当然指望着同伴们的支援。在你得手的时候，我就已经发出了要求支援的电子信号，这个装置就藏在我的鞋跟里，你搜身搜得不够彻底。再过几分钟，他们就会蜂拥而上，而你现在连个人质都没有。”

“你挺难对付的。”罗门赞赏地看着陈朝光，“你不算天才，但很专业，如果对手不是我的话，你的确能够控制局面。”

“我仍然控制着局面。”陈朝光还在笑，“现在你只有杀了我。可你杀了我，除了给自己多加一条罪名以外没有任何用处。年轻人，现在你还笑得出来吗？”

“没错，这个时候我的确笑不出来。不过有件事你应该知道，如果我笑不出来的话，我又怎么能够允许你笑得出来？”

罗门忽然放低枪口，一枪打在陈朝光的腿上。陈朝光号叫一声，死死地抓住方向盘，痛苦得痉挛起来。

罗门平静地看着他：“现在你再笑给我看看。”

陈朝光紧咬牙关不让自己叫出声音，他把头埋在方向盘上，全身抖得像风中的树叶。

“我不会杀掉你。知道为什么吗？不是因为我害怕再加上一条罪名，而是因为你跑不掉。很快你就会发现，不用我杀你，派你来的人就会想方设法地干掉你。你喜欢折磨人？那我们就来玩折磨人的把戏。”罗门好整以暇地观察着周围的动静，“至少现在我还能笑得出来。”

陈朝光从牙缝里迸出一连串恶毒的咒骂。

“我不知道你是谁、从哪里来，但只要你活着我就能够找到你。”罗门抓住他的头发，迫使他的脸对着自己手里的相机，连续按下快门，然后把他的脑袋用力摔在方向盘上，“现在就宰了你是便宜了你。我最恨中途变节的人，所以我要好好消遣你，让你也尝尝被出卖的滋味。”

鲜血从陈朝光的额头和鼻子流出来，他看着罗门的眼神恶毒而残忍。

“只要我活着……”

“只要你活着？”罗门回手又给了他一个耳光，冷冷地看着他，“你现在就活着，可你能怎么样？我现在能对付你，将来也能对付你，说这种狠话有什么用？”

陈朝光闭上了嘴，事情到此结束。说完这些话，罗门就自顾自离开了，留下他一个人一边流血一边等待支援。不过陈朝光还是用牙齿咬开了塑料手铐，坚持着开车离开。

“老板”目不转睛地看着陈朝光，试图从他脸上发现说谎的痕迹，但这很困难。

陈朝光的讲述带来一个问题，为什么罗门不把陈朝光带走？就算他自己不审问陈朝光也可以把他交给有关部门，如果是那样的话，自己面临的危险就更加迫切，无论如何对自己都是一个打击，罗门不可能不意识到这一点，但他没有这样做。

“老板”点着了香烟，深深地吸了一口。

罗门不带走陈朝光，不是因为他不想，而是因为他不能。现在的罗门人单力薄，除了香港的那个办公室，他得不到任何实际上的支持。而且要把陈朝光带在身边，他就得为防备陈朝光搞花样而提心吊胆，在情报局上下都在全力追捕他的时候，罗门显然不想再在陈朝光身上浪费精力，所以他不得不放掉陈朝光。

放掉陈朝光同时也是一种手段，是一种心理战，如果陈朝光不再被信任，那么他只有死路一条；如果陈朝光能够侥幸生还，那么也会在他们之间留下猜疑的种子，让他们变得疑神疑鬼。这后一种作用比起把陈朝光交给有关部门更加险恶，罗门对如何惩罚他们不感兴趣，他只是在想如何让他们这些人完蛋，而窝里斗显然是个不错的办法。

现在的年轻人还真是不赖，“老板”在心里冷笑，脸上也露出悻悻的神色。这些办法不算聪明也不算新鲜，但是很有效，完全是在考验敌人的一项最基本的素质，那就是他们之间的团结是否紧密：因为共同利益形成的团体也会因为不同的利益而分裂。

罗门肯定不知道自己的做法就像医生手里的手术刀一样直取要害，他只是作出了应有的反应，可这样就更可怕。

前一秒钟是天堂，后一秒钟就是地狱。

“老板”，也就是“神谕”，忽然想到，难道真的是人算不如天算、干了坏事就要遭受惩罚？他原本以为最稳妥的环节却出现了致命的疏漏，不由得他不为自己的处境担心。

四面楚歌，这就是“神谕”现在的感觉。

莫新伟的到任在部里引发了一种微妙的变化，虽然大家都是旧相识，但之前并没有直接的隶属关系。而且他的到任还伴随着一种流言，那就是要对部门内部进行一次彻头彻尾的清理，情报局内部出了像林永泉这样的大间谍案，自上到下的调查将会在长时间和大范围中持续。

“神谕”知道，林永泉最终会被还以清白，所以他能够隐藏的时间有限，在这期间他必须有另外的计划保护自己，那就是保持与美国人的合作。

中央情报局可能干过很多蠢事，但他们成功的时候更多。相比起成功的部分，这些被揭露出来的蠢事丑闻只能说微不足道。美国人有跟变节者打交道的丰富经验，不会轻易就随着自己的指挥棒转，几番交手后，“神谕”也意识到了这一点。所以他现在考虑的问题是，要不要把自己跟中情局捆在一起。这意味着完全的合作，意味着自己将完全丧失最初的立场，可不这样做又能怎么样？

“神谕”的位置对美国人来说很有分量，但他们若得不到好处，那对美国人来说又有什么现实的意义？

火烧眉毛的时候就要懂得变通，“神谕”在心里长叹一声，不就是叛变投敌吗？他之前的行为跟叛变投敌也没有什么分别，所以现在再作这个决定也没有想象中那么困难，堕落总是很容易。

没人会说作这样的决定很容易，“神谕”也不例外。八面玲珑、长袖善舞的人固然能够得到绝大多数人的支持，但同样，几乎是无原则的立场也是一个致命伤，没有人愿意把自己的前途跟这样一个人捆在一起：谁知道真正经受考验的时候你能不能表现出领袖的才能？

他设计林永泉叛逃的后果已经开始显现，跟林永泉有过特别接触的人都在被控制的范围之内，接受为期三个月的审查，“神谕”本人也不例外。不过，跟别人不一样的是，“神谕”根本用不着担心自己的安全。

很多年前，“神谕”就已经开始转而相信基督教，当然这是个绝对的秘密，到目前为止也只有他自己才知道。因为他看到圣经里说，这是个罪恶的世界，天下已经没有一个义人，所有人做的所有好事都只是为了赎罪，所以这些好事后面的好心都值得推敲，这深刻地打动了他的内心。的确，在神的面前，没有任何义行可以受到嘉勉，在神的面前，没有人可以称得上义人，所以，不如诚实点，这样当大家在地狱里相见时，至少他可以理直气壮地说，至少我的行事是跟随了内心的指引。

克格勃消失后，中情局就是世界上最大的、最有能量的情报机关，它的情报员遍布世界，事实上，没有一个国家能够躲过中情局的渗透。这个全球性情报网的中心不仅有遍布全世界的监听站，还有自己的广播设施、航空线、宇宙卫星以及训练特种部队的基地，拥有大批间谍、特务和情报技术人员对中情局来说已经不再是新闻，它所控股的那些遍布世界各地的商务机构才是。

中国的情报机关跟美国人相比完全不在一个档次上，这是“神谕”对现实感到悲哀的原因之一，而看不到前途在哪里是另外一个原因。他从底层爬到今天的位置，其中所经历过的事和人让他触目惊心，尽管他达到了自己的目的，但现在他反而感到迷茫。

如果让他坐到那个位置上，他会重拾自己的理想，但在这之前，大家还是现实点。

危险已经迫在眉睫，美国人再不拉他一把，那他就彻底完蛋了。

“神谕”那颗久经历练的头脑开始飞速地计算，该如何进行自己的下一步。这一步要能够引诱美国人，让美国人愿意为他冒险，所以他要选择一个有分量的情报，围绕这个情报设计一个连环计，把针对自己的所有危险一次清理干净。当然，“神谕”也很清楚，一旦你对美国人有所期待的时候，他们就会表现得笨拙不堪。中情局是强力机构，但它也有它的局限性，所以，让中情局做中情局的工作，“神谕”自己做自己的工作。

这是很大的一盘棋，“神谕”是个高明的棋手，他喜欢下棋，尤其喜欢那种看着对手一步一步进入陷阱时的感觉。

陈朝光是他最信任的人，而现在他也不打算改变这种信任，只是这次失败让他再次认识到一件事情，那就是，在最关键的时候，能依靠的永远只有自己。

从临街的窗户望出去，他能看到那些正在建设中的现代化高楼大厦，那些钢铁骨架直刺青天，象征着财富的野心。越高的楼就意味着越大的权力，想到这里，“神谕”的脸上也勉强露出一个微笑：这些摩天大厦里，有一座是他的。

# 第十五章 刺杀

前一秒钟是天堂，后一秒钟是地狱，这也是安念蓉现在的感受。

在香港失败的抓捕行动中，中央情报部并非一无所得，通过事发当时大厦内的保安摄像机和道路上的交通监视系统，他们也得到了一些相关的视频记录，只不过这些资料都被当做顶尖机密而封存。通过对比，安念蓉发现，这个伏击罗门的人也参与了当时对中央情报部特工的伏击，再联想到绑架林永泉时出现的同一支冲锋枪，现在她已经可以断定，这一切都与“神谕”有关。

有一点她没有想通。

“神谕”对罗门的追踪还在罗门知道“神谕”之前，也就是说，是“神谕”先找上罗门，“神谕”要对付罗门不是因为罗门已经知道自己的存在，这说明罗门对“神谕”来说，甚至是一个比安念蓉本身更早的危险，那就一定跟他在128部队的工作有关。

到目前为止，安念蓉知道，罗门陷入这样的境地是因为他接手了“破冰船”档案，这个档案里记载了数量惊人的、来自于大人物的秘密，这才是很多人要置罗门于死地的原因，也许“神谕”也被记载在“破冰船”里。

或者，“破冰船”与“神谕”无关，而是罗门现在进行的对“运钞车”的调查威胁到了“神谕”？不管从哪个方面来看，得知“破冰船”和“运钞车”的内容就会对安念蓉的调查有很大的帮助，难道罗门才是那把关键的钥匙？难道这就是当时钟阡陌认为他们之间必须合作的原因？

发生了伏击这样的事情之后，为了自身的安全，罗门只会隐藏得更深，而联系不上他，安念蓉就无法印证自己的猜想是否正确。就在她一筹莫展的时候，很久没有见过面的安念平给她打来电话，告诉她自己已经到了香港。

她和楚江南的婚礼就在一个月后，趁着楚江南在香港，她邀请安念平来跟未来的妹夫碰面。安念平是个真正的忙人，这是个无法推迟的约会，她立刻打电话通知宾馆里的楚江南和安小蓉，让他们在宾馆等自己，然后大家一起吃晚饭。

临出发前，她让 ACE 用所有的办法向罗门传达消息，告诉他无论如何也要跟自己会面，一旦联系上罗门，不管多晚都要通知她。

当她的吉普车开出指挥中心的时候，不管是她还是坐在前排的杨隼都没有也不可能发现，两公里之外的山坡上架设了一架经过伪装的高倍数望远镜。

这是一架有摄像功能的望远镜，可以清晰地观察到指挥中心围墙内部的情况。对于观察者来说，围墙里的空地没有什么值得观察和记录的，而院子里那座建筑物才是真正让人感兴趣的地方。观察者也很清楚，那里已经被无数的电子侦测设备所包围，其密集程度丝毫不逊于世界上任何一个类似的地方，要想知道那里有什么秘密，暂时他们只能借助于卫星的帮助。

“无法观测到目标人物。”

脸上涂着油彩、全身披着伪装网的观察者通过无线电通知同伴。

在公路边的某处隐蔽着一支 M82A1 狙击步枪。在一公里的距离上，这支步枪发射的 12.7 毫米子弹可以轻松击毁这辆路虎吉普车，同时毫无困难地射杀车内的人，如果需要更加稳妥和更加安静，可以为这支步枪安上一个大号的消音器，然后在更近的距离做到这一点。

但现在这种情况，这支有着巨大威力的步枪也无能为力。

“收到。”狙击手的声音里兴致不高，“让其他人接手。”

观察者在笔记本上记下这辆汽车离开大门的时间，失望地摇摇头，然后缩回到乱草中。

他像一只巨大的田鼠一样，行动时几乎没有干扰到任何地面的伪装。观察者小心翼翼地爬出观察点，通过一条有天然岩石遮挡的通道来到自己的藏身地点。这是一次潜伏行动必需的处置，观察阵地—狙击阵地—支援阵地，当然，在这次行动中，狙击手不能像以往那样自行决定战斗时机，不过这仍然是一次军事行动。谁都知道军人在敌对国家的土地上被发现会有什么后果，尤其是他们还化装成当地人的时候。

不过，置身于香港的任何一处对于前SAS军人李来说都不会有任何问题。李对这里的地理地形和风土人情很熟悉。

在香港被英国人实际统治了一百多年后，英国军方对这个弹丸之地就像自己的手掌心一样熟悉，这也是“大镰刀”让李和马丁先行进入香港的理由。李和马丁在这里潜伏时遇到的最大麻烦就是那些喜欢到山上放松的游人，而在SAS擅长的伪装和潜伏技巧的帮助下，这个麻烦也很容易解决。

有盖子的洞穴是SAS喜欢使用的伪装和潜伏技巧之一。

首先，要把洞穴挖在植被茂密、对普通人来说难以通行的地方。洞穴的体积不用很大，足够容纳平躺的身体和全部装备即可。洞里要彻底清理并铺撒药物，防止有毒昆虫和爬行动物进入，然后放一张防潮垫和防水睡袋。在香港这样的热带环境，洞穴还要具备迅速排水的功能，以免被暴雨摧毁或暴露藏身地点。

洞穴的要点还在于表面的伪装。挖掘洞穴的时候，从地面取出的植被会被小心地转移到洞穴的盖子上，并保证它们与周围的环境没有差别；然而，做到这一点还不够，用来伪装的植被在一段时间后会由于水分缺失而与周围的植被不同，有经验的人一眼就能看出其中的破绽，所以伪装的植被还需要定时更换。对于长时间的潜伏来说，洞穴是唯一可以提供有效休息的地方，关系到潜伏的时间和质量，在动工和维护上都必须投入相当的精力。

其次，观察点和掩蔽点之间的通道一定要有天然的屏障。静止的时候，经验和绝妙的伪装可以保证他们不被任何人和设备观察到，但在观察点和掩蔽点之间运动时则不同，没有人可以完全保证自己在运动时不出现意外的状况，所以，对于两点之间的通道的保护尤其重要。如果可能，还要找到几条可以出入的线路，这样才不会对通道上的植被破坏太大以至于留下明显的痕迹。

第三，由于观察的特殊性，观察点的选择不像掩蔽地点的选择那么多，所以对观察点的伪装同样重要。一般来说，观察点的出入口要极其隐蔽；使用具有掩盖红外线特征功能的吉利服和伪装网；而最重要的一点就是，尽量避免对周围植被的改变和破坏，消除一切与周围环境不相符合的特征。

狙击阵地的情况同样如此。这次行动与以往不同，科特要求李和马丁都带上狙击步枪，李本人已经习惯了AW系列狙击步枪的方便操作，而且他认为

7.62毫米北约弹的威力已经足够，但现在看起来，那支M82A1步枪更有可能派得上用场。为了避免暴露，李和马丁甚至都把他们的狙击步枪留在狙击阵地上，出入时只带着自卫用的MP5冲锋枪和P226手枪。

现在的科特已经不仅仅是一名战斗人员，他现在算是中情局的一名行政人员。当李和马丁进入香港的时候，科特没有像原来计划的那样跟他们在一起，而是被再次召到中东地区。像所有的战斗人员一样，李不喜欢行政人员，认为他们根本不懂得战斗人员的思考方式，但是，科特成为管理他们的行政人员却不是坏事，科特的军事素养和经验会确保他的决定有利于作战人员，在这次行动中，这一点尤其有必要。

李把冲锋枪放在洞外伸手可及的地方，以省出空间使用卫星电话。

目标人物的行动没有规律可循，这是让人伤脑筋的地方，而只靠李和马丁两个人无法保证二十四小时的全面监视，李通过卫星电话向科特汇报了情况并认为潜伏下去没有意义。科特告诉他，目标人物的情报正在持续地收集当中，在几天之内他会拿出切实可行的方案，目前他们的任务还是搜集情报，除非完全有把握，否则不必急于行动。

“日本人负责这里的情报收集工作，他们在这里很有办法。”科特指的是在市区接手对目标跟踪的那些日本特工，在这次行动中李和马丁得到了这些特工的帮助，“如果有必要的话，把行动也交给他们。在那个地方不要冒险，我们能不露面就尽量不露面。”

听到科特的命令，李长长地松了口气。

如果有一天，在香港发生巷战，那么这个嘈杂拥挤的现代化都市将成为比原斯大林格勒和格罗兹尼更为恐怖的“绞肉机”，这是李对香港最直观的印象。

每次当他走在人头涌动的街道上，都会感到一种难以用语言表达出的手足无措，就好像随时都会有一颗子弹不知道从什么地方射向自己。亚洲所有的大城市都有一个特点，那就是除了夜晚，哪里都拥挤得让人喘不过气来。

每次走过这些街道，李都会在脑子里琢磨该如何在这里进行巷战。这是一种条件反射。在每次假想的战斗中，尽管带着重炮、燃烧武器和推土机这些巷战中的利器，他仍然对这个由钢筋水泥堆积起来的城市束手无策。建筑材料提供了足够坚固的掩体和足够复杂的地形，形成天然的筑垒防御地带，而对于这样的筑垒地带，最好的进攻办法只有一个，就是用火力彻底地摧毁、轰平。

也就是说，没有人会在这里进行一场巷战，甚至只要想到这一点就会让人绝望。

希望亚洲人有自己的解决办法。

当目标人物进入市区之后就由等在那里的日本人接手。在情报收集上，李或许不会介意与日本人合作，但说到军事行动，他坚决反对跟任何“大镰刀”以外的人合作，因为他对这些日本人一无所知，而且他也不相信日本人能够跟得上“大镰刀”的步调。李一直认为，SAS是世界上最好的特种部队，没有之一，即便是在强大的美军当中，能够与SAS训练水平相提并论的也只有海豹，而海豹的能力显然没有SAS全面。美军特种部队强调的是协同作战，各单位分工明确，彼此具有依赖性，而SAS在这些方面则表现出极强的独立性。在李看来，“大镰刀”的状态与SAS相似，队里全都是老手，在行动时对外界的依赖非常少，这是他愿意在这个小队中工作的前提，但和那些日本人合作？李摇了摇头。他可不想被这些人拖累死。

看来接下来的几天他们会无事可做，而且李也想不出来这个时候在中东还有什么更重要的工作要科特接手，他只希望科特能够快点结束那里的事情飞过来。

李不知道在中东发生了什么事情，但科特却在为中东的事情而不爽。

通过鲍勃的努力，科特得以参加中情局关于贾法里事件的情报分析。在这次长达几小时的分析会上，科特作为观察员不必发表看法，也不必向与会者透露任何信息，这很好，因为科特得到了肖恩所收集到的照片资料。照片上的人进行过有效的化装，所以这些资料的意义其实不大。不过，科特不需要什么确凿的证据，他只要印证自己的感觉就好。他不是想在法庭上给什么人定罪。

一个人可以化装，可以整容，可以去掉脸上所有用于辨认的特征，但有一样东西永远无法变化，那就是眼睛。当然，现代科技也可以通过修改眼窝部分的骨骼形状以改变眼部特征，但科特记住了那双隐藏在滑雪面罩下的眼睛。

科特本人有在乌兹别克斯坦那次行动的秘密视频资料，而那个曾经和他面对面的敌人让他感触尤深。为了参加这次分析会，鲍勃已经让局里的技术人员对比了两次行动里的图像资料。技术人员得出的结论是，仅从眼睛部位的特征来看，两次行动里的人有百分之九十以上的相似度，尽管技术人员不肯作任何保证，但这个数字对科特来说已经证明了一切。

最清晰的一张照片现在正在科特的手里。

照片上的人半侧着脸，在皱着眉头观察着什么。在科特的思想里，这双眼睛和那双藏在滑雪面具下的眼睛慢慢地重合在一起。

毫无疑问，他在乌兹别克斯坦看到的人和出现在伊拉克的是同一个人。

鲍勃注意到了科特的表情，拉着他离开了这个房间。分析会已经进入尾声，不会再有任何有价值的资料出现，而他们的时间却很紧张。

“我相信你现在已经对自己的工作有了全部的了解，也知道自己的敌人是谁。”鲍勃喘着气，“目前我们的对手就是他们，情报告诉我们，这是中国最好的军人，科特，你是美国最好的军人，所以解决他们是你的工作。”

科特沉默地点头表示同意。

从中东飞到台湾，再从台湾飞回中东，科特感觉自己的时间都被浪费了。从他跟中国人接触开始，他就陷入了一个深深的梦魇：他拥有魔鬼一样的力量，却无处施展。中国人来去如飞，而他只能跟在后面目送这些人绝尘而去。这对科特而言，是一种侮辱，尽管他和“大镰刀”的失败很大程度来自于情报方面的失误，与他的能力无关，但这严重地挫伤了科特的士气和尊严。有力气却无处使，这很痛苦。

在走廊里，鲍勃把穿着便装的一男一女介绍给他。这是“大镰刀”的新成员，肖恩与这些敌人面对面地打过交道，本人的能力也符合科特和“大镰刀”的标准，而“格雷女士”则为“大镰刀”提供了另外一种便利。

目前在各种SOG的队伍中都严重缺乏受过专业训练的女性战斗人员，这是因为女性战斗人员在渗透作战中无法像男性那样承受巨大的压力，而在渗透失败后带来的负面影响也更大。在大多数情况下人们只能放弃女性那种容易融进陌生环境的得天独厚的优势，但“格雷女士”则不然，她不但是加拿大伞兵部队的精英，而且接受过加拿大军事情报局的训练。她根据美加双方的情报合作协议加入中情局的SOG，因此就像中情局自己的雇员一样可靠，对中情局和科特来说，这是目前最珍贵的资源。在某些场合，苏珊·格雷肯定比马丁·劳伦斯、李和科特加起来都管用。

鲍勃让肖恩和苏珊等候在旁边，拉着科特走到一边。

“在香港，容易引起政治纠纷的事情叫日本人去做。”鲍勃向科特眨了眨眼睛，“你和你的队伍是我们的珍贵资源，我不想拿你去交换任何利益。”

“可你也说过，这次行动的结果对我们至关重要。”科特不理解地看着鲍勃。

“这里要考虑政治的因素。”鲍勃笑了笑，“目标人物的身份很特殊，属于中国国内的特权阶层，我们还无法评估失去这个人中国人会有什么样的反应，所以，叫日本人去做。如果他们成功，我们获利；如果他们失败，承受中国人怒气的也是他们。”

还有一件事鲍勃没有告诉科特，那就是没有任何人会为“神谕”冒这样的风险，就算“神谕”是一个超级间谍也不行。形势已经开始发生变化，林永泉事件之后，“神谕”的态度开始转变，鲍勃认为这是因为反间谍机关给“神谕”施加了极大的压力，也正因为此，“神谕”要求美国人为他除掉对自己威胁最大的人。可鲍勃知道，除掉这个部门对中情局的计划其实没有一点好处，而留着这个人，始终威胁着“神谕”，他才会死心塌地地跟着中情局的指挥棒转。

“神谕”应该能够解决自己的麻烦。如果他不能解决，他就不会要求安排一次与中情局的会面。

科特不知道这其中的奥妙，但他会不打折扣地执行鲍勃的命令，有日本人做替死鬼，中情局不用担心行动失败的后果。

像往常一样，在到达安念蓉指定的地点之前，杨隼要开车在路上兜几个圈子以确定没有人对他们“感兴趣”。这是警卫工作的一个重要环节。要在“兜圈子”的时候保持对他们的跟踪，那跟踪者就要像杨隼一样接受过“精密驾驶”的训练，而在热闹的马路上很容易就能够分辨出接受过“精密驾驶”训练的驾驶者。

“这样兜圈子有必要吗？”安念蓉看了看手表，她和家人约定的时间快到了。

“很有必要。”杨隼看着后视镜，“宋部长和要人组都有情报通知，最近一段时间香港很不平静，我们必须小心。”

“要人组？是重要人物保护组？”安念蓉有点意外，“我都不知道我现在也在重要人物保护计划里，他们给我发了高风险警报？”

“一个星期前你的名字刚刚被列上名单。”杨隼回头看着安念蓉微笑，“要人组里有我的同学，他告诉我说，现在正在讨论增加你的警卫人手，而且很快就有文件下达。”

安念蓉没有说话。正常来说，没有任何理由把她加入“重要人物保护计划”，肯定是最近在巴基斯坦和伊拉克发生的事情提高了她的保密级别，这说明她正成为情报机关的大人物，这让安念蓉很受用。但她马上就意识到，一旦加入“重要人物保护计划”，她的行动就要处处受到限制，而她现在的最大优势就是自由灵活的工作方式。

加入“重要人物保护计划”会给虚荣心带来满足，安念蓉体会到了这一点，但在她的工作中还有比虚荣心更重要的东西。

“我们一直和重要人物保护部门有联系，也一直和中央情报部的香港办公室保持联系。”杨隼观察着路上的情况，“他们都认为该增加保护你的人手。”

“现在中心需要ACE他们帮助赶进度，我们还可以坚持两天。”安念蓉忽然想起了什么，“你们跟香港办公室还有联系？”

“除了不能调动他们的人员之外，信息还是共享的。”杨隼在后视镜里看了一眼安念蓉，露出一个会心的微笑，“宋部长并不像他表现的那样绝情。”

“那当然。”安念蓉也回以微笑，“他只是公私分明而已，再说我要出了事情，他脸上也不好看，他可是一直把这里当成自家客厅的。”

“最近‘客厅’里来了很多客人，而香港办没有及时得到东亚司的通知，所以他们正在加班加点，他们认为，这些秘密的潜入跟你出现在本地有关。”杨隼犹豫了一下，“今天我们不能在外面停留太久。”

“要人部永远都是这样，稍有风吹草动，他们就恨不得给每个人发出一个高风险通知。”安念蓉不以为然地摇摇头，“我们还不是每天都收到这样的报告。放心，不会有问题。”

到了宾馆之后安念蓉才知道，安小蓉临时接到通知要回乐团，已经在飞回北京的路上，所以只有楚江南一个人在。这样也好，安念蓉正好不想安小蓉拿她的事情来让安念平烦心。

听说要和安念平见面，楚江南显得有点紧张。他知道安念平这个哥哥对安念蓉来说意味着什么，在某种意义上，安念平甚至能够左右安念蓉的婚事，他可不想在这个时候出任何差错。看着他局促的样子，安念蓉感到有点好笑。安念平的为人很随和，而且也不反对他们的婚事，真不知道楚江南紧张个什么劲儿。

想到对“神谕”的调查很快就有突破，罗门的去向反而让她放心不下，ACE没有打电话过来，倒是她打了两个电话回办公室，两次的回答都是简单的“没有回复”。如果不是ACE在电话中取笑她，问她为什么这么想念罗门，她还要再打过去，这期间她甚至没跟楚江南认真地说点什么，而楚江南也识趣地没有打扰她。

在太平山顶的一处豪宅里，他们见到了安念平。

安念平生活在国外，乘坐私人飞机在世界各大城市之间飞来飞去，过着不为大多数人所知的神秘生活。像安念平这样的人从来不会出现在各类富豪排行榜上，但他们所掌握的能量远远超过那些即使是最大胆的预测。

安念平没有在外面的饭店订座位，而是由他的私人厨师在住处准备了晚餐。这是一位顶级法国名厨，认识安念平的人都知道，他的私人厨房的水准不会低于世界上任何一家顶级饭店。

看着远处海湾的灯火，安念蓉不禁长长地叹了口气："大哥，你真的很会享受。"

安念平放下手里的刀叉，淡淡一笑："我会享受？如果我告诉你，我一年也在这里住不了几天，那你会怎么想？"

"我会说，那你就太奢侈了。"安念蓉故意刺激安念平，"放着这里的豪宅风吹雨淋而不享受，我不知道该对这样的人说什么。"

安念平转向楚江南。

"我的妹妹就是这样，什么事都喜欢跟别人戗着来。江南，娶这样的老婆你可要有心理准备，日后有你头疼的时候。"

"这样的话，我决定再等等，看看风头再说。"楚江南很严肃地回答安念平，"她现在就已经很让我头疼，因为我总是看不到她。"

"那你就好好等着吧。"安念蓉似笑非笑地斜了楚江南一眼，"过了这村可没有这店。"

"没错，大哥你说对了。"楚江南笑起来，"她的确是什么事都喜欢跟别人戗着来。"

接下来话题进入了男人的范围，从股市风云到金融危机，安念平和楚江南年纪相仿，经历类似，所以有很多共同的话题，安念蓉渐渐就被排除在谈话之外。不过，坐在这里看着两个都爱着她的男人这样脾气相投，这种感觉仍然让她很舒服。本来安念平只开了一瓶红酒，但两个人聊得兴起，就又开了一瓶。楚江南喝酒是家学渊源，继承了楚一风的好酒量，安念平见惯了大场面，两人棋逢对手，第二瓶红酒也很快见了底。

安念平大呼过瘾，要亲自到酒窖去为楚江南再选一瓶，趁着这个时候，安念蓉提醒楚江南别喝得太多。

"大哥人真不错。"楚江南的脸有点红，但眼神还很清澈，"我看得出来，你大哥似乎也有很多苦衷，很多话都只能憋在肚子里，好不容易遇到一个可以畅所欲言的人，区区几杯红酒只能算是助兴。"

安念蓉心中一动。楚江南说的不错，安念平到现在还是一个人，来去都是孑然一身，正是因为他的心态越来越消极，认为世上无人可以信任，所以才会越来越愤世嫉俗；而楚江南的事业也正在上升阶段，除了自身的背景之外，他也要拉拢各方助力，所以身不由己的感慨一点也不会比安念平少，偶尔放纵一下又有什么坏处呢？

安念平拿了酒回来，安念蓉也打消了劝阻他们的念头。最近几年，她跟安念平很少见面，但她也知道安念平并不快乐，既然他现在这么开心，那她就不该做那个扫兴的人。

但这两个男人之间的话题实在很难引起她的兴趣，那完全是另外一个领域的思考，和安念蓉每天要考虑的事务格格不入，所以很快她就打起了瞌睡。

直到安念平把她轻轻推醒。

“江南呢？”安念蓉睁开惺忪的睡眼问。

“江南已经在客房里躺下了，你先别着急，我还有话要跟你说。”安念平坐在她旁边，把一个盒子放到她手里，“这是你跟我要的东西。”

安念蓉拢了拢有些乱的头发，裹着披肩坐起来，拿起盒子打开，里面是一块百达翡丽白金男表，在柔和的灯光下闪着熠熠光彩。

“你真的舍得？”安念蓉把手表举在眼前端详着，“为了这只表你可是等了十年的时间。”

“没有人能拥有百达翡丽，人们只不过是为后代保管而已。”安念平开玩笑地念着广告语，“这的确是我最喜欢的收藏，但我没有孩子，你和江南就要结婚了，这块表可以留给你们的孩子，算是我给你们的结婚礼物。”

“我要这块表不是为了江南。”安念蓉把手表放回去，把盒子推回给安念平，“这太贵重了，你还是给我另外一块吧，比如你现在戴的这只。”

“不是给江南？”安念平没有拿回盒子，疑惑地看着安念蓉，“那我就不明白了，什么人值得你送这样贵重的礼物？还是个男人？”

“所以我说这太贵重了。”安念蓉看着安念平微笑，“这个人救了你妹妹我的命，你说我是不是该送他些比较特别的东西以表示我的感谢？”

“原来是这样。”安念平恍然，然后把盒子又推回来，“如果是这样的话，那么我的收藏里也只有这个才能够稍微表达我的谢意，别说是一只表，就是要我的全部财产也没有问题。”

安念蓉很是感动。这只表是安念平刚刚步入富豪行列时在瑞士订制的，完全手工制造，整整用了十年才完成，甚至在世界范围内的私人收藏圈里也极具名气，价值达到了八位数。除此之外，这块手表对安念平本人来说有重大意义，但为了她，安念平连眼睛都不眨就拿了出来，连她自己也没有想到。

怎么可以拿这么重要的东西送给罗门？安念蓉也犹豫起来。

"就是一块表而已。"安念平笑了笑，"送一块表出去不会让你大哥破产，你也不想人家对你的礼物表示不满是不是？如果他是识货的人，那么他就能明白你有多么感激他。"

"可这过于郑重其事了。"安念蓉犹豫了一下，"他也不会收下这样贵重的礼物。"

"随便你吧，反正我是把这块表送给你了，你自己决定该给谁。"安念平站起身，走到可以俯瞰海景的落地窗前，"要是这块表另有用处，念蓉，大哥把这套房子重新装修一下，送给你做结婚礼物好不好？"

"礼下于人，必有所求。"安念蓉把一个抱枕抱在怀里，"有话赶紧说。"

"回北京去，听安家庆的话，换个工作。"安念平从窗前转过身来，目光炯炯地看着安念蓉，"我这一生当中很难赞成一次安家庆，但现在我不得不说，他毕竟是我们的父亲，虎毒不食子，他是真的为你的安全而担心。不仅如此，现在就连我也认为，你的处境很艰难。"

安念蓉吃惊地看着安念平。

"念蓉，以你的条件，以我们家的条件，不是非做这个工作不可。听大哥的话，回北京去，接受安家庆给你作的安排。"安念平走回安念蓉面前，眼睛里流露的是真诚的兄长之情，"我们家的人早就不需要这么拼命工作了，人生很短，世界上的乐趣却很多，你何必把时间浪费在没有必要的冒险上？"

"这个工作是我的追求，没有任何理由能够让我放弃它。"安念蓉脱口而出，甚至没有考虑自己为什么要这样回答，"安家庆不能，你也不能。"

安念平的失望之情溢于言表，看得安念蓉的心也紧缩起来。

"念蓉，我知道你从小就好胜要强，认准了目标就要干下去，大哥喜欢你的性格，也愿意支持你，但你毕竟是个女人，一个女人混在这个营生里像话吗？任何时候你都不能忽略性别的问题，在这个领域，你根本没有机会战胜那些男人，不管你如何努力，他们始终是更冷酷更聪明的那一群。而且，就算你能够证明自己比大多数人都强，可最后决定方向的仍然是那些男人，这是体制所决定的。不管你的工作多么有建设性、你作出的成绩有多惊人，最后起作用的绝对不是你的决心和你的初衷。"安念平的声音并不响亮，但他的每一个字都像大锤一样猛击安念蓉的心脏，“或者，让我换一个说法，你这样努力工作，值得吗？你甚至都不是为了自己工作。你在为谁努力？谁又会领你的情？”

这也是每当安念蓉遇上工作难题时对自己发出的疑问。她原本以为，她对谍报世界的冷酷和花样百出已经有所准备，但很快就发现，当这些事情发生在自己身上时，她的自信在瞬间就化作茫然。她一直以为自己可以掌握全局，但事情发展到今天的地步，她也认识到了这样一个事实，那就是自己也不过是众多棋子中的一枚。

谁把她推到这个位置上？把她推到这个位置上的人到底看中了她的能力还是她的背景？或者是当她出现在这个位置上时所能够带来的连锁反应？

如果安念平早一些提出这样尖锐的问题，或许安念蓉就会动摇，但现在的安念蓉已经不是那个初出茅庐、只有理想支撑的单纯女孩子。她默认了自己是棋子的事实。

在这个世界上，谁不是谁的棋子？看的只是棋盘在哪里。她不用也不想向谁证明自己的价值，她的工作就是她的人生意义，就是她的全部，没有这些东西，她只不过是一个毫无意义的名字和躯壳。只要这枚棋子还在棋盘上，她就没有理由停下来。

有的人以金钱的数量衡量人生，有的人以成就衡量人生，而安念蓉只想用工作来衡量人生。她不愿意接受别人的摆布，至少在没有受到重大挫折之前，她不愿意接受任何人的任何好意。

面色雪白，目光清冷，抱着蓝色抱枕坐在那里的安念蓉看上去有些失落，但她目光里的执著叫人不敢去怜惜她。不管她曾经是什么样子，现在的她已经为自己披挂上冷漠的铠甲，轻易不为任何情感上的波动所影响。

“念蓉！大哥相信你的能力，但你为什么就不能选择另一条更有前途的道路呢？”安念平看到安念蓉的神态，意识到自己也可能无法改变安念蓉的决定时，有些慌张起来，也不由自主地加重了语气，“其实你什么都不用做，要照大哥说，干脆带上江南和小蓉，跟我离开这个国家，大哥有能力照顾你们一辈子，而且很乐意这样做，你何必在这里劳心劳力？人生是什么？人生只不过是你自己的生活，你只要对自己负责就好，为什么要干那些对自己对别人都没有好处的事情呢？好吧，干脆让我这样说，你不干，马上就有别人接手你的工作，而且这个人很可能比你更有才干。如果你真的担心自己的工作，那么这样做可能还是更好的选择。地球离开谁都转，但执迷不悟只会让你成为你自己的负担！”

“我只知道，一个人要对自己的生活负责。每个人都有自己的活法，我选择了我的活法，我不期望每个人都尊重我的活法，但我希望每个人都尊重我的选择。”安念蓉冷冷地看着安念平，慢慢放下手里的抱枕，又慢慢抚平衣服上的褶皱，“我不会因为你不尊重我的选择而责怪你，因为你有你的世界，你的生活，我没有资格评价你的选择是对是错，但你若是因此就认为你已经取得了成功、可以高高在上地为别人判断人生的价值，那你的财富也掩盖不了你的浅薄和无耻。没错，地球离开谁都会转下去，但我要跟着它一起转，而不是做一个旁观者。”

现在轮到安念平吃惊地看着安念蓉了。

半晌，他因为惊愕而僵硬的脸上才露出一个微笑。

“我的天，这是那个只知道找大哥要钱花的安念蓉吗？”

“当然是，而且以后仍然是。”安念蓉微笑，“不把你榨干我决不罢休。”

安念平挫败地长叹一声，颓然坐在沙发上。

“念蓉，我不知道说什么好了。如果你做这个工作不是为了虚荣，那么你也许可以干得很好。我承认我是应安家庆之请来做这个说客，但这不重要。”安念平还不想放弃努力，“如果你真的不肯考虑我们的意见，那么也用用你的专业知识判断一下这里的缘由。”

“担心我的安全？”安念蓉感到很不理解，“我明白这个工作的危险性，我也相信我能把自己照顾得很好，你们到底担心什么？”

“那我就实话告诉你，安家庆认为，你现在的调查会使你陷入腹背受敌的状况。危险不仅来自外部，而且也来自内部。”安念平压低了声音，“他认为，你现在的调查会给你带来杀身之祸。”

“我现在的调查？”安念蓉立刻警惕起来，“他对我现在的调查知道什么？”

“你别忘了他的身份，你干的工作虽然是顶级机密，而保密的对象却不是他。”安念平显得忧心忡忡，“你在调查一个有军方背景的高级间谍，这就是这个工作的危险性，你不知道你的调查会牵扯到什么人，而这些人一旦意识到你对他们有威胁，他们就会采取任何可能的手段来阻挠你，而且这不是臆测，这一切都有先例可循。”

“你是说，怕我成为集团利益的牺牲品？”安念蓉轻蔑地笑了笑，“关于这一点我早就考虑过了，而且我已经想得很清楚。”

“你想得很清楚了？恐怕未必。贺铁基为什么选择你做这个办公室主任，你愿意听听我的看法吗？”话虽然这样说，但安念平并没有打算听安念蓉的回答，而是自顾自地说了下去，“因为在绝大多数时候，没有人敢动你；在绝大多数情况下，没有人愿意跟你作对；在绝大多数情况下，你无往而不利。甚至连贺铁基、李天应和安家庆这些人解决不了的事情对你来说反而轻而易举。为什么？因为你是一个平衡点，你是尖锐矛盾的缓冲带。”

“从这一点来说，我们每个人都在自己的生活中承担着这样的角色，我为什么要对自己的角色感到烦恼？”安念蓉不解地看着安念平，“每个人在利用别人的时候也在被别人利用，这很难理解吗？”

“问题是，大多数人失去平衡的作用时毁掉的只是他们自己，而你失去这个作用却会毁掉很多很多人，而这些会被你毁掉的每个人都可能会对你的安全造成威胁。他们保不住自己的时候，往往寄希望于两败俱伤。”安念平激动地站了起来，“这就是安家庆担心的问题，他可能没有任何站得住脚的证据，但他比大多数人都了解人性，所以他绝对不是庸人自扰，你面临的危险是实实在在和真真正正的，你必须认真对待。”

安念蓉不说话了。

如果只是安念平说这样的话，那么她还不会把这种可能放在心上，尽管安念平是个成功的商人，但安念蓉从来不认为在自己的工作上需要他的指点。现在的情况就不一样，安念平说过的话，安家庆说过，宋非也对她说过。她曾经以为宋非是安家庆的说客，但现在她忽然意识到，如果不是宋非本人也意识到这种可能真的存在的话，他也不会那样郑重其事地嘱咐安念蓉。有一点安念平说得很对，安家庆对于人性的把握比大多数人都要准确，而且，如果他想让自己的女儿换工作的话，根本用不着恐吓，他只要走进贺铁基的办公室，坐下来喝杯茶就能解决所有的问题。

安念蓉点着一根香烟。

她知道面临死亡是什么滋味。她没有告诉任何人，在伊拉克，当她握着手榴弹准备自尽的时候，她心里有个声音一直在问自己，为什么她要来这个地方？这一切是否值得？她决定自尽也不是因为她要尽到责任，而是害怕被活捉以后可能发生的身心上的双重折磨。死在那个时候只是一个解脱，同时也让她认识到，自己并不像想象中的那么勇敢；如果她真的那么勇敢，那么她根本不用拼命支撑到罗门赶来。

“是恐惧支撑着我们活下来，而不是无畏。”在伊拉克的沙漠中藏身的时候，在闲聊中，罗门说过这样一句话，“信仰让我们送命，恐惧让我们生存。”

“你怎么知道我们都能活得下来？”安念蓉当时问了这样一个“愚蠢”的问题。

“我不知道。”罗门回答的时候，脸上带着嘲讽的微笑。每次看到罗门露出这个笑容，安念蓉都有种想扁他一顿的冲动，“我猜是我们的运气都不错。”

“运气？”安念蓉吃惊地看着罗门，“你就这样解释一切？”

“不然呢？”罗门抓起一把沙子，看着它们从自己的指缝中滑落，“在一个自己无法掌控的局面里，除了运气你还能指望什么？”

他当时的神态和语气让安念蓉牢牢地记住了这次谈话的内容。

“运气。”

听到安念蓉脱口而出的这个词，安念平疑惑地看着她：“什么意思？”

“这就是我的态度。”安念蓉按灭了香烟，抬头看着安念平，“我已经作好了一切准备，如果这一切不能让别人和我自己放心的话，那我只能指望有好的运气。”

安念平深深地看着安念蓉，好半天没有说话。

安念蓉嫣然一笑：“怎么？我的回答让你吃惊了？”

“是很吃惊，这不像是你能说出来的话。”安念平苦笑，“如果我这样告诉安家庆的话，他也会很吃惊。看来我们都得接受这样一个事实：你再也不是一个小姑娘了。”

“我本来就不是。”安念蓉愠怒地看着他。

“好吧好吧，看来我是没有办法说服你了，我们还是聊点别的事情吧。”安念平看了一眼客房的方向，“你现在和江南一起睡？”

“还没有。”安念蓉的脸红了，“为什么这么问？”

“因为你们现在的样子看起来不像是恋人。”安念平笑了笑，“我发现江南不是很了解你，而且你也不是很了解他，你们这个样子就结婚是不是早了点？”

“可能是早了点，但既然我早晚都得结婚，那为什么不是江南？”安念蓉的脸更加红了，“他的条件不错，而且我们现在很合得来，至于了解的问题，在结婚前我们还有时间。”

“婚姻不是合得来就可以的。”安念平看着安念蓉，“你们都得抓紧，我可不想你在这种事情上受伤害，我是过来人，我知道那个滋味，所以希望你不要重蹈覆辙。”

“一个离婚三次的人跟我说这种话，让我觉得怪怪的。”安念蓉调皮地看着安念平，“我倒觉得你很享受这种伤害。”

“我享受伤害？”安念平微笑，“别拿你们的那一套来研究我。”

“你不享受这种伤害，为什么还要一个前妻做你国内的代理人？”安念蓉撇了撇嘴，“我们可都知道她是什么人，说实话，安念平，你挑选女人的眼光可不怎么样。”

“那是一种补偿。两个人的事情不能只让一个人背负所有的错误，我们都认为那是处理我们之间问题的最好方式，那就很好。”安念平耸了耸肩膀，“能够用钱解决的问题其实是最简单的问题，不管你相信不相信，这样的决定反而让我很感激她。”

“或许你是这样想的，但这位代理人兼前妻可不是这样想的，她现在成了慈善家而到处欺世盗名。这对你来说绝对不是什么好事。”安念蓉不满地白了一眼安念平，“安念平，一切罪恶都来自金钱，你给我记住这句话吧。”

“我们已经两清了，她做什么都伤害不了我。”安念平笑了起来，“不管她得到了什么，那都算是对她的额外感激吧。而且按照你一贯的逻辑，我们不在局中根本就没有资格审判别人，所以对她的言行我保留意见。”

“我不去烦她，你也别再跟着安家庆一起插手我的事情。”安念蓉要确定安念平的态度，在某种意义上，安念平要比安家庆难对付得多，“公平吗？”

“只要你不再让自己身临险境。”安念平的声音不高，但他就和妹妹们一样倔强，“我听说，这次在伊拉克你差点儿送命，我想当面谢谢那些把你带回来的人，他们不知道这对我来说意味着什么。”

“我再说一遍，离我的事情远一点。”安念蓉警觉地看着安念平，“这些人你无法收买。”

“无法收买只能说明你出的价还不够高。”安念平不以为然地笑了笑，“比如说，我拿出我的全部财产，还有没有人能够拒绝我的提议？”

安念蓉吃惊地看着安念平，安念平不自然地笑了笑。

“我知道这很俗气，但我是个商人，我已经习惯给一切都定个价格，就算你是我的妹妹也不例外，如果用我的全部财产能够买来你的安全，我会这样干的。”

安念平已经叫人给安念蓉收拾另一间客房，但ACE打来电话，告诉她已经联系上了罗门，如果她有什么事情需要跟罗门沟通，那么就要尽快返回办公室。

汽车下了太平山，杨隼便注意到一辆汽车跟在后面。

在这个时间的这个地点，这辆汽车跟上自己可不是什么巧合，杨隼看了眼后视镜，安念蓉对眼前的情况还没有察觉，正靠在坐椅上想着心事。

杨隼悄悄地打开腿边的冲锋枪保险，然后做了一个深呼吸。

路虎转入罗便臣道，明亮的路灯让杨隼眼前豁然开朗，他踏下油门，汽车加快了速度驶上红棉路，从这里他要转上香港最宽阔的道路之一告士打道以通过海底隧道。一辆铃木摩托车从吉普车侧面高速掠过，骑手回头向车里看了一眼，加速离开，很快就把路虎甩在了后面。杨隼把方向盘打了半圈，越野车平缓地转向。他对香港的交通规则还是有些不习惯，所幸目前安念蓉还不需要频繁地外出，所以他还有时间适应。

杨隼让汽车加速进入金钟道，从金钟道进入告士打道之前要经过警察总部，杨隼想看看后面那辆车到底有什么意图，便加大了脚下的油门。

后面那辆车似乎并不畏惧，一路跟着杨隼直接驶上轩尼诗道。杨隼把冲锋枪放到伸手就可拿到的位置上，让安念蓉穿上放在后座上的防弹衣，然后用电话通知 ACE 等人立刻出发，在路上与自己会合。

安念蓉发现了问题，杨隼便把后面那辆车指给她看。

“一辆半旧的日本车还能这么紧地跟在我们后面，司机的手法很不错。”杨隼的表情很严肃，“汽车经过改装，司机是专业人士。”

杨隼几次变换速度，那辆车仍然不紧不慢地跟在后面。路虎的设计在很大程度上是考虑全地形的通过能力，速度不是优势，所以杨隼无法摆脱这辆明显经过改装的丰田汽车。

现在最好的办法就是立刻回到中心，但后面这辆车这么快就跟上自己，杨隼认为他们之前一定已经在跟踪，所以一定知道返回中心的路线。如果他们要按照原路线返回，肯定会在某处遭到伏击，如果他们改变路线，那么跟踪他们的人也许会立刻采取行动。

计算了所有的备选路线，杨隼和 ACE 决定了会合地点，然后迅速驶离现在的路线，后面那辆车猝不及防，立刻被甩到了车流中。

很快，刚才那辆摩托车从后面追了上来，跟踪者开始采取行动，借助灵便的摩托车作为侦察，其他力量随时准备围追堵截。杨隼对香港不算熟悉，但早在来到香港之前他就已经研究过这里的地图，并在出行之前就设计了路线和备用路线，路线和备用路线周围的地形都在他的脑子里，在 ACE 等人赶到之前，他在附近的街区里与跟踪者兜起了圈子，只要他不驶上太长的街道，跟踪者就无法确定他的方向而无法采取进一步的行动。

但很快杨隼就发现，又有一辆摩托车加入了追踪，这就使他不得不扩大自己的行驶范围。

就在杨隼观察自己右方的情况时，原先那辆汽车突然从马路旁边的巷子里冲出来，杨隼听到了汽车全速行驶的引擎轰鸣，但他已经来不及作出任何反应。在高达一百公里的时速撞击下，重达两吨半的路虎不受控制地冲垮路边的护栏，卡在人行道上，而铝合金的车体也禁受不住这样的撞击，严重凹陷变形，昏迷过去的杨隼被卡在驾驶座上。

安念蓉也被这突如其来的撞击所震荡，有几秒钟的时候失去了意识。当她睁开眼睛，看到路虎发动机的盖子已经翻卷起来，杨隼鲜血淋漓的身体倾倒在副驾驶的座位上，一动不动。她忍住头部传来的疼痛，挣扎着从皮包里掏出 P7M8 手枪，爬出车外，缩在后轮处。

一阵自动武器的射击声在空旷的街道上响起来，路虎威猛的车身顷刻间就变得千疮百孔，甚至有子弹穿过车身打到安念蓉身边的水泥墙，崩起的石屑打在她的脸上隐隐作痛。安念蓉克制着自己的恐惧，直起腰，从车身空隙中看到，一个戴着摩托车头盔的刺客正在给一支 AK47 步枪换弹匣，远处还有一辆摩托车向这边高速驶来。

现在的安念蓉已经不是那个没有见过世面的菜鸟，经过巴基斯坦和伊拉克的锻炼，她已经能够控制自己的情绪，冷静地观察所处的环境。那辆撞击他们的汽车也严重变形，戴着防撞头盔的司机正从破碎的车窗中挣扎着爬出来。安念蓉毫不犹豫，对着他连开数枪，袭击者沉重地摔倒在地。

距离她最近的摩托车手已经换上一个新弹匣，正大步向汽车走过来，反光的黑色面罩和平端在手中的步枪让他看上去杀气腾腾。尽管路虎吉普车完全能够藏得住安念蓉的身体，但安念蓉还是觉得他已经发现了自己藏身的地方。她把手枪别在后腰里，伸手去摘杨隼身边的 UMP 冲锋枪。变形的椅子牢牢地卡住了枪的背带，安念蓉只得钻进车里，试图把枪带跟枪身分解开。她一边解开枪带一边观察着越来越近的刺客，感觉着自己的心脏就要跳出喉咙。

另一辆摩托车的轰鸣声由远而近，在马路上戛然而止。安念蓉看到另一个骑手抬腿下车，用另外一支 AK 步枪稳稳地瞄准了自己的方向。两个刺客在这个时候都显得不慌不忙，一个接近目标，另一个掩护，行动起来有条不紊。

安念蓉终于把冲锋枪拿在手中，她控制着自己的呼吸，悄悄蹬掉了脚上的高跟鞋，瞄准了正向自己接近的刺客。这个刺客似乎察觉到了什么，俯身站在马路中间，寻找着安念蓉躲藏的位置，刚才那些子弹是盲目射击，几乎谈不上什么准头，但他现在的姿势是要进行精确射击。意识到这一点，安念蓉像一头小鹿跳到车尾，向刺客扣动了冲锋枪的扳机。她用力按住枪身，把所有的子弹都倾泻了出去，她的矫健和凶猛的火力出乎刺客的预料，他来不及向安念蓉开枪，连滚带爬地钻到自己的摩托车后。

安念蓉扔下打光了子弹的冲锋枪，转过身用手枪向另一个刺客连续射击。P7 手枪优秀的指向性保证了她在手忙脚乱中仍然有致命的准头，袭击者似乎中了一弹，安念蓉看见他踉跄地蹿入摩托车后，不过她的子弹也马上用尽。安念蓉像大多数女人一样，携带枪支时往往不会携带更多的子弹，所以她只有再次缩回到汽车和垃圾箱之间的空隙里。

在香港街头，枪战并非罕见，人们和车辆都自动绕开这种火暴的场面，街道上全是汽车紧急刹车的轮胎摩擦声和转向时重新启动的发动机轰鸣声。安念蓉看到，在忙乱中，一名刺客拿出一枚手榴弹，正在拉下保险环。安念蓉下意识地抓住了自己的折刀。

就在这个时候，一辆汽车全速冲向交火现场，以摩托车为掩护的刺客惊慌失措地跳到路边，向这辆汽车猛烈开火，而他的摩托车则被撞得从路面上飞了出去，滚在坚硬的地面上划出一片火花，撞向另一辆挡在马路中间的摩托车，藏在摩托车后的刺客惊慌地跑向路边，两辆摩托车撞在一起，被撞碎的零件四下飞散。车窗被打得粉碎的丰田车没有减速，继续冲向安念蓉，两条身影从车里跳出来，其中一个人飞身横越吉普车，跳到安念蓉身边。

“别害怕。”ACE 的声音像打雷一样在她耳边响起，“这只是个小场面。”

两支 AK 步枪再次向路虎扫射过来，ACE 用身体遮住安念蓉，拉着她隐藏在车头后面。马西北紧跟着从失去动力的车里跳出来，用冲锋枪向一名杀手开火。在近距离内，128 部队的尖兵用更凶猛和更准确的射击压制住了杀手并迅速向其接近。

ACE 把握住步枪射击的节奏，像头棕熊一样从车后站起，用斯捷奇金手枪向站在路中间的摩托车手射击。

在不到五十米的距离上，双方的武器都可致命，所以在这个时候，手枪和步枪之间的差别只在于心理上的影响。没有经过特殊训练的人在AK步枪凶猛的火力下会下意识地选择掩蔽，但大多数人都不知道，在城市里，在匆忙之中，几乎不可能找得到完全可以抵挡7.62毫米子弹的掩蔽物和掩蔽场所，最好的掩蔽就是在最短的时间内解决这个摩托车手。

最好的射手在运动中也需要一点时间重新调整自己的姿态，这个时间在0.2秒到0.5秒之间，ACE完全把握了这一点时间，站起来的时机恰到好处，第一发子弹就已经击中了杀手的头盔，把有机玻璃的面罩打碎，紧跟着弹匣里的子弹全都打在杀手的身上。任何时候都不能完全相信手枪子弹的威力，ACE用最快的速度换上新弹匣，再次对着一动不动的杀手把子弹全部打光。

ACE第二次换上弹匣的时候，马西北也已经射杀了另外一名杀手，他拔出手枪在死者的眉心补了两枪，然后半跪在那里，警觉地观察着周围的情况。

ACE跑到被自己打死的杀手跟前，对着他的脑袋又开了一枪，高高举起手臂，发出安全信号，另一辆路虎车飞速冲了上来，停在安念蓉的身边，马西北掩护着安念蓉上车，ACE把浑身鲜血的杨隼推上副驾驶的位置，然后坐在安念蓉身边，石三宝驾驶汽车飞快离开。

安念蓉坐在后座上，被ACE和马西北一左一右地夹在中间。她脸色雪白，但嘴唇却嫣红，看上去有种惊心动魄的冷艳。她抱着肩膀不停地发抖，这不是因为害怕，而是刚才分泌的肾上腺素在起作用。

“杨隼怎么样了？”

没有人回答。石三宝和马西北都看着ACE，而ACE只是看着车窗外不说话。

ACE的沉默说明了一切，安念蓉难过地捧住面颊，小声地啜泣起来。

仍然没有人说话，石三宝默不作声地把油门加到最大，路虎车风驰电掣地驶过街道，把迎面开来的警车和消防车都甩在身后。

过了片刻，安念蓉平静下来，不着痕迹地擦去脸上的泪水。

“没有抓到活的？”她不甘心地回头看着现场，“我想知道他们是什么人。”

“我们不抓俘虏。”ACE的表情和语气都硬邦邦的，“不过这事儿还没完。”

# 第十六章 报复

在有关部门的干涉下，香港警方没有对此事发表任何声明，仅仅当做是黑帮火并处理，而现场的所有物证也全部转给第十三办公室的技术部门。安念蓉是重点人物保护计划的一部分，所有有关她的安全信息都要随时报告给相关部门监控，为了不惊动高层，安念蓉亲自找到宋非，迫使他封闭有关这次刺杀的所有消息。

重点人物保护计划在任何层面上都有最优先的权限，所有相关的工作也都有一种平时难得一见的效率。而且宋非还没有从上次的损失中回过神来，所以对这次在自己地盘上发生的刺杀事件火冒三丈，尤其刺杀行动针对的是安念蓉，整个东亚司全部被他投入到侦查工作当中，第二天就找到了这三名刺客的来历。

看着情报部送来的情报，安念蓉陷入沉思。

通常来说，日本人没有胆量干出这样出格的举动。日本人的思路几乎跟中国人完全一致，同样信仰“不战而屈人之兵”的理论，而且现在已经不流行暗杀这种既没有品位又没有实效的手段，日本人不会笨到这种程度。敢在香港这块地方做出这种骇人听闻的事情来，安念蓉相信，这是受了美国人的指使。

“神谕”不会善罢甘休，美国人也不会善罢甘休，前面的几番交手让敌我双方都意犹未尽，不管是挑衅还是报复，他们之间的对抗才刚刚开始。相比之下，美国人是典型的行动派，喜欢简单直接，这是因为他们在思路上有所欠缺，可以想见，接下来还会有更猖狂的刺杀活动，这三个日本人只能算是喽啰。

安念蓉看着手里的香烟出神。现在她已经体会到那种悬崖边上的滋味，但她却有另外的想法，袭击事件带给她的恐惧远不如愤怒来得多：如果敌人能够随随便便就跑到香港来对付自己，那么以后谁还会把她和她的部门当回事？

跟日本情报机关的交涉没有结果就更让安念蓉恼火。尽管证据确凿，他们仍然以一贯的寡廉鲜耻态度否认自己与这次刺杀行动有关，甚至都没有礼节性地抛出一个替罪羊。负责跟日本内调室联系的秘密信使告诉她，这种交涉的后果通常都是如此，日本政府一向把这类事情推诿于个人行为。而事实上安念蓉也的确无法拿出这些人跟日本内调室有所牵连的证据，所以从官方的角度来说，“能做的事情不多”。

计明是这次跟内调室交涉的秘密特使。看来这次刺杀事件已经惊动了更高层，至少贺铁基对此不能袖手旁观。但即使是计明，这次也没有得到更多有用的信息。跟安念蓉谈话时，他的脸上一直带着无奈的神情。

安念蓉用缠着绷带的手费力地拿出一根香烟。现在她不但脸上有淤伤，手掌也被碎玻璃割出了很深很长的伤口，洗脸刷牙都很费劲。

“计叔叔，这不是我要的回答。”计明看到安念蓉找不着打火机，探过身去用自己的给她点着，安念蓉点头表示感谢，“在有人为了保护我而牺牲之后，没有人想要这种回答。必须有人为此负责。”

计明对此表示同意，并且颇有深意地表示，这种事情时有发生，而且有经验的人根本不会寻求高等级的秘密会晤来“取得谅解”。在谍报世界里，人们信奉的是“以牙还牙”的古老信条，如果有人打了你的脸，那你就要更狠地打回去。谍报世界是人造丛林，在这个世界里，只有比对手更野蛮才能生存。

安念蓉理解他的意思，尽管他说得并不那么明确，而且他也不会说得更明白。计明代表的是官方态度，所以他的任何言辞都必须经得起最严格的推敲，但安念蓉明白了他话里的暗示。

在一个很容易就会遭遇暴力袭击的世界里，是什么才会使人惧怕？是遭到袭击后能否回以同等程度甚至更高级的报复。当一个对你有恶意的人知道，就算把你杀掉你仍然有致他于死地的手段，那么无论他想对你做什么都会三思再三思。

计明轻轻拍着自己的公文包，看着思索的安念蓉微笑。他的笑容很和蔼，无边眼镜让他看上去更像一个儒雅的学者，但他刚刚给安念蓉传递了一个冷酷的信息。

安念蓉不记得自己有哪回吃了亏而没有让对方付出代价。

她找来ACE，给了他一个新任务：既然现在她要关在自己的办公室里，那么他就可以多去了解一下香港，多多了解在香港有哪些跟日本有关的情报单位，在不扰乱香港社会治安的前提下，他可以使用各种手段“关照”这些地方。

“这听起来像是开战宣言。”ACE怀疑地看着安念蓉，“你知道这样做的后果吗？”

“你指什么？”安念蓉也看着他。

“是一定会出现的而且可能会是无休止的报复。”ACE脸上没有任何表情，“这是宣战，没有人会对这么嚣张的行为表示沉默。”

“我才不管。”安念蓉把香烟在烟灰缸里按灭，“我只知道，要是不回应，接下来还会有下一次，我可不是每天都有那么好的运气。”

“这倒也是。”ACE还是那副干巴巴的样子，“你真的认真考虑过后果吗？”

“如果你担心自己的能力，那我也能理解。”安念蓉微笑。

“这是最近一段时间来我听到的最好的消息！”ACE用力拍了一下大腿，笑逐颜开地向安念蓉竖起大拇指，“有时候我觉得你比那些真正的军人还有胆色。我不知道你的决定是不是够聪明，但这也是我老ACE的风格，没心没肺，无法无天。他妈的，让这些蠢货看看真正的行家是怎样做事的！”

安念蓉轻轻地咳嗽一声。

ACE却毫不在意自己的失礼，哈哈大笑着向门外走去。

“我要先去刮刮胡子，再去买身像样的衣服，然后给蠢货们预定棺材！哈哈！”

ACE这么兴奋反而让安念蓉有些意外。她想起昨天回到办公室后，当她向罗门提到这件事时，罗门的回答是：

“如果有人这么对付我，我会把跟这件事有关的人一个一个地拉出来处决。”罗门的声音很平静，平静得好像这种事情天天都会发生一样，“如果你觉得这是‘神谕’的指使，那就用最激烈的手段反击回去，以此来表明你的决心。刺杀失败肯定会让他心浮气躁，而你的强硬会让他更加激动，也许就会犯下致命的错误。”

“那你呢？”安念蓉没有听到罗门的问候，感到有点不自在，“你是在忙你的‘破冰船’还是‘运钞车’？你是不是也要像你说的那个样子反击回去？”

“当然要，只是我现在还没有找到敌人。”罗门的情绪不高，“不过，你觉得‘神谕’跟这两个档案有关倒是很有说服力，当时我真该把那个‘猛虎’带回来。”

“那么我们是不是可以联合起来调查？”安念蓉忽然提出一个之前连想都没有想过的建议，“有了你的‘破冰船’和‘运钞车’的资料，可以节省很多时间。”

电话那边的罗门半天没有回答，安念蓉焦急地等待着。

“非常遗憾，这两个都是我不能跟任何人交流的秘密。”罗门的声音冷冰冰的，“为你自己着想，这两个名字以后连提也不要提。”

不等安念蓉再说什么，罗门就挂掉了电话。

这算什么？谨慎还是小气？安念蓉把话筒扔在桌子上，对罗门的态度感到非常不满。现在自己非常需要帮助，可罗门却表现得像个陌生人一样，不肯伸出援手。安念蓉原来以为他眼中那种若有若无的情意应该有些意义，可他连这个忙也不愿意帮，那只能说明他是在逢场作戏，归根结底，罗门终究是个不值得信任的人。

这个结论让她一整天的情绪都很低落。

ACE 就没有像安念蓉那样的烦恼。

像所有自信之人一样，ACE 喜欢单干。

这不是浅薄，他们所有人就是这样被训练出来的。

凡事都要有计划，而一旦计划被制订，就要不折不扣地去执行，就算他是被拉去跟不熟悉的人和单位临时出一次任务，只要有详细的计划，他就应该也必须完全融入接下来的行动。像训练的目的一样，ACE 在 128 部队的声望就是这么得来的。“一个可靠的战士，在任何时候都可以信赖。”还有什么样的战士能够比一个可靠的战士更加令人尊敬？

但连 ACE 自己都感到奇怪的是，他从来没有单干的机会。从训练营出来，他得跟着老手们磨炼，等老手们都死得七零八落的时候，他又不得不带着一帮新人开始。ACE 知道，他之所以能够活下来，是那些老手们把自己的经验和本事都留给了他，所以他很想找个机会把这些经验和本事展示出来。

他第一次出任务的时候兴奋得不得了，时刻在担心自己会不会搞砸，因为接下来的是真刀真枪的战斗，对面是货真价实的敌人，与这些人狭路相逢时，没有怜悯、没有犯错误的机会，也许你只有“一颗子弹的时间”，而“一颗子弹的时间”就是没有时间。当时队里有一个叫大张的老手这样安慰他，“别担心你会搞砸，小子。你就像厨房里的菜，已经准备好，但还没有下锅，等你下了锅，不管好吃不好吃，你已经是一道菜，所以不用担心搞砸。”

ACE问他，在他看来什么是搞砸，大张重重地拍了拍他的肩膀。

“当菜被送到桌子上的时候被打翻就叫做搞砸。”

就在那次任务中，大张“搞砸”了，但ACE对他的尊敬没有改变。他们的任务中，很多时候“搞砸”是必然的，而成功则是意外。他们在冰天雪地里保护卫星残骸，在惊涛骇浪中抢夺核心机密，在戈壁黄沙中押送敏感物资，他们所处的环境本身就能够要了他们的命，但他们必须克服这一切困难完成指令，有的时候甚至不知道是哪一样更困难：完成指令还是活着回来。

和那些任务相比，现在的环境要幸福得多。如果ACE愿意，他可以穿上一条有洞的牛仔裤和拖鞋，用报纸盖着有消音器的手枪，像电影里演的那样走进目标房间，然后对着房间里的人左右开弓，打得他们屁滚尿流。没错，也许这一次他就可以这么做。

这个任务是ACE最喜欢的那一种。安念蓉的命令可以理解为给他一个人的，也可以理解为是给他和马西北的，但ACE自作主张地认为，马西北不适合城市里的战斗行动，因为他的形象和神态很差劲儿，一看就不是什么善类，哪像自己这么平易近人，所以马西北很可能会对行动有影响。ACE一向的原则是，“表情要美，不美不走”，而且，新指挥中心需要马西北配合技术主任吴显来完善防御机制，他每天都要和无处不在的摄像机和传感器斗争，所以应该没有时间参加这个行动。

再说，这么一点小事情还用得着他们两个人同时出马？

中央情报部第四局来了一个小文员，给ACE带来了一些文件，而且，好像是闲聊一样地告诉ACE，日本人很警觉，所以最好的办法就是只对付一个最大的机构。

“对付谁？”ACE一本正经地看着他，“谁说我要对付他们？”

“我只提供建议。”那个文员笑嘻嘻地看着ACE，让ACE觉得他很欠揍，“我们都知道香港发生了什么事情，也一直在等你们反应，所以情报早就准备好了。”

“我就当你从来没说过这些话。”ACE笑了笑，“最好你自己也当你自己没说过。”

“我根本就没有见过你，更别提说过什么话。”这个文员很机灵，“我想日本人这次犯了个大错误，要知道，彼此相安无事的前提是不在对方的地盘上胡搞瞎搞，可要是他们这么干了，那我们就得给他们一个教训。”

ACE感兴趣地看着他：“那情报部怎么不去教训他们？”

“没有理由。”小文员显得很是委屈，“从理论上说，日本人并没有攻击我们，因为你们的部门在官方文件里不存在，所以这件事最后会被当做刑事案件处理。我听说双方的密使已经为了这件事情接触过，但没有结果，原因就在于此。”

“想让我们吃个哑巴亏？”ACE撇撇嘴，“日本人还不知道自己惹了谁。”

“没错。”小伙子深有同感地点着头，“连我们部长都惹不起的人他们却敢招惹，这胆子得有多大。我也听说过你们安主任的脾气，这下日本人有麻烦了。”

“你这么健谈让我没办法集中精力。”ACE在椅子上欠了欠屁股，“我说，你能不能就把文件放在这里，自己找个地方去喝点东西？你给我的时间不多，而我要研究的东西又这么多。”

“原则上，你看这些文件的时候我要在场。”小文员微笑。

“那你为什么不给我拿复印件或者直接给我电子文档？”ACE翻弄着面前的文件，“我可不能保证看的时候不把它们搞乱。”

“电子文档只用来做记录，不会发给任何人，而且这些文件的份数都有规定，不允许复印。”小文员还是笑嘻嘻的，“不过，你知道厕所在哪里吗？”

足足过了两小时之后，这个小文员才从“厕所”回来。

“谢谢，兄弟。”ACE把原封不动的文件交到信使手里，由衷地说了这样一句，“你很通情达理，改天我请你吃饭。”

“不，谢谢你才对。”小文员推了推滑到鼻子上的眼镜，狡狯地看着ACE，“如果你能把事情搞得更严重些的话，我请你吃饭，去珍宝海鲜舫，连宋部长都会亲自来给你敬酒的。”

“你什么意思？”ACE警觉地看着这名信使。

“你看，日本人在亚洲很忙碌，宋部长多次跟日本人交涉，提醒他们要有节制，但日本人总是阳奉阴违，间谍活动越来越猖獗，部里的压力很大。”信使兴奋地搓着双手，“你去搞点事情出来，日本人就会与宋部长交涉，那他就可以借此与日本人谈判。”

“搞点事情出来意味着血淋淋，你想过日本人的报复没有？”ACE好奇地看着这名显然是坐办公室的文员，心里揣测他到底知道不知道互相报复是怎么一回事，“你知道什么是血淋淋吗？”

“日本人要报复？”这名信使撇了撇嘴，“宋部长做梦都盼着日本人干出点儿什么惊天动地的事情来，有的时候，他甚至会要求那些没有价值的特工故意做出点出格的事情来，希望日本人能有所动作，问题是，跟他打交道的时候，日本人总是很克制。谁敢撩拨这条眼镜蛇？还是一条王蛇？”

ACE感兴趣地看着他没有说话。

“你把他们收拾得越狠他们就越温顺。”小文员意犹未尽，“不用担心他们会报复，一切都在安全部的掌握之中，退一万步来说，我们损失得起，可日本人呢？”

说到这里，信使就离开了，临出门时还对新指挥中心赞不绝口。秘密文件交换和对新指挥中心的两小时内部观摩，很难说中央情报部和安念蓉之间谁占的便宜更多。

不过吴显告诉ACE，仅仅是这样的观摩他们看不出什么新鲜东西。新指挥中心曾经是钟阡陌的设想，128的工程师们已经在纸面上准备了十年，考虑到整个中心运转的可靠性，在系统中没有使用任何前卫科技，而是对现有成熟技术的全面整合，所以外表没有任何特别的地方会引起行家的兴趣。

“我对你们的工作不感兴趣，老吴。”ACE按着吴显的肩膀让他坐到自己的椅子上，“现在我给你看一些蓝图，然后你再证明你是个专家。”

“我不用跟你证明任何事情。”话虽然这样说，吴显还是眯起了眼睛，仔细地研究起那些蓝图，“看上去都是民用建筑，你需要什么指点？虽然我不是学建筑的，但这种民用建筑对我来说也没有太大的难度，要是你想炸掉它，我只要几分钟就能给你指出它的弱点所在。”

“炸掉一座楼并不需要太高的智商，如果我想炸掉它，根本用不着来请教你。”ACE用力抓着他的肩膀，“我只对其中一层感兴趣，准确地说，是其中的一间感兴趣。”

“那也可以很轻松地炸掉它。”吴显期待地看着ACE，“给我点时间，我会给你一个外科手术般精确的爆破方法，能够只摧毁这个房间而不影响其他部分，甚至不会有很大的噪声。怎么样？这样的爆破方法你肯定还没有掌握。”

“你们这些知识分子怎么这么暴力？我只是要一些建议而已，可你怎么老想着要炸掉它？”ACE吃惊地看着一向斯文有礼的技术主管，“怪不得人们说你们这些人都是变态。”

“我们总是在设计什么，可我们从来看不到这些设计有什么用处，所以，呃，你知道，你知道我们的感觉，对不对？”吴显红着脸，难堪得有些语无伦次，“也许你可以满足一下我们的好奇心。”

“我不是马西北，我不会跟你们一起疯，而且我才不在乎你有什么感觉。”ACE狠狠地在他肩膀上抓了一下，痛得吴显龇牙咧嘴地叫起来，“快点告诉我，要是你这个变态准备在这里藏点什么秘密，你会采取些什么措施？”

吴显戴上眼镜，一边揉着被ACE抓痛的部位，一边用手指在图纸上面指点着。

“这是一间写字楼，你知道，这种商业建筑必须把成本控制在合理的程度之内，所以它的安全系数是最低的，基本上除了刚性结构外，它没有什么可以给人提供庇护的地方，想要进到这里的任何一个空间都轻而易举，就算你不想惊动任何人也不会很困难，所以我要是个变态的话，我不会在这里藏任何有价值的东西。”

“如果你是个很笨的变态呢？”ACE坐到他身边。

吴显想了想，然后摇摇头。

“如果我是个很笨的变态，我会在这里搞一个类似保险箱的房间，出入都很困难的那种，然后全方位地监视房间周围的动静。最难的部分在于要有一整套备用能源。如果他们能够做到这一点，那么对于进入者来说才算稍微有点难度。你知道那里具体都有什么？”

“暂时还不知道。”ACE看着吴显，“我不知道那里具体有什么，我想知道该去找什么，所以要你给我提供意见。”

吴显慢慢咧开嘴，眼睛也在闪闪发光。

“我喜欢这个部分，你有多少时间给我？”

“两小时对你来说会不会太多，爱因斯坦？”ACE看了下手表，“两小时后我要离开指挥中心。”

吴显拿着蓝图离开了ACE的房间。

ACE到地下室的军火库里整理自己的背包。

128部队的人都有一个这样的背包，这个背包完全由自己按照使用习惯设计，然后专门加工，其用途就是方便便衣状态下的渗透作战。尽管市面上有无数好货可以选择，但大多数人还是倾向于自己制作一个个人风格浓郁的背包，有些人甚至不顾规定，把自己的呼号堂而皇之地贴在背包上，这样的蠢货除了被要求重新加工他们的背包之外还会得到一通臭骂。

背包有三层。最外面的一层用来放置各种工具和杂物，中间的一层可以放入一支标准型MP5冲锋枪和他的斯捷奇金手枪，当然他也可以像罗门那样在包里放一支MK18卡宾枪，不过那样的话他就要把卡宾枪的上下机匣拆开，所以ACE宁肯放一支MP5。跟普通的背包不同，这个背包有可以从下部和侧边取出武器而不用调整背包位置的设计。

最里面的一层则用来携带弹药，同样有可以从背包两侧取出物品的设计，同时也是这个背包最主要的用途——插入一块防弹陶瓷板就会成为一件简单的防弹背心，根据当时的情况可以选择背在后面或者挂在胸前。

在香港的尖沙嘴广东道100号有一座二十三层的彩星集团大厦，外表采用麻石和玻璃幕墙外墙，造型四方周正，形状典雅，平实简朴。如果不是它比周围的建筑物都高，在视觉效果为王的现在，人们不会对它投以更多的注意力。

ACE正在按照吴显的要求检查位于大厦顶部的机电装置。在此之前，他已经设法混入位于四层和十三层的中心设备控制区，以消防员的身份检查这座大厦内是否有客户特别要求准备独立电源设备。在香港，做生意的人都很迷信，所以“四”和“十三”这两个楼层没有作为商业用途。调查的结果正如吴显所预料，出于安全考虑，即使有这样的要求，物业方面也不会答应。为了确保情况的真实，ACE又来到顶部实地核查。

从这里能够看到九龙花园和维多利亚湾，也许完事之后可以带个姑娘来这里看夜景，ACE一边对比着蓝图一边这样想。你昏头了，ACE，没有一个姑娘愿意在这个又热又吵的机器房里看夜景。别说夜景，就算是看天堂她们也不会来。

汗水从额头滴落到蓝图上，ACE用棒球帽擦了擦脸。除了几处局部的维修和更换外，蓝图跟实地的差别不大。

“那就好，那就说明在二十二楼的这间办公室没有什么特别的地方。”吴显的声音在耳机里传来，“现在你能到那间办公室外面看一下吗？这样我就能知道他们都有什么防范措施。”

“加快速度，老吴。”ACE 从背包里拿出数码相机，检查了下它的工作状态，“知道我为什么不喜欢菜鸟？就因为他们不但自己神经兮兮，还会把身边的人也弄得神经兮兮。”

“老子才不是菜鸟，老子到部队的时间可比你长。”吴显在电话里生气地反驳他，“我在这里等你的回复。”

ACE 手里的相机是佳能 EOS-1Ds 系列的 Mark Ⅲ型，可以在高分辨率状态下以每秒三张的拍摄速度连续拍摄十张画面，很适合现在的情况。大厦每层的使用面积大概有四百多平米，目标办公室占据了整层，ACE 下来的时候正好能够看到玻璃门里的前台，前台坐着的女郎还算漂亮。

ACE 把手自然地垂在腿边，不住地按动着相机的快门。

陆军技师们吹嘘说，用他们自己制造的电池可以拍摄一千张，如果这些还不够吴显用，ACE 还可以再回来拍一次。ACE 对着前台的女郎微笑，全然不顾人家的诧异目光。

ACE 回到顶楼，打开计算机，把刚才的照片传给指挥中心里的吴显。看着自己的地方每天都有越来越舒适的变化，ACE 也越来越喜欢“基地”这个称呼，但现在，一帮敬业的恐怖分子把这个好端端的词弄得跟瘟疫一样不招人待见，所以他们谈话中总是把现在这个地方叫做中心。

真要感谢陆军那些天才横溢的家伙。到现在为止，ACE 还不能够叫出所有人的名字，而且这些人用的呼号并不像战斗队员的那么简单易记。你能想象一个开着叉车把钢板架到墙壁上的人居然自称米开朗琪罗？有建筑工程博士学位的电气工程师拉斐耳乐不可支地摆弄着那些粗笨的机械？

这些人的奉献并不比战斗队员少，只是他们注重的领域跟战斗队员不一样而已。

ACE 只是不喜欢他们身上那种不切实际的浪漫主义。米开朗琪罗还是好的，这是一个你多多少少还知道底细的名字，但有的人非要给自己取一个希腊名字就有些强人所难，并不是所有人都研究过希腊的历史和文学，谁知道“恩培多克勒”是谁？

在等待吴显的回复时，ACE 接通了他事先藏在电梯里和二十二层走廊里的两个“天眼”。电梯里的“天眼”信号在十五楼下就会消失，但这已经足够，ACE 只需要关注有什么人到二十二楼，然后会对照计算机里的事先输入的资料，确定来人的身份。走廊里的“天眼”表明，来这个办公室的人不多，多半是各种服务人员，如果他们也是日本人的间谍，那么ACE今天带的弹药肯定不够。

吴显告诉他，这个办公室有隐藏的摄像设备作为监视手段，如果ACE需要，他可以给ACE送去一些设备以接入整个大厦的摄像系统，不过，日本人的监视系统肯定不会与大厦内部的系统联结，如果要可靠，最好能够进去看一看。

“如果能够进去，我还在外面折腾什么。”ACE嘀咕道。“天眼”的记录指示得很清楚，所有的外人都不能进入办公室，只在门口把事情办好就得离开，靠混是混不进去的。像ACE这样的身高体重以及他脸上的大胡子，还在走廊里就肯定会引起注意。

而且还不能惊动警方，这是最要紧的。日本人在香港捣乱固然让人气愤，但自己人若在自己的地盘上也那么肆无忌惮地践踏法律则更让人脸上无光，所以做“坏事”一定要神不知鬼不觉才叫手段，ACE喜欢这样的挑战。

干扰大厦内部的交换机可以让大厦里的固定电话在短时间内无法使用，不过这没有必要，整个二十二楼只有前台才有几部固定电话和传真机，这是为了防止使用电话泄密，而且现在通信技术这么发达，间谍们怎么还能用这么落后的东西？ACE随身携带了一台移动电话屏蔽器，这种机器运用扫频与点频相结合的控制技术，能够切断移动电话与移动通讯基站之间的信号联系，根据需要在特定的地方阻断所有的通话。这种方式足可以为ACE争取到所需要的时间，在有人报警之前就可以把现场清理干净。

攻击封闭空间的成功要素是速度和攻击方的默契程度，ACE只有一个人，所以他不用担心配合的问题，他要注意的是办公室里的日本人有没有反击的能力。情报表明，这里的人至少接受过军事训练，所以他不会放松警惕，而是要拿出最好的状态来。

马上就要到下班时间，ACE从防火梯里来到二十二层的走廊里。

他在肩头扛了一个贴着联邦快递的大纸箱子，这样能够挡住大厦防火梯通道里的摄像机。大厦主控制室里只有两名安全人员监控，所以不大会注意防火梯里有什么异常。走到走廊里的摄像机下，ACE把自己头上联邦快递的帽子挂在摄像机的镜头上。就算有人发现这一层的异常，他们首先会认为是机器故障，等到他们过来查看时，ACE应该已经完成了自己的工作。好吧，就算有人变态地一直盯着二十二层的动静，从一开始就发现异常并且及时地赶来查看，那 ACE 就不得不用对付日本人的手段来对付他。

在玻璃门前他放下箱子，向前台已经收拾东西准备下班的接待小姐晃了晃手里的一沓票据。接待小姐没有开门，而是通过门边的一个通话器告诉他，这里从来不使用快递业务，他肯定是搞错了，所以请他立刻离开。

ACE 把手里的票据贴在门上，用刚刚学来的粤语告诉接待小姐，不管他们用不用这个业务，上面的地址写的是这里，如果不需要，当做垃圾丢掉都没有关系，但他需要收货人的签字好回去交差。

接待小姐拿起自己的东西来到门外，生气地在单子上草草地写了几笔，告诉他这样就可以了，东西他可以拿回去。ACE 把箱子放在门口，体贴地为她按了电梯，并且和气地告诉她，反正东西已经送到，他不会再费力气把这么沉的东西拿回去，他就把这些东西留在走廊里，让大厦的清洁工来处理。

这个接待小姐是本地人，她只是为人打工而已，所以 ACE 不想把她牵连进来。等电梯来时，ACE 礼貌地把她送进去，然后告诉他自己还要到上面去送货，不能跟她一起离开并祝她一切顺利，如果有机会下次请她一起出去吃个饭，直到电梯门关上。

优西，骚噶斯带。ACE 咕哝着谁也听不懂的日语回到玻璃门前，伸手到纸箱子里打开了信号阻断器的开关，然后在玻璃门上的电子锁上敲下密码。“天眼”的分辨率不是很高，但从它的信号里还是可以辨别接待小姐开门时按动键盘的动作。

门响了一下，轻轻地开了一条缝，ACE 吹着口哨走了进去。也许已经有人从内部的闭路监视器里看到了他，不过那又怎么样？他们这一套监视系统跟大厦完全分离，所以只有他们自己才看得见，可这些人今天有一个能够活着离开吗？

一首歌的前奏部分还没有过去，就有一个穿着西装的男子从里面走出来，看到身材高大而装扮奇特的 ACE，他显然是吃了一惊，而 ACE 则神态从容地从背包里抽出已经加了消音器的手枪，一枪打在他的脑门上，然后在后脑处爆出一蓬血雨，这个间谍连声音都没叫出来就摔倒在地上。

“狼烟起，江山北望，龙起卷，马长嘶，剑气如霜……”

这是 ACE 最喜欢的一首歌。他不懂得音乐不懂得流行歌曲，但他就是喜欢这首歌的歌词，喜欢唱过京剧的那位歌手在唱这首歌时的中气十足。他从死去男子走出来的门口走进去，在《精忠报国》的旋律里，用手枪和冲锋枪左右开弓地对着房间里所有能够看见的人影射击。

这不是盲目射击。ACE在进入大厅的一瞬间就已经锁定了所有出现在视野中的人影，经过严格训练和残酷战斗的他在这一刻就像一台计算机控制下的杀人机器，精确地判断着每个人的危险等级，然后按照顺序下达射击指令。在这个时刻，也许连计算机的精密计算也难以跟得上ACE的反应速度，沉闷单调的枪声也不能影响口哨的流畅，他迈着大步走在大厅里，眼光飞快地扫过那些可能的射击死角，看有没有什么幸运的杂种藏在里面。

不，杂种们没有幸运不幸运的差别，只有次序的差别，今天我是你们这些人的死神。

ACE扔下打光了子弹的手枪，给冲锋枪换了一个新弹匣。空弹匣掉在地上弹开，发出噩梦里才会听见的清脆声音，这声音还回荡在每个还没有被击中的人的耳中，ACE的冲锋枪已经再次开始射击。噩梦醒来还是噩梦。

ACE的目光扫过每一个面对着他的人，从这些因为恐惧而扭曲的陌生面孔上他看到了各种各样的表情，但没有一个人的神情能够引起他的怜悯。你们到这里来就是为了制造伤害，但你们不知道，这一切都在我的保护下，如果这仍然不能让你们有所省悟的话，那么在将来还会有更残酷的命运等待着你们。

“……我愿守土复开疆，堂堂中国要让四方来贺。”

一曲结束，大厅里已经没有一个站着的人影，火药气味在空气中弥漫着。

又一个空弹匣落在地上，从光滑的地面上弹开。

地上只有六具尸体，还少了两个人。

运气不好，ACE感到很恼火。

他摘下手套，开始确认被击毙的情报人员身份。没有找到资料里的佐藤加正和具足小五郎，这让ACE感到意犹未尽。资料表明，这两个人才算得上是真正的军方特工，据说身手相当了得，进攻敌人却没有遇到真正的对手，那这胜利也就不那么值得庆祝。

# 第十七章 欧洲明星计划

得知香港发生的事情时，作为中情局在亚洲的新秘密信使，越前正在北京等待下一步的指示，所以越前对处理后续事务无能为力。他要与中情局在北京的间谍接触，所以唯一能做的就只有等待。

尽管香港送上来的报告语焉不详，但思维缜密的越前还是从结果推测出了其中的经过。

总体来说就是一句话，美国人计划了刺杀行动，日本人做替死鬼，而中国人发了一通脾气。

越前很清楚美国人的那一套，所以他派给美国人的全是傻瓜，这样的话，这些人最多只用跑跑腿做些杂活就可以，没想到这样子也没有避免悲剧，美国人直接把他们推上了前台，而且像享受一顿美味大餐一样把他们给享用了，用美国人的话讲就是“必要的牺牲品”。八嘎，这是美国人和中国人之间的斗争，为什么要日本人做牺牲品？

美国人对待日本人就像对待自己家的狗，只要它没有被虐待，那么美国人就算尽了自己的义务，全然不顾一条狗也会有雄心壮志，虽然一条狗的雄心壮志在人类看来未免可笑。但狗终究是狗，它要有一个主人可以跟随才会有价值，所以日本人其实也没有太多的选择。既然它不喜欢选择愿意与它以礼相待的亚洲邻居，那么投身于对它更严厉的美洲主人也完全可以理解：狗也有脆弱和不可理喻的自尊。

作为世界最强经济实体之一的主权国家居然还有别国军队在本国驻扎，这本身就说明日本其实没有什么大国尊严，只有日本人自己感觉良好，他们的嘴脸也无非就是，“欺负我的人比欺负你的人更强更狠，所以我也比你更强更狠”。

那么，越前直人也就没有什么可抱怨的。天皇不是都可以向美国人鞠躬吗？

但越前直人意识到，美国人居然肯冒与中国人直接对抗的危险做出这么大的动作，那么他们的图谋也一定惊人。在跟美国人打交道的过程中，日本人早就学会了观察和分析，不管他们想要从美国人那里知道什么，他们都得自己去挖掘，美日之间是有所谓的战略合作伙伴关系，但这种关系更像是一种施舍。

日本人在半个世纪以来一直试图渗透中央情报局的核心管理层，其努力的程度甚至不亚于俄国，尽管跟俄国相比，日本人有更多的便利条件，但他们所取得的成果并不比俄国人多，这对日本人来说其实是个耻辱。美国人不喜欢俄国人是众所周知的事实，但他们对俄国人至少还算尊重，而对日本人，美国人连起码的尊重都不愿意给予，这让一心跟随美国财团政府的日本人很受伤，但痛并快乐着，美国人的保护让日本暂时可以偏安一隅，所谓有取就有舍，自尊与利益相比没有一点实用性。

日本人可能不算天才，但他们绝对勤劳，所以这些时间的努力，让日本人对于中央情报局的内部结构和工作流程一清二楚。他们无法在兰利的总部里窃听，也无法参与各项间谍活动，他们就只能在他们知道的领域里另外开辟一条通道，所以在日本才会有那么多的情报收集和分析组织，今天中午跟谁喝了一杯咖啡都会引发这些组织里的讨论热情，尽管中央情报局局长很可能只是端着咖啡跟谁打了个招呼而已。

越前双手抱在胸前，盘腿坐在地板上闭目沉思。除了等待之外，北京另一个叫人无法忍受的就是气候，越前不喜欢这里的干燥，也不喜欢这里的空气，跟他北海道的家乡相比，整个北京就像一个大垃圾箱一样污浊。

现在说什么“与美国人合作”只能是空洞的口号，现实的情况就是，在秘密工作这个行当上，日本人完全不配与美国人平起平坐。日本人把面子看得太重，全然不顾自己实力低下的事实，更多的时间里只是在抱怨美国人傲慢自大。在越前看来，那并不是务实的做法，所以他退出军方，改以民间的名义进行间谍活动，这样就可以采取更加灵活的方式。他相信，只要自己的工作有成果，不管是日本人还是美国人都会自己找上门来。

越前直人不能频繁地在中国和日本之间往返，那就等于在自己脑袋上贴了一个“我有问题”的标签，所以他在香港设立了基地。在中国大陆，反间谍力量无孔不入，越前直人从来不在中国大陆处理任何情报，这种谨慎的态度让他一直都没有引起中国人的注意。在周围的中国人眼里，他是个低调的回国创业者，生意做得不好不坏，但年年都有盈余，而且能够把收益的一部分用来做公益。他不怎么引人注意，但在业界能维持一定的名气，这让他能够比较轻松地从事自己的业务，这就是他在上海的部分生活。

在香港，他把得来的信息重新整理，然后加上对情报的分析发回日本国内。近些年，来自中国的大部分有价值情报都出自这个间谍网，所以越前直人在日本有很高的威望。美国人提出合作的时候，内调长官第一个找到的就是越前直人，就因为他是目前日本唯一能够拿得出手的特工，同时也寄希望于，越前能够拿出刺探中国人的水准去刺探美国人，在这样的合作中得到更多的情报。

现在他等到了这个机会，加入了可能是美国在新世纪里最大的一个秘密活动。当然，参与这种活动不会改变日本在两国关系之间的从属地位，但日本人能够从这种活动中受益才是最重要的。切·格瓦拉曾经说过，让我们拥抱理想，让我们面对现实，对日本来说，实际利益才最重要。

连他自己都准备随时被抛出去做替死鬼，牺牲几个部下算什么？反正最后他们都要在靖国神社相见，到那时再跟他们解释吧。越前盘腿坐在地上，在心中为同伴们祷告，只要打败中国这个命中的敌人，这一切就都有价值。

秘密工作总是有危险的，日本军方认为有必要对越前和越前的机关加以保护，但越前本人拒绝了军方的好意。在他看来，既然生活、工作在别国的领土上，自然一切事情都要低调，最好的防范措施就是完全没有防范措施。在这一方面，日本军方应该向工商界的间谍们学习。这些商业间谍全无保护地在世界各地出没，每年都在为日本攫取超过上百亿美元的利益，这与武力完全无关，再说，在别国的领土上，几个身手了得的人又能保护得了什么？他们能对抗得了别国的警察或是军队？

事情的发展全在越前的意料之中。

越前一直都独往独来，所以他并不担心自己的身份会不会暴露。能够找到他的办公室跟找到他本人完全是两回事，这里只不过是一个中转情报的地方，就算把那些人全都活捉也是一样，中国人无法用他们来指证自己。而且，中国人袭击他的办公室有很大的偶然性，杀掉所有人的事实表明，他们的情报并没有深入到他自己的层次。

据他所知，中国人做事一向喜欢深思熟虑，讲究步步为营，有的时候宁可坐失良机也不越雷池一步，所以尽管他们有很多行动部门，但没有一个部门会有这么迅速的反应，迅速得甚至有些鲁莽。在中国人看来，缓慢的进步总比急剧的失败来得好，但在不同的观点来看，这种想法和做法往往会被理解成软弱可欺。

也正因为如此，这样猛烈的报复行为也就更加让人震惊。老实说，越前直人是被吓住了，这也让他醒悟到，在类似的问题上面将尽量避免与美国人合作，他们的牛仔作风会给日本人带来想象不到的灾难，而且美国人也绝对不会把日本人的损失放在心上。

有人敲门，越前定了定神，走过去打开了房门。

ACE 回到指挥中心，把所有从日本人那里得到的可能有价值的东西交给吴显，然后来到安念蓉的办公室。当 ACE 走上楼梯的时候，刚好看见安念蓉从自己的办公室里送出两个人来。

这两个人都穿着裁剪得体的西装，但他们怎么看都不像是在写字间里工作的人。他们虽然没有 ACE 这样强壮，但他们的气质仍然是军人的，神情泰然自若，举止干净利索。ACE 认出其中一个是原 128 部队特别事务办公室的秘密特工，曾经跟罗门一起工作过。这个人也看见了 ACE，但是他没有主动与 ACE 交谈，只是在擦肩而过的时候向 ACE 眨了眨眼睛。

ACE 走到栏杆前，目送着这两个人走下楼梯。

“总部大楼的人到这里来干吗？”

他转过头，问站在自己身边的安念蓉。她身上的香水味道总是在变，但每一种香气都像她本人那么吸引人。

“无事不登三宝殿，ACE。他们出现的地方总会有事。”安念蓉双手抱在胸前，感兴趣地看着 ACE 的脸，“你的任务完成了？”

“完美得无懈可击，我走的时候带走了……”

“我不需要知道细节，我只要你的评估。”安念蓉举起双手打断了他，“你觉得任务目的达到了吗？”

“他们要么从此安分守己，要么就放马过来，不过哪一种反应对我们来说都不是问题对不对？”ACE 自信满满地看着安念蓉，“你真的不想听听细节？这肯定能让你大开眼界。”

“我对血淋淋的细节不感兴趣。”安念蓉嗔怪地白了他一眼，然后转身走向办公室，“不过我对另外一些事情的细节比较感兴趣，而且据说你能够给我答案。”

“要是你让我给你挑选比基尼的款式和颜色的话，那我很在行。”

ACE 跟在她身后大声说道。

“永远都不会有这种机会。”安念蓉没有回头，所以 ACE 看不到她的微笑，“你还是死心吧。”

“是不能为你挑选比基尼还是不能看到你穿比基尼？”ACE 不甘心地追问。

对这个问题安念蓉只是摇头摆了摆手，她身上的香气好像在这个时候突然浓郁起来。

办公室的桌子上摆着一些文件，安念蓉坐下，把所有的文件都掉了个头推向 ACE，然后顺手拿起桌子上的打火机给自己点了根烟。

“作为一个叛国者，罗门的处境非常危险。”说话的时候，安念蓉用拇指的指甲轻轻地弹着中指的指甲，夹在指间的香烟也轻轻抖动着，烟气便摇摆着上升。她睁得大大的眼睛里带着一丝若有若无的焦虑，“现在情报局已经正式在国内全境通缉罗门，跟上一次不同，这一次的命令是可以击毙。”

“情报局通报这里是因为，他们已经知道你一直跟罗门保持着合作？”ACE 把目光移到文件上，“他们是在警告你跟罗门保持距离？”

“大致是这个意思。”安念蓉目不转睛地看着 ACE，“可有一点我不明白，他们对我说，必要的时候，我可以指望你的帮助，这到底是什么意思？”

好事不出门，坏事传千里。ACE 的脸红了一下，然后长长地叹息一声。

“情况是这样的。当我们接受训练的时候，会在上级的授意下找一个人做自己的搭档。这个搭档不仅为了更好地完成训练，也是为了彼此之间能够互相监督，当然，这是我们后来才知道的情况。我和罗门就是这样的搭档。”

安念蓉没有说话，也没有从 ACE 脸上移开目光，只是轻轻吹开面前的烟雾。

“后来基地的代理指挥官李鹏飞要求我对罗门进行监视，理由是上面对他那段时间的表现有所疑问，你要问我为当时的调查提供了什么信息，那我的回答是‘什么也没有’。”ACE的表情很不自然，“就是这样，没有什么复杂的内情在里面。”

“没有什么复杂的内情在里面？”安念蓉把香烟按灭，“连‘反制措施’都没那么复杂？”

“香蕉个芭拉。”ACE吃惊地看着安念蓉，“他们连这个都告诉你了？”

“我理解情报局总部大楼那些人作出这样的决定，但我不理解你怎么能够接受这样的任务。”安念蓉嘲讽地看着ACE，“你们不是那种连生死都可以托付的战友吗？”

“我可用不着你来评论我。”ACE警惕地看着安念蓉，“这些事情罗门都清楚，他本人没有什么怨言，所以你也不用来为他打抱不平，更别想用这个来指责我。那是命令，就跟你给我下达的命令是一样的，是命令就需要去执行。再说，罗门肯定也有监视别人的命令，你能因此也给他下什么判断吗？”

“事实上，我能根据罗门接受的命令判断他。”安念蓉看着ACE微笑，“他的反制对象是你，这是不是很有趣？”

这确实很有趣，ACE不知道自己该高兴还是该生气。

“我知道罗门现在的处境是因为他接触了‘破冰船’，我也知道他把这些秘密都交给了你，但派你来的人并不觉得这样更安全，所以他们希望罗门立刻在世界上消失。”安念蓉沉吟着，“你能告诉我这个‘破冰船’的秘密吗？”

“罗门给了我一份安全索引，那里面有他的全部秘密信息，这其中包括有在世界各地的安全屋，如果有这么个文件，那就一定是在某处安全屋中。”ACE倒是没有隐瞒什么，“但是到目前为止，我还没有完全破解他的暗语，而他在这方面拒绝提供任何帮助。”

“你可以交给我，我会使用他的暗语。”安念蓉立刻想到了罗门的拒绝，“我可以帮你解开这个秘密。”

“不行。”ACE的回答非常干脆，“这是罗门最后的秘密，如果这些秘密泄露出去，那罗门就真的完蛋了。”

“你觉得我会出卖罗门？”安念蓉好笑地看着ACE。

“如果你不会出卖罗门，那么总部大楼的人也不会到你的办公室里来。”ACE忽然表现出难得一见的精明来，“罗门告诉我，要想活得久，就别太相信别人。”

“罗门相信你。”安念蓉小小地刺激了一下ACE，“那他是不是活不久了？”

“罗门相信我，是因为他知道我可以信赖，这种信赖跟友谊无关。”ACE显得有些愤慨，“你们只看到了我监视罗门，却不肯想一想，为什么我早就接受了命令却没有向罗门下手？当然，你可能不会理解，但这就是罗门信任我的原因。他知道我对什么事情都有自己的判断，而且他也相信我作判断的能力。”

“这么说，为了挽救罗门，我也可以相信你了？”安念蓉把双手交叉在胸前，“有人想要罗门死，但我想要罗门活。去伊拉克之前我就有这样的想法，只是受伤耽误了我的工作，现在看起来叫别人抢了先手，但只要你不来搅局，我对结局很乐观。”

“我没对罗门下手，就已经表明了我的态度。”ACE的语气很生硬，“如果上面觉得在我这里还有一点希望的话，他们会这样大张旗鼓地找上门来？我敢说，我的名字现在也上了总部大楼的黑名单，我不但不会搅局，在这件事情上我绝对和你们站在一起。”

ACE离开之后，安念蓉就陷入了沉思。

全面通缉罗门肯定与“破冰船”的秘密有关，但发生在莫新伟上任之后就显得耐人寻味。莫新伟刚刚接手情报局的工作，一切都还没有进入轨道，在这种时候，追捕一个叛国者当然是建立新的团队合作的好的开始，但莫新伟不可能不清楚“破冰船”所具有的隐性杀伤力，许成龙已经被这艘“破冰船”击沉，莫新伟凭什么觉得自己可以应付？

以莫新伟的资历和年龄，出现在这个位置上表明他的背景也颇为耐人寻味，而他自上任后并没有像前任那样邀请安念蓉进行日常工作会晤，这已经让安念蓉感觉到一丝冷淡的味道。传言看起来是真的，莫新伟对自己和自己的部门都没有特别的好感，如果没有上面的支持，莫新伟不会表现得这么明显。

莫新伟跟高层已经有过几次会面，这不是一个好的兆头。

来自北京的提醒可能是漫不经心的，但越是这样，安念蓉就越知道自己面临的局面有多困难。现在是离开香港的好时候，北京既比这里安全，也能够给她提供更多的信息，而且在她身上出了这样的大事情，她也必须出现在北京以平息可能会出现的流言。尤其是，如果这次暗杀是“神谕”的直接授意，那么安念蓉就更要刺激刺激这个对手。

安念蓉下了飞机，就在石三宝的保护下直接来到情报局总部大楼，按照事先的商定与莫新伟进行一次“非正式”会晤。

除了门牌号码，情报局总部大楼的院门口没有任何标志，深灰色的院墙和深灰色的建筑物在外面看上去也平平无奇，但要进到核心地区却要经过三道关卡。当安念蓉的防弹奔驰车缓缓开进院子的时候，看到在院子尽头是一辆轮式装甲车，黑洞洞的双管机炮指向大门，据说这里驻扎着一支陆军的特种部队，其防卫武器甚至包括反坦克导弹。

在莫新伟的办公室里只有唐白作陪。莫新伟入主情报局之后，没有带来任何一名部下，唯一的人事变动就是唐白以副局长的身份兼办公室主任。据安念蓉的猜测，这是为了维持情报局内部的人事平衡，这样看来，何令军要成为局长基本上已经不太可能，何令军与许成龙明争暗斗，最大的受益者反而是唐白。

莫新伟还不到五十岁，整个人看上去要比他的年龄年轻得多。他皮肤较黑，嘴唇较厚，至少在相貌上就远不及许成龙，所以安念蓉对他也没有什么好感。他的烟抽得很凶，原本很整洁的办公室现在有一股难闻的气味儿，所有的桌子上都摆着烟灰缸，有些还是满的。安念蓉不禁皱起了眉头。

莫新伟热情地向安念蓉伸出手。

"久仰久仰，能和安主任这样的人合作，我感到非常荣幸。"

安念蓉也跟着客套了几句。才一见面，她就感觉到莫新伟神情和目光中的异样，但她也说不上来那是什么。今天她的穿着很简单很保守，是平时想都不会想的高领上衣和西装外套，还特意穿了一条比平时大一号的长裤，长发在头上扎了一个发髻，让自己看起来不那么颠倒众生，但很明显，莫新伟的神色里什么情绪都有，就是没有欣赏。

这样最好，这样我们就都能够直接去关注对方的想法，安念蓉在心里微笑。如果莫新伟能够不受她的美貌影响的话，那么或许他可以公正地看待自己的能力。

莫新伟果然是个直截了当的人，寒暄过后，他立刻转入正题。首先他要肯定的是，由于安办也就是第十三办公室特有的丰富资源和信息渠道，应该并且能够在工作中发挥出更多的主动性，从原则上来说，情报局非常乐于跟安办合作；其次，考虑到情报局作为一个更成熟和更庞大的系统，它的运转情况完全有别于安办，显然又不适合在所有的事务上都与安办合作，因此，划分职能和责任就很必要。

"我知道十三办现在担负着一些反间谍工作，而且在林永泉问题上表现出了能力和魄力，但这部分工作一向由情报局二部负责，而且今后也同样不会改变这一工作原则，所以，我的意见是，安办将不再介入反间谍工作，因为这实在有重复工作、浪费资源的嫌疑，而我们现在面临的问题是，问题和困难越来越多，所以必须合理分配这些资源。”

莫新伟的话说得很明白，情报机构的改革在继续进行，从长远来看，中国面临的国际局势并没有因为自身的强大而好转，相反，矛盾和问题只会越来越艰巨和尖锐，所以，情报局也要应时而动，时刻为国家提供强大的保护和支持。事实上，内部机构的改革从来都没有停止过，以这个名义要求安念蓉的支持，在立场和原则上都无可厚非。

但安念蓉的工作性质和莫新伟的不一样，她是救火队员，火烧眉毛的时候，她用不着考虑自己面对的是什么，她所要做的就是扑灭这场火，至于如何收拾残局，则从来不是她要考虑的工作内容。反间谍工作也是一样，有的工作需要不择手段地立刻结束，这才是十三办的能力和职责所在。

“情报局有自己的一套机制应付你说的情况，而且到目前为止，这套机制没有出现过什么纰漏，我将继续信任这套机制，党委也将继续信任这套机制。说实在点，在世界上我还没有发现更好、更有效率的机制。”

当安念蓉提出自己的问题时，莫新伟这样回答她。

这位新局长进入状况很快，安念蓉想。尽管他一再声称只是刚刚接手工作，但他对所有的问题都已经考虑成熟。安念蓉不相信一个人有这样的能力，那只能说明，在接手这个工作前，莫新伟就已经做足了功夫。

“我认为，十三办应该在派驻特工和信息搜集方面发挥更大的作用，因为你的渠道有自己的优势，而我们有人员上的优势，我相信，十三办在这方面曾经得到过情报局强有力的支持，你才能在林永泉事件和贾法里事件上取得这么好的成绩。”莫新伟的微笑看上去意味深长，“这说明，我们的合作其实大有前景。尤其是对原128部队成员的吸收，将会让我们双方磨合的过程变得更加顺畅。”

“说到原128部队成员，我有个问题想请教。”安念蓉打断了莫新伟的话题，“我收到了对原128部队成员罗门的通缉令，但具体资料却语焉不详，里面说到他偷窃国家机密，那么到底是什么样的国家机密值得情报局这样大动干戈？”

“安主任好像很关心这个叛国者。”莫新伟笑眯眯地看着安念蓉，“情报局只是请安办协查，抓捕的事情还是由我们自己来，至于罗门，因为牵涉到太多机密，所以情报局无法向所有人解释其中的缘由，也没有这个必要。”

安念蓉立刻明白了莫新伟话里的意思。从官方文件上来说，罗门仍然是128部队的一员，仍然隶属于情报局，所以莫新伟才会这么有底气，钟阡陌的临终安排毕竟是他个人的意愿，与总部大楼的决定无关，从某种方面来说，钟阡陌也犯下严重的错误，只不过他已经去世，所以不会也无法追究他的过错，而罗门就没有那么幸运了。

她忽然意识到，她不可能像以前那样随心所欲地与莫新伟做交易，莫新伟是新人，完全不买她的账，对安办的态度也说不上热络。如果她贸然行事，承认她与罗门有过合作，那很可能会给安办带来很大的麻烦，倒不是说莫新伟就能威胁到安办的存在，可这总会牵扯安念蓉的精力。重要的是不要落人口实。

莫新伟这样的把戏她见得多了。尽管她与父亲的关系比较疏远，但她仍然会在暗中关注父亲的举动，所以对于官场上那一套，她比大多数人都更加熟悉，现在莫新伟师出有名，她不得不考虑通过另外的途径解决罗门的问题。

"这样就好，那十三办就不干扰情报局的抓捕工作了。"安念蓉笑了笑，"还是回到我们原先的工作上来。"

莫新伟一直饶有兴趣地观察着安念蓉，试图从她脸上找到些特别的情绪反应，而安念蓉的平静让他感到很意外。他原以为安念蓉会反驳他，并强烈要求参与到反间谍工作中来，毕竟这是成立十三办的初衷，如果那样的话，他还要浪费一番口舌对付安念蓉，而他甚至已经准备好了要和安念蓉展开一场辩论，但安念蓉并没有与他争论，这反而让精心准备过的莫新伟有点失落。

"既然是这样，为了方便管理，十三办在反间谍事务上跟情报局重复的权限就要取消，以免在将来的工作中造成误会，影响工作的顺利进行。至于具体取消哪一部分，我们会在后面加以磋商，我希望很快就能够举行一次正式的工作会议。"莫新伟公事公办地打着官腔，"安主任很忙，我们回头再讨论开会的时间。"

"完全没有问题。"安念蓉微笑，"只要莫局长吩咐，我们什么工作都可以拖一拖。"

双方又谈论了一些无关痛痒的时局问题，安念蓉起身告辞。莫新伟看了唐白一眼，唐白站起身来送安念蓉离开办公室，走出大门的时候，唐白叫住了安念蓉。

"念蓉，现在的情况不同以往，但也只是暂时的，所以别太担心。"唐白眉头紧锁，看上去他最近的日子过得也不轻松，"凡事都往好处看。"

“唐叔叔，我们都是在做自己分内的工作，没有什么我不能理解。”安念蓉略感诧异地看着他，“您不用为我担心。”

“我知道你有为罗门平反的打算，但现在不是时候。”唐白小心翼翼地看了一眼周围，压低了声音，“情报局比你了解罗门，我们对罗门一直采取的是不闻不问的态度，事情之所以出现了这样大的转变，是因为出了大事。”

“出了大事？”唐白的神态让安念蓉意识到问题的严重性，“我什么都没有听说。”

“情报局把消息封锁得很严密。”唐白看上去很严肃，“我现在向你透露这件案子就是在犯错误，我老了，没什么不能承受的，但我不能看着你犯错误，在这个时候，你一定要离罗门远一些，越远越好。”

“我糊涂了，唐叔叔。”安念蓉睁大眼睛看着唐白，“你犯了什么错误？你还什么都没有跟我说过，而且我跟罗门没有任何联系。”

“事情发生在巴黎。”唐白犹豫了一下，“六名‘欧洲明星’被杀害，联系人下落不明。”

安念蓉吃惊地看着唐白。

“欧洲明星计划”是许成龙在情报局最大的成就，也是情报局的顶尖机密之一，就连安念蓉也只是知道有这样一个名字而已，为了确保秘密不被泄露，这个计划中活下来的参与者都在情报系统的控制之中，现在看起来，情报局的控制并不严密。

“问题不是出在情报局内部。”唐白看出了安念蓉的心思，“情报局已经在最短的时间内进行了排查，唯一一个没有接受审查的人是罗门，而且我们得到消息，他控股的先锋科技在最近一段时间接受了许多汇款，两个情况结合在一起，不能不叫人产生怀疑。”

“全境通缉罗门是因为‘欧洲明星计划’而不是别的？”安念蓉这才意识到问题的严重性，“比如说其他的什么原因？”

“你是指‘破冰船’？”唐白会意地笑了笑，立刻又皱起眉头，“这也是原因之一，但‘破冰船’的危害还比不上‘欧洲明星’，在这个案子没有结束之前，你不要与罗门有任何形式上的接触。”

唐白的警告来得正是时候，在接下来的时间里，安念蓉感到了整个系统内的紧张情绪。唐白还通知她，赖春雷主持的第一行动处已经被指派为专案组，专门负责和实施对罗门的抓捕，“欧洲明星计划”是继林永泉事件之后，情报局所经历的最大挫折，莫新伟已经下了死命令，一定要在最短的时间内解决这个案子。

“欧洲明星计划”带来的冲击显而易见，连贺铁基也在召集相关人员研究对策，不能马上与安念蓉会面，所以安念蓉在北京反而无所事事。就在这个时候，罗门到了香港，安念蓉立刻又乘坐最近的航班赶回去，连楚家的晚宴也没有参加。

罗门会出卖情报换取金钱？在飞机上安念蓉一直思考着这个问题。

一个甘愿在枪林弹雨中出生入死的人会为了金钱的原因而背叛自己的信仰？不管以前对罗门有怎样的成见，安念蓉仍然无法相信这一结论。

在办公室里，安念蓉见到了罗门。

跟在伊拉克相比，罗门明显瘦了一些，但他的眼睛还是很亮。看到安念蓉走进来，他放下手里的咖啡，脸上露出似有似无的笑意。

“你气色不错。”

“什么是‘欧洲明星计划’？”安念蓉开门见山地问出自己的问题，“你怎么跟这个计划扯上了联系？”

“我也在问自己这个问题。”安念蓉的冷淡似乎出乎罗门的意料，他也收起脸上的笑容，“我只在最初的阶段有过参与，除非……”

罗门忽然闭上嘴。他脸上出现了茫然的表情，若有所思地摩挲着下巴上越来越长的胡子。

“除非什么？”安念蓉发现了他的变化，“到了这个时候你还要有所保留？”

“我到这里来是因为我和你有同样的疑问。”罗门又在椅子上坐下来，“以前的一个熟人向我发出红色警报，但‘欧洲明星计划’早已经结束，而且所有事务已经另外有人接手，如果事情变得紧急，他知道该向谁求助。他找我不合情理。”

“有什么不合情理的？”安念蓉皱起眉头，“这些人不知道你现在在干什么，以为你像大多数人一样还在自己的办公室里吹着空调，那样你就有很多时间坐在桌子前，所以他才会联系你。”

“这就是问题所在。”罗门仍然在思索，“当我们结束联系后就不知道对方之后的任何信息，我甚至都忘了这样一个联系人，如果他不知道我的现状，怎么知道我能够帮助他？”

“也许，他已经无路可走，所以才想到要找你帮忙。”安念蓉耸了耸肩膀，

“也许，他觉得这个时候只有你可以信任？”

罗门没有马上回答安念蓉，很明显，这个突发事件让罗门也很困惑。

“这个项目跟我已经没有任何关系，我已经有五年时间没有接受过任何跟这有关的工作委任。”罗门连连摇头，“这不合情理。”

“也许你是系统外唯一一个既了解计划又活着的人。”安念蓉轻轻地移动了一下自己的位置，“否则，你的联系人不会无缘无故地打破沉默规则，这事关生死。他一定认为，系统内的人已经不值得信任。”

“也许是这样，但那不是我的工作内容。”罗门长出一口气，“我帮不上忙，欧洲太远了。”

“如果这跟‘神谕’有关，那就是我们的工作内容。”安念蓉站起身，“这个消息符合‘神谕’的级别。”

“如果是‘神谕’干的，那么这个情报网就连渣都不剩了，它会被彻底摧毁。”罗门的兴致显然不高，“现在任何的补救措施都为时已晚。”

“如果跟‘神谕’有关，那就是我的工作。”安念蓉坚持自己的看法，“我本人并不在乎什么‘欧洲明星计划’，但我要知道这里面发生了什么事情。”

“你想要我去巴黎？在这个时候？”罗门看着安念蓉，“你不知道这时去那里有多危险？”

“如果你肯早一点告诉我‘破冰船’和‘运钞车’的内容，也许我们早就有结论了。”安念蓉硬着心肠，没有看罗门的眼睛，“如果你觉得危险，我可以跟你一起去，反正我们已经一起经历过这样的危险不是吗？”

罗门看着安念蓉的眼睛充满了笑意。

“干什么这样看着我？”安念蓉生气地看着罗门。

“根本没有什么所谓的‘破冰船’和‘运钞车’。”罗门收起了笑容，“至少就我知道的情况是这样。即使真的有‘破冰船’和‘运钞车’，那也只有钟阡陌知道全部真相，很显然，他把真相带到了地下，除了他本人，没有人完全知道这两个秘密。”

“你说什么？”安念蓉简直不敢相信自己的耳朵，“你再说一遍？”

“我说，根本就没有‘破冰船’和‘运钞车’这么两个文件。”罗门并没有因为安念蓉的震惊而感到得意，“传说只是传说，但就目前的情况而言，没有人比我更有权威，所以我说没有就是没有，我不愿意你产生这种印象，那就是因为我的不合作而使你无法完成自己的工作。”

安念蓉还没有从吃惊中恢复过来。

如果没有这么两个文件，那么罗门为什么要默认自己保管着这样两个文件？任何一个文件都会给他带来杀身之祸，而且现在已经让他处于危险之中，可看起来罗门还不想摆脱这两个给他带来麻烦的文件。

安念蓉忽然明白了，钟阡陌炮制出这么两个文件，是因为他虽然有所怀疑，但他并没有搞到足够的证据，所以他才虚张声势，假装他已经掌握相当程度的资料，并让外界把所有的目光聚焦到罗门的身上，这样，如果有人针对罗门采取行动，他就有了切入的机会，而且为了达到这个目的，他甚至设计把罗门从128部队赶出去，总而言之，罗门是钟阡陌的诱饵，吸引敌人全部火力的诱饵。

罗门对钟阡陌的态度是正确的。钟阡陌就是死了也要在坟墓里摆布别人，从这一点来看，钟阡陌的确让人哭笑不得。出于自尊，罗门肯定不愿意接受钟阡陌的摆布，但出于感情，罗门又不得不忍受这一点，现在安念蓉理解了罗门的感受。

在这一行当里，人们之间的关系总是摆布与被摆布，即使有什么深厚的感情，那也只是这种关系的衍生物。这种关系就像一个玩具，当你无所事事时，玩具总会让你觉得很亲密，但当你有了更重要的事情时，玩具就会被人抛到九霄云外。归根结底，谁会把一个玩具铭记终生？安念蓉在烟灰缸里按灭烧到头的香烟，再一次体会到，为什么那些前辈时常慨叹，“在这一行里没有任何人可以相信”。

她忽然感到羞愧，罗门作出了巨大的牺牲，可她在心里却一直质疑罗门的行为和思想，还有什么人愿意给自己背负上这么大的压力？好吧，或许罗门有这样那样的缺点，但就凭他对工作的坚持和忠诚就足以抵消一切过错，没错，像罗门这样骄傲的人宁可被自己的错误害死也不肯去迁就别人的意见，可因此他就该受到别人的指责吗？

“如果你要我去巴黎，那我就去。”罗门不知道该如何应对她的沉默，“反正我需要休假，而且在巴黎虽然有危险，但比这里还要安全一些。”

“你会去巴黎？”

还在心潮起伏的安念蓉下意识地又问了一遍。

“我不会带你去，关键时刻你会害死我。”罗门的目光落在她的手上，“好大的钻石，你的未婚夫一定很爱你，所以我们一起去巴黎不合适。”

“钻石的大小不能衡量爱情的深浅。”罗门的话让安念蓉冷静下来，她双手交握起来，不着痕迹地挡住了戒指，“我知道我的决定不近人情，可在‘神谕’这件事情上，我不得不要求你这样做。”

“没错，‘神谕’一旦隐藏起来，那个给你提供情报的人也要隐藏起来，而且他也在催促你快点结束调查，否则‘神谕’早晚也会找到他。”罗门笑了笑，“你不是已经锁定了目标？”

“但我没有权限去调查任何一个，这是让我伤脑筋的地方。”安念蓉不得不承认，“就算上面再信任我，也不能冒这个可能会整垮情报部门的风险。而且新任的情报局局长显然不喜欢我的部门，我在和‘神谕’赛跑，而且我不能输，你也不会让我输，对不对？”

“你的要求会害死我。”罗门微笑，“我有一个预感，这次我去巴黎，很可能再也回不来了，如果是这样的话，你仍然会要求我去？”

这个男人已经经历过太多的危险，就算他有幸运之神的眷顾，可谁也不知道命运之神会在什么时候抛弃曾经的宠儿，罗门也开始为自己担心，所以他破天荒地表现出对命令的抗拒，有那么一瞬间，安念蓉真的有些心软。

“你必须去，我们都指望着你。”安念蓉心虚地看着自己交握在一起的双手，“我唯一能帮你的就是跟你一起去，一起去面对危险。”

罗门没有说话，看着安念蓉的目光忽然变得复杂起来。安念蓉无法形容自己所看到的，也无法分辨罗门的种种情绪，但有一点是肯定的，罗门眼中绝对没有悲伤。

“巴黎对我们两个人来说太浪漫了，所以还是我自己去吧。”罗门站起身，“我明天就走。”

“等一下。”安念蓉叫住了罗门，“我有个礼物送给你。”

“真是个惊喜。”罗门挑了挑眉毛，“最好别是领带这么俗气的东西。”

“差不多同样俗气。”安念蓉走过去，把那块百达翡丽手表戴在罗门的手腕上，“但这个礼物在关键时候肯定比领带有用得多。”

“真是太贵重了。”罗门端详着这块手表，忽然笑了起来，“这个礼物让我觉得这一次好像是永别。”

（第二部完）